A TOUT DE SUITE, LES ENFANTS

Martin Doerry

A TOUT DE SUITE, LES ENFANTS

Le destin tragique de Lilli Jahn 1900-1944

Traduit de l'allemand
par Bernard Kreiss

Ouvrage traduit avec le concours
du Centre national du livre

Albin Michel

Ce livre a été publié
avec le soutien du Goethe-Institut

Titre original :
MEIN VERWUNDETES HERZ

Traduction française :

22, rue Huyghens, 75014 Paris
www.albin-michel.fr
ISBN : 2-226-14224-X

INTRODUCTION

Le sort de Lilli n'a pas été dissimulé à ses petits-enfants. Mais son histoire est toujours restée floue et incompréhensible, pour ne pas dire énigmatique, et ne fut jamais évoquée autrement qu'en deux ou trois phrases allusives. Grand-maman Lilli, disait-on, est morte à Auschwitz. Et : Votre grand-père Ernst a divorcé d'elle, si bien qu'elle s'est retrouvée, elle, la Juive, livrée sans défense aux nazis.

Les enfants de Lilli n'en apprirent pas davantage à leurs propres enfants. Sans doute leur en auraient-ils dit plus si cela leur avait été demandé. Mais le traumatisme de l'horreur ne pesait pas seulement sur eux, il pesait aussi sur les petits-enfants de Lilli, frappant d'un interdit tacite tout questionnement à ce sujet.

Or ce tabou prévalut durant des décennies dans nombre de familles, tant de victimes que de bourreaux, et ne perdit en force et en signification que dans les années quatre-vingt-dix. La nouvelle génération tenait dur comme fer à ses questions sur les causes et les conséquences du national-socialisme. Et la confrontation qui en résulta rompit le barrage derrière lequel les survivants de l'Holocauste et leurs proches cherchaient à se protéger de leurs propres émotions. Ce qui durant un demi-siècle n'avait guère été plus qu'un passé paralysant et projetant son ombre sur toutes choses devint alors l'objet d'une remémoration concrète, souvent douloureuse.

Lorsque le fils de Lilli, Gerhard, mourut à Marburg en octobre 1998, ce processus se mit également en branle chez ses quatre sœurs. Gerhard Jahn, homme politique social-démocrate (SPD) et ministre fédéral de la Justice dans le cabinet de Willy Brandt, avait laissé un héritage inattendu qui bouleversa ses sœurs. Il y avait là plusieurs cartons et enveloppes contenant quelque deux cent cinquante lettres que les enfants de Lilli avaient écrites en 1943 et 1944 à leur mère alors déjà internée dans un camp.

Les sœurs se souvenaient évidemment des lettres. Mais elles ignoraient que leur frère avait conservé ces documents durant plus de cinq décennies. Jamais il n'en avait été question.

Au début de l'année 1999, les filles de Lilli se réunirent pour examiner ce legs. Elles se lurent alternativement à haute voix leurs propres lettres, pleurèrent mais rirent aussi quelquefois de leur naïveté puérile. Puis elles les rangèrent dans les cartons et les enveloppes et tentèrent à nouveau d'oublier le tout.

Mais le souvenir, désormais, ne se laissa plus endiguer. Ilse, la fille aînée de Lilli, née en 1929, divulgua peu à peu la trouvaille à ses trois enfants ; Johanna, deuxième fille de Lilli, réunit un jour ses quatre enfants pour leur raconter l'histoire de leur grand-mère. Seule Eva, la troisième, ne se sentit pas de taille, dans un premier temps, à affronter ses lettres et ne procéda qu'un peu plus tard à leur lecture approfondie. Dorothea, la quatrième, avait tout juste trois ans en 1943 et ne savait donc pas encore écrire en ce temps-là.

Le simple fait que les lettres des enfants existaient encore tenait du miracle. En mars 1944, peu avant sa déportation à Auschwitz, Lilli avait réussi à faire sortir clandestinement ces documents du camp d'éducation par le travail[1] de Breitenau, près de Cassel. Vraisemblablement s'était-il trouvé une surveillante pour lui rendre ce dernier service. Et comme, de son côté, Lilli avait écrit jusque-là une série de lettres pour la plupart clandestines à ses enfants, il résultait de tout cela, pour la première fois, une vue d'ensemble sur les dramatiques événements survenus au cours de l'automne et de l'hiver 1943-1944.

Le fils d'Ilse, auteur de ces lignes, ne s'était fait devoir initialement que de classer et de photocopier cette correspondance à l'usage de la famille. Cependant les questions suscitèrent bientôt d'autres questions – entre autres celle, cruciale, à laquelle il fallait tenter de répondre en tout premier lieu : pourquoi Ernst Jahn s'était-il séparé de Lilli en 1942, alors qu'il devait bien savoir que sa femme juive serait livrée de ce fait à une mort certaine ? Ou bien se pouvait-il qu'il ne le sût pas encore à ce moment-là ?

Ainsi les antécédents prirent-ils soudain de l'importance : comment en était-on arrivé à un mariage entre Lilli et le protestant Ernst ? Comment le mari de Lilli s'était-il comporté durant les premières années qui suivirent la prise de pouvoir par les nazis ?

D'autres recherches permirent d'exhumer d'autres lettres. Chacune des sœurs, ainsi que l'on devait s'en apercevoir bientôt, possédait des documents ou des lettres de la mère dont les autres ne savaient rien ou pas grand-chose. On parvint ainsi à réunir plus de trois cents lettres, pour la plupart de la plume de Lilli, écrites entre 1918 et 1944. Dans leur ensemble, elles démontrent de façon impressionnante l'escalade dans le processus de stigmatisation, d'isolement et de persécution dont Lilli et ses enfants furent victimes.

1. Concernant l'historique et la nature des camps d'éducation par le travail (*Arbeitserziehungslager*), voir p. 172. *(N.d.T.)*

Du même coup se posait la question de la publication. Le fait était que, de son vivant, Gerhard Jahn avait toujours sévèrement critiqué et en règle générale contrecarré toute tentative visant à faire connaître à un plus large public les lettres de Lilli en provenance de Breitenau. Mais pour quels motifs ? Craignait-il de raviver d'anciennes blessures intimes ? Les filles de Lilli non plus ne purent s'imaginer, dans un premier temps, que l'histoire de leur infortunée mère pût être jetée en pâture à un public d'inconnus ; elles redoutaient un scandale de nature à éclabousser la sphère privée, le pillage de leurs sentiments et souvenirs personnels confrontés à un état d'esprit général fixé sur l'Holocauste.

Mais dans ce cas, à quoi bon s'évertuer à raconter encore l'histoire de Lilli ?

Une réponse simple : chaque nouvelle biographie, chaque source authentique remontant à l'époque nationale-socialiste atteint de nouveaux lecteurs et représente un gain pour la culture politique du présent et la conscience historique des générations futures.

Et une réponse un peu moins simple : la plupart et, même, la quasi-totalité des témoignages autobiographiques racontent bien évidemment l'histoire de gens qui ont survécu. Qu'il s'agisse de Primo Levi, de Victor Klemperer ou de Ruth Klüger, ces auteurs évoquent l'épouvante et la souffrance du point de vue des rescapés. Quiconque lit attentivement leurs livres reconnaîtra assurément dans le bonheur des rares survivants le malheur de six millions de personnes assassinées. Et cependant, il nous manque l'expérience, la perception de ceux qui n'ont pas survécu. Il y a évidemment des exceptions et, parmi elles, avant tout le journal d'Anne Frank. Néanmoins, le modèle typique transmis par la tradition littéraire demeure celui de Schindler : le sauvetage aventureux intervenant à la dernière extrémité. Dans l'esprit de celui qui ne peut ou ne veut pas saisir le caractère dialectique de ces récits, la somme du souvenir donnera lieu à un bilan singulièrement déformé, il en résulte l'image d'un temps d'épouvante auquel la plupart auront en définitive quand même survécu.

Lilli n'y a pas survécu. Son destin, au fond, est représentatif à lui seul de celui de millions de gens. Et pourtant une histoire tout à fait personnelle et intime se cache derrière chaque victime de l'Holocauste. Dans son *Histoire d'un Allemand*, Sebastian Haffner a écrit que celui qui veut apprendre quelque chose sur la fracture historique de l'année 1933 doit « lire des biographies, et non pas les biographies des hommes politiques mais les rares biographies des personnes privées ». Vue sous cet angle, la biographie de Lilli Jahn décrit une personne privée : une femme médecin juive qui fut le témoin attentif de son temps, en Allemagne, dans les années vingt et trente ; une femme émancipée qui aimait sa profession et se réalisait simultanément dans sa vie de mère de famille ; une intellectuelle éprise de littérature et de beaux-arts, et qui se lançait volontiers dans des discussions philosophiques et théologiques avec ses amis. Mais surtout, une femme passionnée, fougueuse, qui, dans l'amour inconditionnel qu'elle portait à son mari, devait rapidement s'abandonner à ses propres projections et être sévèrement punie pour cela.

Enclin à la morosité, Ernst Jahn – médecin lui aussi – s'accordait somme toute mal avec cette jeune femme enjouée qui aimait danser et jouer du piano, qui assistait avec enthousiasme aux concerts et aux expositions. Ce n'est d'ailleurs que sous l'effet de son mariage avec Ernst puis sous l'emprise des persécutions par les nationaux-socialistes que la vie de Lilli sera progressivement gagnée par cette sorte d'obscurité qui assombrit aujourd'hui chaque souvenir se rapportant à elle.

Mais c'est un destin qu'elle partage avec nombre de ses compagnons de souffrance. C'est seulement avec la connaissance de l'Holocauste que la vie, dans le premier tiers du XXe siècle, des Juifs assimilés à la bourgeoisie allemande a pris peu à peu une sorte de patine mélancolique. Malgré l'antisémitisme croissant, la majorité des Juifs allemands avaient pu mener jusqu'en 1933 une vie aussi agréable, voire heureuse, que leurs compatriotes non juifs.

Après la prise du pouvoir par les nazis, ce n'est pas seulement la situation matérielle de Lilli qui changea mais aussi son comportement : conscience de soi et joie de vivre lui furent alors retirées. Lilli était soudain devenue une femme craintive qui fuyait tout rapport avec des personnes inconnues. Elle sentait comment tout son entourage se liguait contre elle. Elle ne sortit plus de la maison jusqu'au jour où on l'en chassa. Suivirent l'arrestation par la Gestapo, l'internement dans un camp d'éducation par le travail et le travail forcé dans une usine, et pour finir, le transport à Auschwitz.

Les enfants furent témoins de la lente et cruelle humiliation de leur mère. Contre cela, ils protestèrent à leur manière : au moyen d'un flot de lettres adressées à leur mère internée dans un camp, ils luttèrent pour maintenir une normalité depuis longtemps perdue et ne cessèrent de lui demander conseil pour toutes décisions concernant la famille. Les enfants lui décrivaient leur quotidien dans les moindres détails et n'exprimaient pourtant jamais, dans chaque lettre et jusque dans chaque ligne, que leur chagrin et leur nostalgie.

Si le destin de Lilli se confond avec celui de nombre de victimes du national-socialisme, celui de ses enfants n'est pas moins représentatif quoique d'une autre manière. Comme des millions d'autres Allemands, ils connurent durant ces dernières années de guerre l'effroi de ceux qui se battaient sur ce qui s'appelait « Heimatfront » ou front arrière. Ils tremblèrent de peur dans la cave qui tenait lieu d'abri antiaérien, ils furent bombardés et évacués. Gerhard dut affronter les avions ennemis comme auxiliaire dans la DCA, Ilse et Johanna furent incorporées à des unités de défense civile, lesquelles étaient essentiellement chargées de secourir d'autres victimes de bombardements.

Cela fait aussi partie de l'histoire de Lilli. Les enfants l'informaient de toutes les épreuves qu'ils devaient à présent surmonter sans l'aide et les soins de leur mère. Pis encore : Lilli elle-même était dépendante du soutien de ses enfants. Elle avait faim – et les enfants envoyaient au camp des paquets contenant tout ce qu'ils pouvaient glaner de mangeable. Elle avait froid – et les enfants lui expédiaient du linge. Elle suppliait que l'on intervînt en sa faveur auprès de la Gestapo – et les enfants poussèrent le père à entreprendre quelque chose dans ce sens. Pour finir, elle demanda de l'argent pour son billet de retour, au cas où elle serait libérée – et les enfants lui firent effectivement parvenir vingt Reichsmark.

Tout cela ne se fit pas du tout en cachette. Tandis que Lilli était internée au camp de Breitenau, les enfants vivaient dans un contexte social encore largement intact, dans les premiers temps à Cassel, puis de nouveau dans la maison du père, dans la petite ville d'Immenhausen où ils avaient grandi. Des douzaines, pour ne pas dire des centaines d'amis, de connaissances et de voisins étaient au courant du sort réservé à Lilli. Certains, il est vrai, exprimèrent leur compassion mais la plupart se plièrent à la terreur. Tous étaient au courant, mais nul n'intervint, nul ne protesta contre la destruction de cette vie.

Et c'est ainsi que cette correspondance est aussi une pièce à conviction sur l'indifférence des hommes en temps de guerre. Elle raconte les conséquences dévastatrices que peuvent avoir dans un système totalitaire des faiblesses humaines au demeurant tout à fait banales, telles que la lâcheté ou l'égoïsme. Mais en même temps, elle atteste l'existence de l'amour inconditionnel, de la bravoure et du courage civique, car c'étaient là des traits et des vertus qui pouvaient également se déployer en réponse à une si forte pression extérieure.

La présente biographie laisse en général au lecteur le soin de cette sorte de réflexions et d'interprétations. L'auteur se cantonne le plus souvent dans le rôle du chroniqueur et n'intervient que là où la compréhension des lettres exige un rappel des faits. La multiplicité de documents explicites eût assurément rendu possible la rédaction d'une biographie conventionnelle. Cependant, le souci d'authenticité et le respect que méritaient les lettres poignantes de Lilli et de ses enfants plaidaient en faveur d'une reproduction aussi abondante que possible des sources originales.

Les lettres de Lilli, tout particulièrement, étaient considérées par leurs destinataires comme des souvenirs précieux que l'on conservait avec soin. Lilli avait grandi dans une tradition de culture bourgeoise dont l'art épistolaire faisait encore partie intégrante. Dans la maison des parents, à Cologne, on avait déjà le téléphone, mais il ne servait qu'à de brefs échanges. Les conversations interminables n'étaient pas de mise, du reste on n'y eût pris aucun plaisir compte tenu de la technique encore rudimentaire.

Ce fut donc par conviction que Lilli écrivit des lettres, d'abord à son ami et futur époux, puis aux amis et, pour finir, aux enfants. Et comme elle avait pris pour modèle des épistolières telles que Rahel Varnhagen et Caroline

Schelling[1], elle écrivait avec un souci très marqué de la composition : Lilli parlait des choses du quotidien tout comme de ses sentiments et impressions, elle philosophait et politisait. Et elle transmit ce goût à ses enfants. Les lettres d'Ilse et de Johanna, en particulier, révélaient une aptitude à l'observation de soi et des autres nourrie par la pratique de l'écriture.

Lilli aurait-elle consenti à la publication de documents si personnels ? La question s'impose – et cependant, elle a d'autant moins de sens qu'on ne peut pas la poser à l'intéressée. Si Lilli avait survécu, elle eût décidé seule de l'utilisation de ses lettres. A l'heure qu'il est, plus de cinquante ans après sa mort, la décision appartient à ses descendants. En optant pour la publication, ils endossent une responsabilité tout à fait particulière. Mais il semble bien que le temps soit effectivement venu de procéder à la reconstitution de cette catastrophe privée, qui n'a d'ailleurs de privé que l'apparence.

---

1. Caroline Schelling (1763-1809), épouse du philosophe Friedrich Wilhelm Joseph von Schelling qui s'inscrivit dans la mouvance romantique à l'époque de son mariage avec Caroline Michaelis (1803). Proche de Georg Forster et du parti acquis aux idées de la Révolution française, Caroline Michaelis-Schelling est incontestablement la figure féminine la plus représentative du romantisme allemand précoce. Sa maison fut d'ailleurs le point d'attraction central de cette mouvance plus connue sous le nom de « cercle d'Iéna ». Rahel Varnhagen (1771-1833) compte parmi les figures féminines majeures de l'époque goethéenne finissante. Elle marqua d'une forte empreinte la vie littéraire de son temps et son salon fut le rendez-vous incontournable des tenants du romantisme et de la « Jeune Allemagne ». A l'instar de Caroline Schelling, Rahel Varnhagen laisse une œuvre épistolaire importante et très significative de la vie intellectuelle et artistique de la période romantique. *(N.d.T.)*

UNE FAMILLE JUIVE À COLOGNE

« UN SIGNE DE NOTRE EXUBÉRANCE »

La maison des parents, enfance et jeunesse de Lilli

Le 2 mars 1897, Josef Schlüchterer, négociant à Cologne, fit ce que l'on appelait alors un « bon mariage » : Josef épousa sa fiancée Paula, une jeune fille d'excellente famille.

Le père de Paula, le marchand de bestiaux Moritz Schloss, dirigeait une entreprise florissante à Halle, sur la Saale, il importait et exportait à travers toute l'Europe et passait pour un homme aisé, voire riche.

Josef, lui, était issu d'un milieu plus modeste. Son père, Anselm, était tailleur pour homme à Zeitlofs, en Franconie, une localité où son arrière-grand-père déjà, rabbin de son état, avait vécu sa vie durant.

Josef réussit à prendre le large. Après avoir effectué à Stuttgart son apprentissage dans le commerce, il travailla dans des établissements renommés, tels que Krailsheimer à Londres et Bernard David à Paris, et s'en revint bardé d'excellents certificats. « He is an honest and industrious young man », un jeune homme honnête et travailleur, attestait à son sujet un écrit de la main de M. Krailsheimer en personne.

Et ambitieux, qui plus est. Josef monta sa propre affaire. Le capital nécessaire fut mis à sa disposition par le père, pour moitié sous forme de prêt. Trois jours après son trentième anniversaire, le 8 juillet 1893, le jeune homme signait la reconnaissance de dette :

Je reconnais avoir reçu de mon père, en vue de créer mon entreprise, la somme de 21 000 marks ; une partie de cette somme, soit un montant de 10 000 marks constitue un prêt que je m'engage à rembourser après mon mariage prochain. Si ce remboursement ne devait pas intervenir dans les trois années à venir, je m'engage à m'acquitter de cette dette de 10 000 marks augmentée de cinq pour cent d'intérêts par tranches payables à compter du 1er août 1896.

Josef Schlüchterer

Cependant, le remboursement des intérêts comme du principal fut épargné à Josef. Anselm, le père, devait décéder le 29 mai 1896, soit deux mois avant l'expiration du délai. Le jeune entrepreneur investit l'argent dans une manufacture de brosses et de tondeuses à gazon qu'il créa en association avec deux autres hommes d'affaires à Solingen, dans le duché de Berg. En 1897, à l'époque de son mariage avec Paula, il vivait déjà à Cologne.

Sa jeune femme était venue au monde en 1875 à Oberlauringen, en Haute-Franconie. Ses parents lui avaient donné le prénom peu commun de Balwine mais, très rapidement, ils ne l'appelèrent plus que Paula. Paula était le sixième des huit enfants survivants du couple Schloss – Ellen Elise, la mère de Paula, avait donné le jour à treize enfants. Elle dirigeait le fastueux train domestique du marchand de bestiaux ; elle gérait deux cuisines, l'une casher pour la famille, l'autre non casher pour les nombreuses relations d'affaires.

En 1887, on s'installa à Halle, dans une villa de la

« Gründerzeit »[1] comprenant écuries et bâtiments annexes. Paula commença par fréquenter l'école des orphelins des fondations Francke[2] puis, jusqu'à l'âge de seize ans, comme il se doit pour une jeune fille de bonne famille, le grand lycée de filles. Ensuite, elle n'eut plus droit qu'aux cours particuliers de langues, de piano et de chant – bref, Paula Schloss grandit au sein d'une famille bourgeoise très aisée, dans le sentiment de son appartenance à la tradition et à la religion juives auxquelles elle demeura très attachée.

Tel n'était pas le cas de Josef. Il prenait part à la vie de la communauté juive libérale de Cologne, tolérait aussi les sentiments religieux de sa femme mais était plutôt enclin, personnellement, à faire fond sur la raison.

Cette disposition d'esprit ne fut pas sans influencer la petite famille et en particulier, bien entendu, ses deux enfants. Lilli vint au monde le 5 mars 1900, sa sœur Elsa le 2 juin 1901.

Les deux filles naquirent avec le nouveau siècle dont on escomptait qu'il allait être celui d'immenses progrès, entre autres de découvertes scientifiques majeures et d'un puissant essor économique ; il était question d'un « siècle de l'enfant », de l'avènement d'une ère grandiose de paix. Lilli et Elsa faisaient donc partie d'une nouvelle génération qui paraissait avoir toutes les chances d'évoluer vers un avenir

1. La « Gründerzeit » (temps des « fondateurs ») correspond aux années 1871 à 1873 ; avec le règlement de l'indemnité de guerre par la France, le nouveau Reich allemand connut une période d'affairisme intense qui vit fleurir une multitude d'entreprises plus ou moins fragiles et se solda par le krach de 1873. *(N.d.T.)*

2. Fondations Francke : vaste organisation à vocation charitable mais aussi pédagogique issue des institutions diverses (école pour les pauvres, orphelinat, pensionnat, institut d'étude du latin) fondées de son vivant, à Halle, par le théologien et pédagogue protestant d'obédience piétiste, August Hermann Francke (1663-1727). *(N.d.T.)*

meilleur. A l'inverse de leurs parents, les deux fillettes grandirent dans une famille moderne, c'est-à-dire réduite en nombre, libérées de toutes sortes de contraintes familiales et religieuses ; à l'inverse de leur mère, les deux jeunes filles purent même faire des études.

Au début du XXe siècle, les Schlüchterer de Cologne vivaient déjà dans l'aisance. On avait loué un somptueux appartement dans la Bismarckstrasse, on faisait régulièrement tirer des portraits des filles par le « photographe de la Cour », on assistait aux grandes soirées musicales au Konzerthaus de Gürzenich et l'on participait peu ou prou à la vie sociale de la grande ville. Un signe de l'intégration sociale des familles juives de Cologne réside dans le fait que la nationalité prussienne leur fut officiellement conférée le 22 mars 1907 par le « président du gouvernement royal de Prusse à Cologne ».

Lilli avait été scolarisée un an auparavant. Durant quelques années, elle se retrouva dans un « collège privé de jeunes filles » placé sous la houlette d'une certaine Mlle Merlo ; à partir de 1913, elle fréquenta le grand lycée Kaiserin-Augusta de Cologne, ce qui était un privilège : dans l'Empire wilhelminien tardif, le pourcentage de filles scolarisées dans les lycées d'Etat atteignait tout juste deux pour cent.

En août 1914, à l'heure où éclatait la guerre, c'en était fait des grands espoirs et des utopies nés avec le siècle nouveau. Le frère cadet de Paula, Julius, un propriétaire terrien dont les noces avaient été célébrées avec éclat en 1911 à l'hôtel Adlon, à Berlin, partit pour le front et mourut en 1918, sans doute des suites d'une syphilis.

Paula elle-même s'engagea dans une unité de soins aux blessés de guerre. Aux côtés d'autres dames de la bonne société de Cologne, parmi lesquelles on comptait l'épouse du président du gouvernement régional ainsi que celle du préfet de police, elle travailla dans un hôpital militaire de Cologne. De telles actions n'avaient pas seulement un caractère symbolique : en accomplissant certains devoirs patriotiques, la mère de Lilli se détacha quelque peu du milieu juif et s'accorda davantage à l'image idéale d'une communauté sociale unie, transgressant les frontières de classe, que l'empereur Guillaume II avait appelée de ses vœux au moment de l'entrée en guerre. En récompense des services rendus, Paula fut décorée.

En août 1918, alors que la guerre faisait encore rage en France, Lilli et Elsa rendirent visite à un couple d'amis de la famille à Schierke, dans le Harz.

Un curieux document évoque le souvenir de ces vacances et constitue le support du texte le plus ancien de Lilli dont nous disposions : il s'agit d'une carte postale expédiée le 29 août, représentant les deux sœurs ainsi que leurs hôtes. Ce genre de cartes était alors très à la mode et faisait les beaux jours des photographes, surtout dans les localités touristiques telles que Schierke.

Pour les besoins de la photo, Lilli s'est attifée d'un costume d'homme ; le jeune homme, en revanche, porte des vêtements de femme tandis qu'Elsa et son amie arborent l'uniforme de l'armée allemande. Cette singulière mascarade montre que la guerre, au bout de quatre années, était pour ainsi dire entrée dans les mœurs, qu'elle s'était banalisée au point que les jeunes gens ne la prenaient peut-être même plus vraiment au sérieux. Le drôle de quatuor, en tout cas, transmettait son bon souvenir à ceux qui étaient restés à Cologne. Lilli écrivit en tête :

Très chers parents !

Voici un signe de notre exubérance. Qu'est-ce que vous en dites ? Grand merci pour votre carte. Bien affectueusement à vous, votre souricette Lilli.

Suivaient les salutations d'Elsa et des amis. Au recto de la carte, Lilli nota encore quelques brèves nouvelles de l'un ou l'autre membre de la famille.

Durant l'hiver 1918, tandis que les événements politiques se bousculaient – le Kaiser se réfugia en Hollande, la République fut proclamée et il régnait en maints endroits une ambiance de guerre civile –, Lilli préparait son baccalauréat à Cologne. A Pâques 1919, elle avait passé avec succès toutes les épreuves.

Il s'agissait à présent d'entreprendre des études. Lilli voulait devenir médecin – la médecine était d'ailleurs l'une des seules filières universitaires ouvertes aux femmes, et cela depuis une petite vingtaine d'années seulement. Lilli se disait alors qu'elle s'associerait un jour avec son oncle préféré : Josef Schloss avait ouvert un cabinet de pédiatrie à Halle.

Une jeune fille de bonne famille ne pouvait cependant être envoyée tout bonnement dans une autre ville pour y faire des études, les parents estimaient qu'un peu de surveillance était absolument indispensable. Et Lilli accomplit donc sa « ronde universitaire » sous l'œil vigilant des uns ou des autres car on avait de la famille un peu partout : d'abord deux semestres à Würzburg – le père avait de la famille en Franconie –, ensuite trois semestres à Halle où elle fut hébergée par la grand-mère et contrôlée si sévèrement qu'elle alla jusqu'à sortir quelquefois en cachette par le balcon à la nuit tombée. Après l'examen intermédiaire, le « Physikum », passé à Halle en novembre 1921, Lilli se rendit encore durant un semestre à Fribourg où habitait Olga Mayer, une cousine un peu plus âgée. Et pour finir, elle réintégra la maison des parents à Cologne où, après quatre autres semestres d'études, elle obtint son doctorat de médecine au printemps 1924.

Dans l'intervalle, cependant, le visage de la ville natale

de Lilli, plutôt serein à l'heure où elle l'avait quittée pour entreprendre des études, s'était considérablement assombri. Les temps étaient devenus plus difficiles. L'entreprise du père connaissait des difficultés liées à l'inflation galopante. En quête de nouveaux clients pour les articles de sa fabrication, Josef effectuait de longs déplacements souvent infructueux à travers tout le pays.

A la synagogue aussi, l'état d'esprit de la communauté avait bien changé. Avant la guerre déjà, Cologne comptait un pourcentage de Juifs beaucoup plus élevé que les autres villes de Rhénanie. En 1925, leur nombre, qui n'avait cessé de croître entre-temps, s'élevait à plus de seize mille.

Durant les dernières années de la guerre et davantage encore au début des années vingt, le Reich allemand avait accueilli plus de cent mille Juifs en provenance d'Europe de l'Est. A Cologne, les Juifs installés depuis longtemps, largement assimilés et ayant épousé le mode de vie de la bourgeoisie allemande, se sentaient menacés dans leur propre intégration sociale par ces nombreux étrangers du Schtetl, souvent incultes et très voyants dans leur mise. Et tout cela en un temps où l'antisémitisme avait pris des formes nouvelles et particulièrement virulentes : tout était de la faute des Juifs, la défaite, le traité de paix, dit honteux, de Versailles, l'inflation et une foule d'autres choses.

Comme bon nombre de Juifs établis de longue date, le père de Lilli pensait que l'afflux croissant de coreligionnaires de l'Est était de nature à fournir un nouvel aliment à l'antisémitisme. En sa qualité de membre du collège des représentants de la communauté juive, Josef Schlüchterer comptait alors parmi les têtes pensantes de la synagogue. Et en tant que tel, il faisait tout pour endiguer l'influence grandissante des nouveaux venus. C'est ainsi qu'il se montra résolument opposé au plan de réforme du système électoral communautaire ; élaboré au sein même de la communauté juive, ce plan, selon lui, n'était que l'expression des « pressions exercées par des cercles étrangers et sionistes » – une opinion qui indiquait qu'il ne pensait pas grand bien de l'émigration des Juifs vers la Palestine, très discutée mais courante à l'époque.

Mais surtout, il ne pouvait et ne voulait pas se faire à l'idée que la synagogue pût constituer une sorte de collecteur des Juifs de passage venus de l'Est auxquels, par surcroît et à son grand dam, il s'agirait à présent de concéder des droits démocratiques. Le 28 avril 1921, il adressa même une lettre à ce sujet au ministère prussien de l'Intérieur, à Berlin. A grand renfort de citations et d'arguments divers, il se prononça résolument contre un projet électoral

qui donnerait tout bonnement à chaque Juif demeurant à Cologne, où qu'il ait demeuré jusque-là, le droit de vote actif et passif, si bien que tout immigrant juif arrivant ici aurait aussitôt voix au chapitre pour toutes décisions concernant l'orientation, l'administration et l'avenir de notre synagogue, alors même que, du fait de son origine et de ses coutumes, il ne saurait avoir ni sens ni connaissance des conditions de vie et des besoins de cette dernière. Je vois là, à l'instar de la grande majorité des membres de la communauté juive de Cologne, un grand danger pour la stabilité, l'avenir, l'épanouissement et la croissance de notre synagogue.

La lettre de Josef Schlüchterer demeura sans effet. Le ministre de l'Intérieur, le libéral Alexander Domenicus, ne se mêla pas de ce débat interne ; en mai 1921, le nouveau système électoral était adopté par la communauté juive de Cologne et approuvé quelques semaines plus tard par le préfet de région, à Coblence.

« QUE VA-T-IL ADVENIR DE NOUS, AMADÉ ? »

Plaisir d'amour et chagrin d'amour

Pendant ses études, Lilli put prendre quelque distance avec le milieu juif libéral dans lequel elle avait baigné jusque-là. La plupart des condisciples et professeurs étaient des non-Juifs. Cependant, ses meilleures amies appartenaient à l'environnement familier. De retour à Cologne, durant les quatre derniers semestres d'études, elle fut très liée avec Lilly Rothschild et Liesel Auerbach qui préparaient, elles aussi, leur doctorat en médecine. Lilli était également proche du père de Liesel, devenu son patron. Le professeur Benjamin Auerbach dirigeait l'Asile israélite pour malades et personnes âgées dépendantes à Cologne-Ehrenfeld, un hôpital juif où Lilli travailla à plusieurs reprises avant et après l'obtention de son diplôme.

Après quelques amourettes sans lendemain, elle fit la connaissance, à la fin de l'été 1923, d'un jeune médecin qui commençait tout juste à exercer et dont l'arrière-plan familial lui était au départ totalement étranger : Ernst Jahn, protestant de naissance, mais qui manifestait déjà à l'époque un certain penchant pour le catholicisme.

Ernst était né à Bielefeld le 29 mars 1900 et avait donc quelques semaines de moins que Lilli. En 1918, alors que la guerre n'était pas finie, il avait encore servi quelques mois dans l'armée. A son cercle d'amis, dans lequel Lilli fut alors admise, appartenaient entre autres deux jeunes catholiques qu'Ernst avait connus durant ses études : le juriste Leo Diekamp et le journaliste Leo Barth. L'amie et future femme de ce dernier, Hanne, faisait partie de la bande et était d'ailleurs aussi très courtisée par Ernst. Un ton exalté était de rigueur dans ce cercle, on se donnait des surnoms littéraires, Leo Barth était appelé Posa, Ernst s'appelait Amadé et Lilli se vit affublée du nom de Judith.

C'est de ce nom qu'elle signa la lettre à son futur époux – la première dont nous ayons gardé trace – écrite le 3 septembre 1923 à Cologne :

Mon cher bon Ernst Amadé,

Je suis si fatiguée, si moulue aujourd'hui que je ne suis plus bonne à rien.

Mais je tiens quand même, ne fût-ce que très brièvement, à vous remercier de tout cœur de votre lettre si chaleureuse, si gentille et si tendre ! Je ne puis en dire plus à ce sujet – et ce n'est d'ailleurs sans doute pas nécessaire. Au cours de cette heure silencieuse, nous nous serons sans doute davantage dévoilés l'un à l'autre que nous ne saurions jamais le faire par lettre.

J'ai été très heureuse que vous soyez venu. Je me faisais du souci pour vous et me serais beaucoup inquiétée si vous n'aviez pas donné suite. Et ce livre que vous m'avez fait parvenir hier – comme c'est aimable et délicat de votre part ! Tant de gentillesse me touche et je suis terriblement impatiente de m'y plonger. Je vous remercie – et pas seulement de cela ! Et je souhaite aussi ardemment que vous parveniez enfin à surmonter vos inhibitions et à vous soulager par la parole de cette grande peine qui vous ronge l'âme. Je vous en prie, je vous en prie, confiez-vous.

Je suis bien contente, en attendant, que vous ayez

retrouvé un peu de calme après les tourments de ces derniers jours. Si vous allez à Barmen mercredi, je viendrai vous voir jeudi après-midi ; si vous n'y allez pas, faites-moi savoir si je peux déjà venir mercredi.

Et mettez sur le compte de ma fatigue physique – mais aussi psychique – le fait que je n'entre pas ici dans le vif de vos paroles comme vous êtes en droit de vous y attendre et comme je souhaiterais de tout cœur pouvoir le faire. Mais c'est précisément votre lettre qui est un peu la cause de mon état. J'espère pouvoir vous en dire plus bientôt.

De tout cœur
Votre Judith

Et déjà affleure, dans cette première lettre de Lilli, le leitmotiv de cette histoire d'amour : la souffrance d'Ernst confronté au monde, à son destin mais aussi à sa propre personne. A vrai dire, il se plaisait également à cultiver cette humeur mélancolique, voire foncièrement pessimiste, dans la mesure où elle était de nature à accentuer les élans de la sollicitude féminine à son égard. Les lettres de Lilli datées de l'hiver 1923-1924 révèlent un modèle de comportement qui demeurera inchangé tout au long des années à venir : elle dans le rôle de l'amie remplaçant la mère, lui dans celui du malheureux qui est bien à plaindre.

Il est vrai que la vie l'avait déjà copieusement malmené. Son père, directeur des services impériaux du télégraphe à Hambourg, était mort dès 1905 ; sa mère, tuberculeuse, l'avait suivi en 1913. Devenu orphelin, le garçon avait été pas mal bousculé dans sa famille, recueilli tantôt par les uns, tantôt par les autres. Enfin Ernst devait perdre en 1923, donc à l'époque où il fit la connaissance de Lilli, la totalité de la fortune en numéraire qu'il avait héritée de sa mère : l'inflation balaya tout.

C'est avec l'énergie du désespoir qu'Ernst, aussitôt après avoir obtenu son diplôme, se mit en quête d'un emploi fixe. En attendant mieux, il faisait des remplacements dans divers cabinets, à Barmen, à Burgbrohl puis à Zittau et à Dresde.

Lilli achevait alors son dernier semestre à l'université de Cologne. En compagnie de son amie Liesel Auerbach, elle participa à un séminaire du professeur Kurt Schneider, un psychiatre renommé. Le 22 janvier 1924, elle en référait à Ernst – il y avait longtemps qu'on était passé au tutoiement :

J'ai entendu maintes choses stimulantes, intéressantes, spirituelles et belles sur l'amour et la sympathie. Il faut dire que ma disposition d'esprit était aujourd'hui particulièrement subjective et j'ai souhaité mille fois que tu sois là afin que nous puissions en parler. « L'amour est combat. Combat pour soi, combat pour l'autre », Jaspers, tu le vois, ne nous a pas été épargné en ce jour. Mais je me suis sentie très à l'étroit dans ce vêtement phénoménologique, dans ce carcan psychologique, et j'en suis venue à manquer d'air parce que tout cela est si froid, si prévisible. Pas la moindre trace de chaleur, d'ardeur, de vie – j'ai parfois eu envie d'empoigner ce Schneider par les épaules et de le secouer : Tu vis – oui – mais tu ne vis ni en toi-même, ni avec ni par toi-même – et aujourd'hui encore, il a fallu que je me retienne. Je ne sais pas si j'ai raison mais il m'a fallu penser à l'art, à la musique. Ils nous en apprennent bien plus sur l'amour, comment il vit et palpite – et je ne songe pas seulement à Eros. Et à l'instant même, le panneau central du Jardin d'amour de Rubens se déploie sous mes yeux. Mais dans l'ensemble, c'était quand même bienvenu, on est amené à s'écouter plus attentivement soi-même, à se voir soi-même dans la relation avec la personne aimée. Mais est-ce qu'il est bon de s'analyser, de se démembrer de la sorte ?

Pour Lilli, le temps était venu de se préparer à l'examen final pour l'obtention du diplôme d'Etat. Cette perspective ne fut pas sans lui procurer quelques angoisses ainsi qu'elle s'en ouvrit à Ernst le 29 janvier :

Je n'arrive pas à me faire à l'idée qu'il ne reste que six semaines avant l'échéance. Je suis sous pression et pourtant je ne fais pas la moitié du travail qu'il faudrait. De plus, on me chauffe les oreilles en me laissant entendre que ce n'est pas très malin de notre part, les Juives, d'être trois à nous présenter à l'examen. Cela me déprime complètement. Mais on ne peut rien y changer.

L'humeur de Lilli s'améliora nettement au fur et à mesure qu'on se rapprochait de la date fatidique. Elle travailla d'ailleurs à l'Asile israélite tout au long des semaines d'examen. Et le 11 avril 1924 – Ernst se trouvait alors à Immenhausen, près de Cassel, où il remplaçait un certain Dr Keil qui parlait de lui céder son cabinet – elle l'entretint pour la première fois de leur avenir commun :

Mon Amadé, mon cher petit Amadé,

J'ai reçu ce matin même ta lettre avec tes vœux de Pâques ainsi que le magnifique livre qui m'a fait grand plaisir. Merci mille fois, chéri, vraiment, je me réjouis à l'idée que je vais pouvoir le lire très prochainement.

12.4.

Je n'ai pas réussi à t'écrire davantage hier, et après dîner j'étais si fatiguée que je me suis couchée à neuf heures et demie. Et aujourd'hui, j'ai été de service à l'Asile, en remplacement de Mlle Lobbenberg mais aussi en consultation privée. Et comme je n'en aurai guère le loisir à la maison, je t'écris encore très vite d'ici.

Qu'est-ce que tu vas faire aujourd'hui, mon chéri ? Je voudrais t'avoir ici, avec moi, afin de pouvoir te distraire un peu de toutes tes idées noires. Et maintenant, j'ai encore à te parler très sérieusement : tu es un bonhomme excessivement têtu, et je te défends une fois pour toutes de te faire encore des idées ou des reproches en rapport avec tes dispositions à mon égard. Après tout, je suis une personne adulte, je sais ce que je fais et je suis parfaitement consciente des conséquences de mes actes. Mieux que quiconque je sais que les choses extérieures jouent un rôle dans ma vie, mais tu devrais me connaître assez bien pour savoir que j'ai davantage besoin de richesses spirituelles que matérielles.

Oh, mon cher petit Amadé, ne te rends pas et ne nous rends pas les choses si difficiles ! Je t'aime tant ! ! Toi-même, tu m'as souvent sermonnée : « Tâcher de prendre les choses comme elles viennent, ne pas être si pressé », et à présent, je te retourne tes propres paroles. Patiente quelques mois et parle donc une fois à cœur ouvert avec le Dr Keil. Le fait que le cabinet ait tourné au ralenti à l'approche de Pâques me semble absolument normal – les gens ne tombent pas malades pendant les fêtes ; tu ne tarderas sans doute pas à être bien assez occupé... Il est clair que sur cent marks par mois on ne peut pas mettre grand-chose de côté, mais cela ne durera pas éternellement, et d'ailleurs, n'oublions pas que, dans un premier temps, mes parents subviendront en partie à notre installation. Et puis, avoir son propre cabinet, c'est déjà un capital, même si pour le moment il ne rentre pas beaucoup d'argent. Et je constate encore, à voir mes amis, les Janssen, qu'on peut aussi être heureux sans argent et tenir un ménage avec peu de moyens...

Ecris-moi bientôt que tout est pareil entre nous. Tu veux

bien ? Je t'embrasse, mon chéri, et je te remercie encore de tout cœur !

Ta Lilli

Le même soir encore, Lilli écrivit une autre lettre à Ernst afin de l'informer du déroulement de l'examen. On en retiendra surtout que les examinateurs, en particulier les professeurs Ferdinand Siegert, Erwin Thomas et Ferdinand Zinsser, paraissaient à ce moment-là plus préoccupés de politique que de médecine :

Mon Amadé chéri,

Au moment même où je suis rentrée de chez Siegert, le facteur est arrivé avec ta carte ; je t'en remercie de tout cœur. Commme c'est gentil de m'écrire si souvent ; je me réjouis toujours tellement de recevoir des nouvelles de toi.

L'examen ne se déroule pas comme prévu. Hier, vendredi, nous n'avons pas rencontré Siegert, trop occupé qu'il était par ses discours électoraux et autres activités de candidat aux élections du Reichstag. Lors d'un discours électoral qu'il a tenu à Kalk, il a été violemment pris à partie par les communistes qui sont allés jusqu'à le menacer du pire : le jour où ils l'attraperaient, ils lui régleraient son compte. Thomas était parti, aussi avons-nous dû retourner le voir aujourd'hui. Après nous avoir expliqué la signification du chiffre de malheur 13 et du jour de malheur vendredi d'après le Nouveau Testament, et après nous avoir tenu un discours de propagande à la gloire de la souche nationale allemande, il a bien voulu nous convoquer pour lundi. Pourvu que Zinsser n'estime pas mardi qu'il est trop tard pour nous recevoir mercredi.

Quant à Lilly Rothschild et à moi-même, nous nous sentons très bien depuis que nous nous sommes

« émancipées ». Mais sans doute aimerais-tu à présent entendre parler un peu de La Cassette. Nous avons encore eu la bonne surprise de recevoir un coup de téléphone de notre petit Schäfer dans l'après-midi – il était venu à Cologne pour nous voir et nous a donc accompagnées le soir. La représentation s'est avérée au-dessous de toute critique, nous en sommes restées sans voix, excessivement désappointées : ni style, ni esprit, ni sens artistique – parfaitement plat et vide de contenu. Et le public n'avait pas non plus la qualité et l'élégance qu'on lui prête d'ordinaire.

La soirée s'est prolongée au cabaret, juste au-dessous, où une excellente musique et une magnifique piste de danse faisaient déjà le bonheur des couples virevoltants. Nous avons commencé par regarder, par observer la scène puis nous sommes entrées dans la danse à notre tour et avons été invitées à plusieurs reprises par un inconnu installé à l'une des tables voisines de la nôtre, excellent danseur et cavalier, se distinguant au demeurant par des manières irréprochables, âge proche de la quarantaine, type : ancien officier, mais sans le côté stupidement blasé et abruti qui distingue d'ordinaire cette catégorie. En tout cas, nous nous sommes très bien amusées, même si cette musique et cette danse platement infantiles nous apparaissaient effectivement comme l'expression la plus éclatante du temps présent. Mais c'était très bien malgré tout et nous ne sommes rentrées qu'à trois heures du matin. Quelle insouciance en pleine période d'examens, n'est-ce pas ?...

Par ailleurs, nous jouons discrètement avec l'idée de faire une randonnée de huit jours en montagne, juste après mon examen. Tout sera en fleur à ce moment-là, et il semble d'ailleurs qu'on soit assez vite rendu en pays hessois. Mais pour l'instant, ce ne sont encore que châteaux en Espagne... Je me languis bêtement de toi et le fait de te l'écrire n'arrange rien. Je relis souvent tes lettres – mais j'y reviendrai une autre fois –, ou alors je joue du Chopin. Il m'est très proche en ce moment. Je te salue de tout cœur... Pour toujours

Ta Lilli

Le fait que la représentation de la comédie de Sternheim *La Cassette* n'ait manifestement pas remporté les suffrages des deux amies et de leur condisciple Schäfer ne change rien à l'affaire : Lilli n'aimait que trop aller au théâtre, elle s'intéressait à Wedekind, à Strindberg, à George Bernard Shaw qu'elle appréciait par-dessus tout. Mais plus souvent encore, elle assistait aux concerts de musique classique. Les célébrités des années vingt passaient toutes au Gürzenich de Cologne. Lilli fut ravie par Furtwängler dirigeant la septième symphonie de Beethoven : « C'est tout ce que j'aime. » Elle vit Bruno Walter à la tête de l'Orchestre symphonique de Vienne dans un concert consacré à Mozart et à Mahler, elle entendit le violoniste Adolf Busch et le pianiste Arthur Schnabel. Et elle notait le 21 avril 1924 que c'était « au moins la dixième fois » qu'elle entendait la *Passion selon saint Matthieu.*

Elle-même adorait jouer du piano, Chopin surtout, mais aussi Mozart et Beethoven ; tantôt elle accompagnait sa sœur Elsa qui jouait du violon, tantôt elle jouait à quatre mains avec son amie Änne, en particulier des transcriptions pour piano des symphonies de Beethoven.

Mais pour l'heure, l'examen passait évidemment avant tout le reste. Lilli était interrogée par les professeurs Külbs et Schneider. Külbs, qui dirigeait l'hôpital Augusta, devait ultérieurement conseiller Lilli dans la rédaction de sa thèse de doctorat, un opuscule de vingt pages dactylographiées sur « la teneur globale en soufre du sang et en particulier des globules rouges ».

Ernst travaillait toujours à Immenhausen mais la question de la succession du Dr Keil était toujours aussi douteuse. Aussi Ernst songeait-il à se déplacer à Honnef où semblait se présenter une nouvelle opportunité. Le 4 mai 1924, Lilli lui écrivait ceci :

Mon bon, mon cher petit Amadé,

Je me réjouis toujours autant lorsque le moment vient, lorsque enfin je trouve le temps et le calme nécessaires pour t'écrire... Mais dis-moi, vous avez aussi sans cesse ce très mauvais temps et toute cette grisaille ? Ici, on ne dirait pas du tout qu'on est en mai – pas trace de chaleur et de soleil. C'est carrément triste !

Hier nous en avons enfin terminé avec l'« interne ». Külbs nous a de nouveau fait attendre pendant trois heures. Il nous a posé quelques questions de neurologie, nous a débité ce faisant d'incroyables inepties et nous a déclarés « admis ». Encore un cap de franchi. Et maintenant, sus à l'épreuve de pharmacologie.

J'ai passé l'après-midi et la soirée d'hier à la maison, avec Änne. Nous avons beaucoup bavardé avec maman, plus tard nous avons joué à quatre mains et passé un moment très agréable... Mes parents me chargent de te saluer très cordialement. Et si tu dois passer par ici fin mai en vue de ton déménagement à Honnef, ils te prient instamment, au cas où ta chambre ne serait pas disponible, de venir loger à la maison. Réfléchis-y ! Inutile de te dire que tu seras plus que bienvenu !

Vendredi au Gürzenich, ç'a été quelque chose de magnifique. Cet Italien a une voix d'une incroyable beauté, merveilleusement douce, richement nuancée et chaude. Au plan purement musical, j'ai été moins convaincue, cette musique italienne me paraît souvent un peu triviale et superficielle. Et le cadre était somptueux, le public très choisi, rien que les vieux habitués du Gürzenich. On se connaît à force de s'être vu au concert. Beaucoup de distinction, d'aisance et de discrète élégance. Nous nous sommes senties très à l'aise.

Demain c'est le début du semestre. Schneider a rencontré hier Mlle Rothschild. Il s'est longuement entretenu avec elle et a demandé des nouvelles des uns et des autres. Schneider lui a dit que si Mlle Auerbach, Mlle Rothschild et moi-même ne venions plus à son cours, il ne lui resterait plus guère d'auditeurs, hormis M. Schäfer. J'irai sans doute à son cours le mardi soir de six à sept heures. Je me réjouis d'ailleurs à l'idée des heures que je vais pouvoir passer en sa compagnie. C'est qu'on finit par avoir aussi des rapports un peu plus personnels avec lui.

Tout à l'heure, je vais « voter ». Toute cette misérable chasse au Juif orchestrée par la droite m'incite à donner quand même ma voix. Il ne nous reste d'autre choix que de voter pour les démocrates. Si je m'écoutais, je voterais encore plus à gauche.

Papa s'impatiente, je dois conclure. Je t'embrasse de tout cœur et je t'envoie plein de tendres baisers,

Ta Lilli

Le résultat des élections du 4 mai 1924 ne fut pas du tout celui qu'avait souhaité Lilli. La coalition de droite enregistra un gain de voix considérable. Les candidats nationaux-socialistes qui se présentaient pour la première fois remportèrent trente-deux sièges au Reichstag. C'est d'ailleurs sans doute par égard pour son père que Lilli vota pour le parti démocrate libéral. Ses propres sympathies allaient plutôt au SPD, et ce d'autant plus que le conseiller Auerbach, véritable modèle de Lilli, se réclamait ouvertement du socialisme. Du reste, l'expérience acquise par Lilli au fil des remplacements qu'elle effectua dans des cabinets médicaux des quartiers ouvriers de Cologne contribua grandement à la pousser politiquement toujours plus à gauche. « Lorsque je me suis retrouvée dimanche dans une maison où logent plus de trente ! ! ! familles, écrivait-elle quelques mois plus tard, j'ai soudain mieux compris que l'on puisse devenir communiste. »

Les projets d'Ernst tombèrent à l'eau et il resta à Immenhausen. En proie à la dépression, il chercha réconfort auprès d'anciens amis et, surtout, d'anciennes amies – mettant ainsi à rude épreuve sa relation avec Lilli. Elle supputa aussitôt que son ascendance juive pouvait gêner Ernst au point de le détourner d'elle. Le 24 mai, elle le mettait en demeure de s'expliquer à ce sujet :

Chéri – je dois être franche, même si cela risque de te faire très mal –, je veux bien que tu passes quelques jours avec Hanne – mais à la longue cela nous rendra étranger l'un à l'autre, c'est certain. Et puis il y a cette autre chose, ce monde auquel tu ne m'as jamais permis de prendre part, peut-être parce que tu estimais que je n'y étais pas à ma place. Que va-t-il advenir de nous, Amadé ? Les sens seuls ne sauraient combler cet abîme et l'on a encore plus froid intérieurement après coup.

Mon état d'esprit est tout à la tristesse, un chaos. D'anciens conflits reprennent vie. Tôt ce matin, j'étais à la synagogue. J'ai été prise de dégoût et de colère contre tout et moi-même.

La réaction d'Ernst ne se laisse deviner qu'au travers des lettres suivantes de Lilli. Ernst réussit manifestement à calmer ses inquiétudes, à la tranquilliser. Au cours de l'été, leur relation se trouva restaurée jusqu'à nouvel ordre. Et

Lilli se glissa de nouveau dans le rôle de la mère préoccupée du bien-être de son « petit Amadé ».

Ce dernier avait de graves soucis d'argent. Le cabinet d'Immenhausen marchait mal et il n'était pas pensable de demander de l'aide aux parents de Lilli. Lilli elle-même se sépara de quelques gravures sur cuivre qui lui appartenaient personnellement – elle en tira cinq Reichsmark pièce – et fit tenir à Ernst la somme ainsi réunie : « Je t'envoie donc cet argent, et surtout, pas de remerciements. J'ai trop de peine à l'idée que tu puisses être dans le besoin », lui confessait-elle le 4 juin. Et ce ne fut pas la seule fois qu'elle envoya de l'argent à Ernst. Elle faisait tout ce qu'elle pouvait pour rendre son Amadé heureux.

« COMPRENDS QUI JE SUIS ! »

A la fois médecin, épouse et mère ?

Lili connut elle aussi des débuts difficiles dans sa vie professionnelle. Il ne s'offrit pas de poste fixe à l'Asile israélite et elle n'y fut engagée que par intermittences, jamais plus de quelques semaines d'affilée. Elle se prêta à une série d'entretiens avec différents médecins de la place de Cologne et dut se contenter pour commencer d'effectuer des remplacements. Cependant, contrairement à Ernst, Lilli voyait constamment croître le nombre de ses patients. Le 4 novembre 1924, elle lui brossait un tableau de son travail dans un cabinet de Cologne :

Mon cher petit Amadé,

Voilà déjà quinze jours que je suis ici... La salle d'attente était de nouveau bondée et les consultations commencées à 14 h 30 se sont poursuivies jusqu'à peu avant 18 heures. Heureusement, je n'ai presque plus de visites à faire ; et j'espère que je ne recevrai plus d'appel.

Je veux te remercier une fois encore de tout cœur pour tes lettres si délicates auxquelles je n'ai pu répondre hier que brièvement et à la hâte.

Les extraits de Ricarda Huch m'ont fait grand plaisir et m'incitent à faire écho à certaines de tes réflexions. J'ai souvent ressenti l'étroite parenté qui existe entre les différents arts et je me suis beaucoup plu à en suivre le cheminement. Et pas seulement cela. Tu as pu constater toi-même qu'il m'arrive d'avoir une perception quasi musicale d'un événement, voire d'une personne. Et ce que Tieck dit de Michel-Ange, je l'ai moi-même éprouvé plus d'une fois en Italie. Oh, que me soient donnés le calme, l'environnement favorable, le mode d'écriture et le pouvoir d'expression d'une Rahel Varnhagen ou d'une Caroline Schelling afin que je puisse m'ouvrir vraiment à toi de toutes ces choses. Nous nous déplaçons d'ailleurs dans le même temps littéraire, toi et moi, car le soir, avant de m'endormir, je relis souvent l'une ou l'autre lettre de Caroline Schelling. Je t'offrirai un jour un recueil de sa correspondance.

Je suis d'accord avec ce que Schlegel dit au sujet du rapport à la musique. Mais à l'inverse, la philosophie de Bergson m'a fait l'effet d'une musique délicieuse – et pas seulement à cause de la langue. La musique a son idée propre, non moins que la philosophie, et toutes deux, musique et philosophie d'une même époque, présentent certaines convergences. Je n'y ai pas repensé depuis, mais il m'est arrivé récemment au Gürzenich, après avoir écouté une pièce d'un Russe d'aujourd'hui (Prokofiev), de tâcher de me mettre au clair avec cette musique et avec la musique moderne en général ; et je me suis surprise à dire soudain à Änne que j'avais le sentiment que là aussi l'antique pensée de Dieu était morte – je veux parler de la pensée cosmique de Dieu et pas simplement de quelque doctrine religieuse. Est-ce que tu me suis ? Du même coup, je suis passée de la musique à la philosopie, et ce de manière tout à fait intuitive.

Est-ce que ces propos te surprennent venant de moi ? De moi qui te disais tout récemment comment j'entendais la musique, comment je la goûtais et la vivais ? Mais cela n'a rien à voir car les réflexions de ce genre sont enfouies dans le subconscient et n'affleurent que bien plus tard. As-tu pu visiter l'Escurial en Espagne ? J'ai lu dans la Kölnische Zeitung un excellent article sur ce palais.

J'ai téléphoné à la maison tout à l'heure. Papa ne part que la semaine prochaine. Je m'en réjouis. Mais j'y pense, chéri, sais-tu à quelle loge maçonnique ton père a appartenu à Hambourg ? C'est qu'il y avait diverses loges et mon père s'intéresse à la question.

Sinon, comment vas-tu, mon très cher ? As-tu beaucoup de travail ? Ecris-moi bientôt et parle-moi de tes livres et de tes pensées...

Ta Lilli

En 1924, Ernst était allé en Espagne pour y rendre visite à sa demi-sœur, issue d'un premier mariage de son père. En son absence, Lilli chercha à intéresser son père à la famille d'Ernst et tenta d'y parvenir en mettant en avant l'intérêt des uns et des autres pour la franc-maçonnerie. Elle-même s'était souvent rendue à la loge en compagnie de Josef Schlüchterer, une fois notamment pour y suivre une conférence sur le philosophe juif Spinoza. « J'y ai trouvé maintes choses qui m'ont parlé intimement », devait-elle écrire plus tard en rapport avec les convictions panthéistes du Néerlandais.

Lilli avait également des projets de voyage. Elle voulait retourner à Florence au printemps 1925, cette fois en compagnie d'une amie. Mais à la maison, à Cologne, il y avait de l'orage dans l'air. Sa sœur Elsa était tombée amoureuse d'un jeune homme – celui-là même dont elle n'aurait surtout pas dû tomber amoureuse, ainsi que les Schlüchterer croyaient le savoir avec certitude. Le 1er mars 1925, peu avant son départ pour Florence, Lilli dressait encore ce bref constat :

Donc, ce Hans est venu à la maison pour demander sa main. Indépendamment du fait qu'il plaît aussi peu à mes parents qu'à moi-même, ce garçon n'a pas d'existence propre...

Ma mère est horrifiée parce qu'il n'est pas juif et elle ne trouve pas mieux à faire que de me répéter jour après jour : « Pourvu que tu ne fasses pas exactement pareil. »

Mais c'est compréhensible, n'est-ce pas, Amadé – pas très facile pour moi non plus –, mais quoi, l'essentiel, c'est la « personne » et non sa « religion ». Enfin, je ne suis quand même pas très à l'aise. Papa, lui, se fait mille fois moins de souci. C'est la vie... Et d'ici huit jours, nous serons à Florence – oh, comme ta Lilli se réjouit ! Si seulement elle pouvait t'emmener.

De retour de Florence et en dépit des tensions en rapport avec Elsa, Lilli ne douta pas un instant de l'avenir commun avec Ernst. Elle y croyait dur comme fer, et même la liaison d'Ernst avec une autre femme ne put la faire chanceler dans cette certitude. Ernst avait connu Anne-Catherine avant Lilli et ce n'est qu'en 1925 qu'Anne-Catherine rompit définitivement avec Ernst – en partie peut-être par égard pour Lilli ; le premier grand amour d'Ernst se maria avec un autre, ce qui plongea notre homme dans une nouvelle phase de dépression.

Le fait est que nous avons retrouvé une cinquantaine de lettres adressées par Ernst à Anne-Catherine entre 1922 et 1925, ainsi que quelque cent cinquante lettres d'Anne-Catherine à Ernst, les premières remontant à 1922, les dernières à 1927.

Il semble bien que la relation amoureuse de Lilli et d'Ernst ait été, du moins durant certaines périodes, une relation à sens unique. Mais Ernst paraissait toujours en état de choc émotionnel, ne cessait de protester de sa bonne foi et de fournir à Lilli des preuves réitérées de son amour. Lilli connaissait l'existence de sa rivale, et dans une lettre très personnelle du 27 mars 1925, elle proposa alors à Ernst de l'aider dans sa détresse sentimentale :

Mon Amadé chéri,

Je me suis réservé une heure très calme pour venir à toi avec les lignes qui suivent, mais d'abord je prends mon Amadé dans mes bras, je l'embrasse tendrement, en silence, je lui dis que je l'aime du fond du cœur, et je lui dis aussi toutes les bonnes choses que je lui souhaite pour son anniversaire. Que le deuxième quart de ta vie t'apporte beaucoup de soleil et de bonne humeur, de satisfaction intérieure et de paix, puisses-tu, malgré tous les nuages et toutes les souffrances, reconnaître encore et toujours comme la vie est grande, comme elle est forte et magnifique !

Et me voilà prête à répondre le plus calmement et le plus sereinement du monde à la lettre que tu m'as envoyée pour mon anniversaire. Cher Amadé, je reste avec toi ! Je sais exactement ce que je fais et ce que cela signifie, et pour autant que ces choses peuvent être traitées par la raison, je ne me suis pas privée d'y réfléchir posément. Et quand j'ai reçu ta lettre, j'étais en rupture d'équilibre pour avoir rencontré un homme qui peut m'apporter beaucoup et avec lequel je me sens en étroite parenté, il s'agit du peintre Kroh.

Nous sommes devenus très proches, je lui ai alors parlé de toi, et fort du sentiment que rien n'était possible entre nous dans ces conditions, il a aussitôt tout fait, bien qu'il lui en ait beaucoup coûté, pour m'aider et s'aider également lui, pour me ramener à moi-même et me rendre la paix dont il m'avait privée. Autant je lui en ai été reconnaissante, autant j'ai souffert de ce déchirement.

Mais le fait que je t'écrive aujourd'hui à ce sujet devrait suffire à te prouver qu'il a été mis bonne fin à cet épisode. C'est quelque chose qui appartient désormais au passé et je n'y vois plus qu'une belle rencontre, un enrichissement dont la vie m'a gratifiée. Nous ne nous sommes pas revus depuis que je suis de retour. Et si je devais le rencontrer par hasard, je serais tout à fait sereine.

Et durant le voyage, j'ai de nouveau senti très fort combien je t'aime, et mon cœur, mon être, mon moi t'ont dit « oui », et si tu veux me prendre comme je suis, Amadé, prends-moi, tout mon sentiment et mon amour t'appartiendront, je t'en serai reconnaissante et me satisferai de ce que tu me donneras, et je ferai toujours tout mon possible pour soulager la douleur que t'a causée Anne-Catherine et pour t'aider à l'assumer.

Et le fait que je suis juive, Amadé chéri ! ! !, je le resterai toujours, pleinement consciente de mon appartenance, et personne ne pourra me déraciner, m'arracher à la communauté de mes pères. Je me fais plus de souci pour mes parents qui vont sûrement souffrir de cela. J'ai le cœur lourd à la pensée que je leur réserve cette déception. Mais je ne puis faire autrement ! A part cela, je me fais du souci parce que je me demande si le mariage avec une Juive ne te créera pas de difficultés au point de vue professionnel, s'il ne freinera pas la progression de ta carrière, et je te prie de tout cœur de me répondre très franchement sur ce point.

En ce qui concerne ta situation actuelle et le proche avenir dont tu te plains dans ta dernière lettre, laisse-moi te dire ceci, chéri : je sais fort bien combien la solitude te pèse là-bas, mais la certitude d'avoir en la personne d'Anne-Catherine et en la mienne deux êtres qui sont, du moins intérieurement sinon extérieurement, très très proches de toi, et qui ne te laisseront jamais en plan, et qui seront toujours là quand tu auras besoin d'elles et que tu les appelleras, cette certitude ne devrait-elle pas être plus précieuse à tes yeux que nulle autre chose au monde, ne devrait-elle pas être de nature à calmer tes inquiétudes et à te rassurer ! ! Moi je dirais, oui !

Et les choses extérieures ! N'oublie pas qu'elles vont déjà un peu moins mal, et que l'avenir n'est plus un chaos total et que tu as désormais un but précis vers lequel tu t'avances.

Et puis tu vas prendre une femme qui travaillera, au moins pendant les premières années, et je pense que tu pourras parler avec mes parents à la fin de cette année et que nous aurons fait alors un grand pas en avant. N'est-ce pas, mon Amadé ? Et si tu as encore des heures sombres, songe que bon nombre de tes vœux seront exaucés dans un avenir pas très lointain et que ta femme Lilli travaille pour cela et qu'elle se languit de son Amadé.

Je vais poursuivre vaillamment ma formation en médecine interne et je m'établirai avec toi comme praticienne pour les femmes et les enfants. Tu ne penses pas que c'est bien ainsi ?...

Je suis si contente que le printemps soit arrivé ! Sur mon bureau, il y a déjà un bouquet de narcisses et ma chambre est tout imprégnée du parfum des jacinthes que maman m'a offertes à mon retour. Comme j'aimerais t'apporter pour ton anniversaire un bouquet de ces enfants parfumés du printemps. La tasse qui, je l'espère, t'est parvenue intacte, vient de Florence, d'une très ancienne manufacture de porcelaine. C'est un souvenir de mon voyage à Florence qui t'est spécialement destiné. Les reproductions et les cartes sont aussi des rappels de l'Italie. (...)

Par ailleurs, il est paru un nouveau volume dans la collection des livres bleus, La gravure sur bois allemande jusqu'à la fin du XVIe siècle, *une vraie merveille, j'ai acheté l'ouvrage pour notre bibliothèque commune mais souhaiterais le garder encore un peu.*

Et maintenant, au revoir mon Amadé. Reçois également les vœux et salutations de mes parents... Bonheur et prospérité

Ta Lilli

Cette lettre devait mettre un terme aux peines de cœur des derniers mois. Mais l'état d'esprit d'Ernst était trop confus. Il se retrouva à faire la leçon à Lilli, la comparant à d'autres femmes et lui reprochant son indépendance intellectuelle. A cette critique, elle répondit le 3 avril, par retour du courrier :

Voyons, Amadé, mon cher et bon Amadé, est-ce que tu me veux telle que je suis ? Je ne peux pas me changer moi-même, et tu ne le peux pas non plus. Tu ne pourras plus faire de moi un être simple, candide, comme l'est par exemple Hanne. Je suis moi-même en quête de calme et de clarté et je veux y parvenir, et tout ce qui relève de la femme et de la mère en moi, je le revendique et le tiens pour sacré, et je le cultive comme ce qu'il y a de plus beau et de meilleur en moi. Comment puis-je t'expliquer ce que je veux dire ? Tu vois, j'aime aussi beaucoup le tendre et le doux, mais cela ne me comble pas tout à fait... J'aime ardemment Michel-Ange, je brûle pour Faust, rien ne m'empoigne aussi totalement que Bach et Beethoven, que la mer et les Alpes. Le grand, l'illimité, le sublime ! ! Ce qui est éternel dans le devenir et le faire, que ce soit ancien ou nouveau. Et je dois aussi me mettre au clair avec l'art et la littérature d'aujourd'hui. Est-ce que tu me comprends ? Ce tempérament que tu me connais, tu ne peux tout de même pas l'apprécier d'un côté, au plan physique, et le récuser de l'autre, dans sa dimension psychique. Comprends-moi donc, et comprends bien que si je m'exprime d'une manière excessive, c'est uniquement pour te faire entendre ce que je suis, et qui et comment je suis. Oh, chéri, ne le prends pas mal, mais quelque part j'avais et j'ai peur, tu as voulu étouffer ceci et cela en moi et cultiver autre chose à la place. Oui, mais dans ce cas je ne serais plus moi !!

En somme, les deux jeunes gens tentaient de s'éduquer réciproquement. Ernst voulait faire de Lilli une femme moins intellectuelle, plus maternelle, et de son côté, Lilli s'évertuait à guérir Ernst de ses tendances dépressives. Chacun croyait encore en la possibilité de modeler l'autre à sa convenance.

Dans l'intervalle, la sœur de Lilli, Elsa, avait été demandée en mariage par son cher Hans dont les Schlüchterer ne voulaient toujours pas entendre parler. Le 10 avril 1925, Lilli informait Ernst de la conclusion provisoire de cette affaire :

Tu me demandes des nouvelles d'Elsa. Oui, papa a repoussé la demande de Hans W., et ce pour de bonnes et évidentes raisons auxquelles Elsa, pourtant, ne veut pas se rendre. Elle en souffre énormément et pense qu'elle ne s'en remettra jamais. L'entêtement, l'opiniâtreté qui la caractérisent ne lui facilitent effectivement pas les choses.

Au milieu des années vingt, la situation politique de la République de Weimar paraissait enfin se stabiliser. Mais c'était un fragile équilibre et la mort, survenue en février 1925, du premier président du Reich, le social-démocrate Friedrich Ebert, suffit à le remettre en péril.

Il fallait élire un successeur, et au deuxième tour Lilli n'avait plus le choix qu'entre deux candidats qu'elle récusait l'un et l'autre : le général de la guerre mondiale, Hindenburg, candidat des nationalistes et des nationaux-socialistes d'un côté ; de l'autre, le candidat du centre Wilhelm Marx, également soutenu par les libéraux et les sociaux-démocrates. Le troisième candidat, le communiste Ernst Thälmann, n'entrait pas du tout en ligne de compte pour elle.

Le 26 avril, jour des élections, elle adressait encore un petit mot à son Amadé :

Je vais voter tout à l'heure – M. Marx – de deux maux, le moindre. Non pas que j'aie quelque chose contre ces deux personnalités en tant que telles. Mais les partis qui se tiennent derrière ! Et puis, comme Juive, je ne peux quand même pas donner ma voix aux nationalistes, il ne me reste donc que le centre. Dommage que ces gens soient si peu fiables et changent si facilement de cap – plus facilement que d'autres – selon la direction du vent.

Mais le candidat de Lilli fut battu. Hindenburg fut élu de justesse – un scrutin funeste. Car le maréchal blanchi sous le harnais devait bientôt s'avérer incapable de contenir l'ascension d'Adolf Hitler.

C'est à cette époque que Lilli se rendit compte à quel point l'origine juive déterminait son orientation politique et, d'une manière plus générale, toute sa conception de l'existence mais aussi les émotions déclenchées par certains événements artistiques, comme par exemple la visite d'une exposition organisée par la Société des arts de Cologne, début mai 1925 :

On y expose les œuvres d'un Russe, un Juif du nom de Marc Chagall. Une imagination débordante, une joyeuse explosion de couleurs et, cependant, quelque chose de profondément tragique. Beaucoup de choses de lui m'ont énormément plu. Ses tableaux me parlent intimement, ce qui ne m'arrive pas souvent devant les œuvres des artistes modernes. Est-ce parce qu'il est juif ? Mais il n'est pas seulement moderne et révolutionnaire, il est aussi russe ; et de même que lorsque je lis les poètes russes, j'ai le cœur qui se serre lorsque je contemple ces tableaux.

Expositions et concerts constituent pourtant un dérivatif aux difficultés que Lilli rencontre au début de sa vie professionnelle. Il y avait déjà un an que l'examen était passé, la soutenance de thèse avait aussi eu lieu depuis belle lurette et « Fräulein Doktor » était toujours en quête d'un poste assorti d'une formation de médecin spécialiste. Elle avait fait acte de candidature à l'hôpital pour enfants de Cologne, son oncle de Halle avait évoqué la possibilité de lui obtenir un poste d'assistante à Berlin, mais rien n'avait abouti pour l'instant. En proie à un certain découragement et quelque peu désemparée, elle tenait Ernst au courant de ses démarches dans une lettre datée du 1er mai :

Mon cher Amadé,

J'ai passé la matinée à courir mais toujours sans résultat. Dans la Buschgasse, où j'ai d'ailleurs été très bien reçue, il ne faut rien espérer avant l'année prochaine. Ensuite, je suis allée voir Mlle le Dr Franken... Elle m'a conseillé de ne pas hésiter à accepter de travailler dans une autre clinique pour femmes si jamais il se présentait un poste à pourvoir... Dans une pareille situation, difficile de savoir dans quelle direction se tourner. Qu'est-ce que je dois faire ? Peut-être vais-je quand même me rendre à Düsseldorf pour tenter ma chance chez Pankow. Je regrette terriblement que tu ne sois pas là afin que nous puissions réfléchir ensemble à la situation. Car c'est notre avenir tout entier qui est en jeu. Tu sais bien, la formation de praticien généraliste est si *lacunaire : « un peu » de médecine interne, « un peu » de gynécologie, « un peu » de pédiatrie, tout cela est très superficiel et ne me satisfait absolument pas. Tu vas me répondre qu'il t'a bien fallu en passer par là. Et c'est vrai, mais je crois que je serais bien plus satisfaite si je pouvais bénéficier d'une formation <u>approfondie</u> dans <u>une</u> discipline.*

Et puis la possibilité d'ouvrir à mon tour un cabinet à Immenhausen me paraît de plus en plus incertaine. Bien sûr, mon chéri, je sais très bien que mes premiers devoirs concernent un tout autre domaine : femme et mère – mais cela veut-il dire que je serais allée au bout de mes études pour rien ? Dans ce cas, je devrais déclarer forfait aujourd'hui même. Il m'est absolument impossible d'imaginer que je puisse encore jouer à l'étudiante en médecine pendant un ou deux ans, en quelque sorte pour la forme, je veux dire tout en sachant pertinemment qu'aussitôt après je raccrocherai les gants – le tout aux crochets de mon père, au prix de son travail et de sa santé. <u>Je ne peux pas faire cela !!</u>

C'est quelque chose que tu dois comprendre. Tout est si difficile, vois-tu, et les décisions, je dois les prendre maintenant, et toute seule, sans demander l'avis de mes parents, mais d'un commun accord avec l'homme pour lequel je vis et veux être là. Ne serait-il pas quand même tout à fait raisonnable que j'aille à Berlin, que je me spécialise en pédiatrie et reprenne plus tard le cabinet de mon oncle à Halle ? Et toi, pendant ce temps, tu mets de côté ce que tu peux – car ta crainte d'une nouvelle dévaluation est sans fondement – pour t'établir ensuite à Halle. Beaucoup de jeunes médecins procèdent ainsi, il n'y a aucune raison que tu ne puisses pas faire pareil. Et ce ne serait sûrement pas plus difficile que d'avoir à nourrir toute une famille à Immenhausen. Il nous faut parvenir à une décision, réfléchis surtout à ce dernier point et donne-moi vite une réponse. Je ne peux pas continuer à balancer dans un sens puis dans l'autre. La solution que je suggère mérite d'être étudiée avec attention, et cela indépendamment du fait qu'elle nous permettrait de vivre dans une grande ville ; comprends-moi bien, je peux fort bien renoncer aux avantages de la grande ville, je t'aime assez pour cela, il n'en reste pas moins que tu as besoin autant que moi des nourritures intellectuelles que la ville dispense. Mais comme on dit, cet argument ne pèse que faiblement dans la balance. Ce qui pèse lourd, ce sont les conditions difficiles que nous réserve Immenhausen et, en particulier, au plan professionnel, les perspectives d'avenir peu reluisantes, voire, en ce qui me concerne, totalement bouchées qui s'offrent à nous dans cette localité.

La lettre s'interrompt ici, la suite a été égarée. Les réserves formulées par Lilli sur Immenhausen s'accentuaient au fur et à mesure qu'Ernst s'y installait plus confortablement. En février 1925, il s'était déclaré en résidence principale à Immenhausen. Or Lilli devait partir du point de vue que sa propre installation professionnelle était pratiquement inenvisageable dans cette petite ville de deux mille trois cents habitants qui ne drainait même pas la clientèle nécessaire au bon fonctionnement du seul cabinet d'Ernst.

Les arguments de Lilli se heurtaient aux objections réitérées de son futur mari. Ernst était encore bien loin d'admettre que sa propre femme pût avoir un statut professionnel équivalent au sien. Et plus grave encore : Lilli avait un titre de docteur, ce qui n'était pas son cas à lui. Dans une grande ville comme Cologne, cela pouvait encore passer, mais dans un patelin comme Immenhausen ?

Tout cela, Ernst ne l'aura sans doute jamais clairement formulé. Il se sera plutôt abrité derrière les préventions encore d'usage à l'époque contre l'accession des femmes aux études supérieures. C'est en tout cas ce qui transparaît dans une lettre en date du 6 mai 1925 où Lilli laisse d'ailleurs percer une irritation qui ne lui ressemble guère :

Mon cher Amadé,

A présent je ne sais plus que faire ni que répondre à ta lettre. Si j'ai toujours pensé que je n'exercerais vraisemblablement pas la médecine toute ma vie et que j'aurais un jour à remplir des devoirs plus importants et d'une autre nature, ta lettre, elle, met soudain cette question au tout premier plan et lui confère un caractère d'urgence qui n'a pas été sans déclencher en moi un assez violent conflit.

Et puis ta brusquerie m'a un peu blessée, ce « ou bien – ou bien » qui ressemble fort à un ultimatum. Enfin, j'y songe déjà plus tranquillement qu'hier. Je te comprends très bien et je sais ce que tu veux et comment tu veux que je sois, mais mon cher, cher Amadé, il faut quand même que tu tiennes un tout petit peu compte de moi, de mes possibilités et de ma disposition d'esprit. Tu peux dire ce que tu veux et penser ce que tu veux de l'accession des femmes aux études supérieures : les études pour moi n'ont jamais été un jeu, et plus j'exerce ma profession, plus j'y suis attachée, et plus il m'est difficile d'imaginer que je pourrais un jour ne plus travailler du tout.

Je connais tes objections et je sais combien elles sont justifiées – mais ce n'est pas cela qui va m'aider à résoudre le problème. Oh, j'aimerais tellement que tu sois là – je crois qu'une seule journée comme celle que nous avons passée ensemble l'été dernier m'aiderait plus que tes lettres de toute une année. Amadé, j'aime tellement mon travail de médecin, je l'aime tellement malgré la déprimante insuffisance de la pratique médicale, malgré son impuissance hélas si fréquemment avérée.

Et qui pourrait savoir mieux que toi que je ne suis pas un bas-bleu ? Que je suis femme avant tout et – mais je ne veux pas poursuivre sur ce point. Tu ne devrais pas écarter d'un simple geste de la main des choses qui sont devenues partie intégrante de ma personne. Cela m'a fait mal.

En ce qui concerne ma propre situation, le moment est très peu propice pour en parler avec mon père – il a déjà bien assez de soucis avec Elsa... D'ailleurs, si tu devais camper sur ta position et exiger que je dise adieu à la médecine le jour de mon mariage, le choix de Halle ne se poserait même plus, étant donné qu'il est étroitement lié dans mon esprit à la possibilité de reprendre le cabinet de mon oncle. Quant à tes propres plans, je ne vais plus m'en mêler jusqu'à ce que tes négociations avec Keil soient parvenues à leur terme. Attendre et voir venir...

Il y a un concert Schumann aujourd'hui ; réjouissante perspective mais qui, à cette heure, ne me sourit même plus comme il faudrait. Maman et Elsa viennent aussi. Voilà, mon petit Amadé, écris-moi bientôt et dis-moi que tu me comprends et que tu me suis dans tout ce que je t'ai dit aujourd'hui. Et dis-moi si tu m'aimes malgré tout, oui ?

Je me languis de toi !

Avec une tendre pensée !

Ta Lilli

Ernst était au bout du rouleau : la ténacité de Lilli le mettait sous pression, les négociations pour la reprise du cabinet du Dr Keil traînaient en longueur et, en plus, il souffrait toujours de son amour malheureux pour Anne-Catherine. Lilli rendit même visite à sa rivale durant cette période et la trouva plutôt sympathique. Celle-ci lui donna des nouvelles peu rassurantes d'Immenhausen : Ernst était excessivement nerveux et en mauvaise condition. Le

20 mai, Lilli lui confessait qu'elle avait rencontré Anne-Catherine qui lui avait brossé un tableau fort inquiétant de la situation à Immenhausen :

Entre autres, j'ai été effrayée d'apprendre que tu fumais jusqu'à quarante cigarettes par jour. Amadé, toi naguère si mesuré et si raisonnable ! ! et ce qui me paraît totalement inconcevable, c'est que tu prennes de la morphine contre l'insomnie ! ! Toi qui sais parfaitement, en tant que médecin, quelles sont les conséquences de l'absorption de ce genre de drogue. Je te supplie de ne plus y toucher.

« SI PROFONDES QUE SOIENT LES EAUX ! »

Les parents tentent d'empêcher le mariage de Lilli avec Ernst

Les parents avaient beau être encore très préoccupés par l'affaire Elsa, l'heure de vérité, en raison du désordre nerveux d'Ernst, ne pouvait plus être différée : le moment était venu pour Lilli de mettre les parents au courant de ses projets de mariage – et ce d'autant plus que la correspondance intensive échangée depuis près de deux ans n'était pas ignorée d'eux. Et Lilli avait bon espoir de parvenir à emporter l'adhésion de son père. Le 29 mai 1925, elle écrivait à Ernst :

Je suis pratiquement certaine qu'en dépit des objections et arguments contradictoires de toutes sortes qu'il ne manquera pas de formuler, il ne m'opposera jamais un veto aussi tranchant qu'à Elsa ; il a toujours mis toute sa confiance en moi et déclaré à qui voulait l'entendre : Lilli va son chemin et son chemin sera assurément le bon. Je vois de plus en plus en mon père un ami, et c'est comme à un ami que je vais lui parler.

Le lendemain, c'était chose faite ; elle parla avec le père et la mère, et le 31 mai elle adressait à Ernst une relation détaillée de ses conversations :

Mon Amadé bien-aimé,

Et voilà, le premier pas est fait, j'ai parlé hier après déjeuner avec mon père et hier soir avec ma mère. J'étais très calme en apparence, claire et maîtresse de moi-même. Entre père et moi, il n'a été besoin que de peu de mots. Il m'a dit : « Parmi tous tes collègues et connaissances, M. Jahn m'a toujours été le plus sympathique et le plus agréable. Ce n'est donc pas facile du tout pour moi et je vais y réfléchir. » C'est tout ce qu'il a dit et je me suis gardée de lui poser des questions. Il se montre très attentionné et affectueux avec moi.

Mère s'est mise dans tous ses états. Elle a eu toutes sortes d'objections, m'a rendue attentive aux dangers d'un mariage mixte, a prétendu que cela m'éloignerait d'elle et d'autres choses de ce genre. Je suis moi-même stupidement énervée et j'ai un désir presque irrépressible de te voir et de te parler. Mais même si cela n'a rien donné de concret jusqu'à présent, je reste convaincue d'avoir agi comme il faut. Quelle tournure cela va prendre, je ne le sais pas moi-même.

Dimanche de Pentecôte, 1er juin.

Chéri, nous en étions là hier après-midi. Entre-temps, j'ai eu encore une longue conversation avec mon père qui se montre très compréhensif avec moi et très positif à ton égard. Mais si peiné qu'il en soit, il ne peut pas nous aider, d'aucune manière. Et pour l'instant, il ne voit aucune issue. Il estime que nous devrions commencer par tâcher d'assurer une base à notre existence, il serait toujours temps de reparler de cette question ensuite. Il n'y a guère eu, selon lui, d'époque où il était aussi difficile qu'à présent d'accorder le spirituel avec l'indispensable matériel. Il m'a invitée à t'informer de notre conversation et nous conseille de temporiser avant de nous engager plus avant l'un envers l'autre. Je n'ai pas pu lui dire à quel point les liens qui nous unissent sont forts et indissolubles, du reste cela n'aurait eu aucun sens en l'état actuel des choses.

Il m'a mise en garde contre le choix d'Immenhausen ; en tant qu'enfant de la grande ville et compte tenu de mes aspirations intellectuelles et culturelles, il pense que je ne pourrai jamais me sentir bien dans ma peau là-bas, et quoiqu'il ne doute pas un instant de l'authenticité et de la profondeur de mes sentiments, il ne croit pourtant pas qu'il me soit possible, par amour pour toi, de surmonter longtemps les effets néfastes d'un choix aussi incongru. Mais après tout, c'est une question dont il ne veut plus se mêler. Quant à toi, il ne te connaît que fort peu, dit-il, mais tu lui fais excellente impression et il t'estime beaucoup. S'il est une chose qu'il ne saurait concevoir, c'est de me savoir conditionnée – moi en particulier – par une situation matérielle étriquée. La question confessionnelle ne constitue qu'un empêchement mineur à ses yeux, de même que la question de l'âge, étant entendu que, pour payer en quelque sorte tribut à la nature, une femme fait toujours bien, selon lui, d'épouser un homme plus âgé qu'elle. Que je suive donc tranquillement mon chemin et toi le tien, et si dans trois ans, forts d'une base d'existence plus solide, nous étions toujours décidés à nous unir, que je revienne le voir pour reparler de tout cela. « Je voudrais pouvoir te donner cinquante mille marks aujourd'hui même, mais je ne les ai pas, l'inflation m'a ruiné. » Voilà ce qu'il m'a dit ; et je t'ai tout raconté par le menu afin que tu reconnaisses la générosité de mon père et son amour pour moi.

Mais revenons à nous deux. Je suis bien contente d'avoir mis mon père au courant mais je suis très déçue qu'il ne puisse pas nous aider. Surtout à cause de toi, Amadé. Toi qui souffres tellement, tellement de ces conditions mortellement ennuyeuses, toi qui as besoin de tant d'énergie pour ne pas dépérir dans un tel contexte.

Ta dernière lettre m'a vraiment déprimée et j'ai des scrupules de conscience quand je vois comme je suis gâtée et comme j'ai malgré tout la belle vie tandis que tu manques de tout. Amadé, si tu ne veux pas te rendre encore plus malheureux, et moi avec du même coup, alors il faut que tu renonces à Immenhausen.

Amadé, écoute-moi bien et s'il te plaît, s'il te plaît, aie confiance en ta Lilli. Il faut maintenant que nous prenions tous deux courageusement en main notre avenir et notre vie. Et je pense que le but poursuivi devrait être assez lumineux et vivant pour nous donner la force de surmonter tous les obstacles et les quelques années qui nous en séparent encore. Après tout, nous sommes encore jeunes, nous avons la vie devant nous et nous nous aimons, nous avons confiance l'un dans l'autre et sommes animés par le même espoir, n'est-ce pas, dis ? ! ! Amadé, nous devons prendre la vie à bras-le-corps et la regarder dans les yeux, sinon elle nous dévorera et nous ne nous en sortirons pas. Je sais bien que tu es plus fourbu que moi et que la vie t'a déjà mis à rude épreuve, et je souhaiterais pouvoir te passer un peu de mon désir et de ma joie de vivre, de ma volonté de vivre, de ce sentiment d'adhésion à la vie qui donne force et courage et qui nous empêche de sombrer ! !

Je n'ai plus pu écrire hier soir, mais dans la nuit j'ai réfléchi à pas mal de choses. Je pense écrire à mon oncle, cette semaine encore, et entrer en pédiatrie, et mon bon, mon cher Amadé, serait-ce donc si terrible que j'exerce encore durant les premières années de notre mariage, alors même que cela nous rapprocherait du but qui est de vivre ensemble au plus tôt ? ! ! Je crois que tu peux encore te faire une raison de cela, et sans nul risque, car je te le promets, tu n'auras jamais à en souffrir.

Et toi, tu attends de voir comment les choses évoluent, que tu gagnes de l'argent là-bas ou avec des remplacements n'a finalement pas d'importance. Et pour la suite, laisse-moi faire, chéri, il se présentera assurément à Halle ou ailleurs un cabinet à reprendre. Fais-moi confiance. Tu sais comme je t'aime, et je te le promets une fois encore, je ne te laisserai pas et je resterai auprès de toi, « si profondes que soient les eaux ! ». Cher, cher Amadé, je me languis de toi...

Je reste ta fidèle

Lilli

Ces nouvelles n'étaient pas précisément faites pour tirer Ernst de la dépression. Aussi Lilli s'évertua-t-elle à lui prodiguer force encouragements durant les semaines qui suivirent. « Je voudrais introduire une sonorité claire et lumineusement mélodique dans la triste et sombre dissonance de ta vie », lui écrivait-elle le 7 juin. Et six jours plus tard, elle l'entretenait avec enthousiasme de la lecture d'essais consacrés à Hölderlin, Kleist et Nietzsche : « N'est-ce pas, Amadé, la vie est quand même merveilleuse, je l'aime tellement. Et si rude soit-il, le combat pour l'existence ne devrait pas nous en gâcher le plaisir. » Lilli avait d'ailleurs marqué quelques points dans le combat pour l'existence. A l'Asile israélite, on lui avait offert – comme d'habitude à titre provisoire – un poste de praticienne. Et le 14 juillet, elle apprenait à Ernst qu'elle avait obtenu son « approbation » l'avant-veille : « Cela a marché comme sur des roulettes. »

A l'approche des grandes fêtes juives, le dilemme de sa liaison avec Ernst lui apparut une nouvelle fois avec une netteté accrue. Elle voulait à présent le faire participer à son monde et s'y essayait dans une lettre du 16 septembre 1925 :

Ce n'est que maintenant (samedi-dimanche) que nous fêtons le nouvel an, dix jours après, c'est le jour de la Réconciliation et début octobre seulement, la fête des Cabanes. Ce sont des cabanes de feuillage. Mais as-tu jamais vu en vrai une construction de cette sorte ? Vendredi soir, je vais avec les parents à la synagogue. Je te raconterai tout ensuite.

Durant les jours de fête, le projet de mariage de Lilli donna lieu à de nouvelles discussions dans le cercle familial – avec très peu de résultats encourageants, comme Lilli en informait Ernst cinq jours plus tard :

Au reste, maman m'a de nouveau fait comprendre clairement et sans détour qu'elle ne parviendrait jamais à se faire à l'idée d'un mariage mixte. Il en coûtera donc sans doute encore plus d'une controverse – et ma position sera d'autant plus délicate à défendre que je comprends parfaitement une attitude qui découle de l'éducation reçue dans le milieu de mes grands-parents ainsi que des convictions religieuses et de la piété de ma mère.

Ce n'était pas seulement le projet de Lilli qui inquiétait Paula. Plus dramatique encore paraissait le cas d'Elsa qui, contre la volonté expresse du père, refusait obstinément de rompre avec son Hans. Une grande tension régnait dans la maison des Schlüchterer, la fête du nouvel an et Yom Kippour furent assombris par les projets des deux filles tendant à délaisser par le biais du mariage le milieu dans lequel elles étaient nées. Malgré tout, Lilli ne lâcha pas prise et, le 10 novembre, elle put envoyer à Immenhausen les premiers résultats positifs obtenus à force de ténacité :

Mon bon et cher Amadé,

Grand merci pour ta lettre de dimanche.

Mon premier mouvement d'irritation est retombé ; je continue d'espérer qu'Elsa se libérera de ce lien. Mais tout cela ne me laisse aucun repos, ni de jour ni de nuit, et je tente d'obtenir de maman qu'Elsa puisse passer un moment loin d'ici. Mais dans la situation actuelle, ce n'est pas si simple.

A part cela, j'ai des nouvelles d'importance à te communiquer. J'ai encore eu une conversation avec papa dimanche après-midi. Il en est ressorti qu'il est tout à fait d'accord pour avoir un entretien avec toi et qu'il n'est pas opposé à nos fiançailles, pourvu qu'elles n'interviennent que lorsque nous disposerons d'une base matérielle suffisante. Il prétend que nous ne pourrions pas vivre avec 400 marks par mois et n'est malheureusement pas en situation actuellement de nous aider en nous versant un complément mensuel. Toute l'industrie est menacée, au point que les meilleures firmes ne savent pas aujourd'hui si elles ne seront pas en faillite demain. Songe donc, notre carnet de commandes est plein mais il n'y a pas assez d'argent pour payer les gens. La moitié des ouvriers a été congédiée, l'autre moitié ne travaille que trois jours, et le vendredi c'est à peine si nous avons de quoi payer les demi-salaires qui leur sont dus. Quant aux trois messieurs, ils réduisent à l'extrême leurs propres émoluments mensuels. Mais de cela, bien entendu, tu ne sais rien, au cas où mon père viendrait à t'en parler.

Il ne saurait donc, selon lui, être question de mariage dans des circonstances pareilles. Mais il espère que les choses se seront arrangées d'ici le printemps. Dans ce cas, ce ne serait pas si mal pour nous, et en attendant, je suis bien contente d'avoir obtenu l'accord de principe de mon père... Il a d'ailleurs traversé Immenhausen il y a quelques jours – en train express – et il a été un peu effrayé, a-t-il déclaré, par ce qu'il a pu entrevoir au passage, depuis le train. Mais ça ne me fait pas peur. Chéri, je dois encore très vite te donner un baiser parce que je suis si contente, si heureuse ! Je me dis que notre « plan de Noël » pourra être maintenu... Mais à présent, il va falloir que tu progresses dans la négociation de ton contrat. Songe qu'il y a quatre semaines déjà que tu es rentré de voyage et que, depuis lors, tu n'as pas avancé d'un pas. Il faut à tout prix que tu aies ce contrat lorsque tu parleras avec mon père ! Ne le prends pas mal mais il faut bien que je te parle un peu énergiquement, pour une fois ! !

Cher, cher Amadé, voilà que nos châteaux en Espagne commencent à s'inscrire un tant soit peu dans la réalité. Tu sais, je ferai encore deux ou trois remplacements plus tard, et avec l'argent on achètera des meubles et ainsi de suite... Au cabinet c'est un peu plus calme aujourd'hui, pour la première fois depuis trois semaines. Il fait très froid par ici mais avec un beau temps ensoleillé.

Je voulais encore te parler un peu de Martin Buber. C'est une tête éclairée, une grande figure spirituelle, il a un visage intelligent, très pâle, avec une longue barbe noire et des yeux doux et très clairs. Il a parlé de la pensée primordiale dans le récit biblique de la Création. Il est parti de la science et de l'impossibilité d'expliquer et de disséquer les fins dernières, et il a illustré son propos avec une subtile citation du Talmud. La création de l'homme est l'œuvre de trois forces conjuguées : le père, la mère et Dieu. Il ne fallait pas, a-t-il dit ensuite, considérer la Création comme quelque chose qui a eu lieu un jour mais comme quelque chose qui a lieu à tous moments, quelque chose qui se renouvelle éternellement et s'accomplit encore et encore, donnant lieu à des formes toujours différentes. Il n'y a pas deux créatures qui soient absolument identiques, chaque création est en soi éternelle, unique.

En s'appuyant sur un ensemble de comparaisons entre les mythes babyloniens et d'autres mythes anciens, il a démontré ensuite qu'on ne trouve nulle part un récit de la Création aussi complet et transparent que celui de l'Ancien Testament qu'il nous a lu à haute voix pour conclure.

Au fond, il n'y avait là rien de nouveau pour moi, mais je me suis réjouie d'entendre quelqu'un formuler de telles pensées. Car je vénère Dieu dans tout ce qui arrive, dans chaque manifestation de la vie, dans les événements catastrophiques comme dans les choses les plus petites, j'aime Dieu dans la rumeur des arbres et du vent comme dans la plus humble fleurette ainsi que dans tout ce qui est beau, grand et noble. Et j'aime aussi Dieu dans Méphisto.

Mais quand mon Dieu se trouve compressé dans les formes d'une religion quelle qu'elle soit, je ne le reconnais plus. D'où mon embarras lors des fêtes religieuses. Et pour moi, il n'y a pas de Dieu des Juifs, pas plus que de Dieu de tel ou tel autre peuple. Pour moi, il n'y a que le « divin en soi ». Mais je ne peux pas adresser de prières à mon Dieu. Je le porte en moi, et ma foi en lui m'aide – mais je ne peux pas prier. Tu comprends cela ? J'ai si souvent ressenti à quel point cela m'opposait à toi, cela m'a si souvent torturée et j'ai si souvent voulu te l'écrire – il semble que cela ne devait se faire qu'à cette heure. Et à présent j'en ai le cœur serré tant je m'inquiète de savoir comment tu vas prendre cette confession qui n'avait encore jamais franchi mes lèvres. Toi qui as un Dieu si différent – du moins est-ce ainsi que je le ressens – et qui nourris pour lui un amour si profond. Et je te prie donc instamment de m'envoyer quelques mots en réponse – j'ai une peur effroyable que cela puisse être de nature à t'éloigner infiniment de moi – toi que j'aime si fort ! ! !...

Ta Lilli

La relation de la conférence de Martin Buber, donnée à la loge maçonnique où Lilli se rendit en compagnie de son père, témoigne des profondes transformations qui affectent alors le sentiment religieux des deux jeunes gens : tandis que Lilli se sépare peu à peu de ses racines religieuses, Ernst se reconnaît de plus en plus dans une façon de penser tout imprégnée de catholicisme. En signe de sa volonté de rapprochement, Lilli décore à l'époque sa chambre avec la reproduction d'une Vierge de Dürer. Tous deux vénéreront d'ailleurs la Sainte Vierge leur vie durant. Mais Lilli l'adopte sans doute surtout par amour pour Ernst tandis qu'Ernst a de tout temps vu en elle la représentation symbolique de son idéal féminin.

Ernst réagit manifestement de manière compréhensive à la confession théologique de Lilli. Et la lettre qu'il lui adressa en guise de réponse contenait une autre bonne nouvelle : les difficiles négociations en rapport avec la reprise du cabinet du Dr Keil avaient enfin abouti favorablement. Dans sa lettre du 18 novembre, Lilli se réjouit de cette nouvelle et il ne sera plus question désormais de s'établir à Halle :

Mon cher, bon petit Amadé,

Hier après-midi j'ai eu un entretien avec le Dr Cahen qui s'est retranché derrière pas mal de « si » et de « mais » avant de finir par me donner son assentiment ; et je pourrai donc reprendre le travail à l'Asile, à compter du 1er décembre et pour une période de trois mois, à condition d'obtenir aussi l'agrément d'Auerbach. Mlle Lobbenberg vient d'ailleurs de m'appeler pour m'inviter à voir Auerbach aujourd'hui même. A cette fin, il ne me reste qu'à me rendre séance tenante à Ehrenfeld, je suis sûre de le trouver là et c'est le meilleur endroit pour lui parler.

Je vais quand même au moins commencer à répondre à ta longue, longue lettre dont je te remercie du fond du cœur... Je suis terriblement contente que la question de ton contrat soit enfin réglée et je t'en félicite très, très chaleureusement, et Amadé reçoit un gros baiser en récompense. Pour toi aussi, ce doit être un soulagement d'avoir enfin le contrat dans la poche. Lorsque tu viendras, à Noël, apporte-le, s'il te plaît, je ne l'ai plus vraiment en tête... Mais Lilli doit à présent filer en vitesse. La suite tout à l'heure.

Et voilà, Auerbach est également d'accord. Il a été très gentil avec moi et s'est informé longuement de mon travail au cabinet. Je suis ravie, et ce soir, je serai chez les Lobbenberg. Malheureusement, Kisch ne viendra pas, il était déjà invité ailleurs.

Mais revenons à ta lettre. Je pense que le mieux serait que tu écrives à mon père dans une quinzaine de jours : en rapport avec nos projets, tu lui apprendrais que ta situation s'étant éclaircie au point de vue de ton contrat, tu aimerais avoir une entrevue avec lui, si possible le 23 décembre.

Et lorsque tu lui parleras, ne te soucie pas de stratégie et ne t'embarrasse pas de prudents détours dans ce que tu as à lui dire, il faudra jouer cartes sur table et appeler les choses par leur nom, bref, tu n'auras qu'à parler à mon père exactement comme tu m'écris. A cœur ouvert et avec conviction, c'est ce qui marche le mieux avec papa.

Oui, et les questions d'argent, cher Amadé ! Je pense qu'une fois déduit le loyer, les frais de nourriture et tout le reste, il te restera quand même entre 200 et 250 marks à la fin de chaque mois. Cela devrait te permettre d'acheter un manteau d'ici avril et de finir de payer d'ici mai le bureau acheté à crédit. En plus, lorsqu'on se mariera, il y aura les cadeaux de mon oncle, je lui suggérerai de nous offrir un tapis ou d'autres choses qui pourraient nous manquer. Je crois que nous arriverons à réunir tout ce qu'il faut pour un ménage d'ici la fin de l'année, d'autant que grâce aux relations de mon père avec certaines maisons de gros, je pourrais avoir à prix très réduit tout ce qui a trait à l'équipement de la cuisine. Ne te fais donc pas trop de soucis à ce sujet... Et puis, chéri, si oppressantes voire quasi insurmontables que puissent te paraître les difficultés, surtout garde la tête haute, et crois-moi, nous les surmonterons !...

Ta Lilli

Josef et Paula Schlüchterer regimbèrent encore un peu et Lilli dut argumenter pour les convaincre d'accepter la rencontre programmée pour la fin de l'année. Mais, à la fin novembre, Ernst reçut de Paula une invitation officielle à passer quelques jours chez les Schlüchterer, à Cologne, durant la période de Noël.

« UNE IMPATIENCE PRESQUE FÉBRILE »

Mariage avec la bénédiction du rabbin

Le 23 décembre 1925 Ernst demandait la main de Lilli à Josef Schlüchterer. Suivant les conseils de Lilli, il n'enjoliva pas sa situation matérielle mais se garda aussi d'en brosser un tableau trop sombre. Aussi le passage obligé du rapport sur les perspectives financières du jeune couple se déroula-t-il à la relative satisfaction du père de la fiancée qui donna sa bénédiction aux jeunes gens.

De retour à Immenhausen, le futur gendre écrivit aussitôt aux Schlüchterer pour les remercier de leur hospitalité. Cependant, sa missive, au demeurant fort civile, contenait aussi des remarques plutôt malvenues en la circonstance et qui indisposèrent les parents, surtout Paula, ainsi que le rapporte Lilli dans une lettre datée du 1er janvier 1926 :

Les parents ont reçu ta lettre et n'ont pas voulu me la montrer ; comme tu y avais fait allusion, je savais en gros ce qu'elle contenait mais je me suis emportée de manière ridicule parce qu'on refusait de me la faire lire. Papa me l'a finalement quand même donnée et c'était bien ainsi car elle a suscité une certaine consternation chez les parents. Je comprends fort bien les motifs qui t'ont poussé à écrire cela, mais à considérer l'effet produit, j'ai quelque raison de douter, aujourd'hui du moins, de l'opportunité de tant de franchise. Mais on ne peut plus rien y changer et je te prie instamment de ne surtout pas revenir là-dessus dans une lettre à venir par laquelle tu chercherais à t'expliquer ou à te défendre. Ce serait totalement incongru. Papa s'efforce de le prendre du bon côté mais maman s'est mise dans un état tel qu'elle a dû aller se coucher cet après-midi. Elle se tourmente et me tourmente avec des doutes de toutes sortes que seul le temps pourra lever. Elle se fait du souci pour moi ; elle ne comprend pas que la nécessité intérieure m'ait poussée précisément dans cette voie. Mais peut-être aussi que de tels propos peuvent paraître un peu secs et froids à quelqu'un pour qui une telle situation n'est même pas concevable. Le fait – pour reprendre tes propres mots – qu'il m'a fallu commencer par te conquérir, qu'il m'a fallu lutter durant des années pour te gagner, c'est quelque chose qu'elle ne peut pas comprendre. Et elle se rend et me rend la tâche bien difficile à l'heure qu'il est. Mais je t'en prie, ne lui écris pas. Du moins, pas maintenant. Et comment j'ai réagi, moi, à ta lettre ? Oui, Lilli n'a pu s'empêcher de verser déjà des larmes amères en ce début d'année. Mais cela va mieux maintenant, et ce sont deux yeux réjouis qui brillent de nouveau à travers les larmes...

De son côté, Josef Schlüchterer ne parvenait pas à surmonter son inquiétude. Il doutait que Lilli eût fait le bon choix et trouva à exprimer son scepticisme de manière hautement diplomatique. Le 2 janvier 1926, il adressait à son futur gendre une lettre dans laquelle il l'adjurait en termes solennels de rester fidèle à sa Lilli :

Cher Ernst,

Comme tu peux le constater, nous avons déjà renoncé au titre officiel de « gendre » pour t'appeler de préférence, comme nous le ferions avec notre propre fils, par ton prénom qui nous est entre-temps devenu familier et cher.

Si nous pouvons remplacer ce qui t'a manqué dès ton plus jeune âge, ce sera pour nous une grande joie, notre manière de t'exprimer la gratitude que nous éprouvons envers celui qui entourera au quotidien notre enfant solaire de tout l'amour, de tout le fidèle dévouement qu'elle mérite pleinement. L'évolution de votre relation, ce processus que tu nous as décrit de façon si directe et sans nul fard – mais avec d'autant plus de force et d'émotion –, te donne et nous donne l'assurance que Lilli, quoi qu'il advienne, suivra fidèlement et jusqu'au bout la voie qu'elle a un jour reconnue comme juste. Et en consentant à votre union, nous t'avons témoigné, à toi aussi, toute notre confiance, laquelle repose sur la conviction que tu es homme à répondre avec gratitude et d'un cœur joyeux à ce que notre fille te porte en offrande : amour, fidélité, dévouement, bonté. Nous t'avons donné une partie de ce que nous avons de meilleur et de ce que nous chérissons le plus au monde.

Vendredi dernier, au moment de pénétrer dans la maison de Dieu, nous avons été accueillis par le merveilleux chant de louange du sabbat qui constitue ce qu'il y a de plus grand, de plus sacré et de plus noble dans notre religion. Dans ce chant, le sabbat est comparé à une charmante promise venant à la rencontre de son fiancé.

En cela, cher fils, tu peux entrevoir le profond respect, l'amour et la dévotion que nous vouons à la fiancée et future épouse, comment elle est honorée et aimée chez nous.

Si tu peux considérer cela comme le fil conducteur qui vous guidera votre vie durant, alors tout ce que vous espérez et désirez sera exaucé et la providence bénira votre union.

Votre bonheur radieux et votre prospérité constitueront le plus grand bonheur, le plus beau remerciement que peuvent espérer les parents de Lilli qui sont aussi les tiens.

La famille entière se montra fort réjouie en apprenant la nouvelle du mariage de Lilli et d'Ernst prévu pour le mois d'août. Cartes de vœux et présents affluèrent de toute part. Grand-mère Schloss, à Halle, offrit un piano à queue Blüthner, un oncle de New York envoya deux mille dollars. Emportée par son exaltation, Lilli voulut même faire cadeau d'une thèse de doctorat à Ernst. Elle ne faisait, dit-elle, pas grand cas de « ce genre d'étiquette », mais enfin un titre pareil ne pouvait pas nuire. Si Ernst était d'accord, lui proposa-t-elle en janvier 1926, elle rédigerait la thèse avant leur mariage et il ne resterait à Ernst qu'à venir à Cologne pour la soutenir.

Fort heureusement, le fiancé refusa de se prêter à ce subterfuge et Lilli put se consacrer entièrement, durant les mois qui suivirent, aux préparatifs du mariage et à sa vie sociale à Cologne. Le 25 avril, elle se rendit à une soirée organisée par son ami Lutz Salomon :

En dépit de l'étalage de luxe et d'élégance, la soirée chez les Salomon s'est avérée plutôt ennuyeuse. Je ne me sens jamais très à l'aise dans ce genre de société un peu superficielle, un peu impersonnelle, et je n'ai malheureusement pas non plus la faculté d'adaptation requise pour me mettre vraiment au diapason. Au plan esthétique, ce fut évidemment un plaisir, ces pièces spacieuses, cette orgie de fleurs, le cristal, l'argenterie et un véritable essaim de très belles jeunes femmes en grande toilette ! Une scène somptueuse ! Les invités étaient au nombre de trente, et parmi les femmes, seule une jeune pianiste et moi-même portions les cheveux longs ! Il y avait aussi de nombreux confrères qui se sont livrés de manière fort égoïste à de longs apartés professionnels.

La coupe dite à la garçonne était devenue à la mode durant ces années-là. Lilli faisait encore de la résistance à cet égard, mais quelques années plus tard elle porterait également les cheveux courts, ainsi qu'en témoignent des photos datant du début des années trente.

Quatre jours après la soirée chez les Salomon, elle était invitée à une autre réunion festive, cette fois dans la maison du conseiller Auerbach :

A l'inverse de la fête chez Salomon, ce fut une très agréable soirée. Il y avait beaucoup de sympathie dans l'air et tout le monde était très détendu, si bien que le temps s'écoula sans que personne ne se fût avisé qu'il était déjà deux heures du matin, alors que le conseiller lui-même était encore engagé dans une conversation des plus animées. Repas exquis. On a même dansé ensuite sur de la musique diffusée par Radio Londres. J'ai eu comme voisin de table un juriste en fonction au tribunal cantonal et Löwenstein était assis à ma droite.

Lilli n'avait pas encore rendu visite une seule fois à son futur mari à Immenhausen. Il n'était que temps de prendre enfin contact avec ce qui allait devenir son lieu de vie. Elle devait et voulait voir l'appartement qu'elle partagerait bientôt avec Ernst. A cette fin, il fut décidé d'un commun accord qu'elle se rendrait en Hesse courant mai, accompagnée de sa mère. Par mesure d'économie, Ernst suggéra – plutôt malencontreusement – aux visiteuses de passer la nuit à l'hospice chrétien de Cassel. Mère et fille déclinèrent aussitôt cette proposition et invitèrent Ernst à leur trouver un autre hôtel.

Lorsque ce fut chose faite, toutes deux se rendirent pour une visite éclair dans la province redoutée. Le bilan du voyage fut plutôt positif ainsi qu'en témoigne cette lettre de Lilli datée du 17 mai :

Mon très très cher Amadé,

Sans doute auras-tu appris entre-temps par notre carte que nous sommes bien rentrées à la maison après un voyage sans encombres. Ici, nous avons tout trouvé en ordre, y compris des nouvelles de papa. Les fleurs se sont très bien remises du voyage, elles sont redevenues très belles et nous pouvons les admirer à loisir. Merci encore pour cela et pour toutes les attentions que tu nous as prodiguées. Tu auras sûrement remarqué combien j'ai été heureuse d'avoir pu encore parler un peu avec toi dans la matinée de dimanche.

Chéri, je suis vraiment ravie ! Enfin je peux me faire une idée de l'environnement dans lequel tu vis et travailles, du décor de la chambre où tu passes tes soirées du jeudi et de tout le reste. Ainsi les images du futur ont-elles pris une forme tangible. Tu as largement contribué à ce que je ne sois pas déçue par Immenhausen. On peut vivre là, c'est sûr, et Cassel m'a beaucoup plu. Et comme les parents sont à Cologne, nous serons toujours à même d'aller chercher là quelques nourritures et rafraîchissements pour l'esprit, n'est-ce pas ? Et quand nous serons installés tous deux dans notre petit appartement que tu as si bien arrangé et pour lequel nous avons déjà acheté tant de jolies choses, alors il y aura deux personnes heureuses de plus au monde, n'est-ce pas mon grand petit Amadé chéri, et sans nul doute cela t'aidera-t-il à recouvrer calme et sérénité.

Je veux t'aider à parvenir à cela, cher Amadé, aussi bien intérieurement qu'extérieurement, et te témoigner ma gratitude pour chaque rayon de soleil et d'amour dont tu me feras l'offrande. Et à présent, je suis terriblement impatiente que la boucle soit bouclée et que nous soyons enfin réunis ! !

Et ce qui me fait également grand plaisir, c'est que tu aies rencontré cet excellent homme qu'est Bonsmann et que tu aies trouvé en lui un véritable ami. J'ai été extrêmement touchée par son attitude si prévenante et chaleureuse. Donne-lui bien le bonjour de ma part, s'il te plaît...

Je viens de passer un long moment à parler au téléphone avec Elsa qui m'a posé une foule de questions. Elle est très en forme et ne trouve le temps ni de lire ni d'écrire parce qu'elle ne cesse de jouer au tennis de table ; c'est un jeu de société très pratiqué en Angleterre, surtout à la campagne, et comme on est en société pratiquement chaque soir... Bien à toi, mon chéri, grand merci et mille tendres baisers,

Ta Lilli

A l'heure de son mariage, la vie de Lilli va s'enrichir de nouveaux amis. Parmi eux figure en particulier le Dr Bonsmann, chef du service de pneumologie de la fondation Philipp à Immenhausen. Bonsmann est l'un des rares universitaires que compte la petite ville et, à ce titre, il fait tout naturellement partie du cercle de ses nouvelles connaissances.

La sœur de Lilli, Elsa, avait trouvé une place de gouvernante dans une riche famille anglaise et tâchait alors d'oublier son Hans chéri. Dans son cas, la volonté des parents l'avait donc emporté – une déception qu'elle mit des années à surmonter.

Afin d'atténuer les soucis d'argent, Lilli effectua encore un remplacement dans un cabinet médical de Cologne – ce qui déplut manifestement à Ernst, ainsi qu'en témoigne un passage de cette lettre de Lilli datée du 26 mai :

J'y prends de nouveau véritablement plaisir bien que je ne me sente pas toujours très sûre de moi. Mais tu n'as pas à t'inquiéter, chéri, je reste malgré tout celle que j'étais. Tes objections au sujet du travail professionnel des femmes sont sans doute partiellement justifiées ; mais tu ne dois pas oublier que l'éducation moderne et l'émancipation de la femme ont éveillé en nous le vif désir de nous investir dans un travail en rapport avec nos capacités intellectuelles et que les conflits que cela entraînera ne se laisseront pas résoudre en un tournemain. Mais nous aurons vraisemblablement l'occasion d'en reparler ultérieurement, n'est-ce pas, cher Amadé ?!!

Le rêve de Lilli se réalisa le 12 août 1926. Dans l'appartement des parents, à Cologne, elle épousa son cher Amadé en présence du rabbin. La cérémonie fut marquée par un faux pas d'Ernst, anodin certes mais un peu gênant quand même : ignorant tout du rituel d'un mariage juif, il tomba à genoux devant le rabbin qui allait donner sa bénédiction aux jeunes mariés. Cette bévue ne fut évidemment pas sans susciter une certaine consternation dans l'assistance.

ANNÉES DE PERSÉCUTIONS À IMMENHAUSEN

« TES TOUCHANTES ATTENTIONS POUR MOI »

La jeune famille

En août 1926, après leur mariage, Lilli et Ernst partirent en voyage de noces à Munich. Le couple visita les musées de la métropole afin d'engranger encore quelques « nourritures spirituelles » avant de s'installer à Immenhausen, près de Cassel.

Bénéficiant depuis plus de six cents ans du statut juridique propre aux agglomérations urbaines d'où découlait l'appellation de « ville », la commune hessoise n'était cependant guère plus qu'un bourg peuplé d'ouvriers. La plupart des habitants d'Immenhausen travaillaient dans les usines de Cassel où ils se rendaient chaque jour par le train. Les autres gagnaient leur vie à la verrerie d'Immenhausen ou dans les champs. Dans l'ensemble, les gens vivaient très modestement, bien souvent même dans des conditions frisant l'indigence. Et lorsque, sous le coup de la crise économique mondiale, la verrerie ferma ses portes en 1930 et que cent quatre-vingt-dix hommes et femmes perdirent leur emploi, Immenhausen fut déclarée ville sinistrée par le président du gouvernement de Cassel. La même année encore, l'assemblée des conseillers municipaux élisait pour la première fois un bourgmestre socialiste.

La pauvreté ambiante affecta d'emblée la marche du cabinet dont Lilli et Ernst se partageaient la clientèle dans les premiers temps. Comme Lilli le craignait, il n'y eut qu'un faible afflux de patients. Au bout de quelques mois déjà, elle tomba enceinte, et le 10 septembre 1927, elle mettait au monde son premier enfant, Gerhard. A compter de cette date, Lilli ne reçut plus que très exceptionnellement des patients.

Un deuxième enfant fut bientôt attendu et l'on se trouva à l'étroit dans l'appartement loué. Une fois encore, le jeune couple bénéficia de l'aide de la famille de Lilli. Une maison de lotissement put être financée, bâtie et occupée au cœur du rigoureux hiver 1928-1929, peu après la naissance d'Ilse le 15 janvier 1929.

Deux plaques furent apposées de chaque côté de la porte d'entrée de la maison sise dans la Gartenstrasse, à gauche celle du médecin praticien Ernst Jahn, à droite celle de « Frau Dr. » Lilli Jahn, l'une et l'autre mentionnant jours et heures de consultations.

De loin en loin, on rendait visite à des parents ou à des amis. Ernst ne pouvait évidemment quitter Immenhausen que lorsqu'il avait trouvé un remplaçant pour son cabinet. En juin 1930, cette tâche fut confiée à un certain Dr Janik. Ernst se rendit en Forêt-Noire pour y rencontrer la sœur de Lilli, Elsa, qui avait entre-temps contracté la tuberculose ; après avoir vu Elsa, il se rendit à Fribourg, chez la cousine de Lilli, Olga, et chez son mari, Max Mayer. Lilli attendait alors son troisième enfant, et comme le terme de la grossesse était proche, elle préféra rester à la maison. Durant les brefs congés d'Ernst, le couple reprit ses relations épistolaires. C'est ainsi que Lilli écrivait à Ernst le 9 juin 1930 :

Mon très cher,

Les fêtes de Pentecôte sont déjà derrière nous et j'espère que tu auras passé des journées aussi calmes, belles, agréables et récréatives que je te les ai de tout cœur souhaitées. As-tu passé de bons moments avec Elsa ? Quels sont à présent tes plans ? Autant je regrette que tes vacances soient déjà presque achevées, autant je me réjouis à la pensée que tu seras de nouveau bientôt parmi nous.

Ces deux jours de repos m'ont fait le plus grand bien. Le Dr Janik a passé la journée d'hier dans sa famille, à Cassel, où il est resté midi et soir, aussi ai-je cuisiné très simplement, juste pour nous ; après déjeuner, j'ai fait une sieste de deux heures, ensuite j'ai mis aux enfants leurs plus jolis vêtements et nous sommes partis en promenade. Ils étaient très contents, très sages aussi, et Ilse trottine déjà très bien...

Aujourd'hui, il a fait un temps splendide ! Si beau que nous avons passé la journée dehors. A huit heures et demie, nous avons pris le petit déjeuner au jardin avec les enfants, je suis restée là à me reposer et le Dr Janik nous a rejoints en fin de matinée – soit dit entre parenthèse, c'est un homme qui sait s'y prendre avec les enfants. Nous avons fait un repas somptueux comprenant asperges, ananas et crème fouettée, ainsi qu'un verre de vin, ensuite je me suis de nouveau retrouvée dans la chaise longue – ne suis-je pas sage ! ! – et le Dr Janik est parti faire une promenade en forêt. Nous avons pris le café au jardin avec Mlle Anna et les enfants. Mlle Anna a joué avec les enfants tout l'après-midi et a su gagner ce faisant l'inconditionnelle faveur de notre petit bout de chou.

Je n'ai fait que paresser dans la chaise longue. Et comme le Dr Janik était invité à dîner chez les Bonsmann, nous avons pris notre repas du soir au jardin, Mlle Anna et moi, et nous sommes restées dehors jusqu'au moment où il a commencé à faire trop frais. Il y a longtemps que je n'ai eu aussi bonne mine. Ilsette est déjà bien bronzée. Le petit, lui, a bien pris un peu de couleur, mais c'est à peine si cela se remarque.

Le cabinet est très calme. Il n'y a eu que deux visites tout à fait banales à faire hier au soir. Le Dr Janik s'en est acquitté en revenant de Cassel. A part cela, M. Schmidt m'a appris hier que sa femme n'allait toujours pas bien, elle a de nouveau eu beaucoup de température, et depuis quelques jours, elle souffre d'une phlébite.

Le 10.6.30

Chéri, j'ai reçu ce matin trois lettres et une carte de toi ; je me suis terriblement réjouie à la vue de tout cet aimable courrier et je te sais profondément gré de tes touchantes attentions pour moi...

Très cher, je t'écrirai aussi demain à Fribourg, à l'adresse d'Olga, car je crains que mon courrier n'arrive trop tard à Saint-Blaise. Les journaux n'ont, semble-il, plus besoin d'être lus – aujourd'hui, en tout cas, on n'en a pas eu un seul.

Je suis bien contente que tu ailles voir les Mayer. Ce sont des gens charmants que j'aime beaucoup – j'apprécie tout particulièrement leurs manières franches et ouvertes. Transmets-leur surtout mon très amical salut. Auras-tu le temps de visiter un peu la ville ?

Ce que tu me dis à propos d'Elsa me rassure beaucoup et je suis ravie que vous ayez pu faire une belle excursion en voiture et passer quand même pas mal de temps en tête à tête. Embrasse-la très affectueusement de ma part et raconte-lui tout. J'ai été au Feldberg, moi aussi, il y a longtemps : il y avait même encore de la neige au sommet. Et je connais également le Schluchsee. Chéri, je me réjouis à l'idée qu'un beau jour, nous irons ensemble faire un tour en Forêt-Noire...

Je te souhaite encore bien du plaisir, mon bon, cher Amadé, nous t'envoyons tous un chaleureux bonjour et nos plus tendres pensées

Ta Lilli

Le 26 juillet 1930, Lilli mettait au monde son troisième enfant, Johanna. Dans le cercle de famille qui allait s'élargissant, Lilli avait l'air plus heureuse que jamais.

Dans les années trente, elle gagna en plus une nouvelle amie en la personne de Lotte, la fille de sa cousine Olga Mayer. Après avoir étudié le droit à Fribourg, Lotte, qui avait dix ans de moins que Lilli, devait elle aussi épouser un non-Juif, à savoir l'historien de la littérature Ernst August Paepcke. Le fait d'avoir contracté un mariage mixte constituait un lien spécifique entre les deux jeunes femmes.

Lotte Paepcke, qui devint écrivain après la guerre, évoque le destin de Lilli dès 1952, dans son recueil de souvenirs intitulé *Sous une étoile étrange*. Dans un passage assez long, elle raconte l'histoire de celle qu'elle appelle sa « seule amie ». Tout le début est consacré aux premiers temps à Immenhausen et, notamment, à l'ambiance qui régnait dans la nouvelle maison, juste après que la famille s'y fut installée :

Il régnait une joyeuse animation dans les petites chambres. La bonne, la lingère, les patients occupaient les autres pièces, et Lilli régnait sur l'ensemble en vaillante et joyeuse maîtresse de maison. Pleine d'amour et de compassion, elle suivait l'opiniâtre cheminement d'un mari intelligent, certes, mais excessivement tourmenté. Très occupé le jour par son travail au cabinet, il s'adonnait la nuit à des études d'histoire de l'art ; né protestant, il éprouvait un fort penchant pour le catholicisme – un penchant auquel il ne pouvait se résoudre à céder – et était toujours excessivement tendu, s'efforçant de clarifier et d'analyser le trouble psychologique qui l'affectait et qu'il ne parvenait pas à contrôler. En mère aimante, Lilli le tenait serré contre elle, lui, l'aîné de ses enfants, tâchant de ramener au calme ce qui ne cessait de s'agiter plus ou moins furieusement en lui.

Ils vivaient loin de la ville mais bénéficiaient, outre qu'ils possédaient une excellente bibliothèque, de la société tout à fait plaisante que constituaient le pasteur de la localité, quelques confrères du voisinage ainsi qu'un propriétaire terrien très cultivé. De loin en loin, ils prenaient le temps d'aller à la ville afin d'assister à une pièce de théâtre ou à un concert, et chaque année, l'un ou l'autre voyage répondait à la double nécessité de se distraire et de puiser quelques stimulants pour l'esprit.

Ernst, quant à lui, se rendait parfaitement compte que les hauts et les bas de sa nature anxieuse, dépressive, pesaient lourdement sur sa toute jeune famille. Dans une lettre adressée fin septembre à son ex-camarade d'études, Leo Barth, qui travaillait alors comme rédacteur dans un quotidien de Mannheim, il déclarait qu'il s'était mué, pour tout son entourage, en un « crustacé hérissé de piquants ». Et il ajoutait ceci : « Je souffre d'une très grave maladie nerveuse – on peut appeler cela hyperémotivité – qui me fait beaucoup de mal. »

En janvier 1932, le père de Lilli succomba à une hémorragie cérébrale et Lilli, dès lors, dut s'occuper aussi de sa mère Paula. L'horizon politique s'assombrit également cette année-là. Sous le coup de la crise économique mondiale et des élections du Reichstag qui s'étaient tenues en septembre 1930 et soldées par un gain de voix considérable pour les communistes et les nationaux-socialistes, la République de Weimar était devenue peu à peu pratiquement ingouvernable. Le 9 février 1932, Lilli adressait à ses amis Leo et Hanne Barth une brève missive qui traduit bien l'humeur du moment :

Nous allons bien ; nous n'avons pas de raison, pas le droit de nous plaindre, et s'il y a évidemment des heures où l'on ressent avec une particulière intensité la misère et la pression du temps présent, et où l'on se fait du souci en rapport avec le destin général et personnel, je crois pourtant profondément que l'évolution naturelle des choses nous conduira aussi hors de ce temps difficile.

Ce fut le contraire qui se produisit. La funeste année 1933 débuta à Immenhausen par de violents affrontements politiques. L'issue de la bataille de rue du 13 janvier fait figure de symbole. Une manifestation des sociaux-démocrates et des communistes fut brutalement dispersée et un certain nombre de manifestants roués de coups par des hommes de la SA d'Immenhausen, épaulés par le tristement célèbre SA-Sturm 99 de Göttingen.

« NOUS AVONS ÉTÉ MIS À RUDE ÉPREUVE »

Les nationaux-socialistes prennent le pouvoir

Le 30 janvier, le président du Reich Hindenburg nommait Adolf Hitler chancelier, deux jours plus tard le Reichstag était dissous et de nouvelles élections fixées au 5 mars. Mais il semble que Lilli ne mesura pas tout de suite la portée de ces événements politiques. Dans une lettre qu'elle leur adresse le 5 février, elle commence par remercier ses amis Hanne et Leo Barth pour les cadeaux de Noël qu'ils ont envoyés à la famille :

Mes chers, chers Hanne et Posa,

Je profite d'une heure de calme, ce dimanche matin, pour commencer la lettre que je vous ai déjà si souvent écrite en pensée. S'il ne m'arrivait pas ce qui t'arrive aussi à toi, chère Hanne, à savoir que la fatigue et une certaine indolence me ralentissent, il y a bien longtemps que vous auriez reçu des nouvelles de nous.

Grand merci pour ta dernière si gentille lettre, Hanne, pour votre carte postale où figuraient également les salutations de Leo Diekamp, et bien entendu, une fois encore mais tout spécialement, pour votre magnifique colis de Noël et les lettres qui l'accompagnaient. Le recueil de poèmes est une merveille, cela vient du cœur et parle au cœur, et il y a là-dedans des choses si belles, à la fois si tendres et si secrètes que j'éprouve une joie tout à fait particulière, surtout dans les derniers temps, chaque fois que je le prends en main. Et je crois qu'Amadé ressent la même chose...

Début janvier, j'ai donc accompagné ma mère à Cologne et je suis restée chez elle pour l'anniversaire de la mort de mon père. Elle est encore là-bas, elle est logée dans une pension de famille très agréable et cherche un appartement pour le 1er avril. C'est difficile parce que les loyers sont assez élevés. Mais j'espère qu'elle trouvera quelque chose rapidement et qu'elle pourra encore passer quelques semaines à Saint-Blaise, auprès de ma sœur, avant d'emménager ; un peu de repos lui ferait le plus grand bien.

Ma sœur continue de nous causer du souci. Les effets bénéfiques de la cure ne se manifestent cette fois que très lentement. Pourtant, cela fait de nouveau plus de quatre mois qu'elle est là-bas. Elle en souffre elle-même beaucoup car l'inaction la rend malheureuse.

Quant à moi, j'ai passé à Cologne cinq belles journées bien remplies. J'ai été hébergée par mon amie Liesel Auerbach qui a fait sa médecine en même temps que moi et m'a beaucoup gâtée pendant ce séjour... Une fois encore, je me suis retrouvée au musée Wallraf-Richartz où j'ai été frappée par différents tableaux de peintres de l'Ecole de Cologne que je n'avais encore jamais vus, et où j'ai pu également admirer deux très beaux portraits attribués à Grünewald. J'ai vu aussi la nouvelle collection Schnütgen qui a été transférée à Deutz ; elle est abritée par l'ancienne caserne des cuirassiers, totalement réaménagée à cet effet, où elle est d'ailleurs infiniment mieux mise en valeur qu'auparavant. L'exposition de peinture moderne à la Société des arts m'a médiocrement plu ; et j'ignorais totalement qu'il se tenait simultanément, dans un autre lieu, une exposition de peintures de Peiner, Schimpf, etc. – on pouvait même y voir des Naegelé ! Aujourd'hui encore, je regrette d'avoir raté cela.

En revanche, j'ai pu assister à un excellent concert au Gürzenich. Le plus beau morceau a été un concerto pour flûte et orchestre de Bach. Le fabuleux violoniste virtuose Jascha Heifetz m'a paru tout à fait admirable mais m'a laissée plutôt froide intérieurement.

Une représentation de La Pucelle d'Orléans *donnée au Deutschen Theater am Rhein, avec Tony van Eyck dans le rôle-titre, m'a procuré un plaisir sans mélange. J'ai été surprise, une fois de plus, par la beauté, la richesse et la profondeur de ce drame ; je suis rentrée à la maison absolument ravie quoiqu'un peu honteuse quand même d'avoir dû redécouvrir la pièce pour me rappeler tout le plaisir que j'ai pu y prendre par le passé... En dehors de cela, inutile de vous dire que je me suis imprégnée et délectée autant que possible de l'atmosphère de notre cher Cologne.*

Notre maisonnette telle qu'elle est, avec tout ce qu'il y a dedans, déplacée à Cologne, je crois que ce serait le bonheur parfait ! Mais c'est sans doute trop demander, trop immodeste pour nous autres...

De temps à autre, nous voyons des connaissances chez nous, parfois aussi nous sommes invités ici ou là, mais en général, nous restons à la maison, et Amadé surtout est content de ne pas avoir à sortir en ces temps politiquement troublés (sauf bien sûr pour ses visites à domicile). Seuls les extrêmes ont droit de cité ici, le « front national ! » et la gauche. C'est avec indignation que nous avons suivi les événements dans la Volkszeitung de Cologne. Et Amadé dit souvent : « Comme j'aimerais entendre parler Posa à l'heure qu'il est ! ! ! » Nous supposons d'ailleurs, vraisemblablement à juste titre, que tu dois être particulièrement sollicité ces temps-ci.

Amadé lit et travaille beaucoup ; il devient peu à peu un véritable spécialiste de l'histoire des monastères et des ordres monastiques allemands. Je ne puis que lui envier son énergie et son efficacité intellectuelles. Quant à moi, la maison et les enfants m'occupent toute la journée si bien que je suis totalement épuisée à la fin de la journée...

Et voici venu le moment de vous embrasser tous deux très affectueusement.

Votre Lilli.

Aux yeux de Lilli et d'Ernst, l'issue de la lutte entre nationaux-socialistes et communistes demeure incertaine et ce sont encore, à ce moment-là, les extrémistes des deux camps qui suscitent leur indignation. Aussi est-ce de manière tout à fait incidente qu'Ernst s'exprime sur les événements en cours, deux jours plus tard, dans une autre lettre adressée aux époux Barth : « Et en plus, ce chancelier du Reich, cette manière de traiter les Juifs – incredibile. » D'autant plus incroyable, en effet, que la situation reste trouble et qu'on ne se doute absolument pas de la tournure que vont prendre les choses.

A la suite de l'incendie du Reichstag le 27 février, une vague d'arrestations est déclenchée, principalement contre les communistes supposés coupables. Mais la situation n'est pas vraiment clarifiée pour autant, et même après les élections du Reichstag qui ont lieu le 5 mars et se soldent par un gain de voix important pour les nazis, l'incertitude perdure. C'est ainsi que dans la petite ville d'Immenhausen, la gauche obtient, cette fois encore, plus de voix que la droite. Et lors des élections communales, huit jours plus tard, les sociaux-démocrates se retrouvent même en majorité au conseil municipal où ils emportent six sièges sur onze.

Les nazis allaient pourtant s'imposer peu après. Adoptée le 23 mars contre le vote des sociaux-démocrates, la loi sur les pleins pouvoirs gelait le Parlement. Le cabinet de Hitler avait désormais les mains libres. Deux jours après, les sociaux-démocrates et communistes d'Immenhausen devaient apprendre à leur dépens ce que cela voulait dire : des hommes de la SA pénétrèrent dans les maisons et appartements d'une vingtaine de camarades qu'ils entraînèrent dans une fabrique de boutons désaffectée, dans la ville voisine de Hofgeismar. Là ils furent traînés devant un pseudo-tribunal puis battus et torturés durant toute la nuit.

Le lendemain matin, Ernst eut à soigner quelques-uns des camarades qui avaient subi ces violences. Pour la première fois, Lilli se trouva confrontée dans sa propre maison aux conséquences de la terreur nazie. Dans la ville voisine de Cassel, on signalait d'ailleurs des actions antisémites soigneusement orchestrées. Les vitrines de plusieurs magasins juifs avaient été brisées. Des hommes de la SA avaient roué de coups des commerçants juifs, des avocats et des banquiers. Une personne était même morte des suites des brutalités qu'elle avait subies.

On reçut également de mauvaises nouvelles de la branche fribourgeoise de la famille de Lilli : Max Mayer, le mari de sa cousine Olga, avait été arrêté. Sous un prétexte tout à fait fallacieux, on l'avait jeté en prison dès le 20 mars, lui, le négociant juif en cuirs et peaux et conseiller municipal social-démocrate, en même temps que toute la fraction SPD du conseil municipal, et il n'avait finalement été libéré que le 31 mars.

Dans la maison du médecin d'Immenhausen, l'agitation était grande. Il était clair que les nazis menaient une campagne d'intimidation systématique contre leurs ennemis politiques. C'est dans cette campagne que s'inscrit aussi le boycott des Juifs fixé au 1er avril : à partir de 10 heures du matin, ce jour-là, la totalité des magasins, avocats et médecins juifs fut boycottée dans l'ensemble du Reich. Les gens d'Immenhausen n'y regardèrent pas de trop près et englobèrent également le cabinet d'Ernst dans leur action. Ainsi Ernst fut-il pour la première fois publiquement puni pour être marié avec une Juive. Lilli, déjà très éprouvée au demeurant – elle attendait alors son quatrième enfant dont la naissance était toute proche –, écrivait le lendemain même à ses amis Hanne et Leo pour leur raconter ce qui était arrivé :

Mes très chers,

Juste quelques lignes pour vous dire que nous nous réjouissons des bonnes nouvelles concernant Hanne et le bébé. Nous pensons si souvent et si affectueusement à vous ! A toi, chère Hanne, un merci tout particulier pour ta si gentille carte. Il est réconfortant de constater qu'on a des amis qui s'inquiètent de votre quotidien. Mais j'ai une nouvelle aide depuis le 1er mars, une personne très correcte, très vaillante aussi et qui s'est fort bien intégrée dans la vie de la maison. Et la sage-femme est venue hier soir car l'enfant devrait naître la semaine prochaine... Nous sommes tous en bonne santé, les enfants sont sages et pleins d'entrain, et je ne puis donc qu'être contente, moi aussi, compte tenu de l'état où je me trouve !

Mais à part cela ! Nous avons été mis à rude épreuve ! Et pourrez-vous vous figurer l'état dans lequel cela m'a plongée ? Comprendrez-vous comme j'en ai le cœur serré et comme cela fait mal ? Si mal que la joie de ce qui est à venir n'a même plus droit de cité ! !

Pensez donc, Amadé aussi est tombé sous le coup du boycott qui a marqué la journée d'hier – parce qu'il a une femme juive ! Je ne trouve pas les mots pour dire comme cela m'a ébranlée. Et se pose maintenant la question de savoir s'il y aura d'autres conséquences pour nous. Nous n'osons même pas y penser...

Portez-vous bien et songez à votre amie qui se sent si déprimée et isolée et qui se languit plus que jamais de vous.

Lilli ne signa pas cette lettre, en revanche Ernst ajouta ce mot conjuratoire : « Mais quoi qu'il puisse arriver, Christus vincet, très cordialement, votre Amadé. »

Christus vincet, le Christ triomphe – Lilli n'avait pas cette foi en Dieu ; elle souffrait au moins autant qu'Ernst de l'humiliation subie. Son mari était montré du doigt parce qu'il avait une femme juive. Elle se sentait réduite à l'impuissance face à cette situation – d'autant que le 10 avril, donc quelques jours plus tard seulement, elle accouchait de sa troisième fille, Eva.

Bientôt, la plaque professionnelle fixée à droite de la porte d'entrée dut être retirée. Pour éviter tout scandale, Lilli cessa complètement d'exercer sa profession. Il ne fallait plus compter non plus sur une quelconque protection politique : fin mars, le bourgmestre social-démocrate d'Immenhausen avait dû céder la place à un national-socialiste.

La sœur de Lilli fut directement touchée, elle aussi, par les tracasseries dont les Juifs étaient victimes. Elsa avait obtenu son doctorat en chimie à Cologne et pensait s'engager dans la carrière universitaire. Mais les chercheurs juifs n'étaient plus tolérés qu'exceptionnellement dans les grandes écoles et Elsa dut renoncer à ses ambitions.

Leo et Hanne réagirent rapidement à la lettre de Lilli datée du 2 avril. Aux paroles de réconfort contenues dans cette lettre, Lilli répondit le 10 mai :

Mes chers bien aimés Hanne et Leo,

Permettez-moi de vous remercier tout d'abord pour les bons vœux que vous nous avez adressés à l'occasion de la naissance de notre bébé..., pour le journal consacré à l'église des Jésuites que j'ai lu avec grand plaisir pendant la semaine où je suis restée alitée et, surtout, pour vos bonnes paroles, pour toutes ces preuves de votre compréhension et de votre amour qui ont fait tant de bien à mon cœur cruellement blessé. Et je veux me joindre tout de suite aux lignes d'Amadé et vous prier de mettre tout en œuvre pour nous rendre visite avec Ursula durant les fêtes de Pentecôte. Pouvez-vous imaginer ce que cela représenterait pour nous ? Nous vous en serions infiniment reconnaissants...

Notre petite Eva se porte bien..., les grands suivent avec beaucoup d'intérêt tous les gestes qui accompagnent la toilette et l'alimentation de bébé et ne pourraient plus se passer de leur petite sœur. A part cela, ils sont évidemment très occupés par ce qu'ils vivent de leur côté, d'autant plus qu'ils passent la plupart de leur temps hors de la maison et n'ont plus autre chose en tête – surtout le garçon – que la SA et la SS, ils marchent au pas et font l'exercice et nous enchantent du matin au soir en entonnant encore et encore le Horst-Wessel-Lied. *Comme nous avons dû, pour certaines raisons, congédier la sage-femme samedi dernier déjà, je m'occupe de la petite toute seule et j'ai donc des journées bien remplies. Et cela tombe bien car tout le reste – tout ce qui nous agrée et nous plaît – se trouve repoussé par les événements très loin à l'arrière-plan, et les pensées ne cessent de tourner autour des mêmes choses... Comme toujours votre fidèle*

Lilli

Gerhard, alors tout juste âgé de six ans, avait en effet déniché Dieu sait où un petit drapeau du Reich datant de l'époque du Kaiser et déambulait dans le jardin de la maison du médecin d'Immenhausen, suivi de ses deux sœurs, Ilse et Johanna, en chantant fièrement et joyeusement « Drapeau au vent ! Serrons les rangs[1] ! »

1. « *Die Fahne hoch ! Die Reihen fest geschlossen...* » Ecrit par l'étudiant Horst Wessel, membre du parti national-socialiste (NSDAP) dès 1926, tué dans un attentat en février 1930, le *Horst Wessel-Lied* sera promu par les nazis au rang d'hymne national, à l'égal du *Deutschlandslied. (N.d.T.)*

« LES BRIMADES QUI NOUS ONT ÉTÉ INFLIGÉES »

Lilli et sa famille sont isolées

A la fin du mois de mars, l'amie de Lilli, Lotte Paepcke, avait encore pu passer l'examen d'Etat des licenciés en droit mais s'était vu interdire, pour des motifs raciaux, l'accès à toute filière menant à des fonctions administratives ou judiciaires. Parce qu'elle était membre du groupe des étudiants rouges, les nazis la mirent même en prison en juillet. Elle y resta trois semaines, jusqu'à ce qu'un avocat non juif, ami de son père, se portât garant pour elle et que Lotte se fût solennellement engagée à abjurer ses idées communistes. Après sa libération, elle se rendit à Rome via Zurich ; mais il ne pouvait être question d'émigrer car son ami et futur mari Ernst August ne parlait pas italien et qu'il ne pouvait espérer trouver à Rome un emploi en rapport avec sa formation d'historien de la littérature. Tous deux rentrèrent en Allemagne en janvier 1934 et se marièrent peu après car il était alors déjà clair que les nazis n'allaient pas tarder à interdire les mariages mixtes.

A Immenhausen, la vie quotidienne avait entre-temps changé du tout au tout. Alors qu'elle jouissait peu avant encore de la considération de tous, la famille du médecin fut soudain boudée, voire mise au ban, par les personnalités locales qui la fréquentaient jusqu'alors. Citons encore un passage révélateur à cet égard du recueil de souvenirs de Lotte Paepcke, *Sous une étoile étrange* :

Les gens du village, tout en continuant de manifester à l'égard de la maison du docteur un certain attachement caractéristique de ceux qui se sentent et sont dépendants, voyaient avec un frisson d'horreur voluptueux et complaisant comment des grands, des riches se trouvaient rabaissés en vertu de la loi, et comment du même coup, eux, les gens ordinaires montaient en grade...

Un jour, le propriétaire terrien vint consulter pour une blessure insignifiante mais sur laquelle il désirait que le docteur jetât un coup d'œil. C'était l'occasion rêvée pour expliquer à l'ami, en toute amitié, que lui et sa femme devaient malheureusement cesser momentanément de fréquenter la famille du docteur. « Comprenez-moi bien, cher docteur, c'est une question purement formelle et cela n'enlève rien au profond respect que nous avons pour vous ainsi que pour madame votre épouse. Mais dans ma position très exposée je ne puis tout simplement me le permettre... » Le docteur comprit et salua le propriétaire terrien d'une affable courbette après l'avoir raccompagné.

Peu après, le confrère voisin appelait au téléphone, il fallait que l'on discute de certaines questions professionnelles et il se proposait de venir voir Ernst dans un petit moment. Pour passer ensemble une agréable soirée, hélas non, ce n'était pas possible, il ne pouvait rester qu'un petit quart d'heure. C'était bien assez pour expliquer au cher confrère que les relations amicales des deux familles étaient malheureusement compromises par les circonstances politiques et qu'il se devait et devait à sa famille d'y mettre bonne fin. « Vous me connaissez, cher confrère, et vous savez que rien ne saurait entamer l'estime que je vous porte, à vous-même comme à madame votre épouse, mais les circonstances... » Le docteur comprit et salua le cher confrère d'une affable courbette après l'avoir raccompagné.

Et six mois plus tard, le pasteur se présenta et expliqua que cela faisait trois fois qu'il était rappelé à l'ordre par la section locale du parti et que les belles heures de conversation au domicile du docteur devaient malheureusement prendre fin...

Et le docteur raccompagna aimablement le dernier familier de la maison. A présent, ils étaient très seuls.

Sous la plume de Lotte, l'évocation du quotidien de Lilli prend une forme littéraire et l'authenticité des dialogues ne tient assurément qu'à leur contenu. Et pourtant, c'est comme cela, ou à peu près comme cela que les choses se seront passées dans la maison de la Gartenstrasse.

On eut droit aussi, ainsi que se le rappellent des témoins oculaires, à quelques actes infâmes accomplis isolément par des habitants d'Immenhausen ; courant 1933 déjà, la maison avait été encerclée un beau jour par des hommes de la SA, sous prétexte de devoir « protéger » la Juive Lilli Jahn contre la population ulcérée. En fait, la « fureur populaire » orchestrée par le parti était vraisemblablement beaucoup plus grande que le ressentiment que pouvait éventuellement nourrir tel ou tel habitant de la petite ville.

Quand Lilli sortait pour faire ses courses, apprend-on aujourd'hui à Immenhausen, elle gardait les yeux fixés sur le sol pour ne pas risquer d'embarrasser quelqu'un en l'obligeant à la saluer. Rares étaient ceux qui rompaient délibérément la barrière de l'isolement et se portaient de leur propre chef à la rencontre de Lilli, la plupart ne se souciaient que fort peu du sort personnel de la femme stigmatisée et de celui de sa famille. A part cela, on demeurait tributaire de l'excellent médecin qu'était Ernst Jahn.

En dépit des tracasseries, son cabinet marchait de mieux en mieux.

La sœur de Lilli émigra en Angleterre courant 1933. Elsa n'avait pas d'attaches, sa carrière universitaire était étouffée dans l'œuf. De plus, la tuberculose la contraignait à de longs séjours répétés en sanatorium. Elsa se rendit à Birmingham. Bien entendu, ses diplômes n'étaient pas reconnus en Angleterre. Elle dut repasser l'équivalent du bac et reprendre toute sa formation universitaire en accéléré, l'accent étant mis cette fois sur la pharmacologie.

Une fois en Angleterre, Elsa se rendit encore à plusieurs reprises à Immenhausen pour y voir sa sœur. Il n'empêche que Lilli vivait dans un isolement croissant. Deux couples d'amis maintinrent le contact durant un certain temps : l'avocat Leo Diekamp et sa femme Lise, à Bochum, mais surtout Leo et Hanne Barth, à Mannheim. On s'écrivait plusieurs fois par an, on se rendait visite pour les vacances. Le 4 février 1934, les Barth étaient informés par Lilli des conditions dans lesquelles on vivait au quotidien, à Immenhausen, durant cette période :

Mes chers, chers et bons Leo et Hanne,

Cette fois, nous vous sommes restés beaucoup trop longtemps redevables de quelques nouvelles et je vous prie instamment de nous pardonner un silence à la longue presque discourtois. Quand je pense que nous ne vous avons même pas vraiment remerciés pour votre gentille carte de vœux à Noël et vos vœux si chaleureux de nouvel an. Il faut que vous sachiez que nous n'avons pratiquement pas eu un instant de répit, et ce depuis bien avant Noël, pas un instant pour se retourner sur soi. Et nous sommes tous deux, Amadé et moi-même, pour ainsi dire usés jusqu'à la corde ; Amadé par un cabinet très animé et qui exige beaucoup de lui, moi par toutes sortes de difficultés domestiques liées notamment au fait que les enfants ont été souvent malades.

A l'heure qu'il est, seul le petit Gerhard nous cause encore du souci. C'est un enfant très délicat, peu résistant, pâle, mince... Mercredi dernier, je l'ai inscrit à l'école. Cela n'a pas été sans me causer un peu de peine et je pense que vous me comprendrez. Il a manifesté de l'intérêt mais avec une certaine réserve. Son père lui-même, qui est toujours plutôt critique et avare d'éloges avec ses enfants, n'a pas pu s'empêcher de faire montre d'une certaine satisfaction lorsque le petit, une fois que nous avons été de retour à la maison, s'est soudain lancé, sans que nous le lui ayons demandé, dans une description précise et claire des trois reproductions qu'il avait vues accrochées dans la salle de classe – alors que nous n'y avions passé que dix minutes tout au plus.

Pour autant qu'il est possible d'en juger si longtemps à l'avance – ce ne sera sans doute pas un « homme collectif ». Et si ses dispositions se confirment, il se résignera vraisemblablement sans trop de mal, quand il sera plus grand, à ne pas être autorisé à marcher dans les « colonnes brunes ».

De leur côté, Ilse et Hannele se verraient bien aller déjà à l'école avec leur grand frère, elles sont en bonne santé, vigoureuses et alertes, Ilse, une fière maman en miniature et Hannele, une petite coquine. Quant à Eva, c'est un cas à part. Si tu la voyais aujourd'hui, Leo, tu ne croirais pas que tu as sous les yeux la petite fille si calme et facile à vivre de cet été. Aucun des trois autres ne s'est montré à ce point turbulent et difficile à raisonner...

Nous avons passé un beau, un très beau Noël. Les enfants, avec leur foi touchante et leur joie radieuse, ont éclairé et ravi nos cœurs, consolidant encore l'amour et le sentiment d'appartenance réciproque qui nous lie les uns aux autres et qu'il nous faut encore et encore dresser tel un rempart contre le « dehors ».

Je crois que j'ai recouvré un peu de calme depuis l'automne dernier ; certes la blessure qu'on nous a causée est toujours là, brûlante, mais je tâche, ne fût-ce que par égard pour mon mari et pour les enfants, de voir d'un peu plus haut les brimades qui nous ont été infligées. Et c'est peut-être une bonne chose que nous soyons forcés aujourd'hui de nous mettre au clair avec des questions que, par souci de notre confort ou par lâcheté, nous repoussions tout bonnement naguère. Mais voilà un sujet qui n'entre pas dans le cadre d'une lettre, il faudrait pouvoir en parler de vive voix durant de paisibles heures passées en commun.

De telles heures nous ont été données durant les journées où nous avons pu recevoir chez nous Lise Diekamp. Cette visite a été un véritable cadeau pour nous, une oasis dans notre vie si solitaire et retirée. Quelle femme extraordinaire... Nous comprenons mieux à présent ce que signifie pour vous la proximité de Lise Diekamp.

Ma sœur a entre-temps repassé son bac à Londres et continue d'étudier la pharmacologie à Birmingham. Sa santé chancelante demeure un souci. Nous attendons maman qui doit passer quelques semaines chez nous.

Le boycottage social dont nous sommes victimes ici, à Immenhausen, atteint un degré de perfection tout à fait surprenant. La direction SA a interdit à Bonsmann l'accès à notre maison ! ! Le fait qu'il se soit plié à cette interdiction se passe de commentaire. Moi-même, j'évite autant que possible de sortir de la maison.

Mais comment se présentent donc les choses chez vous, mes très chers ? Que devient la mère de Leo ? Nous pensons souvent à elle et lui souhaitons tout le bien possible. Et Leo est-il un peu moins sollicité à présent ? Nous suivons avec la plus grande attention toutes les choses qui vous concernent particulièrement. Et nous avons pris plaisir à écouter les sermons très réconfortants prononcés par le cardinal F. durant la période de l'Avent. De cela aussi il faudrait pouvoir parler... Ne répondez pas au mal par le mal mais écrivez-nous très bientôt. Je vous salue de tout cœur et je reste votre fidèle Lilli.

Les cinq sermons du cardinal Faulhaber, de Freisingen, prononcés avant Noël 1933, furent interprétés par nombre de gens comme un signe de résistance ouverte au délire racial national-socialiste. En réalité, Faulhaber était uniquement préoccupé de défendre l'Ancien Testament en tant que partie intégrante d'une tradition judéo-chrétienne commune. Il ne protestait nullement contre la discrimination politique frappant les Juifs allemands ; ultérieurement, il devait d'ailleurs sympathiser avec Hitler.

Nombre de désillusions vinrent s'ajouter à l'isolement social de Lilli. Ainsi le médecin qui lui en avait tellement imposé lors de sa première visite à Immenhausen, le Dr Bonsmann, avec qui Ernst était depuis longtemps lié d'amitié, coupa-t-il les ponts avec la famille Jahn non pas simplement par opportunisme mais par conviction politique. En juillet 1934 déjà, il est désigné dans un document émis par le Kreisleiter de la NSDAP de Hofgeismar comme l'« officier SA le plus élevé en grade ». Bonsmann avait entre-temps été promu au rang de « Sanitätsobersturmführer » à Immenhausen.

Dans une grande ville comme Cologne où un certain anonymat est de rigueur, la plupart des voisins de Lilli n'auraient éventuellement pas eu connaissance de son ascendance juive. A Immenhausen, par contre, tout le monde était au courant. Et quiconque ne se pliait pas aux règles du boycott décidé par le pouvoir politique s'exposait à de lourdes sanctions.

Et il ne servait strictement à rien, dans ces circonstances, que Lilli eût adopté toutes les marques extérieures de la vie d'une famille chrétienne. Les enfants avaient été baptisés protestants et devaient tous être confirmés plus tard. La maison était évidemment décorée en temps voulu d'une couronne d'avent, à Noël on chantait des chants de Noël devant le sapin illuminé. Et Lilli broda même une somptueuse nappe de Noël pour la table familiale.

Cependant, elle n'accompagna jamais les enfants au temple, de loin en loin elle se rendait à la synagogue, à Cassel. Sur sa table de nuit était posé un livre de prières juif ; les enfants l'observaient parfois, le soir, tandis qu'elle récitait ses prières. Et une fois par an, pour l'anniversaire de la mort de son père, une lampe à huile restait allumée durant vingt-quatre heures sur son secrétaire.

Le lien jusque-là très ténu qui la rattachait à la foi juive pourrait s'être consolidé du fait de son isolement à Immenhausen.

De son côté, Ernst prenait de plus en plus de distance avec le protestantisme. Enfant déjà, il avait eu l'occasion d'assister à la messe avec sa sœur. La mère catholique emmenait parfois les enfants à l'église, en cachette, contre la volonté du père protestant. Et à présent, plus les confrères, les amis et les connaissances se détournaient de lui à cause de son mariage avec Lilli, plus il se retirait dans la sphère à son point de vue intègre et moralement supérieure du catholicisme. C'est ainsi qu'il était devenu un fidèle lecteur de la revue *Das Hochland* et se passionnait pour les œuvres littéraires de convertis. Parmi ses favoris, ainsi qu'il apparaît dans sa lettre aux Barth du 27 février 1934, figurait l'historien de la civilisation Theodor Haecker, devenu catholique en 1921, et dont les écrits, quoique participant d'une vision du monde très conservatrice, devaient être frappés d'interdit à partir de 1938 ; une autre grande figure du panthéon d'Ernst était la lauréate du prix Nobel de littérature Sigrid Undset, également convertie au catholicisme et auteur d'une épopée médiévale intitulée *Olav Audunsson* dont la lecture l'avait enthousiasmé :

Chère Hanna, cher Leo,

*Soyez remerciés de tout cœur pour les excellents livres qui vous sont enfin rendus. Durant les dernières semaines, je me suis attaché à la lecture d'*Olav Audunsson. *Voilà du très grand art : vérité vivante, grandeur et profondeur d'âme, gravité et sens moral, toutes choses qui ne trouvent à prendre forme qu'en puisant aux sources vives de la religion. Cette sorte de livres associés à* Das Hochland, *à l'esprit de Theodor Haecker, ce sont là nos livres d'art – nos invités et nos appuis en un temps où la justice consiste à mépriser et éviter des hommes comme nous. C'est tellement grotesque qu'il devient même absurde de commenter le phénomène. Conscients que nous sommes de n'avoir jamais ni d'aucune manière nui à la cause du peuple et de l'Etat, nous pourrions encore, nous autres parents, supporter avec un relatif stoïcisme le sort qui nous est infligé. Si cela nous pèse énormément, c'est surtout à cause des enfants. Tant que nous vivrons, il ne peut – Dieu merci – rien leur arriver, mais après ?*

La visite de Lise Diekamp fut un grand bienfait immérité mais accueilli avec gratitude ; la certitude d'être en droit de nous sentir liés à vous et à eux nous soutient et nous réconforte plus que jamais à l'heure qu'il est.

Comment allez-vous tous les deux ? Et vos parents, et Ursel et Vroni ?...

J'aimerais bien vous envoyer Lilli mais il y a toujours un empêchement, les enfants ont eu une angine, chacun à son tour, et maintenant c'est Lilli qui a la fièvre et mal à la gorge. Demain, changement de bonne, ensuite nous attendons la visite de la mère de Lilli. Est-ce qu'on se reverra seulement cette année ?...

Suivant l'amical conseil reçu par écrit de Leo Diekamp, nous lisons depuis quelques mois la Rheinmainische Zeitung *à la place de la* Volkszeitung *de Cologne, et nous sommes très satisfaits du changement. (...)*

Soyez 1 000 fois salués par

Votre Amadé

Le sort incertain de ses propres enfants devenait peu à peu la préoccupation majeure de Lilli. « Je ne cesse de me tourmenter pour leur avenir », écrivait-elle le 16 mai 1934 à ses amis, les Barth. Suivant la terminologie nationale-socialiste, ses enfants étaient définis comme « demi-juifs », moyennant quoi leur avenir, en particulier professionnel, était gravement compromis. Si, au cours des années qui suivirent, Gerhard, Ilse et Johanna purent encore accéder à l'enseignement secondaire à Cassel, il était pourtant clair que la route leur serait totalement barrée un jour ou l'autre. Il n'entrait même pas en ligne de compte que Gerhard pût être admis dans les rangs de la Jeunesse hitlérienne (Hitlerjugend). Quant à Ilse et à Johanna, il leur fut interdit, au bout de quelques semaines de participation, de se présenter aux rencontres du groupe local des « Jungmädel », versant féminin de cette organisation. Les enfants de Lilli souffraient d'être marginalisés de la sorte. Pendant l'appel, dans la cour de l'école, ils devaient toujours se tenir à l'écart, sans uniforme.

« Une fois de plus, dans son dernier discours, M. Goebbels déclare vouloir tout mettre en œuvre pour que nos arbres n'obscurcissent pas le ciel », notait Lilli le 16 mai. Et le 25 octobre, soit quelques mois plus tard seulement, elle transmettait aux amis de Mannheim des « nouvelles peu réjouissantes », en provenance de Cologne et de Birmingham :

Il est désormais impossible à ma mère d'envoyer de l'argent à ma sœur. Ni ce qu'il lui faut pour vivre, ni même le montant de ses frais de scolarité ; « sans rapport avec notre politique étrangère ou culturelle », tel a été le motif officiellement invoqué. Et maintenant ? Nous nous faisons beaucoup de souci. N'est-ce pas une iniquité révoltante : d'abord on nous prive de toute possibilité ici même et à présent on veut nous empêcher de faire notre chemin à l'étranger.

Ernst joignit à la lettre aux amis quelques tracts du « bureau de la politique raciale du parti » – ce qui montre que l'on cherchait encore à comprendre à quelle logique interne pouvait bien obéir cette politique de terreur. Sous l'effet de la pression extérieure croissante, le lien entre Lilli et Ernst se resserra encore durant ces années-là. Lilli note toutes les petites preuves d'amour qu'elle reçoit de son mari, ainsi dans cette lettre, adressée aux Barth le 22 mars 1935, où elle évoque son trente-cinquième anniversaire :

Amadé m'a de nouveau gâtée comme ce n'est pas permis ; j'ai eu droit à un véritable jardin de fleurs printanières, arrivé dans la maison comme par magie, et j'ai aussi reçu, entre autres choses, quelques beaux livres... Les enfants ont déjà bien profité des premières belles journées de printemps – ils ont une mine radieuse. Amadé et moi avons fait hier notre première promenade à travers champs ; les chatons des saules, les premières alouettes, c'est toujours un enchantement. Nous sommes tous deux plutôt abattus et avons grand besoin de nous restaurer ; ce n'est pas seulement le travail qui nous fatigue ; il y a tant de choses qui pèsent sur nous, en particulier la terrible, terrible inquiétude au sujet de l'avenir de nos enfants. Et rien autour de nous qui puisse nous distraire ou nous stimuler.

Des plaintes analogues étaient adressées à intervalles de plus en plus rapprochés aux amis de Mannheim. « L'incertitude au sujet du destin qui nous attend est réellement torturante », note Lilli le 20 juillet 1935. Et le 23 août : « Parfois je ne sais plus où je vais pouvoir trouver la force de continuer à supporter tout cela. »

Aux pressions politiques venaient s'ajouter différents problèmes d'ordre privé. Ernst était surchargé de travail, Lilli avait de plus en plus de mal, en tant que Juive, à trouver des gens pour l'aider à la maison, et en même temps il lui fallait faire face à de nombreuses maladies des enfants, certaines graves. La petite Johanna surtout, alors âgée de cinq ans, lui causait beaucoup de souci. La fillette souffrait d'asthme et dut être transportée à deux reprises dans un sanatorium pour enfants pour des séjours de plusieurs mois. Mais cela n'allait pas de soi non plus. Chaque fois, il fallut s'assurer en premier lieu que l'on était bien autorisé à accueillir au sein de l'établissement un enfant « non aryen ».

L'été 1935, pourtant, apporta un peu de distraction. La sœur de Lilli, venant d'Angleterre, séjourna durant plusieurs semaines à la maison. Elsa reconnut très vite la situation presque désespérée de la famille, et d'un commun accord avec Ernst et Lilli, elle élabora un plan de sauvetage dans lequel la demi-sœur d'Ernst, Grete Jahn de Rodriguez Mateo, jouait un rôle central. Grete était mariée avec un journaliste espagnol, Alfonso de Rodriguez Mateo, qui occupait alors très vraisemblablement un poste de fonctionnaire au ministère de l'Education, à Madrid, et avait donc une certaine influence. Peut-être, comme Elsa l'espérait, pouvait-on aider la famille du médecin par ce détour ?

Afin d'échapper à la censure, elle attendit d'être rentrée en Angleterre pour mettre son plan à exécution. Le 29 août 1935, elle écrivait à Grete Jahn :

Chère Madame Jahn de Rodriguez Mateo,

Ma sœur et mon beau-frère, Mme et M. Ernst Jahn, à Immenhausen, m'ont priée de vous transmettre leurs salutations les plus cordiales et de vous informer de manière un peu détaillée de leur quotidien et des conditions qui sévissent en Allemagne. Comme vous le savez sûrement, le courrier y est toujours strictement contrôlé, si bien qu'il est hors de question de poster en Allemagne une lettre où l'on décrirait ouvertement les différents aspects de la situation telle qu'elle se présente. C'est d'ailleurs la raison pour laquelle Lilli et Ernst vous prient instamment de ne faire aucune allusion au contenu de cette lettre mais de répondre uniquement, en vous abstenant de tout commentaire, aux questions qu'ils m'ont chargée de vous poser.

La situation en Allemagne s'est aggravée au point que votre frère en arrive à craindre sérieusement pour son existence et pour celle de sa famille. Pour être marié à une Juive, il est exposé à d'incessantes humiliations. Les confrères de la région ne communiquent plus avec lui que par téléphone, il ne peut pas être membre de l'ordre NS des médecins, pour le traitement des enfants du jardin d'enfants NS et des femmes de l'assistance médicale populaire, on a fait appel au médecin du village voisin, on cherche à le neutraliser par tous les moyens.

Tous deux sont totalement isolés socialement ; pour préserver leur propre existence menacée – en tant que militants du mouvement catholique – les fidèles amis de

Mannheim et de Bochum eux-mêmes ont dû interrompre leurs relations avec les Jahn.

Je ne puis vous dépeindre les souffrances morales qu'endurent Lilli et Ernst, l'accablement où les plongent les humiliations dont ils sont l'objet, l'extraordinaire courage avec lequel ils font face au traitement terrible qu'ils subissent. On a le cœur qui se serre lorsqu'on voit comment ils se soutiennent et s'encouragent mutuellement et, surtout, comment ils mettent tout en œuvre pour soulager autant que possible leurs enfants du poids du sort qui pèse aussi sur eux.

C'est d'ailleurs leur responsabilité envers les enfants qui les a incités à ne rien entreprendre jusque-là, car Ernst ne peut pas renoncer à son existence encore passable avant d'avoir la certitude qu'il pourra bâtir une nouvelle existence ailleurs. Il semble que la politique du gouvernement allemand soit de retirer peu à peu aux Juifs, aux non-Aryens en général mais aussi à ceux qui ont conclu des mariages mixtes tout ce qui constitue la base de leur existence et de les pousser ainsi à quitter le pays.

Permettez-moi de vous donner encore quelques autres détails sur la haine démesurée qui a été instillée au cœur du peuple allemand. Il n'y a plus en Hesse un seul village, une seule petite ville où l'on ne tombe sur des inscriptions du genre : « Les Juifs sont indésirables chez nous » ou des magasins munis de pancartes sur lesquelles on peut lire : « Nous ne vendons rien aux Juifs. »

Un bon ami d'Ernst et de Lilli, qui était installé comme médecin dans une petite ville proche – il est juif, marié à une catholique –, se trouve en détention préventive depuis huit semaines, accusé d'avoir pratiqué l'hypnose sur des jeunes filles et des femmes aryennes à seule fin d'abuser d'elles. Comme témoin, on a trouvé pour le moment une femme épileptique et une autre femme, internée depuis des années en hôpital psychiatrique ; la police s'évertue à trouver d'autres patientes du suspect qui seraient susceptibles de témoigner dans le même sens. Mais avec des menaces ou de l'argent, on peut obtenir n'importe quel témoignage dans l'Allemagne d'aujourd'hui ! Et dans toute cette affaire, il n'y a pas un mot de vrai ! Mais tels sont les moyens actuellement utilisés en Allemagne dans le but d'anéantir chaque existence juive.

Je vous écris tout cela pour vous montrer combien il est urgent qu'Ernst puisse trouver à se bâtir ailleurs une nouvelle existence, et combien il est fondé à craindre pour son existence actuelle.

Le but de ma lettre est de m'informer auprès de vous, à la demande de Lilli et d'Ernst, des possibilités que vous pourriez avoir, en usant de vos relations ou de celles de votre mari, d'aider Ernst à trouver un travail en Espagne. Sa préférence irait évidemment à une situation de praticien mais il serait prêt, même si ce n'est pas de gaieté de cœur, à occuper un autre emploi. Il espère que votre mari pourrait lui trouver un poste dans un grand hôpital ou l'aider à obtenir l'autorisation de s'établir comme praticien indépendant. Le fait que ses patients lui restent fidèles dans la situation que je viens d'évoquer et que son cabinet marche aussi bien que jamais suffit à prouver qu'Ernst est un médecin très apprécié et auquel on fait toute confiance. Mais les conditions de plus en plus incertaines et précaires de son existence l'ont amené à envisager sérieusement de quitter l'Allemagne.

Je suis de retour en Angleterre depuis hier afin de reprendre mes études. Et bien que la vie ici soit très difficile et implique nombre de privations, je suis quand même bien contente d'être sortie d'Allemagne. J'ai passé moi-même une quinzaine de jours à Immenhausen, et si harmonieuses qu'aient été nos relations, l'ombre épaisse de l'oppression n'a pas cessé de peser sur les uns et les autres tout au long de mon séjour. Les enfants se sont magnifiquement développés, ils sont véritablement la seule joie qui reste à Lilli et à Ernst, mais leur avenir aussi nous inspire les plus vives préoccupations...

Pardonnez-moi si je vous ai attristée avec ces lignes, mais je serais si heureuse si elles pouvaient contribuer à obtenir de vous l'aide dont Ernst et Lilli ont besoin. Et puis-je encore vous prier de ne pas mentionner cette lettre dans votre réponse mais d'évoquer uniquement les possibilités qu'il pourrait y avoir pour Ernst et Lilli de bâtir une nouvelle existence chez vous, en Espagne. La moindre allusion au martyre que tous deux endurent là-bas risquerait de leur créer les pires difficultés. J'ai aussi parlé à votre sœur Lore et à ses deux enfants. Elle était de nouveau à Herzhausen, au bord de l'Edersee, et nous lui avons rendu visite avec les trois grands, depuis Immenhausen – après que Lore eut pris soin de s'assurer que l'on ne refuserait pas d'accueillir un groupe de personnes non aryennes à l'hôtel pour déjeuner ! Voilà où nous en sommes arrivés dans notre belle Allemagne !...

Espérant que vous voudrez bien ne pas me tenir rigueur de propos si directs, je vous prie de présenter mes respects à votre époux et de recevoir par la même occasion les très cordiales salutations de votre dévouée Elsa Schlüchterer.

Aucune trace de la réaction attendue de Grete Jahn ne nous est parvenue et il semble qu'il n'y eut pas de réponse à la lettre d'Elsa. Ce qui est certain, c'est que ce plan de sauvetage n'eut aucune suite. Après que Franco fut arrivé au pouvoir en Espagne, Alfonso de Rodriguez Mateo se réfugia dans le sud de la France en même temps qu'un certain nombre de représentants du gouvernement républicain. Une promesse d'amnistie l'incita à s'en retourner un peu plus tard en Espagne où il fut arrêté sur-le-champ et trouva la mort peu après. A en croire son frère, il fut assassiné en prison par les fascistes.

Elsa ne renonça pas, elle trouva en Angleterre des amis qui acceptèrent de se porter garants de la famille Jahn. Le Dr John Henry Crosskey et sa femme Evelyn, un couple de médecins appartenant à la high society de Birmingham, s'engagèrent à obtenir l'établissement d'un affidavit en faveur de leurs confrères allemands. Evelyn Crosskey était une parente du Premier ministre britannique Neville Chamberlain et œuvrait au sein d'un comité d'aide aux réfugiés venant d'Allemagne.

Toute les difficultés formelles étaient donc balayées et l'émigration devenait possible. Mais Ernst renonça à saisir cette chance. Car malgré les tracasseries des nazis, le cabinet d'Immenhausen marchait à merveille, si bien qu'il ne put se résoudre à prendre le risque de tout recommencer de zéro en Angleterre. Et il n'était évidemment pas question pour Lilli de partir seule sans les enfants, ni même avec eux.

Elle ne tarda pas à être la seule Juive vivant à Immenhausen. En 1933, il y avait encore deux commerçants juifs établis dans la petite ville, à savoir le marchand de produits coloniaux Bernhard Friedemann avec sa femme Johanna et leurs trois enfants – les Jahn n'entretenaient que des rapports lointains avec la famille Friedemann –, ainsi que le droguiste Max Goldin dont la femme était chrétienne. Les deux familles étaient soumises à des contrôles réguliers de la part des autorités. Le bourgmestre était en effet tenu de présenter au Landrat de Hofgeismar un rapport politique mensuel incluant ses administrés juifs. Mais tout ce que l'on avait à signaler à leur sujet, faute d'avoir quelque chose à leur reprocher, c'était que les gens n'adoptaient pas toujours à leur égard le comportement préconisé. Normalement, les deux commerces auraient dû être boycottés, or ce n'était pas le cas : « Les chrétiens achètent de nouveau beaucoup chez Friedemann », notait le bourgmestre en novembre 1934. Les familles juives n'en furent pas moins poussées graduellement à mettre la clé sous la porte ; les Goldin émigrèrent en Palestine dès 1934, les Friedemann suivirent le mouvement en 1937.

Lilli n'était jamais citée dans les rapports du bourgmestre car elle était encore protégée, à ce moment-là, par son mariage avec Ernst.

Cependant, le sentiment d'être peu à peu abandonnée par tous les amis l'oppressait terriblement. « Et voilà maintenant que nos seules proches connaissances s'apprêtent à partir pour l'Afrique du Sud – à la mi-janvier ils ne seront plus là ; c'est une perte très sensible pour nous car nous serons alors complètement isolés ici », écrivait-elle le 2 décembre 1935 au couple Barth.

L'isolement croissant touchait aussi les enfants du couple Jahn, leur marginalisation devenait de plus en plus flagrante. Et plus le temps passait, plus ils se posaient des questions ; les parents leur devaient une explication. Au printemps 1938, Lilli et Ernst tâchèrent d'éclairer les enfants sur les convictions des nationaux-socialistes en rapport avec leur origine. Gerhard avait alors dix ans, Ilse neuf, Johanna sept et Eva cinq. Le 16 avril 1938, Lilli écrivait à ce sujet aux amis de Mannheim :

Nous leur avons parlé sans détour de leur ascendance et de leur situation particulière au sein de la « communauté du peuple ». Grâce au ciel, cela ne les a pas trop choqués et ils font de leur mieux, en rapport avec leur jeune âge, pour comprendre ces choses qui les dépassent et pour porter ensemble le fardeau de leur destinée. Je suis contente que nous ayons eu cette conversation même si cela ne change rien à la situation.

C'est à cette époque qu'Ilse, après seulement trois ans passés à l'école primaire d'Immenhausen, entra à l'école Jakob-Grimm à Cassel. Elle y subit les premières brimades politiques. « Quant à Ilse, écrivait Lilli le 23 août 1938, elle a déjà eu à pâtir, à sa nouvelle école, de certaines de ces mesures discriminatoires que j'aurais tant voulu lui épargner. » Mais la mère espérait encore qu'une « protestation énergique auprès du directeur » suffirait à « mettre le holà à cette sorte de choses » – une pure illusion, comme elle ne devait pas tarder à s'en apercevoir. Ilse et, peu après, Johanna ne cessèrent dès lors d'être victimes de procédés vexatoires de la part de professeurs acquis aux idées du parti national-socialiste.

« LA GRAND-MÈRE JUIVE »

Un hommage à Olga, la cousine de Lilli

Avec les lois de Nuremberg promulguées en septembre 1935 le délire racial des nationaux-socialistes se trouva érigé en système. Un système absurde qui comprenait un véritable catalogue des brimades auxquelles étaient soumis les Juifs allemands mais aussi les « Mischlinge », les métis issus du mélange entre Juif et non-Juif. La famille de Lilli fut touchée de plein fouet par l'application de ces lois, tout autant que celle de son amie Lotte et que toutes les autres familles mixtes vivant à l'intérieur des frontières du Reich allemand. Les nazis fixèrent avec précision la nature des mesures discriminatoires en rapport avec le degré de mixité de ceux que ces mesures visaient. L'origine des grands-parents était le facteur déterminant pour la décision d'appartenance ou de non-appartenance à la « race aryenne ». Celui qui n'avait qu'une grand-mère juive était catalogué comme métis au deuxième degré, celui qui avait deux grand-mères juives était métis au premier degré, autrement dit « demi-Juif ». La « grand-mère juive » devint le « Sésame ferme-toi ». Avoir une grand-mère juive signifiait en effet que l'on ne faisait pas partie de la race aryenne des seigneurs et que l'on pouvait s'attendre, au point de vue des droits individuels, à des restrictions qui ne firent qu'empirer d'année en année.

Le fils de Lotte, Peter, né en 1935, fait partie de ceux qui baignèrent d'emblée dans ce monde chimérique. Les Paepcke vivaient alors à Fribourg. Trois ans plus tard, la petite famille déménageait, le mari de Lotte, Ernst August, ayant été muté à Bielefeld. Le grand-père de Peter, Max Mayer, prit prétexte de la séparation proche pour écrire à son petit-fils une longue lettre datée du 9 mai 1938. A trois ans, Peter n'était évidemment pas en mesure de comprendre l'exposé à la fois pathétique et perspicace de son grand-père. Mais Max avait sans nul doute en tête d'autres destinataires que son petit-fils, et en particulier son gendre non juif Ernst August. Dans les temps à venir, la tournure que prendraient les choses allait en effet de plus en plus dépendre de la force de caractère, de la fermeté d'âme dont ce dernier saurait faire preuve. En fin de compte, Max Mayer n'envoya pas la lettre. Ce n'est que dix ans plus tard, en 1948, qu'il remit en main propre à sa fille et à son gendre le document devenu entre-temps historique.

Il est certain que si Lilli avait eu connaissance de cette lettre – ce qui est tout à fait improbable – elle en eût assurément approuvé chaque ligne. Après la guerre, la lettre à Peter devint une sorte d'icône propre au cercle familial des Mayer, Nördlinger et Schlüchterer. Elle témoigne de cette conscience d'une identité juive-allemande spécifique que nombre de Juifs assimilés partageaient au cours du premier tiers du XXe siècle.

Mon cher petit-fils Peter,

Il y a peu de jours, le 3 mai, tu as atteint l'âge de trois ans. Tu as été jusqu'alors la lumière et la joie de chaque jour, dans ma vie comme dans celle de ta grand-mère Olga. Cette constatation ne tient pas seulement à l'amour naturel des grands-parents pour leurs petits-enfants mais à notre participation à la fois affectueuse et raisonnée à ton éveil, à ta progression incessante dans le monde de tes propres impressions, à ton instinct du jeu et à ses orientations, à la formation de ton caractère. C'est ainsi que nous avons appris à connaître le petit Peter, à nous accorder à son être et à ses dispositions, et c'est ainsi que nous voulons continuer à l'accompagner.

Et tu nous payes de retour, ta grand-mère Olga et moi, avec ton amour. Il n'a pas été gagné avec du chocolat, et pas davantage avec de l'indulgence ou d'autres méthodes de corruption. Et il n'existe pas seulement dans notre imagination ; il est une réalité. Tu nous tiens encore pour des personnes qui comptent, des personnes auxquelles tu offres ton sourire radieux ; tu t'intéresses encore à nous. Les années où nous serons cantonnés dans des emplois de vieilles potiches ne sont pas encore arrivées. Telle est la situation aujourd'hui, le 9 mai 1938. Et rien n'est appelé à changer dans le sentiment affectueux d'appartenance qui nous lie les uns aux autres. Pourtant deux faits, dont j'ai besoin de t'entretenir, se sont produits presque simultanément.

Le premier concerne la regrettable probabilité que ton cher père soit muté à Bielefeld et que vous nous quittiez tous les trois, lui, ta mère Lotte et toi. Cela doit se décider dans les dix jours à venir. Si tel devait être le cas, nous déplorerons tous la perte d'une belle vie de famille, à la fois profondément harmonieuse et fondée sur une entraide sans faille. La séparation géographique n'y changera rien mais nous ne pourrons plus en jouir ni la promouvoir comme nous l'avons fait jusqu'alors. Le bonheur du contact quotidien sera remplacé par l'échange épistolaire et la visite annuelle pendant les vacances. Cela dit, de telles séparations se produisent normalement dans toutes les couches de population.

Le second fait succédant à ton troisième anniversaire est celui qui constitue l'objet même de cet écrit :

Tu as reçu le baptême hier, le 8 mai 1938, dans la chapelle de l'église luthérienne de la Stadtstrasse, à Fribourg. Nous avons été préparés à cet événement par tes parents qui nous avaient dévoilé leur intention de te faire baptiser. Dans un premier temps, cela m'a choqué dans mon identité juive parce que celle-ci – jusqu'alors vécue comme un effet du hasard de la naissance, jamais reniée mais minimisée – est devenue ma forteresse au fil de ces dernières années marquées par la persécution des Juifs. C'est donc du haut de cette forteresse que j'aurais dû assister à ton baptême. Mais je me suis forgé très vite la conviction que les motivations de ton père étaient justifiées, pour ne pas dire impératives. En un temps placé sous le signe de l'homme de masse, chaque Allemand doit obéir à une norme. Il lui faut son numéro, son casier, sa rubrique, sa marque d'identification, il faut qu'il entre dans le cadre d'une quelconque communauté. Mais je n'ai nullement l'intention d'analyser le type de cet homme allemand standardisé d'aujourd'hui. Et je renonce aussi du même coup à me prononcer sur la voie qui s'ouvre devant toi du fait de ton baptême et de l'insertion qu'il implique. Un petit bonhomme comme toi ne saurait être orienté par son grand-père dans des questions qui doivent être posées et résolues par une nouvelle génération.

Mais il est une chose au sujet de laquelle je tiens à te faire entendre ma voix. Ecoute-moi donc bien, mon petit Peter ! Il y a maintenant cinq ans que les Juifs sont soumis en Allemagne à un processus impitoyable visant à les expulser du corps du peuple. Après des années d'agitation politique préliminaire orchestrée par le parti qui l'a porté au pouvoir, le gouvernement du Troisième Reich a émis un postulat qui fait force de loi, à savoir que les Juifs constituent dans leur ensemble, au sein même du peuple, un corps étranger qui empêcherait le peuple allemand d'atteindre à la juste expression de sa supériorité. Ce dernier aurait donc besoin d'être purgé et libéré de sa composante juive.

En vue d'inscrire dans les faits cette thèse érigée en vérité philosophique, une orgie de haine raciale a été déclenchée et une disqualification totale de l'homme juif mise en œuvre. L'appareil du parti, la presse, l'école, la radio, la propagande officielle, les organes de l'éducation politique de la jeunesse, bref, toutes les forces qui représentent la vie de la nation concourent à cet unique objectif : dépouiller les Juifs de leur honneur et de leur rang social, sans nul égard pour leur personne. Ils sont arrachés à leur existence, chassés de leur foyer, contraints à émigrer sans ressources, et la conviction de l'infériorité de l'homme juif doit être systématiquement implantée dans le mode de pensée de l'homme aryen.

Il ne m'appartient pas de dépeindre ici le destin tragique des gens qui sont ainsi mis en coupe réglée ni de prendre concrètement leur défense. En face d'eux se tient le peuple « aryen ». Il se plie en partie de bonne grâce à cette politique de persécution des Juifs en s'appropriant de manière totalement irréfléchie les slogans forgés par la propagande. Mais pour une très grande part, ce même peuple, conscient du caractère mensonger et de l'iniquité de ces slogans, récuse les persécutions sans qu'il lui soit toutefois possible d'aider ceux qui en sont victimes.

Afin de leur permettre de se démarquer des Juifs et de légitimer leur présence sous le toit aryen, un « passeport généalogique » est délivré aux citoyens. Aucune station de la vie citoyenne ne peut plus être franchie sans que le degré d'aryanité soit établi avec précision : il s'agit de savoir si l'on est à demi aryen, aux trois quarts aryen ou pur aryen. Et pour pouvoir prouver à tout moment leur aryanité et obtenir la légitimation souhaitée, les gens se font établir aujourd'hui, en Allemagne, un passeport et un arbre généalogiques.

Et c'est précisément de ton arbre généalogique que je voudrais, mon cher petit Peter, t'entretenir à présent. La situation des Juifs telle que je viens de la décrire constitue le préambule nécessaire à la compréhension de l'exposé qui suit en rapport avec ton arbre généalogique. Cet exposé est arrivé à échéance hier, à l'heure de ton baptême. Bien que tu ne sois pas en âge d'en prendre conscience, tu es parvenu hier à une étape à partir de laquelle tu vas suivre ton propre chemin en direction d'une sphère de vie où le chœur de la haine ne manquera pas de se faire très vite entendre. Je veux qu'une voix distincte, la mienne, t'accompagne sur ce chemin afin qu'en cours de route résonne également à ton oreille ma confession en rapport avec ton arbre généalogique.

Il n'est pas utile que je me fasse le porte-parole de tes ancêtres paternels car ils appartiennent à la branche aryenne de l'arbre en question. Lorsque ton père nous a appris qu'il était décidé à épouser notre chère fille Lotte, nous n'avons pas manqué de le rendre attentif, comme c'était notre devoir, au grave contenu d'une telle décision et aux multiples tracas auxquels il s'exposait du simple fait de son union avec une femme juive. Mais cette sorte de calculs n'avait tout simplement pas droit de cité chez lui. En raison de son inclination et de son estime pour Lotte mais aussi du fait de ses convictions profondes, il s'est tenu debout, ferme et droit, dans le grand vent antisémite délibérément déchaîné il y a déjà quelques années et qui souffle depuis lors en tempête au sein du peuple allemand.

Avec Lotte serrée contre lui, il a surmonté l'épreuve de la tempête. Il a démontré ainsi que son esprit et son âme n'ont pas été atteints par la pestilence de cette épidémie de haine. Son mariage ne l'a pas rendu pro-juif. Mais dans le face à face avec le monde juif, son objectivité et sa liberté d'esprit originelles se sont encore renforcées. Le fait que la haute communion humaine espérée par ton père ait trouvé et continuera, comme je l'espère, de trouver son accomplissement dans cette alliance ne constitue pas seulement une justification méritée pour ton père et pour le mariage qu'il a conclu, ce qui se manifeste aussi dans tout cela, ce sont les nobles qualités de ta mère par lesquelles les espérances de ton père ont été comblées

Ta mère – fasse le ciel qu'elle reste en bonne santé afin que tu puisses la garder jusque dans ton âge mûr – t'est si proche, et sa bonté, son dévouement, la pureté de ses intentions et de sa conduite sont tels que la sainte et mystérieuse force de l'amour maternel ne peut qu'agir sur toi à tout moment et te persuader que ta mère se tient très haut au-dessus de la méchanceté des hommes. Aussi la place qu'elle occupe dans ton arbre généalogique t'apparaîtra-t-elle comme sacrée. Les hommes ont beau changer au fil des ans et des décennies, leur mère reste présente tout entière dans leur cœur. La mère éternise notre enfance et c'est pourquoi, mon cher petit Peter, j'espère que tu diras encore dans les années futures, aussi tendrement que tu le dis maintenant, dans ta quatrième année : « ma petite maman ».

Telles que les choses se présentent aujourd'hui, tu tombes sous le coup de la nouvelle législation allemande qui fait de toi un métis parce que ta mère est juive. Tu te trouves promu de ce fait à un rang qui se situe un demi-degré au-dessus de ta mère tandis que ta mère se voit attribuer une valeur humaine moindre que la tienne. Tu es soumis à ces dispositions légales. Mais la décision d'approuver ou non cet ordre hiérarchique et le système de valeurs sur lequel il repose n'appartient qu'à toi. Il m'est loisible de supposer que, fidèle au sentiment de ton enfance, tu prendras tout naturellement position à côté de ta mère. Mais il ne faudrait pas que tu en sois réduit à te référer uniquement à la loi naturelle, alors que pour ta parentèle aryenne, forte de son arbre généalogique, la valeur des parents découlera automatiquement du nombre, de la valeur et du nom de ses ancêtres aryens.

Et puisque les mères doivent être éclairées à la lumière de leurs antécédents généalogiques, il est bon que tu saches que la superstructure historique de ta famille maternelle résiste parfaitement à l'épreuve de cette sorte de radioscopie. Les noms de Nördlinger, Leser, Levi ou Schlüchterer dans ton arbre généalogique occupent, au plan moral et humain, le même rang que ceux de Lederle, Klausmann, Thorwaldsen ou Finkbeiner dans n'importe quel arbre généalogique aryen. Car parmi ceux de tes aïeux que j'ai rencontrés, je n'en connais pas un seul dont on puisse mettre en doute le sens moral – que ce soit au plan personnel ou en rapport avec les exigences de la communauté du peuple allemand. Soumettant notre parentèle à une enquête critique, je ne vois absolument personne qui se situerait à quelque point de vue que ce soit – droiture personnelle ou professionnelle, conception du devoir et conduite de la vie familiale – au-dessous de la norme applicable à tous les hommes. Et cette constatation resterait valable quand bien même il se trouverait sur l'échelle de nos ancêtres quelqu'un qui eût fait un faux pas. Mais il ne semble pas qu'il se soit rien produit de tel.

Cependant le contrôle du mélange racial porte sur la personne de la grand-mère. La grand-mère représente en quelque sorte le point trigonométrique auquel le gouvernement allemand se réfère afin de déterminer la qualité aryenne de l'individu allemand, laquelle suppose l'exclusion de la part juive. Pour tous ceux qui, se tournant vers l'arrière en direction de ce point, tombent sur une grand-mère juive, celle-ci devient la « grand-mère fatidique ». Elle dévalorise totalement le petit-fils, à moins que celui-ci, comme c'est le cas pour toi, puisse se prévaloir d'une mère ou d'un père aryen. Dans ce cas, le petit-fils se voit attribuer une valeur de cinquante pour cent supérieure à celle de sa grand-mère. Ce pourcentage varie en fonction du mélange. Le contenu racial exprimé en centièmes, avec la grand-mère comme point de référence, est actuellement la préoccupation majeure de la masse soucieuse de légitimer sa présence sous le toit aryen. La grand-mère juive est devenue le mot du jour – mot pour rire et mot de la fin. C'est pourquoi il m'importe, cher Peter, de te présenter ta grand-mère juive.

Ta grand-mère Olga est un modèle d'ouverture d'esprit et d'humanité, ennemie de tout ce qui n'est pas authentique, que ce soit au plan formel ou sur le fond. Exempte de toute prétention sociale, elle occupe néanmoins une position élevée qui tient aux qualités par lesquelles elle se hausse largement au-dessus de la moyenne, à savoir fiabilité, sens du devoir, crédibilité dans les grandes comme dans les petites choses, sans parler de son style de vie simple, conforme à ses convictions.

Ta grand-mère Olga est l'exemple même du dévouement, elle est juste et douce dans le jugement qu'elle porte sur les autres, indulgente pour toutes les faiblesses humaines, à condition toutefois que ces dernières n'aillent pas à l'encontre de sa conception de la fidélité et de la droiture dans la conduite de la vie. Elle affronte avec courage les difficultés de l'existence. Mais les persécutions allemandes contre les Juifs la rongent.

L'amour que ta grand-mère Olga prodigue est puisé aux sources vives et limpides de sa profonde bonté – c'est un amour exempt de toute sentimentalité et de toute problématique, ouvert sur le monde et transparent. Ta grand-mère Olga a un esprit lucide et un jugement sévère sur elle-même. L'égoïsme naturel qui caractérise la sollicitude maternelle envers les enfants et la famille ne l'a jamais empêchée d'avoir un sens très vif des intérêts de la communauté du peuple, et elle a d'ailleurs toujours honnêtement participé aux idéologies que cette dernière pouvait nourrir en son sein – pourvu que son propre jugement, fondé sur une totale indépendance d'esprit, ne lui eût pas dicté une attitude contraire. Elle a vécu la guerre mondiale de 1914-1918 comme une épreuve nationale mais aussi personnelle au cours de laquelle elle a montré le meilleur d'elle-même.

Partout dans le monde, on vantera la grandeur morale d'une femme qui possède les vertus signalées plus haut. En Allemagne, on dira d'elle, non sans faire preuve de quelque prétention : « une vraie femme allemande ». La première qualification est bien suffisante, cher Peter. Tu peux être fier de ta grand-mère juive. Tu n'as pas à voir en elle le point faible de ton passeport généalogique. Tu peux regarder en toute confiance la place qu'elle y occupe. Aucun passeport généalogique aryen ne saurait faire mention d'une plus noble grand-mère. Avec son sens aigu de l'autocritique, ta grand-mère récuserait ce portrait, ou ne s'y reconnaîtrait finalement qu'après avoir mis en avant le fait qu'il existe dans toutes les couches du peuple des millions de femmes semblables à celle que je viens de dépeindre. C'est exact. Et c'est justement cette similitude que je voulais mettre en évidence.

Je te salue, Peter, mon petit-fils

Ton grand-père Max Mayer

Six mois jour pour jour après la rédaction de cette lettre, soit le 9 novembre 1938, les nazis mettaient en scène ce qu'il est convenu d'appeler la Nuit de cristal, qui marquait l'ouverture d'une nouvelle phase de persécutions des Juifs en Allemagne. Comme beaucoup d'autres citoyens juifs, Max Mayer, alors âgé de soixante-cinq ans, fut arrêté dans sa maison et interné dans un camp de concentration. Il passa un mois à Dachau où il subit interrogatoires et tortures. Il rentra brisé à Fribourg ; et cependant, il continua d'espérer un retour des Allemands à la raison. Ce ne fut que tard, presque trop tard, que Max et Olga se résolurent à l'émigration. Le 1er septembre 1939, le jour même où commençait la Seconde Guerre mondiale, tous deux franchissaient la frontière suisse.

« L'AMOUR N'A PAS DE FIN »

Le mariage de Lilli et d'Ernst bat de l'aile

Les Friedemann et les Goldin étaient depuis longtemps en Palestine lorsque les hommes de la SA d'Immenhausen passèrent à l'action dans le cadre de la Nuit de cristal. A Immenhausen, il n'y avait donc guère plus que Lilli et sa famille qui pussent susciter la colère du peuple. Le soir du 9 novembre 1938, quelques nazis, parmi lesquels certains étaient ivres, grimpèrent sur le garage où était garée l'Opel d'Ernst et brisèrent le carreau d'une fenêtre de la maison. Lilli, Ernst et les enfants étaient assis à l'intérieur, apeurés, s'attendant au pire. Cependant les hommes se bornèrent à rôder encore un moment dans le jardin en poussant force braillements, après quoi ils se retirèrent. Le lendemain matin, Ilse ne se rendit pas à son école à Cassel et ne sortit pas de la maison. Gerhard, lui, se mit en route pour le lycée Friedrich mais fut renvoyé aussitôt par un professeur inquiet.

Huit jours plus tard, le Rottenführer-SS compétent remettait son rapport sur les actions menées le 9 novembre dans la circonscription de Hofgeismar. L'incident de la Gartenstrasse est également cité dans le bilan de ce rapport cynique :

Seule la synagogue de Meimbressen a été démolie dans cette circonscription. Malheureusement, les synagogues de Hofgeismar et de Grebenstein sont devenues il y a quelque temps des propriétés aryennes, si bien qu'il ne pouvait être question de les détruire.

Dans la circonscription de Hofgeismar, ce sont au total huit magasins qui ont été démolis. A part cela, des vitres ont été brisées dans trois habitations privées...

Certains Juifs, connus pour être particulièrement malfaisants, ont eu la correction qu'ils méritaient. Le lendemain, ils avaient les yeux au beurre noir et les membres endoloris, et c'est dans cet état qu'il leur a fallu nettoyer les rues. Il n'y a pas eu de pillage dans cette circonscription. Dans cette circonscription, il a été procédé au total à l'arrestation de sept Juifs.

Il n'a pas été conservé d'objets de culte ou d'archives. Ils ont pour la plupart été détruits par le feu ou brisés. En revanche, les livres de comptes ont été saisis et sont actuellement examinés par les services concernés.

Il n'y a malheureusement aucun suicide ou décès de Juif à signaler à la suite de cette action.

A Cologne, les nazis avaient fait bien pire. L'appartement de Paula avait été totalement saccagé. Lilli se rendit aussitôt chez sa mère afin de l'aider à remettre tant bien que mal les choses en place. C'est au plus tard à ce moment-là que toutes deux ont dû comprendre qu'il était vain d'attendre ou d'espérer encore une amélioration de la situation politique.

C'est encore au cours de ce même mois de novembre 1938 que l'accès aux édifices publics fut officiellement interdit aux Juifs – un coup dur pour Lilli car l'interdiction concernait en particulier les théâtres et les salles de concert. Et le 31 décembre de la même année, elle se voyait délivrer une pièce d'identité marquée d'un grand J, un document qui devenait dès lors obligatoire pour tous les Juifs allemands. Conformément au nouveau règlement – les Juifs étant tenus d'adopter un prénom supplémentaire, soit Sara pour les femmes, Israël pour les hommes –, Lilli signa le document établi par la municipalité d'Immenhausen du nom de « Lilli Sara Jahn ». On en profita pour lui prendre les empreintes de ses deux index.

Paula suivit la même procédure ; mais elle avait entre-temps commencé à prendre les dispositions nécessaires en vue de son émigration. Agée de soixante-quatre ans et peu familiarisée avec la langue anglaise, il ne lui restait pas d'autre choix que de rejoindre sa fille Elsa, à Birmingham.

En Angleterre, Elsa s'occupa de réunir les documents nécessaires. Paula, de son côté, dut se faire établir un acte de naissance par la paroisse évangélique d'Oberlauringen et solliciter à Cologne la délivrance d'un passeport établi sur foi de ce document. Mais elle dut surtout payer. Le 7 mars 1939, le président du directoire des finances de Cologne lui délivrait une quittance d'impôts dite « Unbedenklichkeitsbescheinigung » stipulant qu'elle avait réglé la totalité des « impôts, contributions diverses, amendes, taxes et frais » dont elle était redevable. L'attestation mentionnait qu'elle s'était acquittée peu avant d'un impôt d'émigration dit « Reichsfluchtsteuer » d'un montant de 20 144 Reichsmark ainsi que d'une redevance sur la fortune juive ou « Judenvermögensabgabe » d'un montant de 21 400 Reichsmark. Elle dut en outre s'acquitter une seconde fois, au bénéfice des caisses de l'Etat, du prix d'achat de chacun de ses meubles, faute de quoi il n'était pas question qu'elle les fît suivre en Angleterre. Elle se trouva privée de la sorte de la quasi-totalité de sa fortune. Paula quitta l'Allemagne le 15 mai 1939.

Lilli resta. Les mois suivants, elle put encore faire ses

adieux à certains amis et parents qui passaient par Cassel en chemin de fer, à destination de Brême ou de Hambourg où ils devaient s'embarquer pour l'Angleterre ou pour l'Amérique. Cela donna lieu, à la gare de Cassel, à de déchirantes scènes d'adieux. Et Lilli se trouva bientôt abandonnée par presque tous ses proches.

Durant l'été, elle fit un dernier voyage en Forêt-Noire avec toute la famille. Les Jahn s'y étaient déjà rendus en 1936 et 1937, profitant chaque fois de leur séjour pour rendre visite aux Mayer et aux Paepcke à Fribourg. En été 1938, on était allé dans le Sauerland, d'où l'on avait poussé jusqu'à Garmisch et jusqu'à la Zugspitze ; et cette année, en 1939, on avait de nouveau donné la préférence à la Forêt-Noire. Mais cette fois le voyage tourna au fiasco. L'hôtel, où l'on avait pourtant réservé, refusa d'accueillir la famille au motif que les Juifs étaient indésirables. Ce n'est qu'au terme de longues recherches et avec l'aide de Max et d'Olga Mayer que l'on finit par trouver un hôtel où l'on voulut bien fermer les yeux sur l'identité juive de Lilli. Mais cette odyssée eut un effet traumatisant sur les enfants : ils ne purent que constater une fois de plus à quel point ils étaient marginalisés, méprisés par la société dans laquelle ils vivaient.

Tous ces voyages d'été nécessitaient évidemment quelques moyens. Mais le cabinet d'Ernst marchait si bien qu'on pouvait effectivement se payer ce petit luxe. Et Ernst – car c'était à cette condition seulement que l'on pouvait envisager de partir – trouva chaque fois un remplaçant pour s'occuper de ses patients en son absence. En été 1939, cette mission fut remplie par une jeune et sympathique consœur de Göttingen pour laquelle toute la famille, Lilli en particulier, eut tôt fait de se prendre d'amitié.

Dans l'album familial, les premières photos de la jeune praticienne sont datées du 1er avril 1939 : on y voit Rita, photographiée avec Eva dont c'est la première journée d'école. La consœur d'Ernst ne tarda pas à venir aussi à Immenhausen en dehors des périodes de vacances afin de seconder Ernst dont le cabinet était souvent pris d'assaut.

Durant cette période, Lotte Paepcke rendit visite aux Jahn à Immenhausen où elle trouva une Lilli plutôt taciturne et visiblement anxieuse. En compagnie de son mari Ernst August, de Rita, d'Ernst et de Lilli, Lotte y passa notamment une soirée mémorable qu'elle évoquera plus tard, peu après la guerre, dans une lettre à ses parents alors installés à New York. Au cours de la soirée, comme elle le raconte, l'ambiance devint un peu plus gaie et l'on finit même par danser :

Pour Lilli, c'était la première fois depuis des années, et elle se montra soudain si juvénilement ravie et émoustillée par cet intermède que c'en était touchant. Ernst ne sait pas danser et s'est montré très embarrassé, mais Lilli était réellement aux anges.

Durant cette période, Lilli trouva en Lotte un soutien dont elle avait alors le plus grand besoin. De loin en loin, on arrangea même de brèves rencontres sur la « Reichsautobahn », près de Cassel ; les Paepcke faisaient une halte sur la route qui les menait en vacances ou chez des parents, à Rostock. Et Lotte fut sans doute aussi la première à apprendre comment l'amitié avec Rita prit soudain une tournure qui devait s'avérer catastrophique pour la famille Jahn. Elle en parle d'ailleurs dans son livre de souvenirs, *Sous une étoile étrange*, où nous lisons ceci :

Une jeune praticienne, docteur en médecine, qui remplaçait parfois le docteur surmené, était la seule personne qui apportait des nouvelles fraîches du monde extérieur.

Pour Lilli, c'était un enfant de plus dont elle s'occupait et qu'elle admirait ; pour les enfants, c'était la jeune tante de la ville qui apportait toujours de beaux cadeaux et venait aider le docteur surchargé de travail. Elle eut tôt fait de devenir son amie. Puis sa maîtresse. Car elle était le chemin qui le ramenait à la vie, auprès des autres, c'est-à-dire de tous ceux qui pouvaient se permettre de le montrer du doigt, de l'éviter, de se moquer de lui. Orphelin dès sa plus tendre enfance, il lui avait fallu lutter et se serrer la ceinture pour mener à bonne fin ses études de médecine, alors que ses condisciples disposaient de moyens qui, de toute évidence, leur facilitaient énormément la vie. Cependant, il finit par atteindre son but : la sécurité d'une vie bien rangée était à portée de main. C'était d'ailleurs cette sécurité qu'il cherchait auprès de sa femme, mais aussi dans le cercle grandissant des enfants qui l'entouraient ainsi que dans le giron de la puissante mère Eglise. Et voilà que les autres arrivaient et voulaient lui arracher tout cela, lui retirer de sous les pieds la base sur laquelle il se tenait, une base qu'il avait lui-même créée et qu'il s'évertuait à consolider depuis des années. Les autres ! Ils lui lançaient des insultes, ils menaçaient sa femme avec des pierres ! Ils désignaient de leurs index sales les Madones anciennes qui figuraient dans ses livres, sur ses images, et dont les visages souriants nourrissaient son espérance d'un ordre céleste éternel. Cela aussi ils voulaient donc le détruire ? Non, non, non ! Il ne le supportait pas. Il se sentait traqué, persécuté, il devint irritable, incapable de maîtriser de soudaines colères. La femme naguère aimée lui devenait insupportable. Comment pouvait-elle rester assise là, cousant tranquillement, à croire qu'elle ne savait pas ce qui lui arrivait, à lui qui ne voulait que la paix ! L'honneur ! La sécurité !

Mais elle le savait. Oh, oui, elle savait ce qui lui arrivait, ce qui leur arrivait. C'était quelque chose de terrible mais elle était impuissante devant cette chose, incapable d'y changer quoi que ce fût. Et quand le travail de la journée était achevé, il lui restait la nuit pour pleurer en silence.

Le docteur se montrait de plus en plus critique envers ses propres enfants – c'est que les enfants n'étaient pas blonds, les enfants n'étaient pas radieux comme les jeunes hitlériens qu'il croisait sur la route lorsqu'il rendait visite à ses patients. Et son métis de fils, c'était tout de même malheureux de le voir assis là, le dimanche, à ronger son frein alors qu'il aurait dû être dehors, en train de battre la campagne avec ses camarades de la Jeunesse hitlérienne. Et le docteur se montrait de plus en plus souvent si sombre et ulcéré à la vue du quintuple malheur qu'il avait sous les yeux que les enfants se mirent à avoir peur de lui.

Mais alors même qu'il avait soif de vivre comme le plus grand nombre, comme tous ceux qui avaient l'air si sûrs d'eux, si parfaitement en sécurité, Rita joua le rôle de la bonne Samaritaine et lui offrit à boire une première gorgée. Elle le convia à se rendre au théâtre avec elle. Lilli y consentit de bon cœur et il obtempéra. Quel bonheur de pouvoir de nouveau s'installer dans une loge, d'apparaître au foyer avec sa belle compagne ! Et le docteur rentra chez lui rassuré quoique légèrement embarrassé. Et Rita offrit davantage à celui qui avait si soif : pourquoi ne pas faire un petit voyage ensemble puisque Lilli ne pouvait plus aller nulle part ? Elle lui offrit un grand voyage. Et pour finir, elle s'offrit elle-même.

Coupons court ici au récit de Lotte ; il porte sur une période qui correspond en gros à la première année de guerre. Soulignons cependant qu'il est au moins un point d'importance sur lequel, de l'aveu même des filles de Lilli, il ne correspond pas tout à fait à la réalité : Johanna et Ilse contestent vigoureusement que le père ait jamais inspiré de la crainte à ses enfants. D'après elles, le récit de Lotte se montrerait à cet égard tendancieux, voire incongru. Ernst n'aurait jamais ressenti l'existence de son fils et de ses quatre filles – la quatrième, Dorothea, naquit le 25 septembre 1940 – comme un « quintuple malheur » ; jamais il n'aurait considéré l'origine juive de ses enfants comme une flétrissure. Et en dépit de tout ce qui avait pu arriver, il serait toujours resté un père affectueux.

C'est aussi au cours de l'automne 1940 que Lilli reçut une très mauvaise nouvelle en provenance de Halle : son oncle préféré, Josef Schloss, était décédé. Le pédiatre, dont elle avait envisagé naguère de prendre la succession, avait été systématiquement mis sous pression par les autorités. Et cela durait depuis des années. A l'automne 1938, il lui avait été interdit d'exercer, en même temps qu'à tous les médecins juifs du Reich. En avril 1939, il dut se défaire, dans le cadre de l'aryanisation, de la villa qu'il avait héritée de son père. Puis une maladie de cœur s'était déclarée. Le 14 octobre 1940, il rédigeait son testament et léguait expressément à ses neveux et nièces « non juifs » la plus grande partie de ce qui restait de sa fortune. Le 25 novembre 1940, Josef Schloss mettait fin à ses jours.

La sœur de Josef, Marie Klein, avait accompagné le mourant durant ses dernières heures. C'est par elle que la famille fut informée dès le lendemain de sa mort.

Lilli se rendit à Halle et participa à la dispersion du ménage de l'oncle Josef. Ce qui lui était destiné – quelques meubles Biedermeier, des appareils médicaux ainsi qu'un manteau de fourrure pour Ernst – fut acheminé à Immenhausen. Quant à Marie, elle devait être déportée ultérieurement et internée au camp de concentration de Theresienstadt où sa trace se perd.

L'inquiétude pour la famille pesait de plus en plus lourd sur Lilli et Ernst. C'est à la fin de l'année 1940 seulement que les échanges épistolaires avec les Barth reprirent, mais uniquement entre Lilli et Hanne car Leo avait été incorporé dans la Wehrmacht et était stationné en France. Le 11 décembre 1940, à l'approche de Noël, Lilli adressait ses vœux à l'amie de Mannheim :

Ma chère Hanne,

Il y a longtemps que je ne t'ai écrit mais cela tient uniquement à cette insurmontable maladie qu'est le manque de temps. A l'heure qu'il est, j'ai toujours du travail jusque par-dessus la tête, et Amadé est dans le même cas ; mais pour Noël, je tiens quand même à te faire parvenir quelques nouvelles ainsi qu'un petit livre qui vous est destiné à tous les deux.

Nous espérons que Leo aura une permission pour les fêtes et nous vous souhaitons d'avance un joyeux Noël. Cette année aussi, lorsque nous serons installés autour du sapin illuminé, nous penserons à vous avec toute l'amitié et la gratitude que nous inspirent votre gentillesse et votre si réconfortante fidélité... La lettre que Leo nous a envoyée de France nous a fait très plaisir.

Afin que vous sachiez à quoi ressemble la petite qui doit porter le petit bonnet doré, je joins deux photos d'elle à cette lettre. Je te remercie de tout cœur pour les bons vœux que tu m'as envoyés à l'occasion de la naissance de notre petite Dorle. Elle progresse d'ailleurs très vite et elle est évidemment devenue le centre et la chérie de toute la maison. Le grand frère lui-même s'y intéresse énormément et lui témoigne d'ailleurs de touchantes marques d'affection. Quant à moi, j'ai très vite recouvré mes forces, si bien que je peux de nouveau – Dieu soit loué – subvenir à toutes les tâches quotidiennes qui m'occupent du matin jusque tard le soir. Les enfants sont en bonne santé et pleins d'entrain, ils ont beaucoup grandi et Gerhard ne tardera pas à nous dépasser en taille.

Il y aurait encore toutes sortes de choses à raconter, mais comme ce serait infiniment mieux si tu pouvais seulement revoir les enfants un jour prochain et vivre un moment à leurs côtés. Je formule ici le vœu que, de ton côté, cela puisse se faire dès que la paix sera revenue, c'est-à-dire, comme je l'espère, dans pas trop longtemps.

Permets-moi, chère Hanne, de conclure pour aujourd'hui sur cet espoir ardent de paix que nous partageons tous. Puisse l'année 1941 nous apporter tout le bien que nous en attendons, puisse-t-elle nous conserver, à nous qui devons supporter tant de choses difficiles, le courage, la confiance et un cœur fort – et la bénédiction de Dieu.

Je te salue bien cordialement, ainsi que Leo, les enfants, grand-papa et grand-maman, toujours ta Lilli.

La vie de Lilli se réduisait alors à la gestion du quotidien de la famille. Tout tournait autour du bien-être d'Ernst et des enfants, et Lilli ne quittait plus la maison que tout à fait exceptionnellement.

Le 23 mars 1941 eut lieu la confirmation de leur fils, Gerhard. Les traditionnelles photos montrent le garçon en costume de confirmant dans le jardin, avec ses parents. A l'occasion de ce même événement familial, Ernst apparaît également sur une autre photo de groupe où il arbore d'ailleurs un air plutôt sombre – à sa droite Lilli visiblement éprouvée, à sa gauche Rita, sa maîtresse. A voir cette photo, il semble que tout soit mis alors en œuvre pour simuler autant que possible la normalité. Et l'on est évidemment amené à songer à la double vie d'Ernst au début de sa liaison avec Lilli. A l'époque, il était épris d'Anne-Catherine, à présent c'était Rita qui l'attirait.

Et cette fois encore, le déchirement intérieur qu'il

éprouvait ne l'empêchait nullement de se montrer plein d'attentions pour Lilli. A Pâques 1941, il lui offrit un reprint de l'édition originale du *Hausbüchel* de Jakob Grimm. Le calendrier réservait de la place en suffisance pour de nombreuses notes personnelles. Ernst l'inaugura par une dédicace et plusieurs citations :

A ma chère Lilli
ce dimanche 6 avril 1941
avec tous mes bons vœux,
espérant qu'elle trouvera à composer un petit livre bien à elle pour son plaisir, pour le salut et l'enrichissement de tous
Amadé

Sur la page de garde, Ernst inscrivit une citation de *La Divine Comédie* de Dante ; sur la première double page libre, il colla une carte postale représentant la Sainte Vierge et nota une autre citation, de Goethe cette fois :

De grandes pensées et un cœur pur,
c'est ce que nous devrions demander à Dieu.

Sur la double page suivante, Ernst porta deux autres citations extraites du *Voyage en Italie* de Goethe. Voici l'une d'elles :

Cela même qui au début procurait un vif plaisir
lorsqu'on l'approchait superficiellement s'avère ensuite
pénible, lorsqu'on voit qu'il n'est point de plaisir réel sans
connaissance approfondie.

Lilli devait noter plus tard, sous cette pensée goethéenne un tantinet pédante, une citation de Schiller qui la prolongeait et la commentait utilement :

Associer la plénitude du plaisir esthétique au plaisir du cœur a toujours été mon plus haut idéal dans la vie, et unir l'un à l'autre est aussi pour moi le moyen infaillible d'amener tout un chacun à sa propre plénitude.

Ernst et Lilli restaient liés par leur intérêt commun pour la littérature, la musique et la philosophie. Cependant ils n'avaient pas du tout la même approche dans ces divers domaines. Alors qu'Ernst était tout occupé de la vraie foi et des lumières de l'histoire de l'art, Lilli s'intéressait davantage aux voies et aux fourvoiements de l'amour. Elle remplit les vingt-trois pages suivantes de citations portant sur cet unique grand sujet, à commencer par la première, extraite de la première épître aux Corinthiens :

L'amour est patient et amical, il ne se vante pas et ne cherche pas son intérêt, il ne s'irrite pas, il excuse tout, il croit tout, il espère tout, il supporte tout. L'amour n'a pas de fin.

Lilli nota également des pensées et des sentences de Hegel, Hölderlin, Schopenhauer, Albert Schweitzer, Werner Bergengruen, Rainer Maria Rilke. Son journal littéraire s'interrompt sur une citation d'Ernst Jünger.

C'est aussi en septembre 1941 que Lilli mit la dernière main à la composition de l'album de photos qu'elle avait acheté pour Ernst il y avait un moment déjà, vraisemblablement à la naissance de Dorothea. L'album est dédicacé à Ernst en ces termes : « Pour papa, un livre d'images de ses cinq enfants. » Les deux dernières photos montrent la petite Dorle le jour de son premier anniversaire, le 25 septembre 1941.

C'étaient sans doute des doubles de ces photos que Lilli

joignit à la lettre qu'elle adressa le 23 novembre à son amie Hanne, à Mannheim :

Ma chère Hanne,

Il n'est sans doute pas utile que je t'assure une fois de plus qu'en l'absence même de signes extérieurs nos très affectueuses pensées sont constamment auprès de toi, auprès de Leo et de vos quatre magnifiques enfants. Les photos que tu m'as envoyées cet été nous ont charmés, pour ne pas dire ravis. Un si séduisant et radieux essaim d'enfants, tu es en droit d'en être fière, Hanne ! Et dans l'intervalle, le petit Michael s'est certainement déjà transformé en un vaillant bambin qui rit et qui a plein de choses à raconter. Et sans doute, tout comme cela se passe chez nous, le petit dernier est-il également le préféré de ses aînés.

A quoi ressemble à présent notre petite Dorle, tu pourras t'en rendre compte grâce aux photos ci-jointes ; elle est gironde mais court comme le furet et déploie une activité incessante. C'est un temps un peu difficile que nous vivons actuellement avec elle, il faut la surveiller constamment car rien n'est plus à l'abri de ses petites mains maladroites. Et puis il faut qu'elle devienne enfin propre, c'est une corvée toujours recommencée.

Mais aussi quel bonheur on éprouve chaque jour au contact d'un petit être si gentil et si chaud. Les quatre grands poussent vaillamment. Gerhard apprend avec zèle le latin, le grec et l'anglais et se plaît toujours beaucoup à son école. Ilse apprend plus difficilement – elle est appliquée et consciencieuse mais ne prend pas grand plaisir à étudier. En revanche, c'est une vraie petite fée du logis qui fait beaucoup de choses sans qu'on le lui demande et qui me soulage sensiblement dans mes nombreuses tâches domestiques. Elle est très ouverte, très réceptive, et de même que chez Gerhard et Hannele, on peut discerner chez elle l'influence du papa, de ses études d'histoire de l'art et de sa recherche spirituelle.

Hannele continue malheureusement de nous causer du souci avec son asthme. Elle a séjourné du 1er septembre jusqu'à la mi-novembre dans un sanatorium pour enfants près de Cassel ; elle y a repris des forces mais reste sujette à des crises d'asthme. Quant à notre petite Eva, c'est un vrai garçon manqué, elle est toujours dehors et aide tantôt ici tantôt là, de préférence chez le charpentier voisin où elle s'en donne à cœur joie avec le marteau et les clous. Elle ne tient pas en place et le dimanche, quand les autres sont plongés dans leurs lectures, elle ronge misérablement son frein.

Aujourd'hui, Amadé est allé avec Gerhard à Cassel, au théâtre ; on y donne Le troubadour, *je suis curieuse d'entendre ce qu'ils en diront. Amadé est toujours surchargé de travail. C'est à grand-peine que nous avons trouvé un remplaçant en juillet pour quinze jours, Amadé en a profité pour faire un séjour au Ruhestein près de Baden-Baden. Sauf que ses vacances auraient dû être deux fois plus longues.*

Rita Schmidt est... très souvent chez nous ; elle me demande de te transmettre ses amitiés ainsi que le carnet de tickets d'alimentation ci-joint.

A mon sujet, il n'y a pas grand-chose à dire. Je t'épargne le triste refrain sur les employées de maison, tu le connais – et du reste, je n'ai pratiquement plus de vie en dehors de chez moi. Il est inutile que j'en parle davantage, c'est parfois plus lourd à porter que tu ne saurais l'imaginer.

Après ce long compte rendu, j'ose espérer que nous recevrons bientôt quelques nouvelles de toi et de vous tous, en particulier des enfants – comment ils vont, ce qu'ils font...

Porte-toi bien, Hanne, et recevez tous nos très amicales salutations.

Ta Lilli

Pourquoi Lilli se retirait-elle ainsi ? En principe, elle pouvait encore se déplacer librement à ce moment-là. Du fait de son mariage avec Ernst, elle était dispensée du port de l'étoile jaune, obligatoire pour tous les Juifs depuis le 19 septembre 1941.

Mais ce privilège était tout sauf rassurant. En fait, Lilli risquait à tout moment de tomber sur des militants nazis excités ou des bureaucrates trop zélés qui n'auraient assurément pas été punis pour s'en être pris à elle ou avoir abusé de leur pouvoir. Mais surtout, partout dans le Reich les déportations massives avaient commencé. Qui pouvait lui garantir qu'elle ne serait pas prise dans une rafle et jetée dans un train en partance pour l'Est ?

Le premier convoi de déportés quitta Cassel le 9 décembre 1941. Dans les jours qui précédaient cette date fatidique, le dénommé August Hoppach, chef du « Judenreferat », autrement dit du bureau des affaires juives de la Gestapo de Cassel, avait fait procéder à de nombreuses arrestations de Juifs à travers toute la région car il s'agissait d'utiliser pleinement la capacité de mille personnes mise à disposition par la Reichsbahn. La destination de ce premier convoi était le ghetto de Riga ; un deuxième convoi partit le 1er juillet 1942 pour le camp de concentration de Lublin-Majdanek, un troisième le 7 septembre 1942 pour Theresienstadt. Tout cela se produisit sous les yeux des habitants de Cassel, leurs voisins juifs étaient poussés en longues colonnes à travers le centre-ville, en direction de la gare, tout ce qu'ils n'avaient pas pu emporter était vendu aux enchères publiques.

Mais pour les nazis d'Immenhausen, il était manifestement inconcevable que Lilli pût échapper à son sort. Le 20 janvier 1942, Karl Gross, bourgmestre en exercice et Ortsgruppenleiter de la NSDAP, écrivait à son supérieur hiérarchique à Hofgeismar :

Au Kreisleiter de la NSDAP
à Hofgeismar

Comme suite à votre circulaire n° 138/42 du 17 jan. 1942 relative aux mariages mixtes privilégiés, je me dois de vous signaler que la population s'est vivement indignée de voir que la femme du médecin local (juive complète) n'est pas tenue de porter l'étoile juive. La Juive en profite pour se rendre fréquemment à Cassel en train. Elle voyage en 2e classe sans être inquiétée puisqu'elle ne porte pas d'étoile. Toute la population serait grandement soulagée si quelque chose pouvait être fait pour remédier à cet état de choses.

Par la même occasion, je vous signale qu'une décision d'éloignement pourrait être prise dans le cas considéré, étant donné que le mari de la Juive (médecin) a une liaison avec une consœur aryenne qui attend un enfant de lui, à naître dans les semaines à venir. En cas d'éloignement de la Juive, la maîtresse aryenne pourrait prendre la suite dans la maison du médecin Jahn. Peut-être faudrait-il avoir un entretien de vive voix avec le principal intéressé au sujet de la situation évoquée plus haut, avec pour objectif d'obtenir que la seule Juive qui vit encore dans le coin disparaisse d'ici.

Heil Hitler !

Gross
stellv. Ortsgruppenleiter

Quant aux gens d'Immenhausen, on peut douter qu'ils se soient effectivement formalisés, à l'époque, de voir Lilli prendre le train. On vivait alors le troisième hiver de guerre et les habitants de la petite ville avaient assurément d'autres chats à fouetter. Plus vraisemblablement était-ce l'appareil du parti qui exigeait toujours de nouvelles victimes.

Du reste, Lilli dut renoncer deux mois plus tard à ses

voyages à Cassel. Une ordonnance de la Sicherheitspolizei, promulguée fin mars 1942, interdit l'accès des transports publics aux Juifs – seuls pouvaient encore voyager en train ceux qui étaient munis d'une autorisation spéciale de la police.

On ne sait pas non plus si les fonctionnaires de police ont effectivement eu un entretien quelconque avec Ernst au sujet de son mariage avec Lilli. Mais il est plus que probable qu'on l'aura au moins incité à divorcer.

Lilli et Ernst vivaient sous le régime dit des mariages mixtes privilégiés. Ce statut avait été concédé en décembre 1938 aux couples « demi-juifs » dont les enfants n'étaient pas élevés dans la foi juive. La pression sociale et politique sur ces mariages ne cessa de croître tout au long de la guerre. La séparation était souhaitée, mais elle ne fut que rarement provoquée sous contrainte. Il faut d'ailleurs noter que l'union de Lilli et d'Ernst appartenait à la catégorie de mariages mixtes la plus favorable. Le mariage d'un homme juif avec une femme non juive était beaucoup plus lourd de conséquences.

En 1942, il y avait encore dans le Reich quelque vingt-huit mille couples vivant sous le régime du mariage mixte. Lorsque l'une des parties cédait à la pression politique et demandait le divorce, la justice nationale-socialiste accélérait la procédure. La garde des enfants mineurs était presque toujours confiée aux femmes. Et cette règle s'appliquait aussi lorsque l'élément juif du mariage mixte était la femme. Après un tel divorce, les mères juives étaient en principe préservées des harcèlements policiers et de la déportation – un principe qui se trouva largement battu en brèche vers la fin de la guerre[1].

---

1. Cet exposé repose sur la thèse de Beate Meyer, *« Jüdische Mischlinge » (Juifs métis). Politique raciale et expérience des persécutions 1933-1945*, Hambourg, 1999, p. 92. *(N.d.A.)*

Courant 1942, Ernst se rendit avec Rita à Bochum afin de discuter avec son ami Leo Diekamp des modalités de son divorce et de son remariage. L'avocat le mit en garde contre une dissolution de l'union existante. Car nul ne savait combien de temps durerait la mesure de protection dont Lilli bénéficiait encore à l'époque, compte tenu que la justice nationale-socialiste prenait sans arrêt de nouvelles et spectaculaires décisions visant à priver les Juifs de tous droits. Mais Ernst était convaincu que les nazis, ne serait-ce que par égard pour ses cinq enfants, ne s'en prendraient jamais à Lilli. Plus tard, il devait d'ailleurs souligner à maintes reprises que les représentants des autorités compétentes lui en avaient donné l'assurance expresse.

En réalité, Lilli resta sans cesse dans le collimateur de la bureaucratie nationale-socialiste. Le 22 mai 1942, le bourgmestre Gross envoyait un nouveau rapport sur la situation dans la maison des Jahn :

A la Kreisleitung de la NSDAP
à Hofgeismar

Concerne : Le docteur Ernst Jahn, médecin à Immenhausen.

Dans l'affaire en question, je vous signale que la doctoresse Rita Schmidt a mis au monde un enfant de sexe féminin dans la maison du praticien Ernst Jahn. Jahn est le père de l'enfant. D'après les déclarations de son épouse, c'est Jahn lui-même qui s'est occupé de l'accouchement, en présence et avec l'assistance de Mme Jahn. La sage-femme d'Immenhausen, appelée le lendemain, a rendu visite pendant une semaine à l'accouchée. A l'issue de cette période, cette dernière a été suivie dans la maison Jahn par une accoucheuse diplômée de Göttingen. La doctoresse Schmidt a remplacé plusieurs fois Jahn dans son cabinet. Avant l'accouchement, elle a séjourné durant une longue période au sein de la famille Jahn. Jahn a aussi cinq enfants avec son épouse qui est juive complète.

p.O. Gross

Qu'est-ce que Lilli a bien pu ressentir au moment d'aider Rita à accoucher de l'enfant d'Ernst ? L'ordre des médecins lui-même prit ombrage des circonstances de l'accouchement, mais pour un motif absolument grotesque : des remontrances furent adressées à Rita pour avoir accouché de son enfant avec l'aide d'une consœur juive.

Quelques semaines après la naissance, Rita emménagea avec sa fille dans un appartement à Cassel. Ernst lui rendait régulièrement visite, un état de choses que Lilli supportait difficilement. Naturellement, les enfants souffraient également du fait que le mariage de leurs parents faisait visiblement naufrage.

L'échange épistolaire direct étant totalement exclu, Lilli n'avait plus, depuis le début de la guerre, que fort peu de contacts avec sa mère et sa sœur à Birmingham. Durant un certain temps, après que Paula eut rejoint sa fille, les deux émigrantes allemandes avaient d'ailleurs été l'objet de suspicions de la part des Britanniques, et Elsa avait même perdu son poste de préparatrice. Quand Lilli voulait leur transmettre des nouvelles, elle passait par le truchement d'une certaine « tante Paula » qui vivait à Genève, donc en pays neutre. Elle y recevait les lettres et messages destinés par Lilli à sa mère et à sa sœur et les réexpédiait en Angleterre.

C'est à cette dame – impossible à identifier aujourd'hui – que Lilli écrivit notamment le 27 septembre 1942. La lettre fut contrôlée par la censure : toutes les indications de localités avaient été rendues illisibles, une mesure sans doute obligatoire mais totalement absurde en la circonstance, étant donné que Lilli ne parlait que du sort de sa famille à Immenhausen, des qualités et des occupations de chacun de ses enfants. En dépit de la censure, Lilli réussit en tout cas, par ce détour, à faire passer un message masqué à sa mère et à sa sœur. En guise de conclusion à sa lettre, elle écrivait ceci :

Je n'ai plus de nouvelles de ma famille depuis que toutes mes tantes ont changé de domicile. C'est donc avec un grand, un très grand intérêt que j'ai lu tout ce dont tu m'as fait part au sujet de ta sœur par le nom ; tu sais comme je les ai toujours aimées, elle et sa fille. J'ai eu beaucoup de peine en apprenant que la vaillante pharmacienne était de nouveau malade. Si jamais tu leur écris, transmets-leur surtout mes très chaleureuses salutations et tous mes meilleurs vœux.

En évoquant la « sœur par le nom » de Paula, sa correspondante en Suisse, Lilli désignait évidemment sa propre mère, également prénommée Paula, tandis que la « vaillante pharmacienne » désignait Elsa, sa sœur atteinte de tuberculose.

Les tantes de Lilli n'avaient pas simplement changé de domicile. Hormis la tante Marie dont il a déjà été question plus haut, les tantes Eva et Margarete Schloss ainsi que la tante Ottilie (« Tilly ») Schlüchterer avaient été déportées à Theresienstadt ; aucune d'entre elles ne survécut. Après la guerre, la mère de Lilli, Paula, ne comptait pas moins de vingt-trois victimes de l'Holocauste dans sa seule famille.

Ce chiffre élevé tient au fait que l'émigration en Palestine n'était envisagée que très exceptionnellement dans ces milieux bourgeois. En l'occurrence, la plupart des membres de la famille partageaient les positions antisionistes de Josef Schlüchterer ; le sentiment national de ces Juifs

Lilli et sa sœur Elsa en costume de carnaval, vers 1903.

Lilli et Elsa à Cologne en 1905.

La mère de Lilli, Paula (à droite, derrière le marié) lors du mariage de son frère Julius Schloss avec Lotte Kirschbaum-Springer, en 1911, à l'hôtel Adlon à Berlin. À droite, au premier rang, l'oncle de Lilli, le Dr Josef Schloss.

Lilli, été 1916.

La mère de Lilli, Paula (deuxième à partir de la gauche) durant la Première Guerre mondiale, lors d'une fête de Noël dans un hôpital militaire.

Lilli (à droite) et Elsa (à gauche), avec Mme Wrede
et Helmuth Wrede, en août 1918, à Schierke, dans le Harz.

Lilli (troisième à partir de la droite), avec ses confrères médecins à l'Asile israélite pour malades et vieillards valétudinaires, vers 1924, à Cologne.

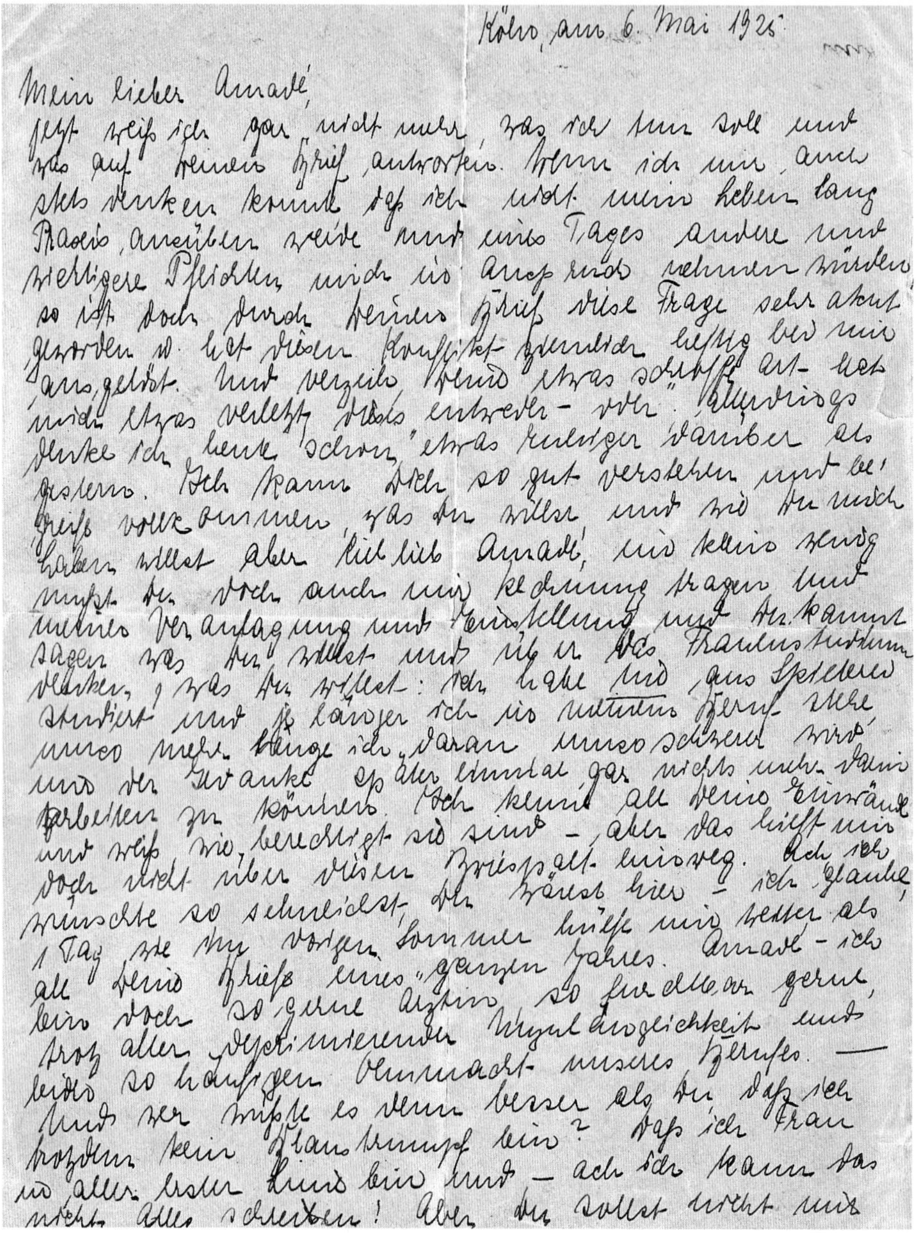

Köln, am 6. Mai 1925

Mein lieber Amadé,
jetzt weiß ich gar nicht mehr, was ich tun soll und was auf Deinen Brief antworten. Wenn ich mir auch stets denken konnte, daß ich nicht mein Leben lang Praxis ausüben werde und eines Tages andere und wichtigere Pflichten mich in Anspruch nehmen würden, so ist doch durch Deinen Brief diese Frage sehr akut geworden u. hat diesen Konflikt ziemlich heftig bei mir ausgelöst. Und verzeih, Deine etwas schroffe Art hat mich etwas verletzt: „Das entweder – oder". Allerdings denke ich heute schon etwas ruhiger darüber als gestern. Ich kann Dich so gut verstehen und begreife vollkommen, was Du willst und wie Du mich haben willst, aber lieb lieb Amadé, ein klein wenig mußt Du doch auch mir Rechnung tragen und meiner Veranlagung und Einstellung und Du kannst sagen, was Du willst und [illegible] über das Frauenstudium denken, was Du willst: ich habe nicht aus Spielerei studiert und je länger ich in meinem Beruf stehe, umso mehr hänge ich daran, umso schwerer wird mir der Gedanke, später einmal gar nicht mehr darin arbeiten zu können. Ich kenne all Deine Einwände und weiß wie berechtigt sie sind –, aber das hilft mir doch nicht über diesen Zwiespalt hinweg. Ach ich wünschte so, Du wärest hier – ich glaube 1 Tag wie im vorigen Sommer hülfe mir besser als all Deine Briefe eines „ganzen Jahres. Amadé – ich bin doch so gerne Ärztin, so furchtbar gern, trotz aller deprimierenden Unzulänglichkeit und leider so häufigen Ohnmacht unseres Berufes. — Und wer wüßte es denn besser als Du, daß ich trotzdem kein Blaustrumpf bin? Daß ich Frau in allererster Linie bin und – ach ich kann das nicht alles schreiben! Aber Du sollst nicht mir

Lettre de Lilli à Ernst Jahn, 6 mai 1925.

Le père de Lilli, Josef Schlüchterer.

Lilli et Ernst Jahn, en 1926.

Lilli avec ses enfants, Gerhard et Ilse, 1929-1930.

Ernst Jahn avec Gerhard et Ilse, sur le perron de la maison d'Immenhausen.
À gauche et à droite de la porte d'entrée, on distingue les plaques professionnelles d'Ernst et de Lilli.

Gerhard et Ilse en 1936, devant la maison d'Immenhausen.
La plaque professionnelle au nom de Lilli Jahn a entre-temps été retirée.

Gerhard, Ilse et Johanna, mai 1933.

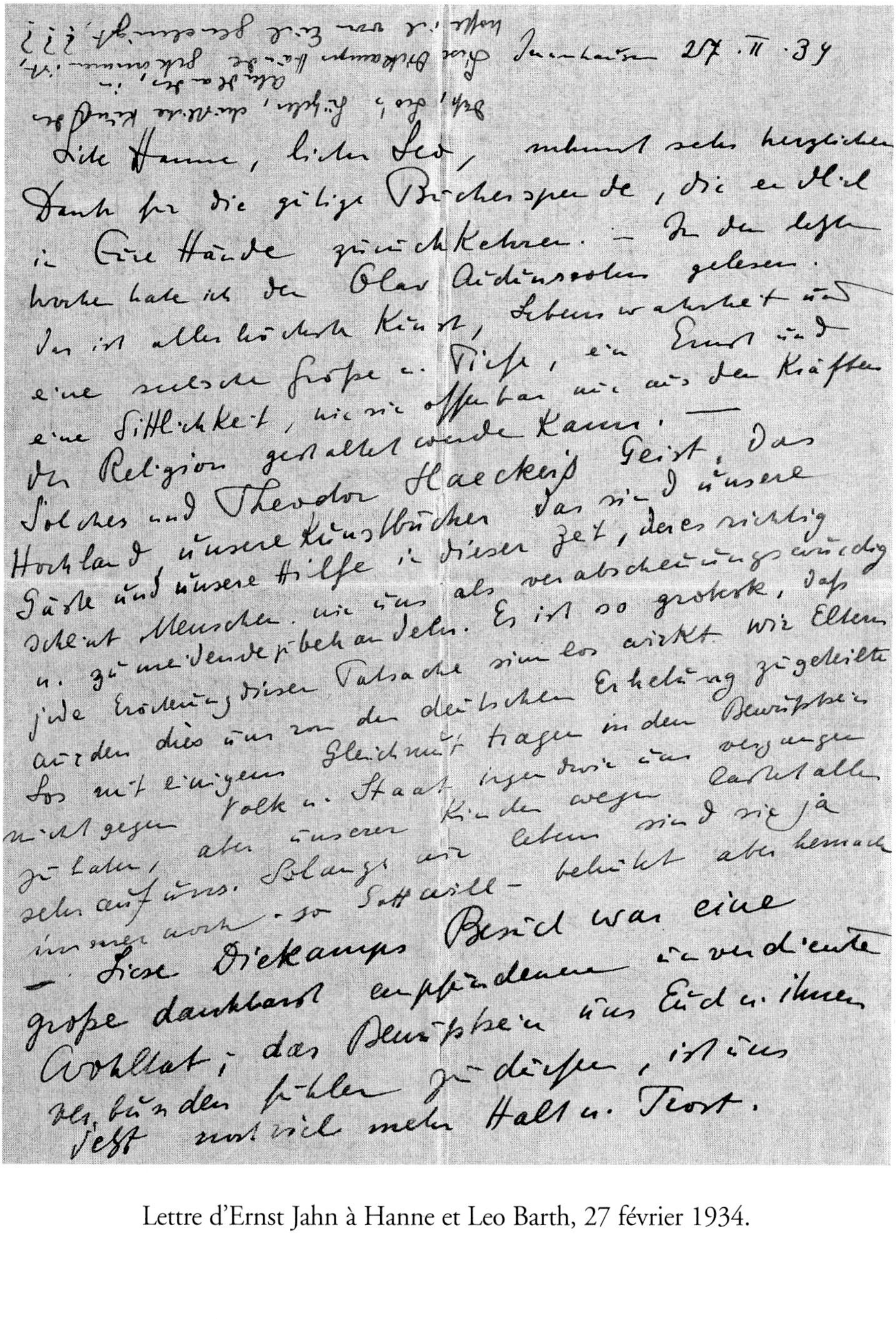

27. II. 34

Liebe Hanne, lieber Leo, nehmt sehr herzlichen Dank für die gütige Bücherspende, die endlich in Eure Hände zurückkehren. — In den letzten Wochen habe ich den Olav Audunssohn gelesen. Das ist allerhöchste Kunst, Lebenswahrheit und eine seelische Größe u. Tiefe, ein Ernst und eine Sittlichkeit, wie sie offenbar nur aus den Kräften der Religion gestaltet werden kann. — Solches und Theodor Haeckers Geist, das sind unsere Hochland, unsere Kunstbücher, das sind unsere Gäste und unsere Hilfe in dieser Zeit, die es richtig scheint Menschen wie uns als verabscheuungswürdig u. zu meidende zu behandeln. Es ist so grotesk, daß es [illegible] wirkt. Wir Eltern [illegible] jede Erörterung dieser Tatsache [illegible] zugeteilte [illegible] würden dies uns von der deutschen Erhebung [illegible] Gleichmut tragen in dem Bewußtsein los mit einigen [illegible] Volk u. Staat irgendwie uns vergangen nicht gegen [illegible] aber unserer Kinder wegen lastet alles zu haben, [illegible] leben sind sie ja sehr auf uns. Solange wir [illegible] behält aber hernach immer noch. — so Gott will — Lise Diekamps Besuch war eine große dankbarst empfundene unverdiente Wohltat; das Bewußtsein uns Euch u. ihnen verbunden fühlen zu dürfen, ist uns jetzt noch viel mehr Halt u. Trost.

Lettre d'Ernst Jahn à Hanne et Leo Barth, 27 février 1934.

Elsa Schlüchterer avec son filleul Gerhard Jahn,
en août 1936 à Immenhausen.

allemands assimilés leur interdisait en somme de renoncer à ce qu'ils considéraient comme leur patrie. En plus de cela, les nouvelles de Palestine donnaient à penser que les conditions de vie des émigrants y étaient plutôt aventureuses. Ceux et celles qui, comme les tantes de Lilli, étaient trop vieux ou peu mobiles, restaient au pays et tombaient aux mains des nazis. Et ceux qui, comme la cousine de Lilli, Olga, et son mari Max Mayer, se réfugièrent à New York le firent avec la ferme intention de revenir un jour chez eux, en Allemagne.

Lilli faisait partie des « peu mobiles », et on peut le comprendre dans la situation qui était la sienne. Au cours de l'année 1942, elle dut se défaire au profit d'Ernst de la totalité de son avoir bancaire, soit une somme d'environ dix mille Reichsmark, ainsi que de la part de la maison d'Immenhausen qui lui revenait de droit et figurait d'ailleurs à son nom sur le titre de propriété initial. Le 8 octobre, elle acceptait officiellement le divorce. Quelques semaines plus tard, le 14 novembre 1942, Ernst et Rita convolaient en justes noces.

« INFINIMENT SEULE ET DÉLAISSÉE »

Sous un même toit mais séparés

Le divorce, dans un premier temps, ne changea rien à la configuration de la maison Jahn. Ernst se rendait presque chaque soir et pour le week-end à Cassel, chez sa nouvelle femme ; Lilli continua d'habiter dans la maison d'Immenhausen avec les enfants.

De nouveaux soucis pesaient sur Lilli. La sœur d'Ernst, Lore, vivait avec sa famille à Essen. La Ruhr était alors soumise à des bombardements massifs. Très proche de Lilli depuis le début de la guerre, Lore lui était restée fidèle après le divorce. Le 19 janvier 1943, Lilli proposa à sa belle-sœur et à son mari, le Dr Wilhelm Sasse, de venir s'installer chez elle, à Immenhausen, avec leurs enfants, Marilis et Wilhelm :

Ma chère, chère Lore,

C'est en vain que nous avons cherché à te joindre par téléphone après réception de ta lettre. Il faut que vous sachiez, toi et les tiens, que nous sommes continuellement avec vous en pensée. Nous espérons que ces derniers jours auront été plus calmes et que vous aurez pu souffler un peu. Ce que vous vivez en ce moment est vraiment effroyable.

Je prends bonne note de toutes tes indications et souhaits, et tu peux être tout à fait rassurée, chère Lore, quoi qu'il advienne, tu nous trouveras toujours à votre côté. Et vos chers enfants pourront toujours compter sur nous. Tu sais bien que je les aime comme si c'étaient les miens. Marilis trouvera toujours en moi non seulement une tante prête à l'aider en toutes circonstances mais aussi une amie compréhensive. Dieu veuille que tes inquiétudes et mesures de précaution demeurent sans objet. Je dois vous saluer expressément de la part d'Ernst. Il se demande si vous ne feriez pas bien de quitter Essen. Willy devrait pouvoir assez facilement obtenir des autorités compétentes un certificat attestant qu'il n'est plus en mesure d'exercer et que la vie à Essen ne peut que nuire à sa santé. Venez donc chez nous, nous trouverons à vous loger. Wilhelm pourrait être scolarisé pour quelques mois à Cassel. Il ne faut pas que vous ayez à supporter tout cela plus longtemps ! Ou venez au moins passer quelques semaines chez nous. Vous serez les bienvenus à tout moment. Nous aimerions tellement vous aider !

Ecris-nous bientôt, même si ce ne sont que quelques phrases. As-tu reçu le colis avec les petits pois et la farine de maïs ? Ilse me demande de te remercier vivement pour tes vœux et pour le très, très beau livre d'art.

Réfléchissez à notre très sérieuse proposition. Au plaisir de vous voir bientôt. Bonne chance ! Affectueuses pensées à vous tous, Lilli.

Et encore ce post-scriptum :

Ne voudrais-tu pas au moins m'envoyer quelques valises avec du linge, de l'argenterie ? Veux-tu que je te fasse parvenir un coffre à cet effet ? Tâchez en tout cas de sortir de cet enfer. Je t'embrasse très fort et de tout cœur, chère Lore !

Ta Lilli

Malgré le divorce, nombre de décisions – concernant, par exemple, l'aide à apporter à la famille de Lore ou l'avenir des enfants – continuaient d'être prises d'un commun accord entre Ernst et Lilli.

La guerre, dans l'intervalle, s'était dangereusement rapprochée d'Immenhausen. En août 1942, Cassel fut pour la première fois la cible d'un raid massif des bombardiers alliés. Gerhard, le fils de Lilli, alors tout juste âgé de quinze ans, fut incorporé en même temps que ses camarades de classe dans la défense antiaérienne à Obervellmar près de Cassel. Les jeunes auxiliaires durent se présenter le 15 février 1943 pour une période de formation militaire accélérée assortie de cours théoriques et pratiques. Quelques semaines plus tard, ils recevaient leur première affectation à la défense antiaérienne, donc comme servants auxiliaires de batteries de DCA. Si Gerhard n'avait pas eu à souffrir jusque-là de discriminations au lycée Friedrich de Cassel – à l'inverse de ses sœurs, Ilse et Johanna, menacées depuis longtemps d'être expulsées de l'école Jakob-Grimm –, il n'en ressentait pas moins son incorporation dans la machine de guerre comme une sorte de réhabilitation. Il avait été tenu à l'écart de la Jeunesse hitlérienne mais à présent, dans la nécessité, on avait manifestement quand même besoin de lui. Il ne paraissait plus être considéré comme un marginal mais faisait soudain partie intégrante du grand tout.

Est-ce que Lilli se réjouit également de cette « promotion » ? Si elle n'en fit rien, elle ne s'ouvrit pas non plus à son fils des sentiments mitigés que cela devait lui inspirer. En revanche, elle manifesta toujours le plus vif intérêt pour tout ce qui touchait à la nouvelle vie de ce dernier. Gerhard ne rentrait à Immenhausen que pour le week-end et seulement lorsqu'il avait une permission, ce qui n'était pas toujours le cas. Mais quand il rentrait, on le dorlotait et on lui cuisinait de petits plats, ses effets étaient lavés et raccommodés.

Lilli tâchait de cacher son chagrin aux enfants. Aux rares amis qui lui restaient, elle passa longtemps sous silence son divorce. Le 11 mars 1943, cependant, elle en informa enfin son amie Hanne Barth à Mannheim :

Ma chère, chère, bonne et fidèle Hanne,

Laisse-moi d'abord te remercier de tout cœur pour tes chaleureux messages honteusement laissés sans réponse jusqu'à ce jour. Et pourtant, chacun d'entre eux a été accueilli ici par nous tous, et par moi en particulier, comme le signe réconfortant et renouvelé de ton indéfectible amitié. Tu ne peux pas savoir le plaisir que j'ai éprouvé en recevant pour Noël le si joli carnet de notes, c'était vraiment très gentil de ta part et je te remercie encore tout particulièrement de cette attention.

Crois-moi, c'est toujours avec le plus grand intérêt que je prends connaissance de tout ce qui te concerne, toi et les enfants, ainsi que des nouvelles que tu me donnes de Leo. Je me réjouis chaque fois avec toi lorsque tu peux me parler de journées de permission heureuses et je tâche de ressentir avec toi ce que cela signifie de devoir laisser repartir l'homme aimé. Tu es une femme courageuse, Hanne, et je souhaite de toute mon âme que les événements prennent bonne tournure et que vous puissiez être de nouveau réunis dans pas trop longtemps. Et quand je pense aux maladies qu'il t'a fallu affronter, aux soucis que tu as pu te faire à ton propre sujet et à celui des enfants. C'est pourquoi j'ai été si heureuse, en recevant aujourd'hui ta carte, que tu n'aies eu, pour une fois, à nous faire part que de bonnes nouvelles.

Mais je t'en prie, ne vois dans mon silence aucune négligence, souvent, souvent j'ai voulu te faire part de mes pensées mais il m'a fallu tout ce temps pour pouvoir me résoudre à les coucher enfin sur le papier, et aujourd'hui encore, cela m'est extrêmement difficile ; songeant à notre vieille amitié, je me sens tenue de t'apprendre à notre sujet quelque chose de très grave et de très pénible, quelque chose de très difficile à dire, surtout dans une lettre.

Voilà deux ans et demi que je traverse des épreuves extrêmement pénibles que je suis encore bien loin d'avoir surmontées. Hanne, le 8 octobre 1942, Amadé et moi avons divorcé, et le 14 novembre 1942, Amadé s'est remarié avec Rita Schmidt que tu connais, après que Rita a mis au monde ici même, dans notre maison, un enfant, une petite fille prénommée Magda dont le père est Amadé.

Hanne, comment t'expliquer cela, comment te faire comprendre surtout l'attitude d'Amadé afin que tu ne le juges pas trop vite ?!!

Hanne, je voudrais être assise là, maintenant, à côté de toi, poser ma main sur la tienne et te dire quelque chose tout bas : Hanne, te rappelles-tu le jour où je suis venue pour la première fois chez vous à Mannheim, au cours de l'été 1925 ? Te rappelles-tu ce dimanche après-midi où Amadé, que j'étais venue voir exprès, m'a laissée seule en prétextant qu'il était de service à la clinique alors qu'en fait il est allé se réfugier chez toi ? Te souviens-tu comme j'ai été effrayée et choquée lorsque j'ai appris cela de ta bouche le lendemain matin ?

Vois-tu, cela aurait dû me tenir lieu d'avertissement, et c'est le fait de n'avoir pas reconnu cet avertissement que je paye très cher aujourd'hui, c'est cette faute qu'il va me falloir expier jusqu'à la fin de ma vie, après des années passées à me croire heureuse, à nous croire heureux tous les deux. Car c'est cette rencontre fatidique avec une autre femme, en l'occurrence Rita Schmidt, qui a fait comprendre à Amadé qu'il s'était écarté de sa propre voie, qu'il avait trahi son propre être le plus profond en s'unissant à moi.

Et la rencontre avec cette femme lui a apporté un bonheur inespéré, un bonheur qu'il n'avait jamais éprouvé jusque-là, cette nouvelle compagne est devenue véritablement sa patrie, celle qui l'a ramené à lui-même, celle qui l'a ramené à ce Dieu qu'il cherche depuis si longtemps. Pour Amadé, cet amour participe d'une expérience religieuse capitale, une expérience dans laquelle il n'a pu que se reconnaître, faute de quoi il n'aurait plus pu vivre au sens le plus profond du terme. Et tu sais bien, toi aussi, ce qu'il en est d'Amadé, tu connais sa sensibilité à fleur de peau – il lui eût été impossible de croître et de mûrir intérieurement dans le renoncement et le dépassement de soi.

Il n'est sans doute pas nécessaire de souligner que cette expérience et ses conséquences n'ont pas été sans l'affecter profondément, lui aussi. Il a tenté encore et encore de se demander raison à lui-même pour être amené chaque fois à se reconnaître totalement dans cet amour.

Vois-tu, Hanne, ils vont ensemble à l'église, Amadé et Rita. Et cela l'amènera sûrement à se convertir, ce n'est qu'une question de temps. Et elle est allemande de sang, beaucoup plus proche de lui à cet égard. Et le fait que la situation malheureuse, presque insupportable dans laquelle il lui a fallu vivre avec moi ait lourdement pesé dans la balance, sans être pour autant totalement déterminante, c'est quelque chose que tu ne pourras sans doute reconnaître pleinement que lorsque j'aurai eu l'occasion de t'en parler plus longuement de vive voix.

Tenteras-tu de comprendre Amadé, de ne pas le juger trop sévèrement ? Il ne le mérite pas car on ne peut l'accuser ni de légèreté, ni de dureté de cœur, ni de méchanceté. Du reste, Lise et Leo Diekamp, qui sont informés de tout et suivent de près l'évolution des choses depuis plus d'un an, n'ont pu que se rendre à ses raisons sur la foi des lettres qu'il leur a envoyées et des conversations en tête à tête qu'ils ont eues avec lui. Dans mon extrême détresse, j'ai moi-même... mis Lise au courant – je ne pouvais et ne voulais pas me tourner vers toi avec mon chagrin car tu en as eu toi-même plus que ta part, ma bonne Hanne. Cela dit, j'ai eu une grosse déception avec Lise ; durant tout ce temps, elle m'a adressé personnellement une lettre, et celle-ci était si fraîche et distante que j'en ai été profondément peinée. Quant à la correspondance très suivie entre elle et Amadé, j'en suis depuis longtemps totalement exclue.

Que puis-je dire de moi, Hanne ? Je me sens intérieurement infiniment seule et délaissée, je mène un rude combat contre l'amertume, contre la désillusion et pour restaurer ma confiance dans les êtres humains, et cela fait quelques semaines seulement que je retrouve peu à peu le chemin qui me ramène à moi-même et à ma foi en la providence divine. A quel point j'ai pu être malade de chagrin et à quel point j'ai de la peine aussi pour les enfants – il faut dire que les trois plus grands ont déjà été pas mal éprouvés –, je suis sûre, chère Hanne, que tu le comprendras et le ressentiras avec moi. Vois-tu, Hanne, j'ai saisi et compris dès le début ce qui se passait dans et avec mon Amadé ; dès le début, je l'ai laissé aller son chemin, même si cela n'a pas toujours été simple ni facile, car j'avais la conviction que notre couple y résisterait. Et quand je me suis aperçue ensuite que je m'étais trompée et que son mariage avec moi n'était qu'un fardeau et qu'il ne pouvait pas supporter ce double attachement, je lui ai rendu sa liberté.

Au sujet de Rita, je ne puis rien dire, je crains de ne pouvoir être assez objective et ne puis me défendre de penser qu'il lui appartenait de ne pas laisser aller les choses aussi loin. Que ce soit dans les grandes choses ou dans les petites, dans les choses du cœur et dans celles du piètre quotidien, j'ai appris à reconnaître en elle une personne cassante et très égocentrique, ce dont j'ai pu me rendre compte en particulier durant les trois mois où elle a vécu dans la maison avant et après la naissance de l'enfant. Et tous mes efforts pour avoir une relation amicale avec elle – ne serait-ce que par égard pour Amadé – ont échoué lamentablement, sans doute aussi à cause de ma grande susceptibilité à son égard, mais pas seulement pour cette raison. Tout reste toujours très superficiel avec elle et, d'ailleurs, elle ne sait pas non plus s'y prendre avec les enfants.

Notre vie extérieure s'organise autour du fait que la garde des enfants m'est officiellement confiée par le service de la jeunesse. Nous sommes donc là, dans la maison, Amadé continue à s'occuper de son cabinet, Rita est assistante dans un hôpital pour enfants à Cassel ; elle a un très charmant petit appartement et Amadé est chez elle pratiquement tous les soirs ainsi que les week-ends et jours fériés. Il va de soi qu'il se montre extrêmement généreux avec les enfants et avec moi-même et se préoccupe de nous tous bien au-delà de ce que les dispositions légales exigent de lui. Mais rien, rien ne saurait nous consoler de sa perte.

J'ai souhaité plus d'une fois pouvoir te rendre visite, très chère Hanne, et m'entretenir aussi avec Leo. Mais ce n'est tout simplement pas possible. La sœur d'Amadé nous témoigne beaucoup d'affection, aux enfants et à moi-même, mais de ma famille et de mes proches amis, il ne reste personne.

Gerhard est incorporé depuis quatre semaines comme auxiliaire dans la Luftwaffe et sert dans une unité de DCA près de Cassel. Il ne vient que très rarement en permission. Les quatre filles sont en bonne santé et tout à fait épanouies, Dorle est véritablement un don du ciel, elle fait mon bonheur tout au long de mes journées quand les autres sont parties. C'est que je vis entièrement entre mes quatre murs.

Ma chère, bonne Hanne, tu comprends maintenant mon long silence. Salue bien Leo de ma part et transmets-lui tous mes bons vœux, raconte-lui tout afin qu'il comprenne, lui aussi, l'apparente infidélité d'Amadé. Envoie-lui tout simplement cette lettre si tu veux et si tu estimes le procédé juste. Et à présent, tu comprends mieux encore le bonheur que représentent pour moi les signes renouvelés de ton affection dont je tiens, une fois encore, à te remercier de tout cœur.

Adieu donc pour aujourd'hui. Bien cordialement à toi et aux enfants, avec un gros baiser pour chacun.

Ta Lilli

Dans l'intervalle, Lore avait accepté l'offre de Lilli et envoyé pour quelques semaines ses enfants à Immenhausen où la guerre était moins présente qu'à Essen. Le 3 avril, Lilli la remerciait de lui avoir confié les enfants :

N'en veuille surtout pas à Marilis et à Wilhelm d'être restés si longtemps ici ! Si tu savais quel rare et grand bonheur me procure la compagnie de tes enfants ; je te remercie de tout cœur de me les avoir confiés. Wilhelm a été accueilli avec des transports de joie... Et envoie-moi les enfants aussi souvent que possible, chaque fois qu'ils en ont envie et que tu penseras pouvoir te passer d'eux un moment.

Le fils de Lore, Wilhelm, un charmant jeune homme de dix-huit ans, était porté aux nues par ses cousines. Quelques semaines seulement après son retour d'Immenhausen, il trouvait la mort, en même temps que son père, dans le bombardement d'Essen en date du 28 mai 1943.

LE BANNISSEMENT À CASSEL

« JE SUIS PARTIE LA MORT DANS L'ÂME »

Lilli est chassée d'Immenhausen avec ses enfants

Pour les nationaux-socialistes, il y avait trop longtemps que le couple, divorcé depuis déjà neuf mois, continuait à partager la maison d'Immenhausen. Ils prirent deux mesures par lesquelles une fin brutale fut mise à cette singulière cohabitation. Début juillet 1943, Ernst fut enrôlé dans les services de santé de la Wehrmacht et affecté à un hôpital militaire près de Cassel. Il avait été déclaré « k.v. Heimat[1] », un autre médecin, le Dr Karl-Werner Schupmann reprit son cabinet à Immenhausen. Ernst lui-même considérait son incorporation comme une tracasserie, et c'est un fait que le rang de médecin assistant qui lui était conféré correspondait à un grade de loin inférieur à celui qu'il aurait dû normalement occuper dans la hiérarchie militaire. Sans nul doute fallait-il y voir la sanction d'une attitude jugée incohérente – sa nouvelle épouse vivait seule à Cassel avec l'enfant qu'elle avait de lui tandis qu'il continuait de loger sous le même toit que la Juive dont il avait divorcé.

Dans un deuxième temps Lilli fut contrainte à son tour, sur ordre du bourgmestre Gross, de quitter Immenhausen

1. « k.v. Heimat », abréviation pour *« kriegsverwendungsfähig in der Heimat »*, bon pour le service de guerre au pays. *(N.d.T.)*

et de s'installer à Cassel avec les enfants. Il y avait assez d'appartements inoccupés en ville, nombre de citadins ayant renoncé à leur logement pour fuir les bombardements de plus en plus fréquents.

Le 21 juillet 1943, Lilli s'installait avec ses cinq enfants dans une maison de rapport au n° 3 de la Motzstrasse. Son nom figure au registre immobilier n° 431, feuillet 14, des appartements de la ville de Cassel. A la rubrique religion, Lilli est désignée comme « Juive », les enfants sont déclarés de confession « évangélique ».

La maison était partiellement inoccupée au moment où l'on prit possession du nouvel appartement. La famille Jahn emménagea au deuxième étage. Une grande partie du mobilier fut transporté d'Immenhausen à Cassel, entre autres le beau piano à queue Blüthner, cadeau de mariage de la grand-mère de Lilli.

En même temps que la famille, une autre personne emménagea dans l'appartement, à savoir l'« employée de maison » Julia Maguestiaux, une travailleuse étrangère âgée de trente-sept ans, native de Belgique. D'après le registre immobilier, elle était catholique et mariée. Autrement dit, Julia – la famille l'appelait Julie – n'était pas venue à Cassel de son plein gré mais avait été envoyée en Allemagne par les nazis.

Depuis octobre 1942, les pays occupés d'Europe de l'Ouest étaient assujettis au travail obligatoire, un dispositif dans le cadre duquel les autorités ne se privaient pas de dépêcher aussi des travailleurs en Allemagne. C'est dans ce cadre que la jeune femme belge se retrouva au service de la famille Jahn car depuis fin février 1943, Lilli, en tant que Juive, ne pouvait plus faire appel aux services d'une employée de maison allemande. Les filles de Lilli se souviennent encore aujourd'hui que Julie était « grincheuse » et « négligente » – ce qui peut se comprendre.

Pour Ilse et Johanna, le déménagement présentait un avantage : elles n'avaient plus à prendre le train chaque matin pour se rendre à leur collège, à Cassel. Leur sœur, Eva, dut se contenter de fréquenter une école de quartier. L'entrée au collège lui fut refusée au printemps 1943 sous prétexte qu'elle avait une mère juive.

Dans une lettre du 12 août 1943, Lilli relate à son amie Hanne Barth, à Mannheim, les circonstances de ce déménagement :

Ma chère, bonne Hanne,

Je ne veux pas seulement te remercier pour ta si gentille lettre et te dire tout le plaisir que j'ai eu à te lire mais m'assurer en premier lieu qu'il ne vous est rien arrivé de fâcheux lors du raid aérien sur Mannheim. Il faut que tu saches aussi qu'il n'y a pas de jour où je ne pense affectueusement à vous.

J'ai été ravie de recevoir de si bonnes nouvelles de toi. La permission de Leo va s'achever mais les adieux, cette fois, devraient être moins pénibles. Je peux te garantir que je suis vraiment heureuse pour vous tous qu'il ait été muté à Berlin. Cela veut dire aussi que tu pourras certainement lui rendre visite de temps à autre. Comme tu dois être soulagée à l'idée qu'il ne sera plus sur le front de l'Est. Mais quand même, si seulement cette guerre pouvait enfin se terminer ! !

Songe un peu, il y a déjà trois semaines que j'habite à Cassel avec les enfants. Tout s'est passé très vite, sans que je fasse rien pour cela et, surtout, complètement en dehors de ma volonté. Mais tu sais, c'est une question très compliquée et dans laquelle beaucoup de choses entrent en jeu, si bien qu'il m'est pratiquement impossible de t'en donner un aperçu par lettre. Nous avons un bel appartement, vaste, clair et confortable. Et pour les enfants, notre nouvelle position est à maints égards plus pratique. N'empêche que je suis partie la mort dans l'âme – songe un peu, il m'a fallu quitter la maison dans laquelle Rita s'est entre-temps installée. Et les circonstances intérieures et extérieures ne sont pas sans me causer également bien du souci, c'est que ma situation me paraît de plus en plus difficile à assumer.

Et pour comble de malheur, Amadé a reçu un ordre d'incorporation tout à fait inattendu, avec prise d'effet immédiat, quelques jours seulement avant le déménagement. Il est actuellement à Cassel où il suit une formation de médecin assistant étalée sur quatre semaines. Il est soumis à l'instruction des nouvelles recrues, ce qui n'est pas toujours facile à son âge. A la fin de la semaine prochaine, il doit passer son examen de médecin auxiliaire – ce qu'il adviendra de lui ensuite n'est guère prévisible. Il a été déclaré « k.v. Heimat », mais cela ne veut pas encore dire qu'il restera dans les parages. A Immenhausen, le cabinet a été repris par un médecin qui a dix ans de moins qu'Ernst. Dans l'intervalle, nous avons subi deux bombardements de jour à Cassel et la sirène retentit fréquemment. Et l'on vit ici dans une constante inquiétude. Tu sais, ma chère Hanne, il m'arrive de plier sous les coups répétés d'un sort qui semble s'acharner sur moi, cela m'oppresse et j'ai parfois bien du mal à me défendre contre une immense tristesse. Heureusement que les enfants sont là, il faut sans cesse répondre à la demande qui est la leur, et si je finis toujours par recouvrer ma belle énergie, c'est uniquement à eux que je le dois.

Ne m'en veuille pas de t'écrire aujourd'hui de manière si peu circonstanciée. Je suis hors d'état de me confier longuement à l'heure qu'il est, je suis trop nerveuse, trop tendue pour cela – et trop peu au clair avec moi-même. Je sens poindre en moi une certaine amertume, une certaine dureté, et il me faut lutter jour après jour contre cette fâcheuse tendance.

Mais toi, chère Hanne, ne sois pas injuste avec Amadé et ne le juge pas mal, je dois t'en prier une fois encore. Si tu as le temps, écris-moi un mot. Il serait peut-être bon que l'enveloppe soit écrite de la main d'Ursula et adressée à Ilse... Avec toute ma gratitude pour ta fidèle amitié et mes meilleurs vœux pour toi et les tiens,

Lilli

Lilli se doutait bien qu'elle était surveillée. Ses lettres étaient censurées ; de simples cartes postales venant d'elle pouvaient éventuellement causer du tort à leurs destinataires. Quiconque correspondait avec une Juive pouvait fort bien se voir un beau jour traduit en justice. S'agissant de déjouer la censure, il est d'ailleurs fort peu probable que la petite ruse consistant à demander à Hanne de faire écrire dorénavant les enveloppes par sa fille Ursula et de les adresser à Ilse plutôt qu'à elle ait pu atteindre son but. Une seule chose est certaine, c'est que la correspondance avec Hanne et Leo s'arrête là. Il n'y a pas trace d'autres échanges épistolaires entre Lilli et ses amis de Mannheim.

« DANS UN AUTRE CHAUDRON DE SORCIÈRES »

L'arrestation par la Gestapo

Après le déménagement, Lilli avait punaisé une carte de visite à la porte de l'appartement. Il s'agissait de faire figurer le nom du locataire sous la sonnette et c'était une façon de régler le problème, au moins provisoirement. Mais la dénomination « Dr med. Lilli Jahn » contrevenait à l'ordonnance émise par les nazis le 17 août 1938, en vertu de laquelle les femmes juives étaient tenues d'adjoindre à leur prénom celui de Sara. En outre, Lilli avait omis de barrer son titre de docteur – lequel était tout simplement dénié à la totalité des Juifs du Reich.

Cette petite négligence – ou bien était-ce une inobservance délibérée des règles discriminatoires ? – offusqua vraisemblablement un locataire ou un quelconque visiteur de la maison. Lilli fut dénoncée et convoquée au quartier général de la Gestapo, dans la Wilhelmshöher Allee. Elle y fut entendue puis autorisée à rentrer chez elle. Mais quelques jours plus tard, des agents de la Gestapo débarquaient dans l'appartement de la Motzstrasse. Apeurés, les enfants de Lilli suivirent des yeux les hommes en manteaux de cuir noir occupés à fouiller l'appartement de fond en comble, sans résultat notable. Après avoir été convoquée à la Gestapo, Lilli avait écrit à son amie Lotte, entre-temps installée à Leipzig, pour lui relater sa mésaventure. Lotte lui répondit le 29 août 1943 :

Ma chère Lilli,

J'aurais répondu tout de suite à ta gentille mais très alarmante lettre si je n'avais été malade une fois de plus. J'ai eu une méchante grippe... Et toi, ma pauvre, tu te retrouves confrontée aux pires difficultés. Nous qui nous disions que tu allais accéder enfin, malgré le poids de la solitude, à une nouvelle sérénité.

Et te voilà tombée dans un autre chaudron de sorcières.

Nous nous sommes demandé s'il n'aurait pas été ou s'il ne serait pas juste qu'Ernst se rende en personne à la Gestapo afin de tirer les choses au clair. Mais on ne peut pas en juger de loin. Il devrait quand même être possible d'obtenir que toute cette affaire soit classée, au moins provisoirement, jusqu'à la fin de la guerre.

Et on est de nouveau là, bras ballants, et on ne peut rien, mais absolument rien faire pour toi. C'est vraiment trop, tout ce qui t'arrive, il serait grand temps que cela s'arrête. Il ne se passe pas une journée sans que je pense à toi...

Surtout, surtout, écris-moi vite pour me dire comment s'est déroulée ta dernière visite à la Gestapo et comment se présente la situation maintenant. Fais-moi plaisir, tu veux bien, et dis-moi en quelques lignes ce qu'il en est ; je me fais tellement de souci et il y a trop longtemps, pour avoir moi-même trop tardé à t'écrire, que je n'ai pas eu de nouvelles de toi. Ecris-moi donc au plus tôt, s'il te plaît !

Je peux comprendre que la nature te manque depuis que tu es installée en ville. De Fribourg, j'ai encore pu aller en montagne à plusieurs reprises et j'ai ressenti chaque fois à quel point la vie est plus légère lorsqu'on est en pleine nature. On possède alors quelque chose à quoi l'on peut se fier, même aux heures les plus sombres. J'ai moi-même beaucoup de mal à me passer de tout cela, et pour me consoler de ce que j'ai perdu, il ne me reste qu'un bouquet de bruyère !

S'il t'arrive un jour d'avoir la tête à cela, j'aimerais tellement savoir comment tu as aménagé ton appartement. Donne-moi juste quelques indications afin que je puisse au moins m'en faire une idée. Je comprends bien que le fait de vivre en ville présente quelques avantages pour les enfants. Pourvu seulement que leur situation ne se détériore pas par ailleurs.

Quelle peut bien avoir été la décision prise par ta belle-sœur ? Est-ce que tu serais vraiment soulagée si elle s'installait chez toi ? Quant à moi, cela me rassurerait énormément.

Ici tout le monde est nerveux à cause des alertes aériennes et il est question d'évacuer les écoles. C'est en tout cas ce qui est prévu. Tu peux t'imaginer comme ce serait terrible si nous devions une fois encore nous séparer de Peter.

Nous sommes sur le point d'expédier quelques paquets et une caisse. Personnellement, je suis plutôt fataliste et peu disposée à ce genre de choses. Si je m'y prête quand même, c'est un peu par obligation. Mais je veux faire en sorte que cette lettre parte encore aujourd'hui tant j'ai hâte de recevoir d'autres nouvelles de toi.

Je t'en prie, ma chère, tiens bon cette fois encore comme tu l'as déjà si souvent fait par le passé. L'horizon finira bien par s'éclaircir !

Et sache que rien n'égale notre tendre affection pour toi, si ce n'est l'inquiétude où nous sommes de te savoir dans cette situation et les vœux ardents que nous formons chaque jour pour que tout s'arrange au mieux.

Je t'embrasse. Ta Lotte

C'est sans doute le lendemain, donc le 30 août, que Lilli dut se présenter une nouvelle fois à la Gestapo. « A tout de suite, les enfants », lança-t-elle aux filles avant de se mettre en route pour la Wilhelmshöher Allee.

Après un certain temps, Ilse, Johanna et Eva commencèrent à s'inquiéter. Elles se mirent au balcon et se penchèrent par-dessus la balustrade afin de repérer leur mère dès qu'elle obliquerait dans la Motzstrasse. Lilli portait ce jour-là une robe bleue. Et chaque fois qu'elles voyaient une femme en bleu, les filles reprenaient brièvement espoir.

Lilli ne revenait pas. En revanche, le téléphone sonna. La Gestapo, apprit-on aux enfants, avait procédé à l'arrestation de leur mère. Rien de plus, pas de motif, pas d'explication. Mais on sait aujourd'hui que, suite à son arrestation, Lilli avait été immédiatement transférée à la préfecture de police, au Königstor, et enfermée dans une cellule.

Les filles se retrouvèrent seules, livrées à elle-mêmes. Elles commencèrent par se dire qu'il s'agissait d'un malentendu et que tout allait sûrement s'arranger rapidement. Parce que son beau-frère était de la Gestapo, Maria Lieberknecht, une connaissance de la famille Jahn, apprit l'arrestation de Lilli. Le mari de Maria, un pasteur de l'Eglise dite « confessante [1] », devait relater plus tard, dans une lettre à Ernst Jahn, la manière dont les choses s'étaient déroulées. Rédigée en 1947, la lettre de Paul Lieberknecht témoigne de l'indignation suscitée à l'époque par le comportement d'Ernst Jahn et de sa nouvelle épouse :

1. *Bekennde Kirche,* mouvement antinazi au sein de l'Eglise évangélique allemande. *(N.d.T.)*

Le lendemain de l'arrestation, ma femme est arrivée dans la bibliothèque, hors d'haleine, et m'a appris que son beau-frère... lui avait recommandé d'intervenir sans délai auprès de vous afin de vous inviter à reprendre vos cinq enfants à Immenhausen, dans votre maison, faute de quoi ils risquaient d'être considérés comme orphelins et transférés dans un camp. Dans le but de vous joindre au plus tôt, ma femme a téléphoné en présence de ses collègues de bureau... jusqu'au moment où elle a finalement réussi à vous avoir au bout du fil. Et vous l'avez alors éconduite en lui disant ceci : « Je ne peux pas, je ne sais pas comment ma femme le prendrait, il faut vous adresser à elle. Appelez-la donc à Immenhausen et voyez si vous pouvez obtenir d'elle que les enfants rentrent à la maison. »

Ma femme a fait le nécessaire aussitôt et il lui a été donné la réponse suivante : « C'est absolument exclu, il n'est pas question que les enfants reviennent ici. Mais je vais écrire à la tante Lore pour lui demander de se rendre à Cassel, auprès d'eux. Peut-être même qu'elle pourrait s'installer avec eux, dans l'appartement, et s'en occuper pour de bon. »

Ma femme a répondu que cette solution risquait d'intervenir trop tard et qu'elle allait réfléchir de son côté à ce qui pouvait être fait pour éviter le pire aux enfants. Là-dessus, elle s'est rendue à la Gestapo et a demandé à Hoppach de relâcher la femme par égard pour les enfants. Il n'est sans doute pas utile que je vous répète toutes les horreurs qu'il lui a fallu entendre. On ne s'est pas privé, en tout cas, de lui signaler qu'on me connaissait, moi, comme valet des Juifs et que je ne perdais rien pour attendre ; quant aux enfants, ils seraient traités comme des Juifs et devraient donc porter l'étoile jaune. Ma femme a déclaré que les enfants étaient à moitié aryens et qu'elle allait s'occuper d'eux en attendant l'arrivée d'une proche parente.

Les menaces du Referatsleiter de la Gestapo de Cassel, August Hoppach, demeurèrent sans suite. Les enfants de Lilli ne furent pas contraints de porter l'étoile juive mais leur mère resta internée.

Ernst et Rita s'arrangèrent pour que les enfants ne soient jamais seuls la nuit. Ernst dormit le premier dans l'appartement. Puis sa sœur Lore, qui avait été bombardée à Essen, se replia à Cassel. Comme Rita l'avait escompté, elle joua provisoirement le rôle de la mère. Ilse avait alors quatorze ans, Johanna treize, Eva dix et Dorothea deux. Incorporé dans la DCA comme servant auxiliaire de batterie, Gerhard, qui allait alors sur ses seize ans, ne rentrait de toute façon que le week-end.

Mais Lore fut bientôt si occupée à chercher un nouvel appartement qu'elle ne pouvait plus assumer seule la garde des filles de Lilli. Quand Lore se rendait à Essen ou, comme ce fut le cas un peu plus tard, en Allemagne du Sud, c'était Rita qui venait le plus souvent passer la nuit dans l'appartement de la Motzstrasse. Et quand Rita ne pouvait pas, la mission était confiée à la fille de Lore, Marilis, âgée de dix-huit ans.

On s'accommoda de la nouvelle situation. Cependant, les enfants ne comprenaient pas pourquoi on les avait privés de leur mère. Durant les quelques jours qui suivirent l'arrestation de Lilli, Ilse se rendit à deux reprises à la Gestapo pour s'enquérir de sa mère et formuler l'espoir qu'elle leur soit bientôt rendue. Ce fut en vain. La deuxième fois, l'un des hommes en uniforme lui dit : « Si tu t'avises de revenir encore, on te gardera ici, toi aussi. »

AU CAMP DE BREITENAU

« UN MORCEAU DE PAIN, UN PEU DE SEL »

Faim et froid dans l'« institution »

Quelques jours seulement après son incarcération à la préfecture de police de Cassel, Lilli fut transférée au camp d'éducation par le travail (Arbeitserziehungslager) de Breitenau. Dans le registre de ce camp régi par la Gestapo, le nom de « Lilli Sara Jahn, femme au foyer », figure sous le numéro 1764 entre ceux de Valentina Iwaschkewiteck, ouvrière, et de Luba Jutschenko, institutrice. Date de la « prise en charge » officielle de Lilli au camp : 3 septembre 1943.

La famille ne fut pas informée tout de suite. Ce n'est qu'au bout d'une semaine, soit le 10 septembre, que la Gestapo fit connaître aux enfants le lieu d'internement de leur mère. Ilse, l'aînée, écrivit à Lilli le jour même :

Chère petite maman,

Nous avons appris aujourd'hui où tu es. Ecris-nous bientôt, s'il te plaît, pour nous dire quand tu reviens. Nous nous ennuyons de toi et t'attendons avec impatience. Est-ce que tu reçois assez à manger ? Est-ce que nous pouvons t'envoyer quelque chose à manger ? En tout cas, nous allons t'envoyer du linge. On a fêté aujourd'hui l'anniversaire de Gerhard. C'était une belle fête et, d'un autre côté, ce n'était pas une belle fête du tout. Il y a eu de la tarte aux pommes et de la crème renversée...

As-tu une chambre à toi ? As-tu un bon lit ? Je ne pense qu'à toi, ma petite maman chérie. Marilis est venue aujourd'hui. Marilis ne dort pas à Immenhausen mais chez nous. Je fais beaucoup de latin et de français en ce moment. Sinon rien n'a changé, sauf qu'on a maintenant des rideaux à toutes les fenêtres.

J'espère que tout va bien pour toi. Ecris-nous bientôt... Dis-nous surtout précisément ce qu'on peut t'envoyer. Papa est chez nous chaque soir. Tante Lore est là dans la journée. Dorle, Eva et Hannele vont très bien. Les livres ont fait très plaisir à Gerhard. Il y a eu des bonbons pour les enfants de moins de quatorze ans. Nous en avons donnés quelques-uns à Gerhard. J'espère que tu vas revenir très bientôt ! Donc beaucoup beaucoup d'affectueuses pensées et de gros bisous de ton Ilse !

Et je t'embrasse encore très fort.

Comme nombre de leurs compatriotes, les enfants de Lilli ignoraient totalement quelles étaient les conditions de vie dans un camp d'éducation par le travail. Pourtant la Gestapo avait commencé dès 1940 à organiser des camps de ce type et l'on en compta finalement plus de deux cents répartis sur tout le territoire du Reich. Ces camps avaient pour objet de punir et de mettre au pas tous ceux qui, aux yeux des nazis, ne remplissaient pas leur « obligation de travail ». La plupart des détenus étaient des travailleurs étrangers qui s'étaient – prétendûment ou effectivement – soustraits au travail obligatoire.

Au XIXe siècle déjà, le monastère des bénédictins de Breitenau, à Guxhagen, au sud de Cassel, était devenu une « maison du travail » où l'on internait mendiants et vagabonds. De 1933 à 1934, cette institution servit pendant quelques mois de camp de concentration et ce n'est qu'en mai 1940 qu'elle fut réorganisée en camp d'éducation par le travail ; la Gestapo de Cassel envoya dès lors systématiquement à Breitenau tous ceux qu'elle estimait devoir être placés en détention préventive. Le monastère transformé en prison fut officiellement considéré comme l'« antichambre d'un camp de concentration ».

A Breitenau, il y avait de la place pour trois cent cinquante détenus ; en règle générale, on passait trois à quatre semaines au camp, après quoi on était ramené au poste de travail que l'on occupait auparavant. Hormis les travailleurs forcés, généralement originaires d'Europe orientale, qui constituaient la très grande majorité des détenus, il y avait aussi au camp des hommes et des femmes de nationalité allemande qui étaient internés là soit pour avoir affiché des convictions politiques antinazies, soit pour avoir transgressé les « saines vertus du sentiment populaire national-socialiste » – par exemple en entretenant des relations amoureuses avec des travailleurs étrangers ou des Juifs –, soit encore tout simplement, comme c'était le cas de Lilli, parce qu'ils étaient juifs eux-mêmes. Le registre de Breitenau contient les noms de quelque cent quarante-cinq détenus juifs dont la moitié environ devaient être ultérieurement déportés et liquidés dans des camps de concentration.

Lilli n'avait évidemment pas de chambre individuelle et elle n'avait pas non plus assez à manger.

Elle se retrouva dans la maison des femmes qui se composait de dortoirs et de cellules. Les femmes couchaient sur des bâtis de planches, dans la paille ou, au mieux, sur des paillasses. Comme tous les autres détenus, Lilli devait travailler douze heures par jour. On était très mal nourri et souvent rudoyé. Les gardiens étaient en majorité d'anciens surveillants de l'institution préexistante et certains d'entre eux étaient réputés pour leur brutalité. Punitions corporelles et mesures d'isolement faisaient partie de la panoplie disciplinaire. D'anciens détenus se rappellent que « coups de poing et coups de pied étaient monnaie courante ». Il semble que certains détenus furent battus à mort. Au cours de l'été 1943, le Landrat de Fulda informa la direction du camp de Breitenau qu'il avait entendu à plusieurs reprises d'anciens prisonniers du camp déclarer qu'ils préféraient « mourir plutôt que de se retrouver une autre fois à Breitenau ». Dans la bouche du Landrat, c'était une manière de féliciter la direction et le personnel du camp pour leur efficacité.

Le 12 septembre 1943, donc avant d'avoir reçu le message d'Ilse, Lilli fut autorisée à écrire à sa famille. Sur la première page de sa lettre figurent deux annotations de la main de la gardienne préposée à la censure et répondant au nom de Steinmetz : « contrôlé par l'institution » et « Jahn, 13.9.43 / St. ». L'adresse de l'expéditrice était Breitenau près de Cassel, Post Guxhagen, Adolf-Hitlerstr.6.

Mes chers enfants bien-aimés, tous, y compris Marilis, et ma bonne et très chère Lore,

Cela fera demain quatorze jours que j'ai quitté la maison – et dix jours que je suis ici, contente de chaque journée qui s'achève. Quant aux jours qui me séparent encore de vous, je n'ose pas les compter pour l'instant. Ne vous faites pas de souci pour moi, je vous assure que je vais bien, je suis en bonne santé, et comme vous le savez, votre maman a toujours été une lève-tôt, et cela fait du bien de travailler. Il reste toujours beaucoup trop de temps pour penser et ruminer, pour me languir de vous tous et de notre maison.

Mais à présent, vous allez pouvoir m'écrire, les enfants, aussi souvent que vous le voudrez ; écrivez-moi donc très vite et beaucoup, s'il vous plaît, et parlez-moi de tout, du bon et du mauvais, de vos joies et de vos peines. Je ne peux pas vous répondre pour le moment mais écrivez-moi quand même, s'il vous plaît. Toi aussi, Lore, tu peux m'écrire, et s'il y a du courrier de Lotte ou d'oncle Georg, envoyez-le-moi.

Que fait ma petite Dorle ? ? Est-elle sage ? Je ne serai sûrement pas rentrée pour son anniversaire, vous trouverez sa grande bougie d'anniversaire et trois petits mouchoirs dans le premier placard de l'entrée, sur l'étagère du bas, et quelques bonbons dans le buffet (milieu).

Et toi, mon Eva chérie, es-tu tout à fait guérie maintenant ? Pourras-tu rattraper le retard que tu as pris à l'école et as-tu reçu tes livres ? Est-ce que ça te plaît à l'école et vas-tu toujours à Immenhausen ?

Et Hannele bichette, est-ce que tu vas bien ? Que devient donc Heidi et que devient le violon ? Comment cela se passe-t-il au catéchisme des confirmants ? Et ton oiseau, l'auras-tu bientôt ?

Et toi, mon Ilse souris, je suis sûre que tante Lore peut se reposer sur toi ! Comment vas-tu et comment vont Ulla et Gisela ? Viennent-elles encore te voir ? Et que devient le latin ?

A toi, Marilis, tous mes meilleurs vœux pour ta fête. Iras-tu bientôt à Göttingen ? Nous reverrons-nous enfin dans un proche avenir ?

Et que fait mon Gerhard, rentre-t-il régulièrement à la maison, et comment s'est donc passé son anniversaire ?

Lore, ma très chère, comment vas-tu ? N'est-ce pas une trop lourde charge pour toi ? Comment t'en sors-tu ? Comment se comporte Julie ? Si elle le mérite, saluez-la de ma part.

Et comment va papa ? Où est-il ? Que fait-il ? Saluez-le très chaleureusement, ah, comme cela me ferait du bien de recevoir un petit mot de lui, mais sans doute cela n'est-il pas possible.

Et maintenant, j'ai beaucoup beaucoup de souhaits, et je vous remercie d'avance pour toute la peine que vous allez prendre. Faites peut-être plusieurs petits paquets, il se peut qu'ils arrivent plus vite. Avant tout, envoyez-moi régulièrement des journaux, s'il vous plaît, et aussi un livre (papa trouvera bien quelque chose), peut-être L'été de la Saint-Martin *de Stifter. Et envoyez-moi aussi un livre de moindre valeur pour mes camarades, vous trouverez bien quelque chose sur l'étagère de l'entrée. A part cela, s'il vous plaît : ma lime à ongles, ma pince à épiler, le miroir dans mon sac rouge, un sachet de poudre et les deux sachets de talc dans la petite commode, mes pantoufles et une paire de vieilles chaussures noires ; et puis, si cela vous est possible, de temps à autre un morceau de pain, un peu de sel, s'il vous en reste, un bout de fromage ou de la confiture, et ajoutez donc un des vieux couteaux en argent (tiroir de droite). Et si jamais vous avez quelques pommes, ici nous ne mangeons que de la soupe et des pommes de terre bouillies. Enfin, mais seulement si cela ne vous prive pas, quatre ou cinq sachets de poudre à pudding. Et maintenant, adieu pour aujourd'hui, je vous embrasse tous très fort, mes pensées, mes désirs et mon espérance sont avec vous jour et nuit. Avec toute ma tendre affection !*

Maman

Certains mots dans la lettre de Lilli, par exemple « lime à ongles », « pince à épiler », « pantoufles », « pain », « sel », ont été soulignés au crayon après coup – soit par la surveillante soit par les destinataires soucieux de ne rien oublier de ce que Lilli leur demandait de lui faire parvenir.

L'appel à écrire régulièrement déchaîna un flot de lettres. Les enfants comprirent aussitôt que c'était l'unique moyen dont on disposait encore pour maintenir la cohésion de la famille déjà pratiquement privée de père. Dès cet instant et durant les six mois qui suivirent, les enfants écrivirent très souvent et régulièrement à leur mère à Breitenau, Ilse et Johanna un jour sur deux, Eva à peu près deux fois par semaine et Gerhard une fois par semaine, le week-end. Se résumant au début à de brèves questions et informations adressées à la mère, ces lettres devinrent peu à peu plus consistantes, composant quelque chose comme un journal grâce auquel Lilli put se faire une idée très précise du quotidien des enfants, de leurs joies et de leurs peines.

A la première lettre de Lilli en provenance de Breitenau, il semble qu'Ilse répondit par retour du courrier. Cette première réponse fut délivrée à Lilli – à en croire une note portée dessus par une gardienne – le 17 septembre 1943 :

Ma très chère, bonne petite maman,

Comme j'ai été heureuse de recevoir des nouvelles de toi. Mais maman chérie, qu'est-ce que c'est que ce travail que tu dois faire ? Manges-tu à ta faim ? As-tu le droit de fumer ? Il nous reste largement assez de tout ce que nous t'envoyons. J'ai envoyé à tante Lotte 4 livres de pain et 1,5 livre de pâtes. Est-ce que tu voudrais aussi des pâtes ? Nous t'envoyons les vieilles pantoufles, ce serait trop dommage pour les neuves. J'espère que les chaussures conviennent. Nous t'enverrons tout petit à petit... La poudre à pudding est toute prête, il suffit de la dissoudre dans le lait. Eh bien, chère petite maman, bonne nuit. Mille bisous de ton Ilse souris qui ne t'oublie jamais.

De son côté, Johanna écrivit dès lors régulièrement à sa mère à Breitenau. Le 17 septembre, elle lui envoya une carte postale d'art représentant la Vierge Marie. La fillette de treize ans savait combien ce motif était cher au cœur de sa mère.

Ma chère petite maman,

J'espère que cette carte te parviendra avant dimanche, cela me ferait grand plaisir. C'est une jolie carte, n'est-ce pas ? Malheureusement, je n'ai pas pu t'écrire hier. Notre classe est la seule qui a dû faire entre hier et aujourd'hui une dissertation sur le RAD féminin [1]*. Nos dissertations seront transmises au directeur du Reichsarbeitsdienst qui veut savoir ce que le peuple pense du travail des femmes dans le cadre du RAD. On nous a demandé de parler de nos expériences, d'évoquer aussi bien les choses graves que les choses plus gaies. Marilis m'a bien aidée. Les trois meilleures copies seront publiées dans le journal mais pas la mienne.*

Eva a rapporté des pommes de chez les Rösch et des oignons de chez les Wittich.. Aie confiance dans le bon Dieu !

Beaucoup de tendres baisers de ta Hannele bichette.

A l'inverse de ses deux grandes sœurs, Eva était une enfant proche de la nature. Alors qu'elle habitait Cassel, elle rendait visite plusieurs fois par semaine à deux familles paysannes d'Immenhausen. La fillette de dix ans aidait à la ferme, s'occupait des bêtes et recevait en contrepartie de la nourriture qu'elle rapportait à Cassel. Voici l'une de ses premières lettres de septembre 1943 :

---

1. RAD, abréviation de *Reichsarbeitsdienst*, service du travail du Reich. *(N.d.T.)*

Chère maman,

Comment vas-tu ? Nous allons tous bien. J'espère que tu vas bien toi aussi. Beaucoup de gens m'ont demandé de te saluer très cordialement. Il y a les Bäcker, les Hirde, les Neumann, Minna et tellement de gens que je ne me les rappelle pas tous. A l'école nous cousons un tablier bavarois. Samedi dernier, j'ai passé deux heures à cueillir des pommes chez les Rösch et on m'a déjà donné beaucoup de fruits. Mille baisers de ton Eva.

La petite Eva n'était pas encore en âge de percer à jour le sens de toutes ces cordiales salutations qu'on la chargeait de transmettre à sa mère. Et d'ailleurs, c'est un sens qui aujourd'hui encore n'apparaît pas clairement, du moins à première vue. Faut-il y voir quelque chose qui s'apparenterait à un acte de résistance passive, à une protestation déguisée contre l'internement de la voisine juive ? Ou bien était-ce ni plus ni moins que l'expression de l'inconscience, voire de la mauvaise foi de gens qui faisaient comme si Lilli était simplement partie en voyage pour quelques semaines ? Le fait est que Lilli demeura absente et qu'il ne se trouva personne, au fil des mois, pour exprimer ouvertement ou discrètement la moindre compassion pour les quatre fillettes livrées à elles-mêmes. Et le fait est également que chaque habitant de la petite ville savait pertinemment ce qui était arrivé à Lilli : la si respectable et naguère encore si respectée femme du médecin d'Immenhausen, médecin elle-même, avait été arrachée à ses enfants et internée sans motif.

Tandis qu'Eva rapportait sans cesse à la maison des légumes et des fruits, de la viande et de la charcuterie qu'on lui remettait en guise de paiement pour les services qu'elle rendait à la ferme, Ilse faisait les courses à Cassel avec les tickets d'alimentation auxquels la famille avait droit. Le père lui donnait un peu d'argent, la petite s'occupait avec sa tante Lore de la bonne marche de la maison.

Entre-temps on avait reçu de la mère une autre lettre – dont il ne reste pas trace – dans laquelle elle se plaignait manifestement de la faim qui sévissait au camp. Ilse lui répondit le 19 septembre :

Ma très chère, bonne petite maman,

Oh, maman a écrit ! Indescriptible la joie que nous avons éprouvée à la réception de ta lettre. Et presque tout ce que nous avons lu nous a terriblement réjouies. Sauf, bien sûr, le fait que tu ne saches pas encore quand tu seras de retour parmi nous, et aussi que tu n'aies pas toujours de quoi manger à ta faim. Nous allons t'envoyer tout ce que nous avons en trop, et pas seulement ce que nous avons en trop mais aussi spécialement les choses que tu aimes bien. J'espère que tout ce que nous t'envoyons te plaira. Est-ce que tu aimerais aussi recevoir quelques pâtes que tu pourrais mettre dans la soupe ? Nous aurions voulu t'envoyer de la confiture avant. Mais nous craignions que le bocal ne se brise. Et c'est pourquoi nous avons attendu d'avoir trouvé à acheter de la confiture en boîte.

Nous avons fait beaucoup de conserves. Plusieurs bocaux de compote de pommes, des poires, des raisins, des tomates, des épinards et du potiron. Nous avons acheté un potiron quelques jours après ton départ. Puis nous en avons acheté un second à partager avec les Kunze. Les Kunze ont voulu mettre en conserve leur moitié de potiron, alors nous avons dû faire pareil. Je leur ai demandé la recette et je l'ai suivie. Maman, tu ne peux pas savoir comme c'est bon ! Les petites ont voulu le manger tout de suite, elles ne voulaient surtout pas que je le mette en conserve tellement ça leur a plu lorsque je leur en ai fait goûter. Le seul ennui, c'est qu'il faut énormément de sucre...

Tous les enfants de trois à dix-huit ans ont eu droit à deux cents grammes de noix. En pain et en fromage, nous avons tout ce qu'il faut. Julie est terriblement mal élevée. Tante Lore cuisine et raccommode, moi je m'occupe des courses et de l'argent du ménage. Tout cela fait beaucoup de travail.

Mais ce qui m'a été le plus difficile, les premiers jours surtout, c'est de devoir aller au lit sans toi et de devoir me lever le lendemain sans toi. Entre-temps, pour me redonner courage, j'ai fait mienne la devise suivant laquelle se plaindre ne fait qu'aggraver la tristesse. Oh, maman chérie, reviens-nous bientôt.

Tante Lotte m'a écrit une très gentille lettre. Je lui ai déjà répondu et j'attends d'autres nouvelles d'elle.
Mme Zschiegner a failli s'évanouir, elle est devenue pâle comme de la craie.

Ce passage mérite une explication : Ilse se garde d'interpréter la pâleur subite de Mme Zschiegner, la femme du professeur de piano d'Ilse et de Gerhard à Cassel. Cette dame avait en effet failli s'évanouir d'effroi en apprenant que Lilli avait été arrêtée. Ilse évite délibérément d'écrire cela car une telle remarque risque de déplaire à la censure à Breitenau et, par conséquent, de nuire à sa mère. Or les enfants savaient très précisément, peut-être même sans qu'il eût jamais été besoin de leur en parler, ce qu'ils pouvaient écrire à Lilli et ce qu'il valait mieux passer sous silence.

Mais voici la suite de la lettre écrite par Ilse le 19 septembre :

Tante Rita m'a offert un collier rouge. Il n'est pas mal du tout. Mais tante Rita ! Je ne m'entends pas vraiment bien avec elle. Elle nous fait sans cesse des avances, et que veux-tu qu'on fasse, il faut bien suivre par égard pour papa...

Dorle attend son anniversaire avec beaucoup d'impatience. Papa lui a encore acheté un beau livre d'images. Et elle va recevoir une poupée de ceux d'Immenhausen. J'espère que tu n'y verras pas d'inconvénient.

Gerhard rentre en permission demain. Je lui ai fait envoyer aujourd'hui par Marilis quatre pommes, une tomate, du raisin, cinq noix et de la tarte. On a eu de la tarte aux pommes hier, et même un peu de fromage. Le soir, on a mangé du poisson et de la saucisse. Nous sommes actuellement très riches en poisson. Nous nous sommes d'ailleurs inscrits aussi à la poissonnerie. L'autre jour, on a pu avoir des sardines. Question nourriture, nous n'avons pas à nous plaindre.

Pourvu que tu rentres bientôt ! ! ! Papa n'est plus à l'infirmerie de campagne. A partir d'aujourd'hui, il est affecté à l'hôpital militaire du Lindenberg. C'est plus loin que Bettenhausen, carrément derrière la lune. Pour cette raison, il ne pourra plus venir nous voir si souvent. Papa porte un uniforme d'officier et a meilleure mine. Il a une chambre individuelle et mange au mess.

As-tu envie d'autres livres ? Veux-tu que nous t'envoyions autre chose ? Ecris-moi. Mais très bientôt ! ! !... Nous sommes tous dans notre chambre et nous t'écrivons. Tout à l'heure, on fera encore un colis pour toi. J'espère que ça te plaira. Je n'ai trouvé qu'un petit sachet de poudre. Il y en a très peu...

Pardonne-moi, s'il te plaît, de t'écrire si rarement, mais j'ai si peu de temps. Il ne faudrait surtout pas que tu croies que je ne pense pas à toi. Tout à l'heure, je préparerai encore les tartines pour l'école et le petit déjeuner de

Hannele et d'Eva, comme cela je n'aurai pas à me lever dès 6 h 30.

Donc ma chère bonne petite maman, au revoir pour aujourd'hui et mille bisous de ton Ilse qui ne t'oublie jamais.

Ilse étant tombée malade peu après avoir rédigé cette lettre, Johanna prit la relève et écrivit à son tour à sa mère afin de la tenir au courant du quotidien. Sa lettre du 22 septembre :

Ma petite maman chérie,

Comment vas-tu ? Tu t'étonneras sans doute que je sois la seule à t'écrire. Mais voilà : Ilse doit rester au lit car elle a une légère grippe. Ce n'est pas trop grave, elle se lèvera peut-être dès demain. Eva est un peu paresseuse. Aussi est-ce moi qui t'écris.

Je dois pour commencer t'avouer quelque chose. J'ai décousu les lanières de mon cartable. Heidi a emporté le cartable à Hümme afin que le cordonnier y mette une poignée. Et puis aussi, j'ai fouiné dans ton tiroir de couture et... j'y ai pris un morceau de tissu blanc pour le tablier qu'on doit coudre à l'école. Est-ce que c'est grave ? Tante Rita vient d'arriver. Elle est en ce moment dans la chambre d'Ilse et elles parlent ensemble. Eva dort déjà et Dorle babille. Ce soir, nous avons mangé des nouilles et de la compote de pommes.

Voilà pour aujourd'hui, ma petite maman chérie, beaucoup d'affectueuses pensées et de baisers à toi, ta Hannele.

Transformer le cartable en serviette en remplaçant les lanières par une poignée, cela faisait partie, à l'époque déjà, des petits rituels qui signalaient qu'on entrait dans le monde des grands. Pour Ilse, qui avait un an de plus que Johanna, le temps de l'enfance s'était achevé du jour au lendemain. En l'absence de Lilli, le rôle de la mère lui était échu tout naturellement ; elle se trouvait pour ainsi dire propulsée dans le monde des adultes du simple fait qu'elle avait à prendre soin de ses plus jeunes sœurs.

Le 25 septembre, elle prit toutes les dispositions utiles pour fêter le troisième anniversaire de la petite Dorle. Quelques jours plus tard, elle écrivait à Lilli :

Ma très chère, bonne petite maman,

Comme je regrette de ne pas avoir pu t'écrire plus tôt, mais tu sais, j'étais malade. Ce n'était pas très grave mais si tu avais été près de moi, j'aurais sûrement guéri beaucoup plus vite. Aujourd'hui, pour la première fois, je suis de nouveau debout.

Nous avons essayé nos vêtements d'hiver. On était un peu perdues dans toutes ces affaires. Mais dis-moi, maman, tu dois avoir froid en ce moment, non ? Devons-nous t'envoyer des vêtements chauds, une paire de gants ? Maman mon petit cœur, est-ce que tu dors au moins ?

Samedi dernier, je devais aller chez Gisela, à Nienhagen. Mais je n'ai pas pu parce que j'étais alitée. Le soir la fille du Dr Stephan arrive à la maison pour demander si j'ai pris l'omnibus de 13 h 45, le wagon de cet omnibus s'était décroché et les Stephan avaient terriblement peur pour cette raison. Le dimanche matin, tante Lore a envoyé un télégramme à Nienhagen pour leur dire que j'étais bien en vie. Je pense y aller dimanche prochain. Pourvu qu'il n'y ait pas un empêchement de dernière heure.

Nous aurons droit à trois quintaux de pommes de terre entre le 21 novembre et le 21 juillet 1944. Cela devrait suffire. Et nous venons de recevoir neuf kilos de pommes par tête de pipe. Donc tout s'arrange d'un seul coup. Nous avons maintenant de l'eau chaude pour le bain chaque samedi et dimanche ou chaque vendredi et samedi.

Nous avons fait la fête pour l'anniversaire de Dorle. Dorle était très contente de tout ce qu'elle a eu... Et maintenant un gros baiser et mille câlins de ton Ilse qui pense toujours à toi.

Dans ses premières lettres à Lilli, Ilse tire encore un soupçon d'orgueil du fait qu'elle parvient effectivement à gérer au mieux et de manière pratiquement autonome le quotidien de la petite famille d'enfants. Ainsi s'explique, dans sa lettre du 1er octobre, l'enthousiasme qu'elle manifeste au sujet d'un repas de famille particulièrement copieux :

Mon excellente petite maman chérie,

Je sors à l'instant même de table après un dîner fabuleux. Pour commencer, on a eu un reste de nouilles grillées puis des pommes de terre à la sauce béchamel avec des pickles, et pour finir, de l'anguille fumée. Un véritable festin des dieux. Maman, crois-moi, c'était délicieux, et nous avons été bien contentes, Marilis et moi, d'avoir quelque chose de bon à manger juste aujourd'hui parce qu'il se trouve que Gerhard a pu également en profiter.

Il est arrivé à la maison à 1 h 30 et a encore mangé une pomme avec nous en guise de dessert. Ensuite il est allé voir papa au Lindenberg et ils ont longuement parlé ensemble. Papa lui a tout montré et Gerhard a été très agréablement surpris par ce qu'il a vu là-haut.

Maman, avant que j'oublie : où est le pull-over à col roulé bleu marine de Gerhard ? Et où est la clé de l'armoire où se trouvent nos manteaux d'hiver ? Ecris-nous cela, s'il te plaît. Si tu n'as pas beaucoup de place pour écrire, écris juste : clé là, pull là ou là. Tu feras comme cela, n'est-ce pas ?

Gerhard et Marilis parlent ensemble à côté alors que je suis en train d'écrire.

Pourvu que tu n'aies pas trop froid ! ! Hier, oh miracle, le chauffage s'est mis un peu en marche. Mais seul le bas des radiateurs chauffait sur une hauteur d'environ vingt centimètres, tout le reste était froid. Depuis ce matin et jusqu'à 6 heures ce soir, ils sont restés complètement froids et maintenant ils chauffent de plus belle, mais cette fois, c'est le haut qui chauffe tandis que le bas est tout froid. Bizarre ! Tu ne trouves pas ! ! ! Demain tu auras de nouveau un colis. Pourvu que le contenu te plaise.

Cette lettre d'Ilse – elle ne nous est pas parvenue dans son intégralité et s'interrompt à cet endroit – marque la fin de la période où l'on avait le ferme espoir que Lilli ne tarderait pas à rentrer de Breitenau. A partir de ce moment-là, on voit sans cesse revenir sous la plume des enfants cette même formule désespérée que l'on rencontre par exemple dans une lettre d'Eva datée du 3 octobre 1943 : « Quand reviendras-tu ? » Et la petite de compléter craintivement : « Pourvu que ce soit bientôt. »

« VOUS ME MANQUEZ TERRIBLEMENT »

Les lettres clandestines de Lilli aux enfants

Lilli n'était pas autorisée à écrire à la maison plus d'une fois par mois, aussi se mit-elle en quête de moyens pour faire parvenir aux enfant d'autres messages, clandestins ceux-là. Et comme elle n'avait pas non plus le droit d'avoir son propre papier à lettres, il lui fallut trouver également le support sur lequel rédiger ces messages. C'est ainsi que sa lettre du 3 octobre 1943 est écrite au recto de cinq notices d'utilisation pour un médicament du nom de Sanogène, un remède « contre l'asthénie générale » et les « états d'épuisement ». Ecrite au crayon, la lettre est adressée non seulement aux cinq enfants mais aussi à sa nièce Marilis qui était alors également à demeure dans l'appartement de Cassel, en attendant de s'installer à Marburg pour y entreprendre des études universitaires.

Mes très chers enfants, tous les 6,

Je ne suis autorisée à vous écrire que dans huit jours mais un homme <u>bon</u> m'a offert des timbres et une enveloppe et doit s'occuper également de vous expédier ces lignes demain. J'espère donc que ces billets vous parviendront d'ici mardi ou mercredi. Mais ne laissez <u>surtout pas</u> deviner dans vos réponses que vous avez reçu une lettre de moi, <u>sous aucun</u>

prétexte, cela me causerait beaucoup de tort. Je vous ai déjà écrit il y a huit jours mais l'occasion d'envoyer la lettre, d'ailleurs *non timbrée,* ne s'est présentée que vendredi. Pourvu que vous l'ayez reçue quand même. Oh, mes chers bons enfants, je pense tellement à vous jour et nuit, et plus le temps passe, plus vous me manquez terriblement ! Si seulement je savais quand on me laissera rentrer à la maison ! Si seulement cela pouvait être *bientôt* !

Vos lettres sont mes plus grandes et mes seules joies ici et je ne pourrai jamais vous en remercier assez ! Que ce soient les lettres si gentilles et circonstanciées de Gerhard et de Marilis ou les messages réguliers de Hannele qui n'oublie jamais de me donner des nouvelles de Dorle, ou encore les cartes d'Eva, j'en suis toujours heureuse et attristée à la fois mais néanmoins ravie. Et cette semaine, j'ai surtout attendu la lettre d'Ilse parce que je me suis fait du souci à cause de sa grippe. Aussi ai-je été doublement contente quand je l'ai reçue. Je vous remercie tous du fond du cœur !

Mais vous ne devriez pas m'envoyer toutes vos jolies cartes, s'il vous plaît, gardez-les pour vous. Et puis hier soir est arrivé, à point nommé pour dimanche, le petit paquet d'Eva avec les tranches de pommes séchées et les biscuits. Ma petite chérie, tu ne peux pas savoir comme cela m'a fait plaisir. Quand je pense que j'ai reçu deux envois de journaux et trois paquets rien que cette semaine (au total déjà onze paquets), un avec du pain, un autre avec des pommes et deux noix, un troisième avec des pommes et du fromage. Je vous en remercie mille fois. Mais ce fromage que vous m'envoyez ne vous manque-t-il pas ? Et le pain ? Je vous suis en tout cas très reconnaissante pour tout car nous n'avons pas grand-chose à manger ici, jamais de beurre, jamais de viande, tous les quinze jours un petit morceau de saucisse, et le reste du temps de la soupe et encore de la soupe. Mais le pire c'est dimanche. A 6 h 30 un morceau de pain sec et un café misérable, à 11 heures une soupe claire ou des pommes de terre bouillies avec de la sauce et du concombre, à 4 heures un autre morceau de pain sec avec un peu de saucisse ou une cuiller de fromage blanc, le tout accompagné de café, et puis plus rien jusqu'au lendemain matin. Alors je suis bien contente d'avoir encore du pain et du fromage pour le soir ou de temps à autre, dans la journée, une de vos délicieuses pommes. Mais pour l'amour du ciel, ne dites rien de tout cela dans vos lettres.

Envoyez-moi donc à nouveau un peu de sel si c'est possible, pas de pâtes mais de la confiture, et, surtout, du talc.

Est-ce que ce ne serait pas quand même plus pratique de faire des envois groupés ? En envoyant un colis le lundi, il devrait me parvenir en fin de semaine, cela vous éviterait d'aller à la poste si souvent et le port vous reviendrait moins cher. Mais faites comme vous voulez.

Et tante Lore, si je comprends bien, serait déjà à Essen ? Il me semblait bien qu'elle devait y aller ce mois-ci, mais je pensais que cela devait se faire à la fin du mois seulement, pour l'anniversaire de Wilhelm. Je pense beaucoup à elle, à son chagrin et à ses soucis.

Ecrivez aussi à tante Lotte et transmettez-lui mes affectueuses pensées ! J'ai été si heureuse de recevoir un mot d'elle, dites-lui qu'elle peut m'écrire plus souvent sans problème, je reçois toutes les lettres qui me sont adressées, l'ennui c'est que je ne peux pas y répondre. Mais j'aimerais bien savoir comment elle va et comment va Peter.

Dommage que papa ne puisse plus venir vous voir aussi souvent ; est-ce qu'il a meilleure mine maintenant ? Je lui envoie, à lui aussi, de très affectueuses pensées et j'ai également une prière à lui adresser. Je souhaiterais qu'il me procure un livre de mon si estimé Karl H. Ruppel : Théâtre à Berlin. *Considérations dramaturgiques, aux éditions Paul*

Neff (Berlin-Vienne). Une bonne critique de cet ouvrage a paru dans la Kölnische Zeitung *où je suis d'ailleurs déjà tombée plus d'une fois sur des articles de qualité. A part cela, je n'arrive pratiquement pas à lire parce qu'il y a toujours trop d'agitation dans le secteur.*

Est-ce que mon Ilse souris est allée à Nienhagen aujourd'hui ? C'est qu'il a fait si beau ! Et aujourd'hui aussi, j'ai beaucoup pensé à Hannele, en particulier à 10 heures, pendant l'office divin. Est-ce que ça s'est bien passé avec le poème ? Quand comptes-tu rendre visite à Heidi ? Et les vacances d'automne, c'est pour quand ? Marilis a sûrement rendu visite à Gerhard. Quand je pense qu'il doit rentrer à la maison le week-end prochain – comme j'aimerais être avec vous à ce moment-là. Mais je suis contente que Marilis soit avec vous. Au fait, Marilis, es-tu déjà décidée pour Marburg ?

Et toi, ma petite Eva, est-ce que tu ramasses consciencieusement les pommes de terre ? Et Dorle me montrera son nouveau livre d'images quand je serai de nouveau avec vous, n'est-ce pas ma chérie ? Ah, si je pouvais seulement te serrer un moment dans mes bras, toi et les autres, tous ensemble.

Inutile de m'envoyer des vêtements chauds. Nous sommes tenues de porter l'uniforme de l'établissement. Pas étonnant que vous n'ayez plus ce qu'il faut comme vêtements d'hiver. A Immenhausen, dans la grande armoire, il y a encore une robe en laine rouge qui m'appartient et il y a aussi des restes de tissu dans mes affaires de couture ; il doit y avoir moyen de tirer de tout cela un vêtement pour l'une de vous. Et peut-être que tante Lore peut aussi acheter du tissu avec ma carte d'habillement. Je n'ai besoin de rien pour l'hiver. Il reste aussi de vieilles jupes plissées dans votre armoire, peut-être cela peut-il servir à confectionner quelque chose pour Dorle.

Je n'ai plus de papier et je dois donc m'arrêter. Saluez chaleureusement tante Maria de ma part, ne pourrait-elle pas m'aider ? ? Et vous, mes enfants chéris, que Dieu vous protège ! Je vous embrasse de tout cœur, avec tout mon amour et ma gratitude,

Votre maman.

Dans ses lettres clandestines, Lilli pouvait se permettre de dépeindre sans fard la condition misérable à laquelle étaient réduits les détenus de Breitenau. Et cependant, elle se montrera toujours très mesurée dans ses descriptions, de peur d'effrayer les enfants.

Quant à savoir – c'est la question qu'elle pose à la fin de la lettre ci-dessus – si Maria Lieberknecht ne pouvait pas l'aider, c'est un sujet auquel les enfants vont revenir sans cesse dans les mois suivants. Le beau-frère de Maria était à la Gestapo et avait d'ailleurs informé Maria de l'arrestation de Lilli. A présent tous les espoirs de Lilli et de ses enfants reposaient sur ce contact : est-ce que Maria, épaulée par son beau-frère, pouvait tenter d'obtenir la libération de Lilli ?

Peut-être d'ailleurs était-ce à ce beau-frère que Lilli devait de se voir délivrer à peu près tous les paquets et colis de ses enfants, le fait étant qu'à Breitenau les paquets n'étaient normalement plus distribués aux détenus juifs et polonais, et ce depuis 1941. Manifestement, ce règlement ne s'appliquait pas à Lilli.

Dans la soirée de ce 3 octobre, Cassel fut la cible d'une attaque aérienne britannique. C'est sans doute pour cette raison que Lilli nota encore, pour finir, dans la marge de sa lettre : « Quand il y a une alerte à Cassel, on y a droit également, et je pense alors très fort à vous. » La plupart des bombes tombèrent dans les faubourgs, si bien que la ville elle-même ne subit pratiquement aucun dommage

Ilse avait passé la nuit du bombardement à Nienhagen dans la maison de campagne des parents de son amie Gisela Stephan et revint sur l'événement dans une lettre à Lilli datée du 6 octobre :

Mon excellente petite maman chérie,

Pourvu que tu n'aies pas eu à souffrir de cette attaque aérienne. Il se trouve que j'étais justement chez Gisela, à Nienhagen, de là-bas, nous avons tout vu parfaitement. Heureusement qu'on s'en est tous bien sortis. Dans la nuit, à Nienhagen, je me suis fait un sang d'encre – en premier lieu pour toi, en deuxième lieu pour ceux de Cassel, en troisième lieu pour Gerhard. Dieu soit loué, tout le monde va bien, Gerhard y compris, et j'espère ardemment qu'il en va de même pour toi. En tout cas, je préfère me dire que tu vas bien aussi et je t'écris comme si de rien n'était.

Lundi matin, je suis retournée de Nienhagen à Cassel en charrette. La route était très belle. Nous n'avions pas classe étant donné que l'école est devenue le lieu de regroupement des sans-abri. Le matin après l'attaque, tante Rita est venue voir comment nous allions. Papa a eu une permission aujourd'hui, de cet après-midi jusqu'à demain soir. Tante Lore reviendra jeudi ou vendredi.

Nous avons aussi mis en conserve le gros potiron. On en a tiré quatre bocaux de deux litres et un bocal d'un demi-litre. Sans parler de ce qu'on a mangé tout de suite. Les enfants raffolent du potiron. Mais il nous a fallu beaucoup de sucre. Nous voulions en économiser pour l'année prochaine mais on n'y arrivera pas. Mme Stephan m'a offert un grand panier plein de pommes cognées au moment de la cueillette. Nous allons sans doute en faire de la gelée, c'est-à-dire si on arrive à avoir du sucre. A part cela, pour ce qui est de manger, nous avons tout ce qu'il faut. C'est qu'on peut vraiment avoir beaucoup de choses avec la carte à l'heure qu'il est. Pourvu que tu manges à ta faim, toi aussi ?!

Nous avons de nouveau envoyé un paquet aujourd'hui même. Tu trouveras dedans des sardines à l'huile qu'on a pu obtenir récemment sur présentation de la carte spéciale délivrée aux jeunes de plus de quatorze ans. Et comme je suis détentrice d'une telle carte, j'ai pu en avoir une boîte. C'est que nous avons récemment eu de l'anguille et je me suis dit que tu aimerais bien en manger aussi. Espérons que le paquet ne se perdra pas en route, bien que je l'aie envoyé en recommandé. Je crois que la poudre conviendra, bien que ce ne soit pas celle que tu as demandée. Le paquet contient encore quelques bricoles qui devraient t'être utiles. Quand tu écriras, n'oublie pas de nous indiquer où se trouvent les papiers de Julie. Il serait bon qu'on le sache au cas où nous en aurions besoin. Tu peux nous écrire cela sous une forme abrégée : les papiers de J. sont... Auras-tu de quoi ouvrir la boîte de sardines ? Je l'espère !!!...

J'écris un peu à bâtons rompus parce que j'ai tant de choses à te dire. Dorle est très sage. Hier soir, papa était là, c'est lui qui l'a lavée et couchée. Et Dorle a été terriblement contente.

Ma bonne petite maman ! Tu n'as pas froid au moins ? Est-ce que tu dors la nuit ? Ne te fais pas trop de souci pour nous ! Tu m'as comprise ? Je fais ce qu'il y a à faire aussi bien que possible et ça commence à ressembler à ton travail. Mais bien entendu, je ne le fais pas tout à fait comme toi. Maman chérie, je te garde toujours toujours dans mon cœur afin que tu ne te fasses pas trop de souci. Bonne nuit. Mille câlins et un gros baiser de ton Ilse.

Le même soir Johanna écrivait également à Breitenau. L'un de ses vœux les plus chers venait d'être exaucé : elle avait reçu la perruche ondulée dont elle rêvait depuis longtemps. Il était déjà question, bien avant l'arrestation de Lilli, de lui offrir l'oiseau tant désiré. Et voilà qu'Ernst avait contribué à la réalisation de ce rêve.

Ma chère, bonne petite maman,

Comment vas-tu ? Devine un peu ce que je viens de recevoir ? Une perruche ondulée, une jaune. Et voilà comment cela s'est passé. Au n° 6 de la Motzstrasse habite un certain Oberregierungsrat Weber dont le fils est assistant à l'hôpital où travaille papa. Il en est à son huitième semestre de médecine et travaille comme assistant ici, à Cassel, pendant les vacances. Il est très sympathique. Il a raconté un jour à papa qu'on venait de lui offrir une jeune perruche ondulée. Papa s'est rappelé que j'en cherchais une et il lui a aussitôt demandé où et quoi et comment ! L'assistant lui a dit alors que je devais venir le voir tel jour, à 7 heures du soir, et c'est ce que j'ai fait. Il a été très gentil avec moi et m'a donné l'adresse de gens à Wilhelmshöhe. Il m'a promis aussi de me procurer une cage car sa fiancée en avait une et serait sans doute disposée à la donner. Dès qu'il aurait la cage, il le dirait à papa. Je suis donc allée le lendemain matin à Wilhelmshöhe, à la station Kunoldstrasse. Là, il faut prendre une rue qui descend à droite et on tombe alors dans la Lange Strasse. Un peu plus bas, sur la gauche, on arrive au n° 76. C'est une sorte de bazar. Mais le propriétaire a beaucoup d'oiseaux. J'avais emmené Dorle. A la porte, il y avait un panneau : je reviens tout de suite. On est restées là à attendre. Et à écouter les gazouillements qui nous parvenaient de l'intérieur. J'ai pu regarder par une fenêtre. Il y avait une cage très grande et, dedans, un magnifique perroquet multicolore. Un volatile magnifique ! Puis l'homme est venu. Il nous a montré trois perruches ondulées. Une verte à 15 RM. Elle ne pouvait pas bien voler parce qu'elle avait de trop longues ailes. Je n'en voulais pas. Dans la même cage, il y avait une perruche ondulée jaune à 25 RM. C'était celle-là que je préférais. Il y en avait une troisième à 30 RM, mais elle était verte aussi. Je ne sais pas, mais la jaune me plaisait davantage et elle était moins chère. Et aussi, elle était en bonne santé. Les trois oiseaux n'avaient que cinq semaines. J'ai demandé à l'homme de me réserver la jaune et je lui ai dit que je reviendrais la chercher d'ici trois à quatre jours. J'ai tout raconté à papa et il a été d'accord. Et demain, je dois recevoir la cage de la fiancée du Dr Weber. Je me suis renseignée sur l'alimentation des oiseaux auprès de Mme Spaack. Si l'on veut que les perruches parlent, il faut leur donner chaque jour quelques graines spéciales. Il y a un tas de choses à apprendre. Je me réjouis ! Si je reçois la jaune, je la baptiserai Hänschen... Je crois que c'est tout trouvé. Voilà, je te quitte maintenant ! Tu vas nous écrire bientôt, n'est-ce pas ? Beaucoup de gros câlins et de bisous de ton Hänschen.

Hans ou Hänschen n'était pas seulement le nom de la perruche, c'était aussi le sobriquet de Johanna – et dans ce sens, le nom de la perruche était en effet « tout trouvé ».

Ilse, de son côté, s'inquiétait tout particulièrement pour Lilli à ce moment-là. La mère était exposée sans défense au froid précoce de l'automne 1943. Ilse savait que Lilli n'avait pas le droit de porter autre chose que l'uniforme léger des détenus : chemise et pantalon de toile grossière gris-brun, et cela, même par grand froid. Voici sa lettre du 7 octobre :

Ma petite maman chérie,

Je me demande bien comment tu vas ! J'aimerais tellement que tu ailles bien. Pourvu que tu ne prennes pas froid. Mets les sous-vêtements chauds que tu as encore là-bas. Ne tombe surtout pas malade. Mange à ta faim. Profite de ce que nous t'envoyons. J'espère que tu as ce qu'il faut. Et ne sois pas trop triste. Tante Lore s'occupe de nouveau de nous. Elle est revenue aujourd'hui...

Papa et tante Rita sont venus nous voir aujourd'hui. Et papa a emmené ses quatre filles chez Paulus. Chacune a eu deux gâteaux et une glace – la glace et l'un des gâteaux étaient excellents. Mais l'autre avait un goût horrible. A part cela, on était très bien là. Marilis est restée à la maison avec tante Lore. Marilis dormira de nouveau à Immenhausen à partir de demain parce que tante Lore a trop peur. Du coup, c'est tante Rita qui viendra chez nous chaque soir. Gerhard est en permission samedi et dimanche...

Bonne nuit, dors bien, je t'embrasse très fort et je te dis à bientôt, ton Ilse.

Il était également question de la visite au café Paulus dans la lettre que Johanna écrivit à Lilli ce même jour. Dans cette lettre, elle racontait aussi à sa mère, sur un ton amusé, que des voisins lui avaient demandé : « Vous n'avez donc pas de parents, c'est complètement fou, non ? » Mais la question n'était pas tout à fait déplacée car alors même que les bombardements s'intensifiaient, les quatre filles étaient très souvent seules, du moins durant la journée.

La perruche restait le sujet de préoccupation majeur de Johanna. Le 10 octobre, l'oiseau fut la cause d'un grand émoi :

Ma bonne petite maman chérie,

C'est dimanche soir et je suis épuisée, vraiment à plat. Imagine un peu ! Nous étions sorties cet après-midi, Marilis et moi, pour rendre visite à Gerhard. Quand nous sommes rentrées, mon Hänschen avait disparu. La cage fermée et l'oiseau envolé. Je m'écrie : « Marilis, viens vite ! » Lorsque Marilis voit ce qui se passe, elle dit : « D'abord fermer la porte. » Puis nous l'avons cherché des yeux dans la chambre. Il n'était nulle part. Et soudain, on l'a vu, perché tout en haut, sur la barre du rideau. « Hänschen, mon petit bonhomme, sois gentil, descends de là. » Mais tu parles, Hänschen s'en fiche. Alors Marilis va chercher l'échelle et c'est parti. Par précaution, Marilis se coiffe d'un bonnet parce qu'on ne sait jamais ! Lorsqu'elle est là-haut et veut l'attraper, hop, il s'envole. Et de filer à toute vitesse au-dessus de nos têtes. Il fallait voir cela, un véritable courant d'air ! Il s'est posé sur l'étagère au-dessus du lit d'Ilse. « Allons, petit coquin, vas-tu enfin descendre ! » Cause toujours tu m'intéresses, pense l'oiseau. Bon, alors on essaie de l'attraper en lançant une nappe déployée dans sa direction, et hop, il s'envole, et le voilà de nouveau là-haut. Et nous, on regrimpe à l'échelle et on tâche de l'attraper. Mais Hänschen sautille toujours plus loin chaque fois qu'on tend le bras dans sa direction. Alors je dis à Marilis : « Ferme le rideau. Peut-être qu'on l'attrapera plus facilement dans l'obscurité. » Mais dans l'obscurité, la bestiole ne se laisse pas faire non plus. Alors on a chassé l'oiseau avec la nappe en se disant qu'il finirait bien par se percher un peu plus bas. Mais tu parles, l'instant d'après, il était de nouveau là-haut, sur la barre du rideau. Moi, sur l'échelle, un geste rapide et je le tiens, et je fais « aïe, aïe » parce qu'il me mordille le pouce. Pas croyable comme il me mordille fort avec son petit bec. Mais je le tiens, et vite dans la cage. Ouf, je n'en pouvais plus, nous avons ri comme jamais. Et maintenant, tu vas me demander, mais comment diable s'y est-il pris pour sortir de la cage ? Eh bien, je vais te le dire. De chaque côté, il y a une trappe d'accès qu'on peut faire glisser vers le haut. Ce vilain garnement a tenté de repousser la trappe avec sa tête et il a fini par y arriver, et il s'est envolé ! Maintenant, les trappes sont ligotées avec de la ficelle et la petite peste picore ses graines avec délice.

Mais tu peux t'imaginer la frayeur que j'ai eue.

Gerhard était très fatigué aujourd'hui. Ils sont constamment sur la brèche. Quand nous sommes arrivées, ils étaient justement en état d'alerte. Il n'a pas eu sa permission de fin de semaine. A partir de maintenant, il sera en permission le mercredi à la place du week-end. Gerhard nous a dit qu'il avait des souris dans l'armoire. Elles lui ont fait plein de trous dans son caleçon. Dans la nuit, ils ont abattu un avion et fait prisonniers deux tout jeunes Canadiens...

Mais il va falloir que je te quitte maintenant. Je vais penser beaucoup beaucoup à toi et faire un vœu afin que tu sois de retour très bientôt parmi nous. Ta Hannele bichette qui t'embrasse 1 000 000 de fois.

Les sœurs étaient très impressionnées par les performances militaires de Gerhard. Dans la lettre que ce dernier adresse le dimanche suivant à sa mère, il ne se montre d'ailleurs lui-même pas peu fier du succès de sa batterie à Obervellmar :

Ma chère maman,

Un grand bonjour à toi en ce dimanche. Comment vas-tu ?

Moi je vais bien. Et à la maison, tout est en ordre aussi.

Pourvu que tu n'aies pas eu trop peur dans la nuit du 3 au 4. Pour ma part, je ne m'en suis pas trop mal tiré. Figure-toi qu'on a même abattu un bombardier quadrimoteur. Tu peux t'imaginer comme on a été contents.

A part ça, il n'y a rien eu de spécial ces dernières semaines. Sauf qu'on a eu de nombreuses alertes. On a pu dormir d'une seule traite pendant deux ou trois nuits, ensuite c'est reparti de plus belle.

Et c'est pourquoi on ne fait pas grand-chose à l'école. En allemand, on étudie surtout les vieilles ballades allemandes... En fait, je devrais être à la maison, en permission de fin de semaine. Mais j'ai eu la poisse, et voilà comment. Il y a eu 23 tués parmi les auxiliaires de la DCA durant l'attaque aérienne sur Cassel. Tous étaient originaires d'Eschwege et des environs. Hier avaient lieu les funérailles à Eschwege. Les vingt plus grands de notre batterie ont dû participer au cortège. J'étais du nombre. Et pour te donner une idée du programme : vendredi soir, couché à 9 h 30, après l'alerte. A 0 h 30, il a fallu se relever, nouvelle alerte jusqu'à 2 h 30. A 5 heures, réveil, départ à 6 heures, et à 10 heures on s'est retrouvé à Eschwege, au total 80 auxiliaires et 10 lieutenants. Retirer le manteau, le casque sur la tête, et en avant pour les funérailles... Juste après le retour, une autre alerte, on a finalement pu se coucher à 10 h 30. Et c'était de nouveau l'alerte au moment où Hannele et Marilis sont arrivées. Mais il faut à présent que j'achève cette lettre.

Bien des choses à toi et à très bientôt,

Ton Gerhard

Durant cette période, les filles furent également saisies dans les rets de la machine de guerre. Les écolières durent participer à une grande action de secours aux victimes du bombardement du 3 octobre. Au sujet de cette mission dite « mission catastrophe », Ilse écrivait le 12 octobre :

Demain et après-demain, nous sommes de nouveau de service dans le cadre de la mission catastrophe. C'est une mission que nous accomplissons volontiers car nous aidons beaucoup de pauvres gens qui n'ont plus grand-chose et qui ont souvent perdu des proches. Les pauvres gens sont si éprouvés par ces ignobles bombardiers terroristes qu'ils ont besoin d'être aidés d'urgence.

Pas plus que la majorité des Allemands, les enfants de Lilli ne comprenaient l'objectif que poursuivaient les Alliés en visant des cibles civiles : loin de démoraliser la population, les bombardements massifs renforçaient en effet la solidarité entre les gens.

Les filles de Lilli ne se doutaient pas non plus que la destruction de l'industrie d'armement de Cassel aurait pu éventuellement contribuer à tirer leur mère du mauvais pas où elle se trouvait. Et Gerhard avait de toute façon adopté la logique militaire de la Wehrmacht. Il ne se trouva personne, pas même son propre père, pour attirer l'attention du garçon de seize ans sur le fait que les pilotes des bombardiers britanniques et canadiens qu'il cherchait à abattre tentaient aussi de mettre fin à la fureur génocidaire des nazis.

D'un autre côté, eût-il même été conscient de cet enjeu que Gerhard n'aurait pas eu le choix. Bon gré mal gré, il lui fallait servir comme auxiliaire dans la défense anti-aérienne.

Au sujet de la mission catastrophe, Ilse écrivait à sa mère le 14 octobre :

Ma chère, bonne petite maman,

Une belle journée vient de s'achever. A 8 heures ce matin, j'étais aux bains municipaux. De là, nous sommes parties en omnibus à Sandershausen. Sur les vingt filles qui devaient être là, nous n'étions que huit. C'est une honte de se soustraire ainsi à la mission qui nous est confiée. Lorsque nous sommes arrivées au village, la responsable de mission n'était pas encore là. Nous l'avons attendue un moment avant de nous rendre de notre propre initiative chez nos vieilles gens. J'ai accompagné Ellen chez la femme qui avait redemandé notre aide car mes petits vieux ne s'étaient plus manifestés. Quand nous sommes arrivées chez cette femme, la maison était encore fermée. Un homme qui travaillait là nous a ouvert et nous a dit de nous rendre à la cuisine. Il y faisait très froid car ce matin la température était de moins deux degrés. Nous avons allumé le poêle et attendu que la femme se montre. Son mari est instituteur dans le village et elle a fréquenté autrefois notre école. Elle a une jolie maison.

Nous avions tout juste fait un peu de ménage lorsque la responsable de mission est arrivée et nous a envoyées chez d'autres gens. Là j'ai retrouvé une fille de ma classe, la dénommée Friedgart, peut-être que tu la connais. En tout cas, c'est une fille très sympathique. Quand je suis arrivée sur place, j'ai dû commencer par manger de la soupe aux nouilles.

Et ensuite, au turbin : laver la vaisselle, lessiver le plancher du restaurant. C'est un plancher qu'on ne lessive qu'une fois par trimestre. J'ai tout fait toute seule car Friedgart devait aider dans la maison et m'apporter l'eau. La canalisation d'eau était coupée. Aussi fallait-il aller puiser l'eau dans un ruisseau qui s'appelle la Nieste. J'ai dû mouiller le plancher morceau par morceau puis le brosser à la brosse à chiendent avec de la poudre à savon, enfin le rincer et le sécher. J'ai passé près de quatre heures à m'échiner là-dessus.

Quand ce travail a été terminé, il y a eu à manger du pain, du beurre, du fromage blanc et de la confiture. Puis on a dû balayer la chambre voisine de la salle. Nous avons fait cela ensemble, Friedgart et moi. Friedgart a joué une valse sur le piano désaccordé et j'ai dansé avec le manche à balai. Après cela, j'ai dû passer tout le plancher à l'huile. Je ne te dis pas le travail ! ! ! Et ensuite balayer encore les deux cuisines et ramasser des betteraves au jardin. Il était alors 5 heures. On nous a donné deux pains et une poire et nous sommes rentrées.

J'espère que tu vas toujours bien. Passe une bonne nuit et laisse ton Ilse souris te serrer très fort dans ses bras.

Ces sorties un peu aventureuses plaisaient d'autant plus à Ilse qu'elles constituaient un dérivatif à son chagrin. Il est vrai que personne ne pouvait remplacer la mère absente ni, surtout, prendre soin des enfants et les protéger comme l'eût fait leur mère – mais il ne se trouva personne non plus pour s'y employer de son mieux. Du moins, tante Lotte, à Leipzig, leur manifesta-t-elle quelque compassion ainsi qu'en témoigne une lettre adressée par Ilse à sa mère le 15 octobre et dont voici un extrait :

Tante Lotte m'a écrit aujourd'hui une très gentille lettre. Elle écrit souvent et ses lettres sont toujours un réconfort pour moi. Parce que, oh, maman, c'est si pénible. Mais nous devons supporter ensemble notre sort, si pénible soit-il. Tu n'as pas trop froid au moins ? C'est qu'il fait une température glaciale le matin ces jours-ci.

Tandis qu'Ilse laissait de plus en plus nettement transparaître sa peur et son désespoir, Johanna se défendait contre cette sorte de sentiment en adoptant un ton délibérément optimiste et joyeux. La lettre de Johanna écrite ce même soir :

Ma bonne petite maman chérie,

Oh, je viens de passer une heure terrible, tu ne peux pas savoir comme ce canaillou de Hänschen mord. Figure-toi qu'il a réussi à couper avec son bec un barreau de bois gros comme un bâtonnet de mikado, et voilà, il s'est encore échappé de sa cage et perché comme l'autre fois sur la barre du rideau. Quand je suis rentrée à la maison vers 6 heures – les autres étaient encore chez tante Maria –, j'ai de nouveau trouvé la cage vide. Je suis allée chercher Julie et l'échelle, et c'était reparti, il a fallu jouer à cache-cache avec Hänschen, le pauvre petit oiseau, il était à moitié mort de peur. Mais maintenant, il est de nouveau dans sa cage sur laquelle j'ai posé un gros coussin. Il faudrait donc qu'il commence par faire tomber le coussin. Je ne crois quand même pas qu'il soit capable de cela.

Ce matin, c'était drôlement chouette. La poupée, maman, un vrai petit cœur. Elle porte une robe en soie bleu ciel toute fleurie et un bonnet. Elle a de très grands yeux qui s'ouvrent et se ferment et de longs cils. La tête est en porcelaine. Le reste est en tissu. Mais vraiment charmante. C'est un cadeau de Noël en or pour notre souricette.

J'ai demandé à tante Maria si elle n'aurait pas quelque chose à lire pour moi parce que papa, lui ai-je expliqué, ne m'avait pas encore dit ce que je pouvais lire. Elle m'a donné un livre intitulé Mademoiselle Else, *d'Ingeborg Maria Sick. Je ne sais pas si tu le connais. Je lui ai demandé alors si elle n'avait pas aussi de ces livres pour les toutes jeunes filles. Elle est allée à sa bibliothèque, dans le salon, juste à côté de la cuisine, et elle est tombée sur un vieux livre d'oncle Théo,*

Récits de la guerre mondiale. *J'ai dit : « Est-ce que je pourrais le lire un jour ? » Et tout à coup, tante Maria a dit : « Tiens, je te l'offre. Tu le garderas en souvenir de l'oncle Théo. » Que pouvais-je faire ? Elle a dit : « Voyons un peu, on va compter les souvenirs qu'on a là. » Mais ils étaient très peu nombreux. Il y avait une Bible qui me plaisait beaucoup. Comme neuve, à peine utilisée. Je dis : « Elle est belle, ah, si je pouvais en avoir une pareille un jour. » Mais ce n'était pas du tout un appel du pied de ma part, je t'assure que non. Alors elle a dit : « Eh bien, tu vas l'emporter également et, attends un peu, le recueil de cantiques aussi, on n'en a pas l'utilité. » Tu sais, maman, le même que celui que j'ai, celui dont le dos s'est complètement décollé, mais bien plus beau. Absolument neuf. J'en suis restée sans voix. Puis j'ai dit non, c'était trop, je ne devais et ne pouvais pas accepter. Alors elle est allée au téléphone et elle a appelé l'oncle Paul. Et l'oncle Paul m'a ordonné d'emporter aussi le recueil de cantiques. Alors là, j'étais anéantie. C'est un peu beaucoup, tu ne trouves pas ? Mais je suis si contente. Ma parole, maman, c'est presque dangereux de rendre visite à tante Maria. Demain, je vais chez Heidi. De Hümme, les lettres mettent plus longtemps*

La lettre de Johanna n'a pas été conservée en entier et s'interrompt là. Il importait tout particulièrement à Lilli de savoir que Johanna et Ilse rendaient toujours visite à leurs amies : cela lui prouvait que les filles, en dépit de leur ascendance maternelle juive, n'étaient pas encore totalement marginalisées.

Durant cette période, toutes les informations sur la situation de Lilli et l'état des choses à Breitenau aboutissaient chez Ilse. Elle exploitait les lettres de sa mère et informait à son tour le père, Gerhard, Lore, Rita et tante

Lotte. Et Lotte, de son côté, écrivit également plusieurs fois à son amie, par exemple le 17 octobre :

Ma chère Lilli,

J'ai eu aujourd'hui la grande joie d'apprendre par Ilse que tu avais bien reçu ma lettre et qu'elle t'a fait plaisir. Je t'en écrirais une chaque jour si c'était possible.

Si l'on pouvait aider les autres rien qu'un tout petit peu avec des pensées et des vœux, alors les miens devraient assurément te profiter. Car je pense souvent à toi, de jour comme de nuit, espérant de tout cœur que tu t'en tireras bien. Mais en fait, je suis absolument convaincue de cela. Sois calme et prends patience. Il semble qu'il était écrit qu'après des années de vie paisible à Immenhausen, tu devais être prise dans le tourbillon et je crois le savoir avec certitude : il ne t'entraînera pas au fond !

Je reçois régulièrement des nouvelles d'Ilse, elle écrit avec beaucoup de gentillesse, et comme elle est très spontanée, je peux me faire une idée précise de son moral. Il me semble que tout va plutôt bien et que tu ne devrais pas te faire trop de souci de ce côté-là...

Au revoir ma chère, chère Lilli !
Garde la tête haute et le cœur ferme !

Ta Lotte

Lilli écrivit aussi le 17 octobre 1943. Et comme le règlement en vigueur à Breitenau lui interdisait d'adresser une lettre aux enfants par la voie officielle, elle fit de nouveau sortir clandestinement du camp et expédier à Cassel une missive écrite au crayon d'une écriture serrée sur papier d'emballage brun :

Mes chers, chers, bons enfants, je veux tenter ma chance cette semaine encore dans l'espoir que ces lignes vous parviendront. Vous savez bien, n'est-ce pas, qu'il ne faudra surtout pas y faire allusion dans vos réponses.

Suit un passage devenu illisible par suite de l'effacement des caractères tracés au crayon. Puis, plus loin :

Vous pouvez me croire, je vais bien, ma bile ne se manifeste plus, chère Marilis, le fait de manger maigre et de passer beaucoup de temps couchée me convient parfaitement, c'est que nous sommes au lit de 8 h 30 du soir jusqu'au matin à 5 h 30.

Mes chéris, vous m'avez tellement gâtée cette semaine que cela finit par me gêner. Je vous jure que j'ai été rassasiée chaque jour et aujourd'hui, dimanche, il ne me manque rien grâce à votre bonté, et plus d'une de mes camarades, ici, profite également de vos envois. Je vous remercie de tout cœur pour le colis avec les sardines à l'huile, etc. et les sucreries que vous avez sûrement faites vous-mêmes. De même pour le paquet avec le beurre et ainsi de suite – les enfants il ne faut plus faire cela, en aucun cas ! Je vous interdis de m'envoyer du beurre, je ne veux pas que vous vous priviez, et gardez aussi vos sucreries. Avec toutes les choses délicieuses qu'il contenait, votre colis faisait presque l'effet d'un colis de Noël ! Soyez-en remerciées mille fois. La compote de prunes est excellente ! Et merci aussi de tout cœur à mon Gerhard pour ses bonnes pensées ! Et le pain d'épices, un vrai régal ! Tout m'a fait très plaisir, mais je ne veux pas que vous m'envoyiez tant de choses à l'avenir – et surtout pas des choses qui risquent de vous manquer !

Transmettez mes meilleures salutations et mes remerciements à tante Maria ! La délicieuse brioche que j'ai reçue d'elle m'a fait un très grand plaisir. Comme c'est réconfortant de recevoir de tels signes d'amitié ! Mais ma plus grande joie ici, ce sont vos lettres ; vous m'offrez ce qu'il y a de plus beau en me faisant participer à toutes les choses de votre quotidien et en permettant ainsi de rester malgré tout si près de vous. Je regrette seulement de ne pas pouvoir répondre à tout.

Avant tout, mon Ilse souris, ne te fais pas tant de soucis pour moi. Je suis prudente et ne pense qu'à rester en bonne santé et à me retrouver, bientôt j'espère, parmi vous. Et ma Dorle s'est aussi refroidie ? Pourquoi donc lui faut-il des semelles ? Je suppose que, dans ce cas, il faudra aussi de nouvelles chaussures ? Si Dorle a besoin d'une autre robe, il y a encore un vieux tricot bleu ciel sans manches parmi les vêtements d'hiver. On pourrait y coudre des manches en tissu et cela fera l'affaire. En ce qui concerne les manteaux pour Magda et Dorle, pas de problème, mais est-ce que les pantalons tricotés à sous-pieds vont au moins à Dorle ? Pour toutes les autres questions de vêtements, je suis d'accord.

La grande couverture molletonnée est rangée dans le tiroir du buffet. Mais les fenêtres et les rideaux de la salle à manger sont-ils au moins de nouveau en état, et les meubles n'ont-ils subi aucun dommage ? S'il vous plaît, répondez-moi sur ces points ! Armbrust n'a-t-il toujours pas livré l'étagère à livres ? Avez-vous à présent des étagères dans le placard ? Si vous avez besoin d'autres bocaux, rappelez-vous qu'il y en a dans la cave.

Et toi, mon Ilse, tu t'occupes bien que tout soit de nouveau à sa place, n'est-ce pas ? Et tes frissons, ma petite Eva, est-ce qu'ils sont moins fréquents ? Et est-ce que tu fais quelque chose contre ? Je me réjouis toujours tout spécialement à la lecture de tes aventures, ma Hannele bichette. Et les lettres de Gerhard et de Marilis sont toujours si chaleureuses. Espérons que cela marchera pour la chambre à Marburg. Tante Paula n'a-t-elle pas écrit de Genève ? Et oncle Georg ? Envoyez-moi donc quelques photos de vous si vous ne les avez pas toutes collées dans l'album, car je suppose que vous n'avez pas fait de nouvelles photos ces temps derniers. Oh, ce que je préférerais de loin, c'est de vous revoir tous pour de vrai.

J'ai aussi grand besoin d'épingles à cheveux, deux ou trois épingles suffiront si vous n'en trouvez pas davantage. Et envoyez-moi à l'occasion le deuxième livre de Pearl Buck et aussi, si c'est possible, un jeu de mikado. C'est que les filles s'ennuient terriblement le dimanche, moi jamais, car j'ai vos lettres à lire, les journaux aussi, et j'ai mes pensées à moi qui ne volent que vers vous. Un bonjour spécial à ton Hänschen, Hannele. Dis donc, que de bons livres tu lis maintenant ! Et Gerhard, chéri, je suppose que tu n'as pas le temps de lire, ou bien ? Et toi, Marilis ? Pour Ilse, la question ne se pose même pas, elle a de toute façon beaucoup trop à faire. Au revoir pour aujourd'hui ! Je vous embrasse mille fois tendrement, Gerhard, Ilse, Hannele, Eva, Dorle et Marilis !

Votre maman

Les « filles » auxquelles Lilli faisait allusion, en majorité des travailleuses forcées russes et polonaises, se confiaient de plus en plus à elle. Et Lilli ne se souciait pas uniquement de tromper l'ennui dominical de ses codétenues. Elle assistait aussi médicalement les jeunes femmes ; à l'occasion de certaines naissances, elle servit de sage-femme.

C'est sans doute le même soir encore que Lilli écrivit une seconde lettre à sa belle-sœur Lore. Elle utilisa pour ce faire le même papier d'emballage brun foncé, peut-être bien le papier d'un paquet envoyé par les enfants.

Ce courrier n'est pas daté, mais dans une lettre ultérieure à Ernst, Lilli fait allusion à une longue lettre adressée par elle à Lore et qui, dit-elle, a été « mise à la boîte » le 29 octobre. Dans la lettre à Lore, pourtant, Lilli écrit que « cela fera demain déjà sept semaines » qu'elle a quitté la maison. Il en ressort que ladite lettre a dû être rédigée le 17 octobre et envoyée seulement douze jours plus tard. Sans doute ne s'était-il trouvé personne jusque-là pour la faire sortir clandestinement du camp.

Ma très chère, fidèle Lore,

Jamais je ne pourrai te remercier assez de tout ce que tu fais pour moi et pour les enfants, et la profonde affection que j'ai pour toi et pour Marilis est l'unique chose avec laquelle je peux te payer de retour. Je te dois de ne pas avoir à me faire de souci pour le bien-être matériel des enfants et cela me rend les choses infiniment plus légères.

Quand je pense à tout le mal que tu te donnes, au travail que cela représente, faire les conserves et tout le reste, spécialement en ce moment où tu dois encore t'occuper de la garde-robe d'hiver des enfants, et pourtant je sais d'avance que les choses, telles que tu les feras, seront faites au mieux. J'estime évidemment préférable que ce soit toi qui veilles à ce que les mites ne se mettent pas dans l'armoire et je suis infiniment rassurée que tu tiennes toutes choses en main. Je te remercie aussi de t'être occupée des cours de musique et d'anglais pour Eva. Mais au fait, quand est-ce qu'elle commence ? Pour ce qui est d'Ilse, sans doute faut-il l'entourer un peu plus que les autres enfants, elle souffre terriblement de mon absence et ses lettres sont souvent bouleversantes. Mais je t'en prie, surtout ne laisse pas paraître que je t'ai écrit cela.

Merci aussi de tout cœur pour ta gentille lettre d'Essen, j'ai beaucoup pensé à toi et j'ai partagé les tourments de l'inquiétude qui ont pu te tenailler. J'ai connu la même chose, tu sais, et je suis si reconnaissante au Seigneur que nous ayons tous été épargnés cette fois encore.

Et Wilhelm fêterait son anniversaire cette semaine ! Oh, ma chère, chère Lore, mes chaleureuses et compatissantes pensées sont avec toi. Je t'en prie, prends donc sur l'étagère un petit livre intitulé Le rêve de Gerontius, *demande à Marilis de te le chercher et lis-le, je suis sûre que cela te fera du bien.*

Et je voulais aussi te demander d'intervenir une nouvelle fois auprès du service du travail pour obtenir le remplacement de Julie. En août déjà, j'avais fait dans ce sens une demande appuyée par Mme Meyer du Front du travail. Julie a de nouveau droit à une permission en décembre et elle ne reviendra sûrement pas. Il vaut donc mieux prendre les devants.

Cela fera demain déjà sept semaines que j'ai quitté la maison et les enfants me manquent souvent au point qu'il me semble que je vais défaillir. Ne pouvez-vous tenter d'apprendre par quelqu'un de la Gestapo combien de temps il me faudra encore rester partie ? Ernst pourrait peut-être s'informer auprès de M. Hoppach. Si je devais pouvoir rentrer bientôt, écris-moi que « vous espérez me revoir bientôt », sinon écris-moi que « nous devons encore avoir un peu » ou, au pire, « beaucoup de patience ». Cette incertitude et les pensées qui en découlent sont si torturantes. Et les conditions ici sont évidemment beaucoup plus dures que ce que je laisse paraître lorsque j'écris aux enfants. La nourriture plus qu'insuffisante, l'habillement succinct. Nous n'avons pas le droit de porter un manteau, une veste ou des gants et le matin, sur le quai de la gare, nous devons souvent attendre de trois quarts d'heure à une heure dans le froid glacial parce que les trains ont du retard. Et le soir, c'est même chose. La bâtisse n'est pas encore chauffée. Et puis le simple fait d'être enfermée. Je ne souhaite à personne de connaître cela.

Ernst ne pourrait-il pas adresser une demande à qui de droit au cas où je ne serais pas libérée au bout de deux mois (le 30 X) ? Il peut bien tenter au moins de faire encore quelque chose pour moi, ou bien ? Je suis déjà si délaissée et repoussée ! J'ai été arrêtée pour avoir enfreint l'ordonnance de police d'août 1938 (?) – il en coûte normalement quatre semaines de détention. Mais cette échéance est depuis longtemps révolue.

Ernst peut aussi, me semble-t-il, arguer du fait que Marilis est repartie pour faire ses études, que Rita ne peut pas toujours dormir à Cassel et que les enfants sont donc souvent seuls la nuit. Et toi, chère Lore, il faut bien que tu t'absentes de temps à autre pour aller à Essen. Et qui s'occupe des enfants lorsque tu n'es pas là ? Et du reste, tout cela ne représente-t-il pas beaucoup trop de travail pour toi, compte tenu de ton état de santé ? C'est en tout cas un argument que l'on pourrait invoquer. Et le garçon sert comme auxiliaire dans la défense antiaérienne, et le père est chez les militaires. Ce dernier ne serait-il pas fondé, dans cette situation, à demander que l'on rende leur mère à ses enfants ? Peut-être qu'un caractère d'urgence pourrait même être conféré à une telle demande si elle était appuyée par la hiérarchie militaire ?

Ou bien doit-on tenter d'obtenir quelque chose en passant par l'Office de la jeunesse ? Oh, s'il vous plaît, aidez-moi à recouvrer la liberté. Réfléchissez à ce qui peut être fait, parlez-en aussi à tante Maria ! Pourvu que cette lettre vous parvienne. Bien des choses à Ernst. Et à toi, ma Lore, avec un grand merci et une très affectueuse pensée.

Ta Lilli

Lilli comptait énormément sur l'aide de Lore et croyait que sa belle-sœur prenait effectivement son relais auprès des enfants. En réalité, Lore était toujours sous le coup du désespoir après la mort de son mari et de son fils, tués tous deux durant le bombardement d'Essen. Elle n'avait tout simplement pas la force d'assumer la responsabilité dont Lilli l'investissait ; sans relâche, tout au long de ces semaines, elle parcourait le pays en quête d'un nouveau lieu où s'établir. Ce n'est que des mois plus tard que Lilli devait reconnaître que Lore n'était pas du tout en mesure de l'aider ni d'aider les enfants.

« HÄNSCHEN A PEUR »

La guerre aérienne se rapproche

Au cours de l'automne 1943, la guerre aérienne contre l'Allemagne redoubla d'intensité. Les escadrilles alliées bombardèrent les grands centres industriels sur tout le territoire du Reich. De nombreux appareils franchissaient l'espace aérien au-dessus de Cassel, et la batterie de DCA de Gerhard à Obervellmar entrait en action presque chaque jour. Et à Cassel, les sirènes hurlaient de jour comme de nuit.

Avant son arrestation, Lilli avait préparé un sac contenant les choses de première nécessité dont on aurait besoin si la maison était bombardée. Il arrivait à présent aux enfants de devoir emporter ce sac à la cave plusieurs fois par jour. Johanna écrit à ce sujet le 18 octobre :

Ma petite maman dorée,

Il est 9 h 30. En fait, je voulais écrire avant, mais contre les puissances supérieures on ne peut rien. Nous avons eu une alerte à 8 h 30. Une de plus, la première ayant eu lieu à 4 heures de l'après-midi. Mais on nous a gracieusement épargnés l'une et l'autre fois. Tu sais, maman, nous sommes bien entraînées maintenant, en cas d'alerte, nous réagissons au quart de tour et nous sommes presque toujours les premières à la cave. Ce soir, je suis même remontée chez les Kunze. Ils mettent toujours beaucoup de temps, tous les quatre. J'ai aidé la Pipa à lacer ses chaussures et je leur ai porté des affaires à la cave. Tu sais, maman chérie, je me suis décidée à emporter aussi mon violon et à laisser mon petit Hänschen chanteur en haut. Je ne peux prendre qu'une chose parce que je dois déjà porter le sac avec nos affaires de première nécessité.

Je retire la cage de Hänschen du mur et je la pose sur le plancher où le souffle, en cas d'explosion, devrait être un peu moins fort. Si tu m'écris... exprime-toi à ce sujet et dis-moi ce que tu en penses. Je ne suis pas très au clair avec moi-même. C'est que le petit animal est bien vivant, il ressent les choses et il a peur. Mais le violon, c'est une chose à part, et je l'aime beaucoup aussi. Il faut que je demande à papa.

Demain, nous n'avons pas musique à l'école. A la place, on a gymnastique. On ne demande pas mieux. Tante Lore finit de me tricoter le pull-over bleu. Je suis bien contente. Pour Ilse, nous défaisons le pull-over rouge – je crois qu'il nous vient de tante Hansel. Je m'amuse beaucoup à faire cela. J'ai un rhume terrible et, du coup, une soif non moins terrible. C'est effrayant, il faut sans cesse boire de l'eau.

Mais il y a autre chose de bien plus beau. On est à moitié débarrassé de la Jahns. On ne l'a plus qu'en biologie et en mathématiques – en géographie et en histoire, ce n'est plus elle. Notre joie était telle en apprenant cette nouvelle que nous avons dansé une ronde dans la cour de l'école. Les petites nous ont regardées d'un air ébahi. Elles ont dû se dire que nous étions devenues folles. Et c'est vrai que nous étions presque folles de joie. Mais il fallait bien que ça s'arrête un jour : tu te rends compte, une bourrique pareille dans quatre matières. Nous avons reçu samedi un nouvel emploi du temps. On m'a offert un peu de lard que nous t'envoyons aujourd'hui. Ecris-nous ensuite, s'il te plaît, pour nous dire si tu l'as bien reçu. Ilse a fait encore vite un gâteau. C'est pourquoi, elle ne t'écrira pas longuement ce soir. Et voilà, mon excellente et très chère maman, je conclus là-dessus !

Reçois 10 000 000 000 000 de baisers de ta Hannele bichette qui t'aime.

Et ce post-scriptum d'Ilse :

Maman chérie mon petit cœur,

Je viens de finir de cuire un gâteau. Pourvu que ma pâtisserie te plaise. Il y a eu une alerte dans l'intervalle. Mais tu sais, on a l'habitude maintenant. De jour, on est en bas en deux minutes. La nuit, le temps de s'habiller, on est en bas en cinq minutes. Une grosse bise de ton Ilse souris qui pense toujours à toi.

Deux mois après le déménagement, Eva n'avait toujours pas réellement pris pied en ville. Elle se rendait chaque jour à Immenhausen, soit avant soit après l'école. Le 19 octobre, la fillette de dix ans adressait à sa mère un compte rendu circonstancié de ses activités à la campagne :

Ma très chère et précieuse petite maman,

Comment vas-tu ? Bien, j'espère. Cette semaine, je suis allée à Immenhausen tous les jours. Dimanche, Mme Rösch m'a donné du gâteau à emporter à Cassel. J'ai aidé un après-midi chez les Rösch. J'ai abreuvé les vaches, déchargé des feuilles de betteraves, nourri les vaches, rincé, porté dehors et chargé les bidons à lait sur la charrette. Tu te rends compte, maman, maintenant on a aussi école l'après-midi. Cette semaine c'est la première semaine où j'ai école l'après-midi.

Aujourd'hui, je suis partie pour Immenhausen à 9 h 17. Je suis d'abord allée chez tante Rita et je lui ai fait une visite. Puis je suis allée Hohenkircherstrasse et je suis montée dans la charrette à lait avec Friedchen Rösch. On a dû s'arrêter chez les Kersting pour décharger des bidons. Quand on est arrivés chez les Rösch, on a porté à l'intérieur les bidons avec le lait à vendre. Puis on a nourri les chevaux et le tout petit poulain. Maintenant le poulain peut de nouveau courir. Puis on a remonté des betteraves de la cave, on les a moulues et on les a portées à l'écurie dans une corbeille. Ensuite on a cherché du bois. Avec Hedwig, j'ai encore remonté des pommes de la cave et on les a épluchées pour préparer la soupe aux petits pois.

M. Rösch a pompé le purin dans le baril à purin pendant que Friedchen était à l'écurie pour étriller ses chers chevaux...

Puis Mme Rösch m'a appelée pour que je déjeune avec eux et c'est ce que j'ai fait. Plus tard, je suis encore allée chez les Hirde pour leur dire bonjour en passant.

Beaucoup de milliers, de millions de choses gentilles et de baisers d'Eva.

Ilse et Dorle s'étaient également rendues à Immenhausen ce jour-là. Il restait plusieurs armoires pleines de vêtements d'enfant dans la maison qu'on avait dû quitter. Ilse voulait rapporter quelques affaires d'hiver à Cassel. Elle écrit le soir même :

Ma chère, bonne petite maman,

Cela fait maintenant déjà sept longues et difficiles semaines pour nous deux. Oh, pourvu qu'on puisse se revoir bientôt. J'ai parfois tellement de chagrin que je n'y tiens plus. Cela pèse sur moi comme une pierre d'un quintal et je ne peux plus penser à rien d'autre. Oh, si seulement cela pouvait être bientôt fini !!!

Hier matin, nous sommes allées chez Brandau, Dorle et moi. Les semelles n'étaient évidemment pas prêtes pour l'essayage. Ensuite nous avons cherché la robe de Dorle chez les Dietrich. Elle est en laine rouge (Kübler). Devant, elle a un plastron blanc et elle est brodée de bleu. Puis j'ai encore acheté 16 livres et demie de farine avec la carte. Dans la 55e période d'attribution où nous sommes en ce moment, il y a beaucoup, beaucoup de pain blanc, 1 400 grammes par tête en plus.

Une fois de plus, tout le monde, y compris Dorle – mais pas Hannele –, s'est retrouvé à Immenhausen aujourd'hui. Dorle s'est terriblement réjouie dans le train. A Immenhausen, nous avons sorti nos manteaux d'hiver de l'armoire, Marilis son manteau de fourrure, le manteau noir de tante Lore, les moufles de Hannele, mon bonnet de fourrure et la vieille robe rouge...

Nous sommes rentrées lourdement chargées à midi et j'ai aussitôt mis Dorle au lit. J'ai recopié en vitesse mes phrases de français puis j'ai filé à l'école... En biologie, nous avons commencé hier à étudier la cellule. C'est vraiment passionnant. Comme ce serait bien si nous pouvions nous entretenir un peu de ce sujet, là, maintenant, toutes les deux, tu aurais sûrement beaucoup de choses à m'apprendre. En allemand, nous avons une foule de choses à faire. 1. Lire Les brigands. *2. Apprendre le « Poème du matin ». 3. Dissertation : « La loyauté allemande dans* Minna von Barnhelm, *de Lessing » et 4. « L'origine des mots allemands ». C'est quand même fou, non ? Hier soir, quand j'ai voulu partir pour ma leçon de piano, Dorle s'est mise à crier très fort, elle s'est accrochée à ma robe, elle ne voulait pas que je parte. Dorle ne me quitte pas d'une semelle depuis que tu n'es plus là. Chaque fois que je m'en vais, il y a des pleurs...*

M. Zschiegner préférerait que je ne vienne plus prendre de leçons chez lui. Il est vrai que le soir à 7 heures, il fait déjà si sombre qu'on voit à peine le bout de son nez. Il dit qu'une « petite fille » ne devrait pas être dehors la nuit. Quand je sors de chez lui, je n'y vois goutte. Il m'a fallu au moins cinq minutes l'autre soir pour rejoindre la porte du jardin. Il m'a fallu avancer en tâtonnant des mains et des pieds et reconnaître à tâtons les deux marches à l'entrée du jardin. Et j'ai tâtonné ensuite pendant vingt minutes pour rentrer à la maison. Il m'a dit que je ferais mieux d'aller, moi aussi, chez la maîtresse de piano d'Eva. Je ne serais pas contre. Car ce n'est pas très agréable de sortir dans le noir. Ecris-moi, s'il te plaît, pour me dire ce que tu en penses. Aussi longtemps que je n'aurai pas de réponse, je continuerai d'aller chez M. Zschiegner. La pendule du salon est à présent accrochée dans l'entrée mais cela ne l'empêche pas de tinter familèrement à nos oreilles. Elle marque toujours l'heure exacte. Bien, ma bonne petite maman, n'es-tu pas trop fatiguée ? Es-tu bien prudente ? Dors-tu bien ? Reçois-tu tous nos paquets ? Aucun d'entre eux ne s'est-il encore égaré ? Et voilà, ton Ilse souris pense à toi et t'embrasse très très fort et te tient tendrement enlacée.

A cause des incessants raids aériens, les fenêtres et toutes sources de lumière devaient être soigneusement occultées. C'est pour cette raison qu'Ilse tâtonnait, en début de soirée déjà, dans le noir total devant la porte de son professeur de piano.

A présent que les journées devenaient plus courtes, les filles de Lilli se sentaient encore plus esseulées. A ce sujet, un extrait d'une lettre adressée à Lilli par Johanna le 21 octobre :

Comment vas-tu ? Je ne peux pas m'empêcher de penser à toi tout le temps. Aujourd'hui, quand on a sonné à la porte, maman chérie, j'ai pensé que c'était toi. Jamais je n'ai éprouvé pareille sensation. Mais quelle déception en constatant que ce n'était pas toi ! C'était Mme Kunze.

Ce jeudi 21 octobre 1943, Ilse s'assit également une dernière fois à sa table, dans l'appartement de Cassel, pour écrire à sa mère à Breitenau. Tout au long des dernières semaines, les alertes avaient succédé aux alertes. Au cours d'un bombardement, sans doute le 3 octobre, l'onde de choc avait brisé une petite fenêtre. Et dans la journée du 21 également, après qu'Ilse eut écrit sa lettre à Lilli, les sirènes devaient encore retentir à plusieurs reprises :

Mon excellente maman chérie,

Cette semaine j'ai pensé à toi encore plus que d'habitude. Oh, je suis contente et triste à la fois. Oh, comme tout cela me pèse de nouveau douloureusement à cette heure matinale. Comme si quelque chose de terriblement lourd était en train de m'écraser le cœur. Tout le monde dort encore mais je ne peux plus dormir. Julie se lève tout juste et commence à faire le ménage dans les chambres.

Tu te fais beaucoup de souci pour les meubles de la salle à manger. Il ne leur est rien arrivé. Seul le plafonnier s'est cassé en deux mais uniquement sous l'effet du souffle. Pas d'éclats. On va nous le réparer bientôt...

Mercredi matin tôt, j'étais de nouveau chez Brandau avec Dorle pour les semelles orthopédiques de la petite. Les nattes de Dorle ont beaucoup poussé et Dorle aussi demande souvent : « Elle revient quand maman ? » Gerhard rentre cet après-midi jusqu'à demain matin tôt.

Oh, si seulement tu pouvais être avec nous. Maman,

consolons-nous donc l'une l'autre. Tu te languis sûrement affreusement de nous. Et je me languis affreusement de toi. Consolons-nous toutes les deux à la pensée que tout, tout ira de nouveau bien très prochainement. Oh, maman chérie, je cherche à nous réconforter de différentes manières mais je n'y arrive quand même pas. Tout à l'heure, je vais chez tante Maria. Elle ne travaille pas en ce moment parce qu'elle n'est pas en très bonne santé. Elle se soucie beaucoup de nous. Plus tard, il me faudra encore ranger le linge et préparer le lit pour Gerhard. J'ai aussi encore quelques devoirs à faire. Voilà, maman chérie, reçois les tendres pensées et une multitude de baisers de ton Ilse souris qui pense sans cesse à toi.

« UNE COURSE POUR LA VIE »

Le bombardement du 22 octobre 1943

Dans la soirée du 22 octobre, un vendredi, plus de cinq cents bombardiers britanniques faisaient route vers Cassel. Sur décision du maréchal Harris, la ville devait être entièrement détruite.

Les avions avaient été repérés très tôt et la défense antiaérienne allemande placée en état d'alerte. Après que les sirènes se furent tues, un silence spectral s'appesantit sur la ville.

Les locataires du n° 3 de la Motzstrasse étaient assis dans la cave depuis 20 h 30. Parmi eux se trouvaient Ilse, Johanna, Eva et Dorothea, mais aussi Gerhard qui avait une journée de permission et Rita qui devait passer la nuit avec les enfants.

Puis les avions britanniques arrivèrent. Ni les chasseurs allemands ni la DCA ne purent stopper la puissante armada. Entre 20 h 55 et 21 h 11, Cassel fut bombardée en quatre vagues successives. Plus de quatre cent mille bombes explosives et incendiaires furent larguées sur la ville. Entre 22 et 24 heures, l'incendie du cœur de la ville atteignit son paroxysme. Des rues entières se transformèrent en un unique brasier. Quelque dix mille personnes périrent brûlées, asphyxiées ou ensevelies sous les décombres.

Une bombe incendiaire tomba également sur le n° 3 de

la Motzstrasse. Les occupants de la maison luttèrent un moment contre le feu qui s'était déclaré dans la charpente. Mais ce fut en vain, la maison fut entièrement ravagée par les flammes. La cave qui servait d'abri antiaérien dut être évacuée.

La lueur de l'incendie dans le ciel de Cassel était parfaitement visible à Breitenau. Pendant des jours, Lilli ne sut pas si les enfants avaient survécu à la catastrophe. Et ce n'est que le 25 octobre qu'elle reçut enfin une lettre d'Ilse, d'ailleurs en provenance d'Immenhausen :

Mon excellente maman chérie,

Pourvu que tu aies également bien surmonté le choc ! Notre maison a été hélas, hélas, brûlée de A à Z. Gerhard était là, en permission, et lui et quelques autres personnes ont tenté d'éteindre le feu, mais c'était impossible. Notre cave a résisté mais il a fallu la quitter parce que l'air, de plus en plus chargé de fumée, y devenait irrespirable. Quand nous sommes sortis, notre maison brûlait de haut en bas. Les maisons à droite et à gauche de la nôtre étaient écroulées. De hautes flammes surgissaient des petites maisons d'en face, construites plus légèrement. Toute la Kronprinzenstrasse était en feu. Une pluie crépitante d'étincelles nous entourait. Hannele et Eva portaient les couvertures et les valises. Tante Rita portait le coussin de Dorle et moi, notre plus cher trésor, notre Dorle. Cette course à travers le feu et la chaleur était une course pour la vie à travers la mort. Nous avons trouvé refuge au bunker du Musée, à l'angle Kronprinzenstrasse/ Kölnische Strasse. Nous y sommes restées jusqu'à 11 heures. Puis il a fallu évacuer le bunker par manque d'air. On nous a dirigées vers la Stadthalle où nous avons eu droit à d'épaisses tartines de beurre. Des autobus à destination d'Immenhausen étaient censés partir de là. Mais ce n'était pas le cas et il nous a fallu trotter avec armes et bagages jusqu'à la caserne Wittich où on nous a servi de la soupe et où nous avons dormi un peu. Mais il n'y avait pas d'autobus non plus. Alors nous nous sommes rendues à la gare de Wilhelmshöhe. On nous a distribué des pommes et une voiture nous a ramenées au centre de Cassel. Là, il nous a fallu faire des pieds et des mains pour trouver enfin une voiture qui puisse nous emmener à Immenhausen et au bout du compte nous sommes arrivées ici de nuit.

Chère maman, tu ne peux malheureusement écrire qu'une fois par mois, c'est infiniment regrettable mais nous nous réjouissons d'autant plus quand nous recevons une lettre de toi. Demain, il va falloir batailler pour obtenir des bons d'achat... Porte-toi bien. Reçois nos très chaleureuses pensées. Papa est en bonne santé. Dors bien. Et un gros baiser. Ne t'attriste pas trop de la perte de nos affaires. Ton Ilse qui ne t'oublie jamais.

Johanna également écrivit à sa mère ce même 24 octobre, et sa lettre, tout comme celle d'Ilse, évoque bien entendu le bombardement nocturne du 22 :

Ma chère, bonne petite maman,

Nous voici à Immenhausen. Oh, maman, on a de la chance de s'en être tirées indemnes. Je ne peux pas m'imaginer que toutes nos jolies choses sont parties en fumée. Mais il faut en prendre son parti.

Tante Lore et Marilis m'ont déjà donné une chemise de nuit et un chemisier qui était un peu trop petit pour Marilis. Et j'ai reçu de tante Rita un chandail bleu ciel. J'avais sur moi la jupe plissée et le chemisier blanc, tu sais, ma tenue de Dirndl[1]*. Eva portait sa robe de laine à*

1. Costume féminin traditionnel bavarois ou autrichien. *(N.d.T.)*

carreaux verts, Ilse sa robe bleue en tricot. Dorle n'avait que ses sous-vêtements. Mais tante Rita a entre-temps trouvé une robe pour elle. Elle a donc aussi tout ce qu'il faut maintenant. Et nous portions toutes nos manteaux d'hiver.

Ici, à Immenhausen, tout va très bien. La maison est un peu pleine mais c'est tant mieux. Demain, lundi, je vais à Hümme parce que je m'ennuie ici. L'école est complètement fichue, les deux bâtiments. L'école d'Eva aussi. La caserne de la Westendstrasse n'est plus qu'un tas de ruines. J'espère qu'à Hümme on me donnera encore quelques vêtements usagés de Heidi. Maman chérie, s'il te plaît, ne te mets pas dans tous tes états. Il est arrivé ce qui devait arriver et ce n'est pas si grave. Papa va bien. Tante Rita lui a rendu visite aujourd'hui. Les parents du Dr Schupmann ont aussi été bombardés. Mais ils ont pu sauver leurs affaires...

C'est un spectacle effrayant. Mais l'organisation était bonne. A la Stadthalle, on a reçu des tartines de beurre, du lait et des bonbons. Gerhard a été très vaillant. Avec Inge Gaugler, du 1er étage, il a tenté d'éteindre le feu dans l'appartement. Après, quand on a dû quitter la cave à cause d'un peu de fumée et qu'on s'est tous retrouvés au bunker, Gerhard est arrivé tout noir et sale. Il avait encore aidé à éteindre ici et là. Voilà, ma chère bonne petite maman, ne te fais pas de souci.

Sois saluée et embrassée 1 000 000 000 de fois par ta Hannele bichette.

Comme les enfants de Lilli avaient pratiquement tout perdu dans le bombardement, il fallait trouver à remplacer au moins les choses dont ils ne pouvaient se passer. Mais l'acquisition de vêtements, de mobilier, de produits alimentaires se compliquait notablement du fait du rationnement propre à l'économie de guerre. A chaque achat, il fallait présenter les cartes d'alimentation ou les bons d'achat en rapport avec les marchandises souhaitées. C'étaient ces documents qu'Ilse voulait se procurer. Dans une longue lettre rédigée les 26 et 27 octobre, elle rend compte à sa mère de ses démarches durant les jours qui suivent le bombardement :

Mon excellente maman chérie,

Oh, j'ai tant de choses à te raconter. Mais comme ce n'est pas possible, il ne me reste qu'à t'écrire.

Hier, lundi, nous sommes allées à Cassel, Marilis et moi, en vue d'obtenir des bons d'achat. Nous avons dû descendre à Obervellmar car le train n'allait pas plus loin. D'Obervellmar, il nous a fallu rejoindre le centre de Cassel à pied via Niedervellmar. D'un bout à l'autre de la Holländische Strasse et jusqu'en haut de la Hindenburgplatz, je n'ai pas vu une seule maison intacte. Notre itinéraire a été le suivant : Holländische Strasse, Königstrasse, Hedwigstrasse, Mauerstrasse, poste centrale, Königsplatz. De là, il nous a fallu rebrousser chemin jusqu'à la Mauerstrasse. Et en quatrième vitesse parce qu'un obus gisant au beau milieu de la Königsplatz risquait d'exploser à tout moment. Nous avons alors marché comme suit : Bahnhofstrasse, Kurfürstenstrasse, Ständeplatz, Hohenzollernstrasse, Kronprinzenstrasse, Motzstrasse, Mietskaserne, Luisenstrasse, Hindenburgplatz, Stadthalle, gare de Harleshausen et retour. Sur ce parcours, il n'y a pas un magasin qui ne soit éventré ou réduit en cendres. Cassel n'existe plus. Vraiment, sans exagérer. Toutes les rues adjacentes aux artères que je viens d'énumérer sont également détruites. Ce ne sont que ruines et décombres, et de la Königsplatz, la vue est dégagée jusqu'à Bettenhausen. Toute la vieille ville a brûlé. Il y a malheureusement eu des morts par dizaines de milliers. Maman, il y a tellement de ruines que tu ne sais souvent plus où tu te trouves. A la porte de la maison de Gisela, également ravagée par le feu, il y a un écriteau qui dit que les Stephan sont partis à Nienhagen. Je n'ai pas encore entendu parler de morts parmi nos connaissances.

A Cassel, on ne peut plus rien acheter. Les quartiers périphériques, les faubourgs sont encore debout. Mais tout le centre, y compris la vieille ville, n'est plus qu'un énorme tas de décombres.

A notre section locale, également réinstallée dans un bunker, on m'a délivré un papier attestant que nous avons « tout perdu » dans le bombardement. De là, nous avons dû nous rendre à la Bürgerschule, Herkulesstrasse, où nous pouvions éventuellement obtenir des bons d'achat. Quelques centaines de personnes attendaient à l'entrée. Nous avons réussi à nous glisser vers l'avant, et après avoir néanmoins attendu très très longtemps, notre tour est enfin arrivé. J'ai reçu pour commencer la carte rouge des « bombardés ». Dans une pièce. Dans la pièce suivante, on m'a remis un « Ausweis » certifiant que nous quittions Cassel. Dans une troisième pièce, j'ai reçu de nouvelles cartes de lait parce que les anciennes avaient brûlé, des tickets de voyage et une attestation indiquant que nous ne touchions plus nos rations à Cassel. Il m'a été notifié que les bons d'achat étaient à demander dans la localité où l'on s'installait.

De là nous sommes allées chez tante Maria. Là-haut, autour de la Stadthalle, tout est encore debout. Mais tante Maria n'était pas là. Nous sommes entrées dans la Stadthalle pour manger quelque chose. On nous y a servi une bonne soupe aux pois avec beaucoup beaucoup de viande dedans. Puis nous avons rejoint Harleshausen à pied. Là nous avons pris le train jusqu'à Obervellmar où nous sommes descendues pour faire une petite visite à Gerhard et nous rassurer sur l'état de ses yeux. Il va de nouveau tout à fait bien et il y voit aussi clair qu'avant. Quand on est arrivées à la gare, les trains étaient si bondés qu'on n'a pas pu monter dedans. Et nous revoilà en train de marcher. Arrivées à Mönchehof, nous n'en pouvions plus. Nous avons appelé tante Rita qui est venue nous chercher en voiture. Autant te dire qu'à peine rentrée, je suis tombée dans mon lit.

Le lendemain matin, je me suis levée à 8 heures, j'ai mis mes meilleurs habits et, après avoir bu le café, je suis allée avec tous mes enfants chez Armbrust et papa. Là, nous avons toutes eu de nouvelles chaussures. Eva une paire de bonnes chaussures mi-hautes noires à semelles de cuir. Hannele une paire de chaussures brunes à boucles joliment surpiquées. Ilse une paire de très très jolies chaussures brunes à lacets, très simples mais quand même jolies.

Après cela, nous nous sommes mises en quête de bons d'achat. A l'hôtel de ville, on nous a aimablement informées que les bons d'achat étaient délivrés par l'Office économique à Hofgeismar...

Ce matin, j'ai dû réveiller Eva très tôt car elle voulait faire la tournée avec la voiture à lait. Après le café qu'on prend malheureusement de plus en plus tard, nous avons découpé avec Dorle et tante Lore de l'étoffe bleue pour une robe destinée à Dorle... Ensuite, je suis retournée à la cuisine où il y avait fort à faire. A midi, il y a eu de la soupe aux nouilles, des pommes de terre, des légumes et de la saucisse de foie en conserve...

Il règne un indescriptible désordre dans la maison. Il faut l'avoir vu pour le croire. Où que l'on porte les yeux, il y a quelque chose qui traîne. Magda pleurniche et rechigne toute la journée. Rita a heureusement une bonne qui est une véritable perle. Elle s'appelle Gerda et elle est vraiment bien. Et surtout, c'est une fille très très ordonnée. Tante Rita, elle, ne s'occupe absolument pas de son intérieur et ne sait pas non plus cuisiner. Elle a voulu qu'on fasse de la soupe de tomates avec deux tomates ! ! !

La suite de la lettre n'a pas été conservée.

Le chaos qui régnait à Immenhausen et qu'Ilse déplorait n'était évidemment pas uniquement la faute de Rita. Les enfants ayant quitté Cassel et trouvé refuge à Immenhausen, on manquait cruellement de place. La maison de la Gartenstrasse n'était pas très grande et abritait alors jusqu'à douze personnes : Ilse et ses trois sœurs logeaient dans deux minuscules pièces et un réduit sans fenêtre sous le toit ; la chambre de Gerhard, juste à côté, était occupée par le Dr Schupmann qui remplaçait Ernst. Rita et Magda habitaient au premier étage. Tante Lore et la cousine Marilis dormaient sur les canapés au salon et dans la bibliothèque, au rez-de-chaussée. La bonne, Gerda, avait également sa place dans la maison. Et quand Ernst et Gerhard étaient en permission, on était encore davantage à l'étroit.

Il était hors de question que les enfants retournent à Cassel. Si la maison de la Motzstrasse, construite en béton, était encore debout, elle n'en avait pas moins été totalement dévastée par le feu. Le piano à queue de Lilli n'était plus qu'un gros tas de métal fondu et de bois calciné.

Après que la vieille ville eut cessé de brûler et de fumer, les survivants se mirent en quête de vestiges utilisables dans les ruines de leur maison. Plusieurs petites expéditions furent lancées aussi d'Immenhausen à Cassel afin de récupérer les rares objets intacts dans l'appartement de la Motzstrasse. Johanna notait le 27 octobre à l'intention de sa mère :

Tante Rita était aujourd'hui dans notre ancien appartement. Gerhard y avait déjà fait un tour avant elle. Dans la cuisine, parmi les gravats, il a trouvé quelques casseroles, une tasse et un petit saladier. Tante Rita a rapporté le tout ainsi que la machine à couper le pain qu'il faudra commencer par remettre en état. Elle a aussi rapporté une poêle et le nain en bois sculpté qui était toujours là, accroché au-dessus du lit de Dorle. Gerhard l'a emporté tout de suite pour le donner à la petite. Dans notre chambre, les sommiers métalliques étaient encore là, mais complètement tordus, évidemment, et sans rien dessus. De petits tas de cendres et de gravats, rien d'autre. Et pas la moindre trace de mon cher petit Hänschen.

Et deux jours plus tard, Johanna signalait à Lilli une nouvelle opération de recherche. « A l'aide d'une pioche et d'une pelle », on avait pu extraire des décombres la bouilloire et plusieurs casseroles. Pour finir, on avait encore trouvé dans la chambre d'Eva deux petites images, l'une d'elles représentant une tête d'après Rubens.

Depuis le bombardement dévastateur, les filles avaient déjà écrit plusieurs fois à Lilli, mais sans que celle-ci eût réagi. Elles étaient de nouveau très inquiètes du sort de leur mère : des bombes étaient-elles tombées aussi sur Breitenau ? Ou bien n'était-ce qu'un problème de liaisons postales provisoirement interrompues ? Johanna continua d'écrire comme si de rien n'était, ainsi le 4 novembre 1943 :

Ma très chère petite maman dorée,

Je m'ennuie terriblement de toi. As-tu au moins reçu les lettres d'après le bombardement ? Les premiers jours sûrement pas. J'en profite pour te raconter tout en détail. J'ai du temps devant moi et je peux le mettre à profit parce que Dorle et Magda sont endormies.

Tu auras sûrement entendu que l'alerte a été donnée à 8 h 20. La radio s'était tue dix minutes avant déjà. Toutes nos affaires étaient prêtes. Marilis a filé au bunker et nous sommes descendus tout de suite après. Une fois en bas, je me suis remise à lire, Ilse et Dorle se sont couchées sur le canapé, Gerhard et Eva sont restés sur le pas de la porte à regarder les projecteurs ! Cinq minutes après l'alerte, tante Rita nous a rejoints à la cave, le temps d'arriver de la gare. Cinq minutes plus tard la DCA est entrée en action. Houla, tu aurais dû voir nos deux héros. Sont arrivés en bas à la vitesse de l'éclair. Quand on a entendu l'impact des bombes, il y a eu un peu d'animation à la cave. Mouiller les masques de protection, contrôler les points de passage, puis le silence est revenu dedans, mais dehors ça continuait de cogner, des coups sourds, puissants. Et chaque fois, une onde de choc qui faisait naître un sentiment d'anxiété. Et soudain, c'est devenu sérieux. Un choc affreusement sonore. La porte s'est ouverte brutalement, un gros nuage de poussière a rempli la cave, la lumière s'est éteinte. Pendant un moment, on a eu l'impression de manquer d'air. Il y a eu quelques secondes de silence puis des gens ont dit qu'il fallait aller voir si nous n'étions pas ensevelis sous les décombres. Gerhard et une jeune fille de dix-huit ans sont montés et redescendus peu après parce qu'ils ne pouvaient pas respirer tellement il y avait de fumée. Ils ont dit que nous n'étions pas ensevelis mais qu'une bombe explosive était tombée sur le 9. Les gens se sont alors apprêtés à quitter la cave. Gerhard, qui était passé devant, s'est exclamé : « Vite, vite, on a besoin de gens, le toit de la maison est en feu ! » Il y a eu un moment de panique. Puis les explosions se sont arrêtées. Dieu soit loué, avons-nous pensé. Mais Gerhard est arrivé et a dit : « Nous avons besoin de gens. Deux hommes par étage, il faut veiller à éteindre les étincelles sinon le feu va se propager. »

L'attaque était passée. Mais quand on regardait par les bouches d'aération, on ne voyait que le rougeoiement des incendies. Une fumée épaisse pénétrait dans la cave par toutes les fissures, on ne pouvait pas ouvrir les yeux tellement ça piquait. Dorle était très calme et sage. Puis un homme est arrivé et a dit : « Suivez-moi, on va au bunker de la Kronprinzenstrasse. – Mais est-ce qu'on peut passer ? avons-nous demandé. – Oui, oui, ça va. »

Alors on est tous sortis, Ilse portant Dorle, Eva et moi la lourde valise, tante Rita deux sacs. Dans l'escalier, l'air était irrespirable à cause de la fumée. Dehors il tombait une pluie d'étincelles. De hautes flammes jaillissaient des fenêtres. Il faisait très chaud et clair comme en plein jour alors qu'il était plus de 23 heures. Et en avant. Tant bien que mal, direction le bunker. A l'arrivée, tout le monde était au bout du rouleau. Dans le bunker, on s'est retrouvées sur un canapé du musée. Par moments, on a dormi. Puis Gerhard est arrivé et a dit : « Chez nous, on peut manger de belles pommes rôties. » On a su alors que notre appartement flambait. Le matin à 7 heures, tante Rita est retournée à la cave pour chercher mon violon et une valise appartenant aux Kunze. Au prix de mille difficultés, on a fini par arriver à Immenhausen à 7 heures du soir.

Mon pauvre petit Hänschen est sûrement mort brûlé ou suffoqué par la chaleur. L'école est détruite, celle d'Eva comme la mienne et celle de Gerhard, mais aussi le Kaufhof, l'hôtel de ville, le théâtre, la bibliothèque Murhard, la maison Waizsche place de l'Opéra...

Il semble qu'on doive aller à l'école de Hofgeismar. C'est du moins ce qui est prévu. Donc attendre et voir venir. C'est que l'école est déjà terriblement surpeuplée. Soixante élèves par classe, trois classes parallèles, on verra bien... Mais je dois conclure. Mille câlins et affectueuses pensées à toi, maman chérie.

Ta Hannele bichette.
Courage et espoir !

Vers la mi-novembre, enfin, les enfants reçurent des nouvelles de Lilli ; jusque-là, elle n'avait pas trouvé le moyen de faire sortir une lettre du camp. Après tout ce qui était arrivé à Cassel, elle ne voulait pas passer un jour de plus à Breitenau : il fallait absolument qu'elle soit libérée, il fallait qu'elle soit avec ses enfants.

La lettre aux enfants a été perdue. En revanche, un billet non daté, vraisemblablement joint à cette lettre et adressé à Ernst, a été conservé. Cette fois encore, Lilli avait écrit sur du papier d'emballage brun. Sur la face vierge du papier, elle avait noté « Papa ». Pour clore cette missive à Ernst, elle s'était servie de bandes adhésives normalement utilisées pour sceller les boîtes de cachets connus sous le nom d'Eu-Med.

Grâce à ces bandes adhésives, on sait exactement où Lilli a travaillé tout au long de sa détention à Breitenau. Le remède contre les maux de tête Eu-Med était initialement fabriqué par les laboratoires Pflüger à Berlin. A la suite de la destruction des unités de production de cette firme par les bombardements, la fabrication de ce remède fut assurée par l'usine de produits pharmaceutiques Braun à Melsungen et, plus particulièrement, par une antenne de cette usine située à Spangenberg.

Braun employa des années durant des détenues de Breitenau. Mais la quasi-totalité des documents à ce sujet a été détruite après la guerre et il n'existe plus de listes de noms. La seule pièce officielle qui nous reste est un avis de novembre 1942 émanant des services du Landrat de Melsungen et autorisant la direction du « Arbeitserziehungslager Breitenau » à mettre « env. 30 ouvrières » à la disposition de la « chem. Fabrik Braun à Melsungen ».

Les travailleuses forcées étaient amenées sur place chaque matin par le train et ramenées à Breitenau le soir, après douze longues heures de labeur. Lilli n'a fait que rarement allusion à son travail et n'a jamais évoqué le nom de Braun. En revanche, elle a plusieurs fois indiqué qu'elles descendaient du train à Malsfeld. De là, il ne restait effectivement que quelques kilomètres pour rejoindre l'antenne de la firme Braun à Spangenberg.

« Au moins ton travail est propre et pas trop pénible, c'est déjà cela », écrivait Marilis à sa tante Lilli à la mi-octobre 1943 – c'était à peu près tout ce que l'on avait appris par Lilli sur le travail qui était exigé d'elle.

Certaines des lettres clandestines de Lilli auront été postées par des employés de l'usine Braun. A ce nombre figure peut-être aussi celle qui contenait le billet adressé à Ernst :

Cher Amadé,

Je m'adresse à toi personnellement pour te prier une fois encore de tout mettre en œuvre pour obtenir ma libération. J'ai écrit à ce sujet une longue lettre à Lore, elle a été postée vendredi soir (29 X) et j'espère que vous l'avez bien reçue. J'y ai fait mention de tous les arguments que tu pourrais invoquer pour justifier une telle requête. Celle-ci devrait être adressée à la Gestapo Berlin SW, Prinz Albrechtstr. 9. Il faudra sans doute que tu présentes une attestation officielle certifiant que nous avons tout perdu, les enfants et moi-même, et ta requête aurait vraisemblablement plus de poids si elle pouvait être appuyée par quelque instance officielle, par exemple militaire. Je t'en prie, aide-moi donc ! ! Vous n'imaginez pas ce que j'endure ici, à la fois moralement et sur les autres plans, à quoi s'ajoute le fait que je ne cesse de me demander – et cette angoissante question me met véritablement à la torture – si je sortirai jamais d'ici.

Ecris-moi aussi pour me faire savoir comment tu envisages de régler provisoirement le problème des enfants. Personne ne peut te reprocher de m'écrire à ce sujet et le courrier qui arrive ici n'est contrôlé que par le bureau, pas par la Gestapo. Mais je t'en prie, ne faites jamais allusion à mes lettres. j'espère que tu vas bien et que tu te sens à peu près en forme. Salue de ma part Rita. Je pense souvent à elle, Amadé.

Lilli

Et beaucoup, beaucoup de pensées affectueuses à Lore et aussi à Marilis qui est sûrement déjà partie.

« MAMAN CHÉRIE, C'EST SOUVENT DIFFICILE »

Les enfants cherchent à fonder leur propre foyer

Début novembre 1943, Rita s'occupa de renouveler la garde-robe des enfants ; en compagnie d'Ilse, elle se rendit pour ce faire à Frankenstein, près de Breslau, où sa mère tenait un magasin de vêtements. Ilse évoque ce déplacement dans une lettre adressée à Lilli le 7 novembre :

Mon excellente petite maman chérie,

Aujourd'hui, enfin, tu vas avoir droit à une lettre de ton Ilse. Ne pense surtout pas que je t'ai oubliée, mais de Frankenstein je ne pouvais pas t'écrire. Et quand nous sommes rentrées, jeudi soir à 8 heures, il a fallu tout déballer. Et vendredi et samedi, il y a eu tellement à faire que je n'ai pas trouvé un instant à moi.

Tante Lore n'est revenue d'Essen que vendredi à 2 heures. Elle y est allée pour la Toussaint avec l'idée de trouver un appartement qui puisse nous convenir. Un logement vient de se libérer dans sa propre maison et elle voudrait s'en servir comme objet d'échange. A vrai dire, nous espérons pouvoir bientôt nous retrouver tous ensemble dans un appartement où nous serons à nouveau chez nous. Car ici, chez notre chère tante Rita, c'est un peu usant à la longue.

Elle a été très bien avec moi, à Frankenstein, mais à

présent qu'on se retrouve à Immenhausen, son côté ordinaire reprend nettement le dessus. Entre nous deux, il y a très souvent des dissensions parce que je lui dis ce qui ne me plaît pas. Mais si je disais tout ce que je trouve injuste, nous n'en finirions plus de nous quereller. La plupart du temps, je me retiens ; si je ne le faisais pas, il y aurait une explosion toutes les cinq minutes. Je pourrais te donner mille exemples de choses qui donnent lieu à des explosions mais cela n'en vaut pas la peine.

Maman chérie, il ne faut pas que tu t'inquiètes pour moi car je connais mon devoir qui est de m'occuper des trois petites et de les protéger. Lorsqu'elles ont quelque chose sur le cœur, elles m'en parlent, et c'est moi qui prends Madame entre quatre yeux, et il m'arrive d'obtenir satisfaction, mais il arrive aussi qu'elle ne démorde pas de ce qu'elle a conçu dans sa tête de pioche. Mais avec elle, tu sais, je ne surveille plus ma langue comme avant, oh, tu auras une surprise quand tu seras de nouveau parmi nous et que tu verras comment je lui dis tout net, en pleine figure, ce que je ne trouve pas juste lorsque, une fois de plus, elle s'est montrée totalement injuste. Oh, si tu savais tout ce qu'il lui a déjà fallu entendre de ma bouche, et j'ai toujours eu le dernier mot. Mon principe est le suivant : tu dois protéger les petites comme maman le faisait avant, tu dois prendre sur toi les soucis, les peines qui peuvent leur être évités. Et je crois aussi que les petites sont toutes les trois comme je veux qu'elles soient. Oh, maman chérie, c'est souvent difficile. Il ne faut pas que tu penses que je me vante, je n'écris cela qu'à toi afin que tu saches qu'il y a quelqu'un qui s'occupe bien de tes trois petites. (Je ne suis pas insolente, tante Lore elle-même en convient.)

C'est souvent difficile de les consoler parce que je suis moi-même si triste. Mais il me suffit de rassembler toutes mes forces pour que ça aille, parce qu'il faut bien que ça aille, n'est-ce pas, et puis c'est merveilleux aussi de les voir de nouveau s'amuser cinq minutes après, de constater qu'elles sont tout à fait réconfortées et que c'était bien d'avoir pu rassembler ses forces pour arriver à ce résultat. Et nous allons continuer comme cela jusqu'à ce que tu puisses de nouveau être parmi nous. Tu n'as vraiment pas à te faire de souci pour les petites. Je les aide de mon mieux et je fais tout ce que je peux pour elles.

Pour ce qui est des vêtements, tout va bien aussi. Nous avons rapporté tout ce qu'il faut de Frankenstein et de Breslau. C'est très très beau à Frankenstein. Et le magasin de la mère de tante Rita est très grand et beau aussi, de même que son appartement qui est très bien aménagé. Nous avons pu avoir pour les quatre enfants des maillots de corps et des culottes en molleton, le tout en blanc ou en rose et de très bonne qualité. Et une culotte en plus pour Dorle, Eva et Hannele... Pour Hannele, on a encore pu avoir une chemise blanche en lainage, à part, avec des tickets...

Viennent ensuite deux pages pleines consacrées à l'énumération et à la description des autres vêtements rapportés de Frankenstein puis cette conclusion d'Ilse :

J'espère que tu seras satisfaite de tout ce que nous avons pu avoir. (Pour ma part, je le suis.) Dans les derniers temps, le courrier est toujours ouvert à Immenhausen. Nous ne savons pas pourquoi. (Le courrier de tout le monde à tout le monde.) Et à présent laisse-moi te serrer très fort dans mes bras et te donner un gros baiser, ton Ilse souris qui ne t'oublie jamais.

Espérons que tu seras bientôt de retour parmi nous !

L'allusion à la censure de plus en plus sévère à laquelle était soumise le courrier doit être interprétée comme un avertissement d'Ilse à sa mère. Il s'agissait de faire comprendre à Lilli que ses lettres clandestines ne passeraient plus forcément inaperçues. A un moment ou à un autre, une telle lettre pouvait fort bien être repérée et envoyée à la Gestapo.

Les sœurs d'Ilse étaient très contentes des vêtements qu'elle leur avait rapportés de Frankenstein. Le même jour encore, Johana écrivait :

Ma très précieuse petite maman dorée,

Comment vas-tu ? Ah, comme j'aimerais être maintenant près de toi. Et que tu sois, toi, près de nous. Nous n'allons pas tarder à entrer dans la période de l'avent. Oh, ce sera triste sans toi, ma bonne petite maman. Mais après la pluie, le beau temps... Pourvu que tu puisses rentrer bientôt.

C'est dimanche après-midi et tout le monde pense à toi, tout le monde, je crois, est en train de t'écrire. Gerhard est assis au bureau de papa et écrit, Ilse est assise près de Dorle et écrit, et Hannele et Eva sont assises en haut, dans l'ancienne chambre des filles, et t'écrivent aussi.

Si tu voyais ce que j'ai reçu de Silésie ! Une magnifique étoffe à carreaux dont je vais t'envoyer un échantillon. Une étoffe comme on aurait du mal à en trouver même en temps de paix, avec de la laine angora dedans, de la pure laine. Elle est déjà chez Mme Wittich qui doit me faire un ensemble avec. Le même que celui qu'avait Ilse, tu sais, l'ensemble d'hiver à carreaux bruns avec le col roulé, le haut boutonné dans le dos, avec une martingale et la jupe portefeuille. Cet ensemble te plaisait beaucoup, tu te rappelles ? Eh bien, je vais avoir le même...

Oh, mais j'ai failli oublier le plus beau : une paire de pantoufles, maman, des pantoufles comme je n'en ai jamais eues, toutes douces et chaudes, tu sais, avec un motif à carreaux. Et puis encore quelque chose : un beau tablier clair à fleurs qui ressemble à cela – je te le dessine à peu près.

Suit un dessin.

S'il te plaît, maman, tu sais comme je dessine mal, tu peux rire de mon dessin mais ne le montre surtout à personne. Si quelqu'un le voyait, je serais à moitié morte de honte...

Hier soir, nous avons fait un gâteau, Ilse et moi, un soufflé. Papa m'a écrit aujourd'hui. Il rentre mardi en permission. Gerhard est en permission pour le week-end. Il passe la moitié du temps ici, l'autre moitié avec papa.

Maman, le Dr Hofmann, tu sais le professeur qui était venu une fois chez nous avec sa femme – lui et toute sa famille sont morts dans le bombardement. Affreux. Ulrike Hofmann, elle avait treize ans et elle était dans ma classe, tu te rappelles, et Christiane qui était deux classes au-dessus d'Ilse. Des filles si gaies et si gentilles. Et le propriétaire de la pharmacie du Cygne, le vieux M. Meuschel et ses filles, tous tués aussi. Quelle misère.

Voilà maman, nous avons courage et espoir, ta Hannele bichette t'embrasse tendrement.

Gerhard passait une grande partie de son temps libre avec Ernst, à l'hôpital du Lindenberg. Le milieu militaire lui était familier et, de plus, il se soustrayait de la sorte à la présence de Rita pour laquelle il éprouvait une antipathie croissante. Il écrit une lettre à Lilli, également datée du 7 novembre :

Ma chère maman,

Et me voilà de nouveau en permission. C'est que nous autres, les « bombardés », nous avons droit aux permissions normales en plus des permissions spéciales. Et aujourd'hui, j'ai ma permission de fin de semaine...

Je vais te raconter maintenant tout ce que j'ai fait la semaine passée. Je me suis retrouvé de service dès samedi soir à 8 heures... Nous n'avons pas eu cours de la semaine. J'étais donc libre le matin et j'ai eu tout le temps de lire le livre de Carossa, Une enfance et Métamorphoses d'une jeunesse. *Il m'a beaucoup, beaucoup plu.*

Mardi, Wolf est rentré de permission et il a rapporté son presse-purée (en allemand, ça s'appelle un accordéon). Autant te dire que ça a mis un peu d'animation dans la taule. Mais le soir même, on était de service. On a donc rejoint notre poste. Wolf avait une grosse réserve de cigarettes. On s'est assis sur le terre-plein le plus éloigné de la pièce, on a fumé, on a discuté, et Wolf a fait de la musique...

Le jeudi aussi, on s'en est payé une tranche, Wolf et moi. On en a eu marre de la taule. On n'avait pas non plus envie de lire. On a donc rejoint le poste et on s'est remis à discuter. Quand on est rentrés au quartier, il était 12 h 15. Mais l'heure du déjeuner est fixée à 11 h 45. Alors on est passés par-derrière – pour ne pas être vu par l'officier de garde –, on s'est glissés discrètement dans la cantine et on a encore pu avoir notre repas. Là-dessus le chef, les lieutenants et le juteux ont rappliqué à leur tour et on était évidemment dans nos petits souliers. Mais personne n'a rien dit. On a voulu rejoindre la piaule de la même manière, c'est-à-dire sans nous faire remarquer, mais l'officier de garde avait fait sortir tout le monde parce qu'il avait quelque chose à annoncer aux hommes. Et il nous a vus avec nos couverts à la main au moment où on allait se faufiler à l'intérieur.

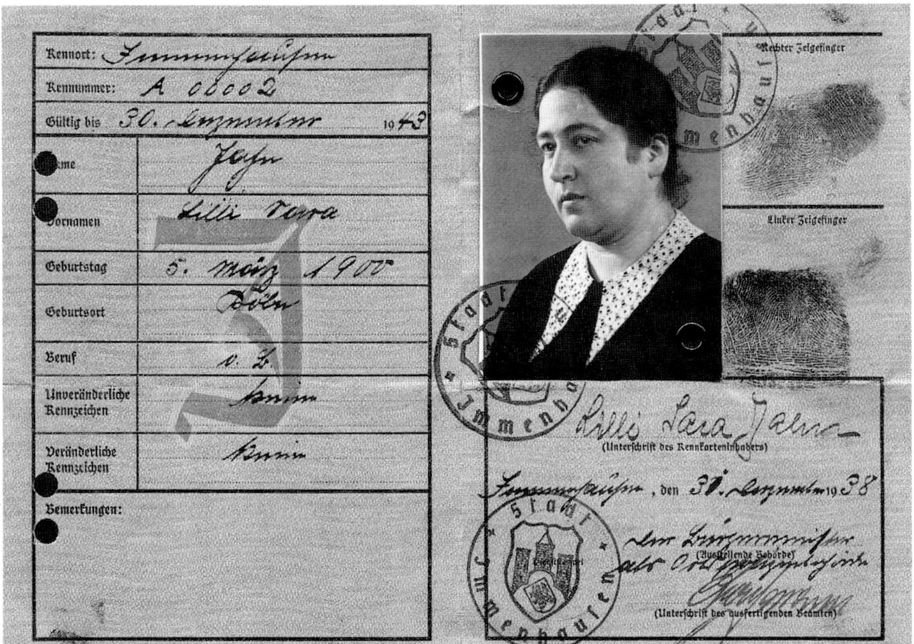

La carte d'identité au nom de « Lilli Sara Jahn » délivrée le 31 décembre 1938.

Lilli avec Gerhard, Johanna, Ilse et Eva en Forêt-Noire, en 1937.

Ilse, Lilli, Eva, Johanna, Ernst et Gerhard en 1939 à Immenhausen.

Lilli Jahn en Forêt-Noire, 1939.

Ernst Jahn dans son Opel, en 1939 à Immenhausen.

Johanna, 1942.

Photo de confirmation d'Ilse, 1942.

Vue de l'ancien couvent de Breitenau à Guxhagen.
De 1940 à 1945, le couvent fut transformé en camp d'éducation par le travail et placé sous l'autorité de la Gestapo de Cassel.

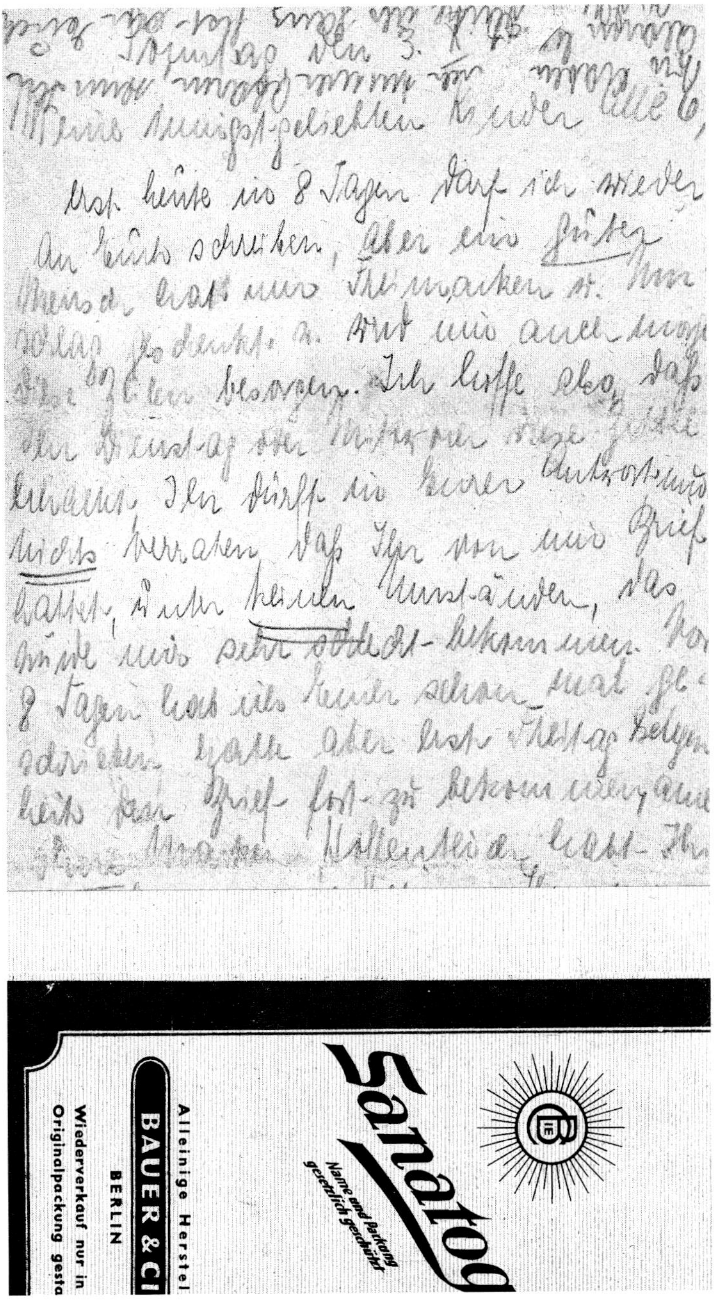

Lettre de Lilli aux enfants écrite à Breitenau,
le 3 octobre 1943.

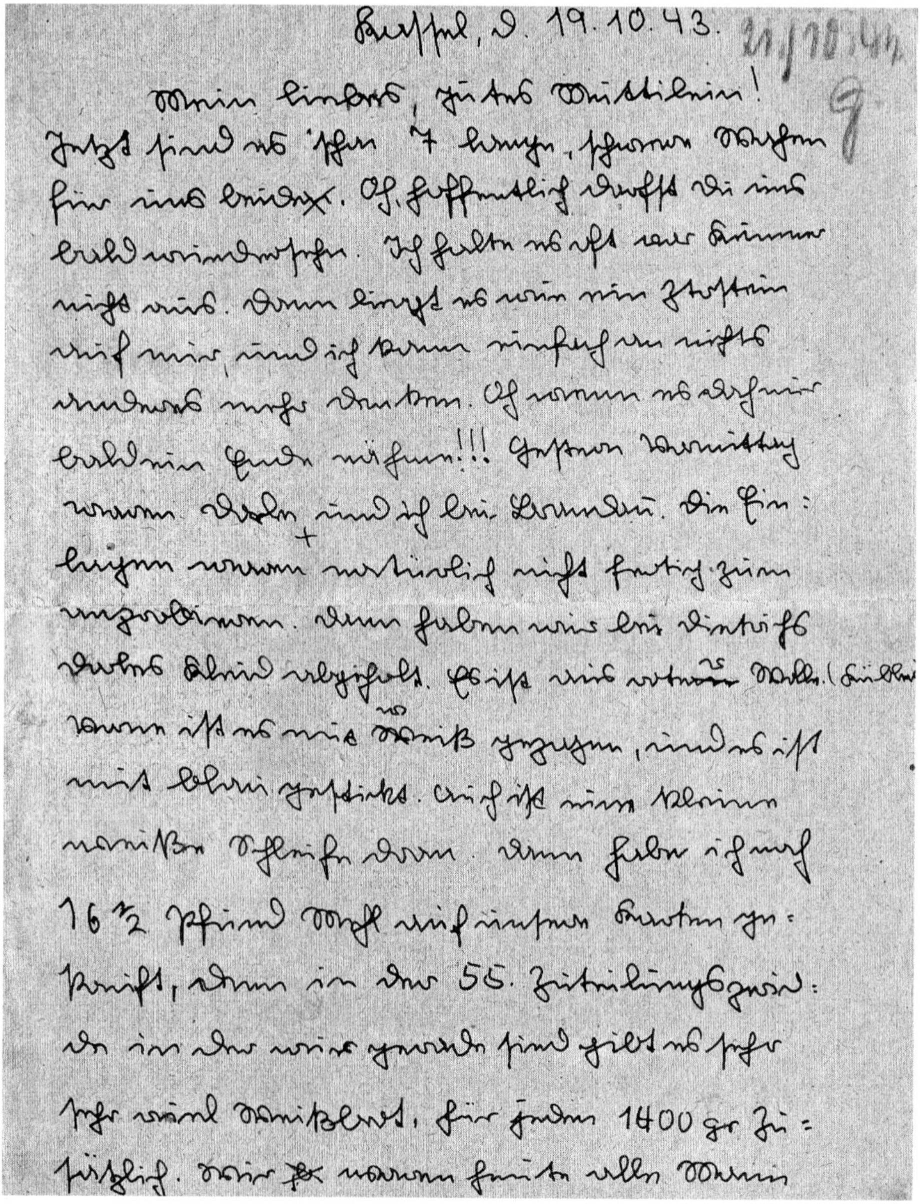
Kassel, d. 19.10.43. 21/10.43
9
Mein liebes, gutes Muttilein!
Jetzt sind es schon 7 lange, schwere Wochen für uns beide. Ach, hoffentlich darfst Du uns bald wiedersehen. Ich halte es oft vor Kummer nicht aus. Dann liegt es wie ein Zentner auf mir, und ich kann einfach an nichts anderes mehr denken. Ach wenn es doch ein baldiges Ende nähme!!! Gestern Nachmittag waren [illegible] und ich bei [illegible]. Die [illegible] waren natürlich nicht fertig zum [illegible]. Dann haben wir bei Dietrichs [illegible] Kleid abgeholt. Es ist aus rotem Wolle. ([illegible] Dann ist es mit weiß gezogen, und es ist mit blau gestickt. Auch ist eine kleine weiße Schleife dran. Dann habe ich noch 16½ Pfund Mehl auf unsere Karten gekauft, denn in der 55. Zuteilungsperiode, da in der wir gerade sind gibt es sehr sehr viel Weißbrot, für jeden 1400 gr zusätzlich. Wir ~~[illegible]~~ waren heute alle Mann

Lettre d'Ilse Jahn à sa mère, Lilli, le 19 octobre 1943.

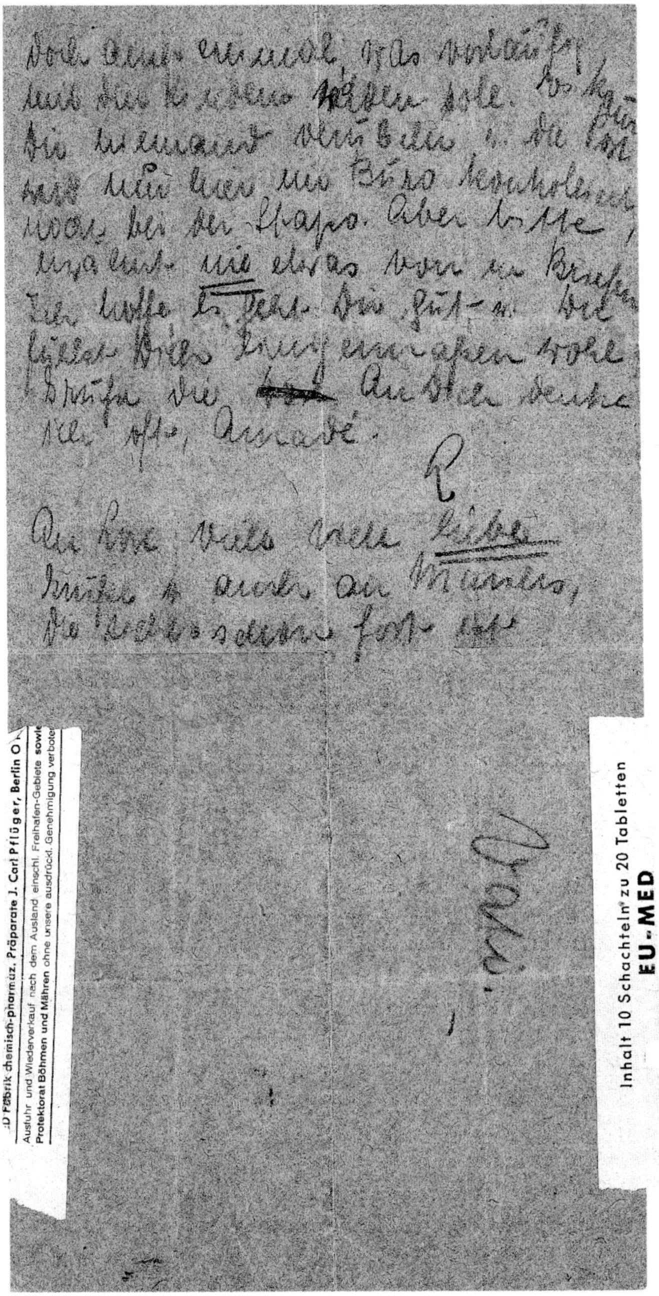

Lettre de Lilli à Ernst Jahn, fin octobre 1943.

Gerhard Jahn en uniforme d'auxiliaire de la Luftwaffe (DCA).
La photo était jointe à sa lettre à Lilli en date du 22 janvier 1944.

Johanna, Ilse, Dorothea et Eva au début de l'été 1944

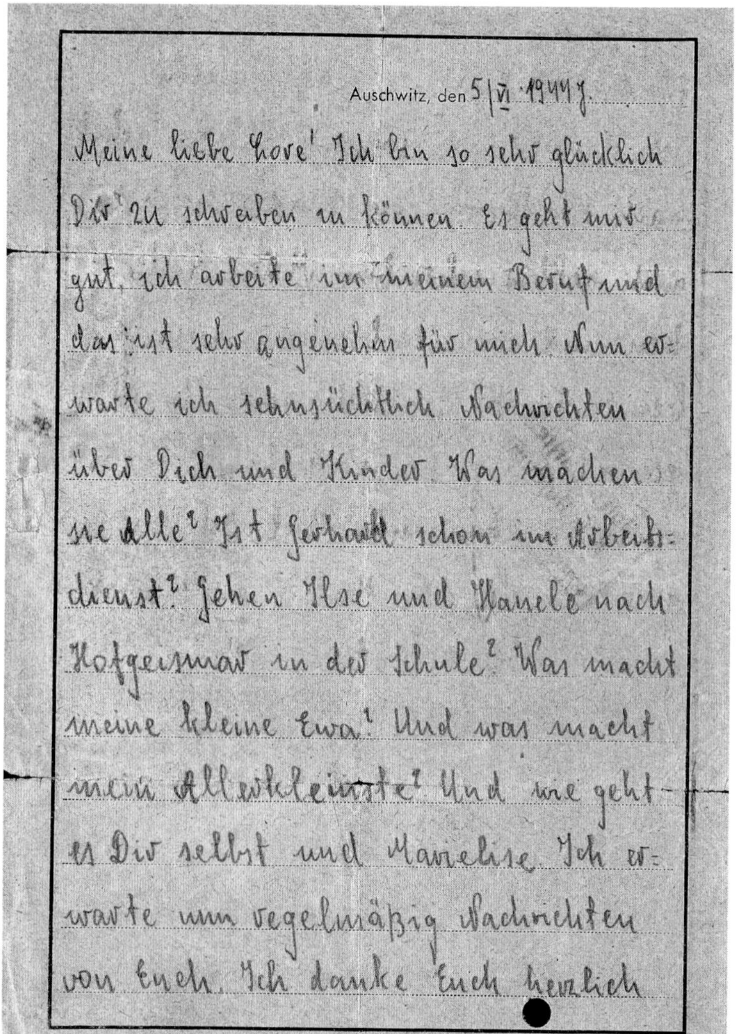

Auschwitz, den 5/VI 1944 J.

Meine liebe Lore! Ich bin so sehr glücklich
Dir zu schreiben zu können. Es geht mir
gut, ich arbeite in meinem Beruf und
das ist sehr angenehm für mich. Nun er-
warte ich sehnsüchtlich Nachrichten
über Dich und Kinder. Was machen
sie Alle? Ist Gerhard schon im Arbeits-
dienst? Gehen Ilse und Hanele nach
Hofgeismar in der Schule? Was macht
meine kleine Ewa? Und was macht
mein Allerkleinste? Und wie geht
es Dir selbst und Marielise. Ich er-
warte nun regelmäßig Nachrichten
von Euch. Ich danke Euch herzlich

Lettre de Lilli à sa belle-sœur Lore Sasse,
écrite à Auschwitz, le 5 juin 1944.

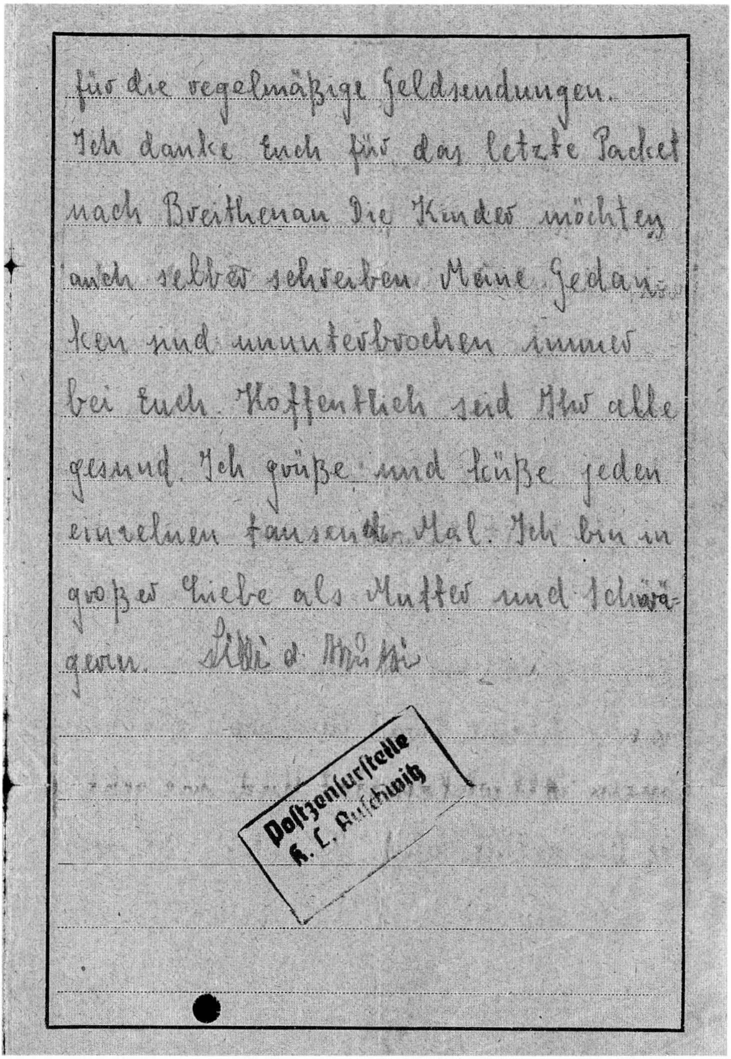

für die regelmäßige Geldsendungen.
Ich danke Euch für das letzte Packet
nach Breithenau Die Kinder möchten
auch selber schreiben Meine Gedan-
ken sind ununterbrochen immer
bei Euch. Hoffentlich seid Ihr alle
gesund. Ich grüße und küße jeden
einzelnen tausende Mal. Ich bin in
großer Liebe als Mutter und Schwä-
gerin. Lilli u. Mutti

Postzensurstelle
K. L. Auschwitz

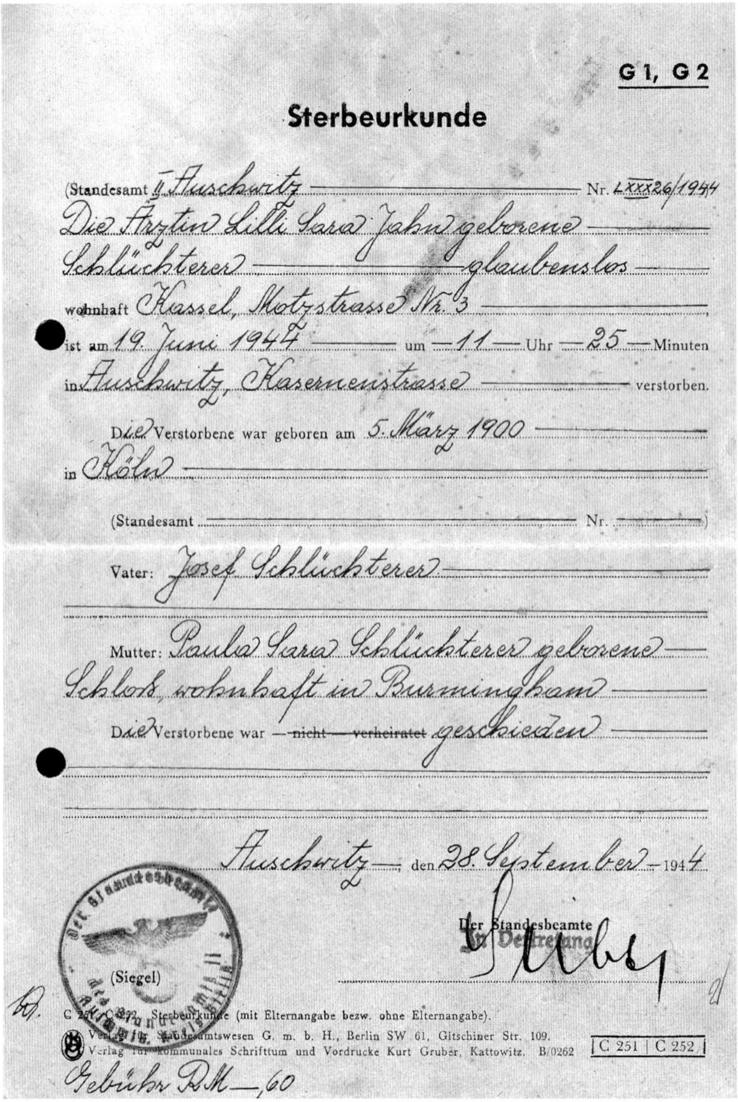

G 1, G 2

Sterbeurkunde

(Standesamt II Auschwitz ——— Nr. LXXX26/1944

Die Ärztin Lilli Sara Jahn geborene ———

Schlüchterer ——— glaubenslos ———

wohnhaft Kassel, Motzstrasse Nr. 3 ———

ist am 19. Juni 1944 ——— um — 11 — Uhr — 25 — Minuten

in Auschwitz, Kasernenstrasse ——— verstorben.

Die Verstorbene war geboren am 5. März 1900 ———

in Köln ———

(Standesamt ——— Nr. ———)

Vater: Josef Schlüchterer ———

Mutter: Paula Sara Schlüchterer geborene —

Schlok, wohnhaft in Burmingham ———

Die Verstorbene war — ~~nicht~~ — ~~verheiratet~~ geschieden ———

Auschwitz —, den 28. September — 1944

Der Standesbeamte
In Vertretung

(Siegel)

C 251 / C 252. Sterbeurkunde (mit Elternangabe bezw. ohne Elternangabe).
Verlag für Standesamtswesen G. m. b. H., Berlin SW 61, Gitschiner Str. 109.
Verlag für kommunales Schrifttum und Vordrucke Kurt Gruber, Kattowitz. B/0262 | C 251 | C 252 |

Gebühr RM —,60

Le certificat de décès de Lilli Jahn établi à Auschwitz
le 28 septembre 1944.

« Venez par-là, vous deux, et ouvrez vos oreilles », nous a-t-il lancé sans s'intéresser davantage à nous. Et quand il a enfin dit : « Rompez », crois-moi qu'il y en a deux qui ont été vachement soulagés. Parce qu'on a un camarade auquel il a sucré sa perme pour le même motif.

Il nous a annoncé que le général devait venir le lendemain. Du coup, personne n'a été de service vendredi. Et tout le monde s'est retrouvé à tourner en rond en tenue de sortie. L'après-midi, on a fait une bringue d'enfer dans la taule. Wolf a joué, on a chanté. Ceux qui savent danser ont dansé. On se marrait tellement que même l'officier de garde n'a rien dit. Le juteux a rappliqué et s'est joint à la partie...

Cet après-midi, nous sommes délivrés de tante Rita qui est allée au Lindenberg. Donc, ça va bien se passer à la maison. Pour finir, je te souhaite toutes les bonnes choses possible et je t'embrasse,

Ton Gerhard

Comme Lilli s'était aperçue, au bout de quelques semaines déjà, que Gerhard se détournait quelque peu de la chose littéraire et ne lisait pratiquement plus depuis qu'il était auxiliaire dans la Luftwaffe, celui-ci avait à cœur de dissiper cette impression. Dans ce but, il rendait régulièrement compte à sa mère de la lecture en cours et faisait figurer un poème à la suite de presque chacune de ses lettres. Cette fois, un poème de Hofmannswaldau :

Oh, sens obscurcis
A quoi sommes-nous par vous réduits !
La tristesse nous cause du tort,
Ne fait que consumer les cœurs,
Non la douleur,
Elle est pire que la mort.

Debout, ô âme ! Tu dois apprendre,
Quand les étoiles se cachent,
Quand la tempête vocifère,
Quand les voiles noirs de la nuit
Nous terrifient,
A être ta propre lumière.

Dans ses lettres, Gerhard adopte volontiers le ton quelque peu désinvolte des jeunes recrues de la Luftwaffe. Il ne laisse apparaître que rarement à quel point sa mère lui manque, ne se met pas souvent à sa place et ne s'inquiète apparemment jamais de savoir si on va la laisser enfin rentrer chez elle.

De toute évidence, la nouvelle situation de la famille le dépassait. Alors âgé de seize ans, le garçon avait toujours pris son père pour modèle. Bien plus qu'Ilse et Johanna, Gerhard continua à rechercher la proximité de son père après que celui-ci se fut séparé de sa mère. Il lui rendait visite à l'hôpital militaire dès qu'il en avait le loisir et passait parfois avec lui la totalité de sa permission de fin de semaine. Tandis que Gerhard s'identifiait à son père, ses sœurs prenaient modèle sur leur mère. Gerhard était d'ailleurs dans une situation particulièrement malaisée : d'un côté, il était victime de la discrimination comme « demi-juif » dûment répertorié mais espérait se réhabiliter aux yeux des militaires fidèles au régime en tant qu'auxiliaire dans la Luftwaffe, d'un autre côté sa propre mère était stigmatisée par ce même régime qui s'employait ostensiblement – au vu et au su de quiconque avait des yeux pour voir – à la détruire moralement et physiquement.

Gerhard devait s'attendre à ce que des lettres adressées par lui à sa mère tombent à un moment ou à un autre entre les mains de la Gestapo et soient ensuite soumises à ses supérieurs. De simples remarques critiques sur les conditions d'internement à Breitenau risquaient de lui nuire et des démonstrations de sympathie un peu trop appuyées pour sa mère pouvaient même lui valoir d'être rangé dans la catégorie des éléments peu fiables au plan politique.

Or Gerhard savait fort bien que ce genre de choses pouvait s'avérer très dangereux pour ceux qui, comme lui, faisaient partie de la population dite des « métis » (Mischlinge). Il était sans cesse question, tout au long des années de guerre, de prendre de nouvelles sanctions à l'encontre des « demi-Juifs » et des « quarts de Juifs » (Halbjuden et Vierteljuden) ; et du reste, il y avait déjà longtemps que l'accès à l'université leur était interdit.

Mais les sœurs de Gerhard couraient également des risques. Certes, Ilse, Johanna et Eva ne critiquaient jamais le système national-socialiste dans leurs lettres, cependant l'internement de Lilli ne les révoltait que trop manifestement.

Quiconque rédigeait une lettre en ce temps-là devait prendre soin d'user de formules prudemment diplomatiques. Et la prudence était particulièrement recommandée à des personnes telles que Lotte, l'amie de Lilli. En tant que « Juive complète » (Volljüdin), elle n'était protégée que par son mariage avec Ernst August et par leur fils, Peter. Un faux pas pouvait lui coûter la vie. Le 8 novembre 1943, Lotte reçut une lettre très circonstanciée d'Ilse au sujet du bombardement de Cassel ; le même soir, Lotte écrivait à Lilli :

Ma chère, chère Lilli,

Ce matin enfin j'ai reçu d'Ilse la lettre si impatiemment attendue par laquelle elle me transmettait également tes affectueuses pensées. Tu ne peux pas savoir comme cela m'a fait plaisir.

Ilse m'avait envoyé une carte après le bombardement et aujourd'hui seulement j'ai reçu des nouvelles plus détaillées ainsi que ton adresse que je n'avais pas. J'apprends par Ilse que tu peux recevoir davantage de courrier et que je peux même t'envoyer des paquets. Pardonne-moi si je ne fais pas le nécessaire dès aujourd'hui mais je dois m'en aller après-demain avec Peter et j'ai encore énormément de choses à régler avant le départ. Peter continue à avoir de la température sans que l'on en sache la cause. Côté poumons, tout paraît en ordre. Il lui a été prescrit de changer d'air et de s'alimenter mieux dans la mesure du possible car il maigrit. Je vais donc l'emmener à Fribourg et, de là, dans le Kinzigtal, chez notre Joséphine. Quant à moi, je vais mieux et Ernst August va bien aussi. Voilà pour ce qui nous concerne.

Mais toi, ma chérie, tu as subi un nouveau coup du sort. Tu ne peux pas t'imaginer comme j'ai été choquée lorsque j'ai appris que vous aviez tout perdu. C'est un coup terrible pour toi et cependant, c'est un moindre mal, n'est-ce pas, car tu dois et tu peux être heureuse que les enfants soient sains et saufs. Au moins ils sont à l'abri à Immenhausen. Je leur ai d'ailleurs écrit qu'ils peuvent venir ici s'ils le désirent. Mais comme Ilse ne m'a pas répondu sur ce point, je pense que cela n'a pas été jugé nécessaire et qu'ils ne le souhaitent pas. Et c'est peut-être mieux ainsi car nous ne sommes pas à l'abri des bombardements et avons d'ailleurs été tout récemment la cible d'un raid aérien assez conséquent. Mais bien entendu, nous restons prêts à faire à tout moment tout ce qu'il faut pour les enfants.

Si seulement nous pouvions aussi faire quelque chose pour toi, ma pauvre chérie ! (...) Sache au moins que tu es constamment présente dans mes pensées et ne te laisse pas gagner par les idées noires. Il faut avoir confiance. Je crois que c'est justifié. Le soleil finira par reparaître pour toi, j'en suis sûre. Tiens-toi droite et, surtout, reste en bonne santé. Il y a pas mal de choses que j'aimerais savoir au sujet de ce qui se passe pour toi et sur ta situation en général, des choses dont Ilse ne me parle pas dans ses lettres et qui sans doute la dépassent parce que c'est encore une enfant après tout. Et Rita et ta belle-sœur ne se manifestent pas non plus bien que je les en aie priées. Mais il est vrai qu'elles doivent avoir fort à faire par ailleurs, elles aussi.

Je t'en prie, fais-moi savoir si tu as besoin de quelque chose. Tu sais que je serais heureuse de pouvoir t'aider de quelque manière que ce soit. Es-tu bien couverte ou dois-je t'envoyer une couverture chaude ? Ou autre chose ? As-tu le droit de lire et en as-tu envie ? As-tu des souhaits à cet égard ? La première chose que je ferai à mon retour, c'est de t'envoyer un colis. Mais pour ce qui est du manger, je n'ai pas grand-chose non plus puisque, comme tu peux le voir, j'en suis réduite à envoyer Peter à la campagne pour cause de malnutrition !

La situation ici est des plus mauvaises. A mon retour, je dois me présenter au service du travail. L'autre jour, au cours d'une entrevue d'ailleurs très agréable, ils m'ont accordé un délai à cause de l'état de santé de Peter. Enfin, s'il faut y aller, j'irai. Après tout, qu'importe, tout cela n'est pas si grave.

Mais j'ai encore à faire, beaucoup à faire ! Aussi je dois te laisser maintenant. Fais-moi savoir si tu as bien reçu ma lettre, écris sans gêne, et si tu as besoin de quelque chose, n'hésite pas... Je t'embrasse très fort, bien à toi,

Ta Lotte

Le fait que Lotte invite Lilli à lui écrire « sans gêne » montre qu'elle n'a effectivement aucune idée des conditions de détention à Breitenau. Elle est en tout cas à mille lieues de se douter que Lilli ne peut même pas écrire à ses enfants quand elle le désire.

Trois semaines après le bombardement de Cassel, les filles de Lilli furent à nouveau scolarisées. Eva fut envoyée à l'école primaire d'Immenhausen bien qu'elle eût normalement dû aller au lycée. En ce qui concerne Ilse, on lui trouva finalement une place au lycée de Hofgeismar. Le 11 novembre, elle prit pour la première fois le train pour se rendre à sa nouvelle école. La situation dans cet établissement était chaotique. Les secondes et premières avaient été regroupées parce que les garçons les plus âgés accomplissaient leur service comme auxiliaires dans la défense antiaérienne. Le programme enseigné était celui de première. Ilse avait du mal à suivre car elle n'était qu'en seconde à Cassel ; le pasteur d'Immenhausen lui donna des cours de rattrapage en latin.

Quant à Johanna, il était question qu'elle soit envoyée à Fulda, dans une auberge de jeunesse où étaient accueillies et provisoirement scolarisées de nombreuses filles de son école de Cassel détruite par les bombes. Mais la décision à cet égard était alors encore en suspens et ne serait prise qu'une dizaine de jours plus tard.

C'est dans cette situation de transition et d'incertitude qu'arriva la lettre tant attendue – et malheureusement perdue – en provenance de Breitenau, le premier signe de vie de Lilli depuis le bombardement de Cassel. A cette lettre, Johanna répondait le 13 novembre :

Ah, comme cela nous a fait plaisir de recevoir ta lettre. Nous recevons ici toutes les lettres que tu nous envoies. Je ne comprends pas que les nôtres ne te parviennent pas. Nous écrivons tous les jours. Tous les jours, il y a des lettres pour toi qui partent d'ici. Tu devrais quand même les recevoir un jour ou l'autre. Ces lettres ne peuvent pas être toutes perdues. Nous t'avons déjà écrit à deux reprises pour te donner tous les détails sur le bombardement.

Et Johanna de relater une troisième fois à sa mère les événements de la nuit au cours de laquelle Cassel avait été détruite. Lilli devait d'ailleurs laisser entendre un peu plus tard qu'elle pensait que les récits répétés du bombardement avaient été pour ses filles le moyen de surmonter le choc psychologique de cette nuit de terreur.

Dans sa lettre perdue, Lilli avait demandé à sa fille aînée Ilse de se rendre à Leipzig afin de mettre Lotte au courant de la situation à Immenhausen et à Breitenau et de se faire assister par elle pour le remplacement d'un certain nombre d'objets usuels détruits dans l'incendie de la maison de Cassel. Ilse lui répondit le 14 novembre :

J'irai évidemment à Leipzig si tu l'estimes bon et si cela peut te rassurer. Je profiterai pour ce faire des vacances de Noël. Je ne comprends pas que tu ne reçoives pas nos lettres. C'est que nous t'avons écrit si souvent.

Quand tante Rita n'est pas à la maison, tout va très bien. Mais quand elle est là, ça ne va pas du tout. Oh, maman, si seulement je t'avais de nouveau avec moi. Je suis souvent si triste et, dans ces moments-là, j'ai l'impression que je vais défaillir. Mais je dois tenir bon, surtout pour les petites, sinon elles seront tristes, elles aussi, et il ne faut pas qu'elles soient tristes, et d'ailleurs, elles ne le sont pas.

« VOUS DEVREZ ÊTRE TRÈS PRUDENTES ! »

Lilli veut organiser une rencontre clandestine

Le 20 novembre 1943 arrivait à Immenhausen une lettre avec mention d'expéditeur au nom de « Gisela Stephan, Nienhagen près de Cassel ». Ainsi qu'en témoignait le cachet, cette lettre avait été postée à Malsfeld, donc dans la localité où Lilli et ses compagnes internées à Breitenau descendaient du train pour se rendre à leur travail.

Gisela était l'amie d'Ilse et c'est donc la fille aînée de Lilli qui décacheta la lettre. Dedans elle trouva cinq petits feuillets découpés dans du papier d'emballage et couverts recto verso d'une écriture serrée au crayon – une nouvelle lettre clandestine de Lilli datée du 14 novembre :

Mes très chers enfants,

Afin que la poste ne remarque pas que je vous écris plus souvent, j'ai fait écrire votre adresse par quelqu'un et mentionné Gisela comme expéditrice, cela à titre d'explication. Et avant que j'oublie, demandez donc à papa s'il peut m'envoyer un peu d'argent. J'ai besoin de faire ressemeler des chaussures, et si jamais je devais – Dieu sait quand ! ! – être libérée, je n'aurais même pas de quoi prendre le train pour rentrer. Grand merci d'avance.

Et maintenant, à nous, mes petits chéris ! Je pense sans

cesse à vous avec beaucoup d'amour et de nostalgie, et croyez-moi, votre amour pour moi, notre amour réciproque nous aide à surmonter ces semaines, ces mois si difficiles. Il y a malheureusement très très longtemps que je n'ai pas eu de nouvelles de toi, mon cher garçon, et cela fait deux semaines que je n'ai rien reçu non plus de mon Ilse, ce qui me manque beaucoup. Mais sans doute cela est-il dû à des liaisons postales encore perturbées. Espérons que le courrier en souffrance me parviendra peu à peu car je suis sûre que tu as trouvé le moyen de m'écrire aussi de Frankenstein. Je sais par tante Lotte, dont j'ai reçu avant-hier une très gentille lettre, que tu n'es pas encore allée à Leipzig.

Mais j'ai reçu hier ton envoi de journaux daté du 2 XI, ma chère Hannele, de même que tes lettres du 2 et du 9 XI, deux jolies cartes d'art qui m'ont fait grand plaisir, et deux gentilles lettres d'Eva. Donc des nouvelles d'avant et d'après le bombardement. Les enfants, je frémis à l'idée de l'épreuve que vous venez de traverser et j'imagine que vous prenez davantage conscience, au fur et à mesure que les jours passent, de tout ce que nous venons de perdre. Mais que cela ne vous attriste pas trop ; tout s'arrangera lorsque nous serons de nouveau réunis, en bonne santé, vous et Marilis, tante Lore et moi.

De ton déplacement à Frankenstein et de tout ce que tu as pu régler là, j'entendrai sûrement parler un jour prochain, n'est-ce pas, mon Ilse ? Si je comprends bien, vous avez déjà pu obtenir des tickets pour le remplacement de la vaisselle ? Avez-vous déjà acheté des choses ? Et Eva est donc scolarisée à Immenhausen et Ilse à Hofgeismar ? Mais dis-moi, ma grande, comment te plais-tu dans ta nouvelle école ?

Et ma petite Hannele est toujours sur la touche ? Ce serait un grand soulagement pour moi, Hannele bichette, si tu pouvais aussi être inscrite à Hofgeismar. Et Heidi reste-

t-elle momentanément à la maison ? Comme c'est gentil de sa part d'apporter des jouets à Dorle. Que devient mon petit trésor ? Est-ce qu'elle a manifesté sa joie quand Ilse est revenue ? Est-ce qu'elle joue bien avec la petite Magda ? Et que devient donc tante Lore, est-ce qu'elle va bien ? Saluez-la cordialement de ma part. Saluez également papa et tante Rita. Mais dis-moi, Hannele, est-ce que tu te laisses pousser les cheveux ?

Et maintenant, les enfants, faites bien attention mais ne parlez de cela à personne. Depuis le bombardement, nous n'avons plus de wagon à nous et nous montons dans des compartiments où se trouvent d'autres gens. Si nous nous y prenons bien, nous pourrions nous rencontrer là. Je pensais à Ilse et à tante Lore ou – si papa et tante Lore sont d'accord – à Ilse et Hannele (dans ce cas vous pourriez m'apporter une lettre de tante Lore, si toutefois elle avait à me faire part de choses qui devraient échapper au contrôle !). Mais il faudra que vous veilliez à ce que les surveillantes ne remarquent rien. C'est que je vous paraîtrai sûrement très changée dans la tenue de l'institution, d'autant que j'ai perdu aussi la dent qui bougeait depuis longtemps. Donc, ne soyez pas effrayées.

Je ne voudrais en aucun cas que nous nous rencontrions le soir car le train n'arrive à Cassel qu'après 8 heures, à l'heure d'une possible alerte ou attaque aérienne. Il nous reste donc deux possibilités, et je vous laisse le soin de choisir celle qui convient le mieux pour les correspondances. Nous partons d'ici tous les matins à 7 heures, le train vient de Cassel. Vous devrez prendre place dans le wagon de queue et regarder par la fenêtre à Guxhagen. Si je ne monte pas dans votre wagon à ce moment-là, rejoignez-moi dans mon compartiment à l'arrêt suivant. Nous voyagerons ensemble jusqu'à Malsfeld. Mais si cela vous est possible, la meilleure des solutions serait peut-être que vous veniez samedi à

Malsfeld où nous reprenons le train vers 14 heures à destination de Breitenau. Dans ce cas, vous n'aurez qu'à monter derrière moi. Le trajet ne dure que vingt minutes mais au moins, on pourrait se revoir ! !

Ce serait quand même bien, non ?

Mais vous devrez être très prudentes sur le quai et ne pas vous trahir. Dans le train, nous pourrons parler. Si cela devait se faire, apportez-moi du papier à lettres, des timbres, des cigarettes, des allumettes, un peu de crème pour la peau, une lame de rasoir. Et peut-être que papa ou le Dr Schupmann (saluez-le cordialement de ma part) peut vous donner des cachets contre la douleur car j'ai de nouveau très mal dans les bras et les mains. Le mieux serait que vous emballiez le tout dans un petit paquet que vous me donnerez dans le grand tunnel avant Guxhagen. Et si ce n'est pas trop demander, apportez-moi aussi un peu de pain blanc ou de la brioche, j'aurais ainsi un peu plus à manger le dimanche. Mais seulement si cela ne vous prive pas.

Il y a des jours que je me représente le bonheur qui sera le mien durant ces quelques minutes. Ne faites surtout aucune allusion à cela dans vos lettres, je vais tout simplement faire bien attention dans les prochains jours. Si ça marche et si je devais être encore longtemps absente, peut-être pourra-t-on faire la même chose une autre fois afin que je puisse aussi voir Marilis et Eva.

Pour aujourd'hui, au revoir les enfants. Quand est-ce que mon garçon sera de nouveau en permission ? Est-ce qu'il ne pourrait pas se rendre une fois chez Marilis, à Marburg, pendant le week-end ? Je vous serre tous contre mon cœur et je vous embrasse tendrement.

Votre maman

Ces lignes se croisèrent avec une lettre d'Ilse datée du 15 novembre dans laquelle elle évoquait une nouvelle rencontre à Cassel avec l'amie de Lilli, Maria Lieberknecht :

Je me suis rendue chez tante Maria ce matin à la première heure et j'y suis restée jusqu'en début d'après-midi. Nous avons eu un entretien très positif... Elle est toujours si gentille avec moi et tu pourras certainement revenir bientôt chez nous.

Lilli pouvait lire entre les lignes de ce message car elle avait elle-même insisté pour que l'on prie instamment Maria Lieberknecht d'intervenir en sa faveur auprès de la Gestapo par l'intermédiaire de son beau-frère. Donc : tante Maria avait parlé à Ilse de ce qui avait été entrepris pour obtenir la libération de Lilli. Et elle lui avait laissé entendre qu'on avait de bonnes chances d'y parvenir.

De son côté, Johanna relatait à sa mère les efforts qui étaient déployés pour régler le problème toujours en suspens de sa scolarisation. Le bombardement de Cassel remontait à présent à quatre semaines et l'on ne savait toujours pas si elle serait accueillie à l'auberge de jeunesse de Fulda ou au lycée de Hofgeismar. Elle écrit le 18 novembre :

Ma chère, bonne petite maman,

Comment vas-tu ? J'ai fait aujourd'hui un grand tour de piste. A 9 heures, je suis partie en voiture avec tante Rita à Hofgeismar. Il faisait très froid, il y avait un mur de brouillard et la route n'a pas été facile. Au bahut de Hofgeismar, nous avons demandé s'il y avait une place en quatrième. La réponse a été non. On est donc retournées à la maison et on est reparties à Cassel pour assister à la réunion d'information scolaire qui avait lieu à 11 heures. Là, on nous a dit que tous ceux qui attendaient d'être scolarisés devaient se présenter à leur professeur principal. Il y avait foule autour de la Jahns. Les parents s'interrogeaient : Mais pourquoi justement à Fulda où il y a toute cette concentration industrielle et tous ces militaires ? C'est une cible rêvée pour les tommies. Non, nos enfants, c'est tout ce qui nous reste, nous ne voulons pas qu'ils aillent à Fulda.

Sur 33 enfants, 4 seulement se sont inscrits dont moi. N'est-ce pas décourageant ? Mais tante Rita va faire machine arrière demain. Nous allons demander à parler au recteur Kölling. Peut-être aura-t-il quand même encore une ou deux places à Hofgeismar. Malheureusement, il n'était pas là aujourd'hui. Nous le verrons demain. Il faut attendre et surtout ne pas perdre courage, n'est-ce pas, ma chère maman ? Courage et espoir !

Ta Hannele qui t'embrasse tendrement.

Deux jours plus tard arrivait la lettre prétendument expédiée par « Gisela Stephan » dans laquelle Lilli proposait une rencontre avec les enfants. Le dimanche 21 novembre, Ilse lui en accusait réception et rédigeait cette réponse :

Mon excellente petite maman,

Hier j'étais de nouveau si terriblement fatiguée que je n'ai plus pu t'écrire. Je t'en prie, ne le prends pas mal. J'ai reçu une lettre de Gisela. Le facteur me l'a remise en main propre alors qu'il se rendait de la gare à la poste. Gisela m'a priée de lui rendre visite samedi en prenant le train qui part vers 2 heures. Je vais faire comme elle dit. Et j'espère que tout ira bien.

Samedi matin nous avons eu composition de mathématiques – ça n'a pas été facile du tout... L'après-midi, j'ai fait une tarte au fromage blanc avec une pâte pâtissière. J'ai tout fait seule et c'était très réussi. Aujourd'hui je suis allée avec Dorle chez Gerhard. Il a été très content de nous voir. Nous avons mangé de la tarte et lu des lettres...

Demain je dois retourner chez tante Maria pour parler encore avec elle. C'est notre jour de congé hebdomadaire. Je pourrai peut-être récupérer ma montre en or qui est en réparation chez l'horloger de Hofgeismar. J'en serais ravie.

Ma chère maman ! Comme je m'ennuie de toi. Mais je pense que tu seras bientôt de retour parmi nous. En attendant, tante Lore s'occupe bien de nous. Elle est très très gentille. Est-ce que tu as au moins assez à manger ? ? Je l'espère tellement ! ! ! C'est que nos colis ne sont plus si copieux. Mais est-ce que ça va quand même ? Nous avons droit à des rations supplémentaires parce que nous avons été bombardés : des pommes, 1 kg d'oignons, 1/2 kg de volaille, 1/2 kg de viande, 1 kg de pain, 1/8 de kg de bonbons, en attendant la suite. Pas mal, non ?

Et maintenant, maman chérie, dors bien, ne te fais pas de souci, je t'embrasse très fort, ton Ilse souris.

Lilli pouvait donc escompter qu'Ilse l'attendrait le samedi d'après, 27 novembre, à la gare de Malsfeld. Ilse s'était montrée très rassurée sur le sort de sa mère, estimant qu'elle serait très vraisemblablement libérée sous peu. Mais dans la lettre suivante, rédigée après le second entretien annoncé avec Maria Lieberknecht, le ton n'était plus du tout à ce bel optimisme :

Mon excellente petite maman,

Ce matin tôt, je suis retournée chez tante Maria. Elle était de nouveau très malade. C'était aujourd'hui l'anniversaire de la mort de son mari. Hier, elle est allée se promener dans la vieille ville dévastée. Elle a vu les couronnes signalant les morts enfouis sous les tas de décombres. Elle m'a parlé très gentiment, comme d'habitude, et m'a donné encore un certain nombre de conseils...

Demain je t'envoie un paquet avec différentes choses. Et après-demain, ou peut-être demain déjà, le pain qui va avec. Pour que tu le saches et que tu ne croies pas que j'ai oublié le pain. Oh non, maman chérie. Je fais de mon mieux afin que tu n'aies pas à souffrir de la faim. Car si je savais que tu as faim, je serais encore plus malheureuse que je ne le suis.

Et puis encore ceci, maman chérie ! Si nous devons fêter Noël séparément, il ne faudra pas désespérer. Surtout pas deux amies comme nous. Je ne penserai qu'à toi et toi à moi, c'est ainsi que nous devrons surmonter l'épreuve. D'autant plus belle sera la fête de Noël suivante qui nous verra enfin réunies. J'ai envers toi un devoir qui est de faire bonne figure car il y a les petites ! Je veux faire en sorte, avec l'aide de tante Lore, que les enfants aient quand même une belle fête de Noël. En réalité, ce ne sera pas « vraiment » une fête, mais cela, tu le sais bien, n'est-ce pas ? Mais il ne faut pas que tu te fasses du souci pour les petites. Vois-tu, chère maman, nous devons nous faire une raison, je m'y applique de toute mon âme. Oh, maman chérie, si seulement je savais que tu n'es pas tout à fait malheureuse ! Que tu ne te sens pas tout à fait abandonnée ! Toute seule là-bas ! Si je savais qu'il y a quelque chose qui puisse te consoler, je ferais tout pour te le procurer. Je vais encore t'envoyer quelques poèmes, tu les liras le moment venu. Je n'ai pas le moindre cadeau pour Noël. Pour personne. Pas même pour toi, rien.

Tu vois ! Je me figure à présent que je me suis entretenue avec toi et je me sens toute légère. Et c'est toujours l'impression que j'ai lorsque je t'écris une lettre.

Et voilà le genre de tickets d'alimentation que nous recevons en ce moment – on vient d'essuyer une canonnade infernale. J'ai empoigné ma Dorle et je me suis réfugiée avec elle dans la bibliothèque. Cela a duré trois quarts d'heure. Et chaque fois cette peur bleue. Je ne peux vraiment plus le supporter, même quand ce ne sont que des tirs (et pas des bombes).

Et maintenant dors bien et reçois mille baisers de ton Ilse souris qui ne pense qu'à toi.

A l'école aussi, les pensées d'Ilse ne cessaient de s'envoler vers Lilli ; le lendemain matin déjà, elle écrivait de Hofgeismar :

Mon excellente maman chérie,

J'espère que tu vas bien. Nous sommes en cours de biologie. Le prof est un tout petit bonhomme. Son nom : Dr Grupe. Il nous enseigne les lois de l'hérédité. C'est mortellement ennuyeux. Maintenant, ça devient intéressant ! ! ! Il va donner des notes. Tous les élèves de première doivent se regrouper. Et de réfléchir. Celui-ci en sait autant que celui-là. Quelle note ai-je donné à celui-là ? 12 sur 20. Bien – je te donne aussi 12 sur 20. Et ces deux-là, quelle note leur ai-je donnée ? Et ainsi de suite jusqu'à ce que tout le monde ait été passé en revue et noté. A présent il nous parle de haricots blancs.

Je pense à toi, que fais-tu en ce moment ? Est-ce que tu penses aussi à moi ? Je crois que oui. Ma chérie ! Ne sois pas si triste ! Je fais mon possible pour ne pas l'être ! Au revoir, jusqu'à ce soir.

Ton Ilse

Et le soir même, en effet, dès son retour à Immenhausen, Ilse écrivait une autre lettre à Lilli :

Ma très chère maman,

Bonsoir ma chérie ! J'espère que tu profites bien des heures de repos après le travail. Je viens d'avoir une peur terrible car il y a de nouveau eu une alerte. Il y en a déjà eu une à 7 h 15. Et cela me met toujours dans un état d'agitation que je ne peux pas maîtriser. Dieu merci, c'est fini et cela va déjà mieux. Mais non, voilà que ça recommence. Encore une alerte, et me revoilà tout agitée. J'ai dû chercher Dorle dans la chambre à coucher et l'amener à la cuisine où tante Lore vient de repasser ma veste noire. Quand elle a eu terminé, j'ai couché Dorle dans le lit de papa (devenu celui d'Eva). J'ai allumé une lampe de chevet et tamisé la lumière. Dorle s'est endormie et je me retrouve assise à la table, en train de t'écrire. Malheureusement l'alerte dure toujours.

Quand je suis rentrée du train, à midi, j'ai mangé en quatrième vitesse. Puis j'ai fait un gâteau au miel pour toi. J'espère qu'il te plaira. Descendue entre-temps à la cave afin d'y chercher une des moins belles nappes pour elle : tante Rita dit toujours qu'elle n'en a que très peu et demande si je ne peux pas lui trouver encore une nappe passable pour tous les jours. Mais où donc se trouve la clé de la cantine ? J'irai voir demain dans la boîte-tirelire plate en bois jaune. J'espère que je la trouverai là.

Puis j'ai fait encore très vite un paquet pour toi avec les choses suivantes dedans : 1 pain blanc, 1 pain noir, beurre, fromage, confiture, sel, 1 flacon avec le remède pour tes rhumatismes qui doivent sûrement te tracasser à nouveau, savon, beaucoup de pommes, journaux, gâteau au miel et bon appétit ! Espérons que tout te plaira.

Dans l'intervalle, Helmut Rüdiger est venu à la maison pour copier mon anglais. Finalement, j'ai quand même encore pu poster le paquet et remettre un peu d'ordre dans mes affaires en attendant le repas du soir. Puis il y a eu une autre de ces énervantes alertes. Jusqu'à présent sans dommages.

Et maintenant, les bons d'achat. Pour Gerhard : 1 costume, 1 chemise, 1 maillot de corps, 1 paire de chaussettes, 1 chemise de nuit... Ilse : 1 chapeau, 1 ensemble en laine, 1 chemise, 1 culotte, 1 paire de gants, 1 chemise de nuit... Eva et Hannele, par tête : 1 chemise de nuit, 3 mouchoirs, 1 manteau de pluie, 1 culotte, une chemise... Dorle : 1 culotte, 3 mouchoirs, 1 chemise de nuit, 1 paire de gants, 1 bonnet, 1 robe... Voilà, c'est tout pour aujourd'hui. Es-tu contente, ma chérie ?

A présent, je dois encore apprendre ma leçon d'allemand. Dors bien ! Ne sois pas trop triste. Pense à ma lettre d'hier, mon trésor. Je pense à toi et tu penses à moi. Laisse-moi te serrer dans mes bras et reçois un gros baiser de ton Ilse souris qui ne pense qu'à toi.

La cantine à laquelle Ilse faisait allusion dans sa lettre avait été entreposée à Immenhausen par Tilly Schlüchterer. La tante de Lilli y avait rangé quantité de linge et de vêtements qu'elle comptait emporter lorsqu'elle émigrerait. Mais Tilly fut déportée par les nationaux-socialistes à Theresienstadt avant d'avoir pu réaliser son projet. Les filles de Lilli supputaient ou savaient déjà à l'époque que tante Tilly n'aurait plus besoin de sa cantine.

Sur les huit cents filles qui avaient fréquenté l'école Jakob-Grimm en même temps qu'Ilse et Johanna, cent quatre-vingts furent scolarisées à Fulda, à l'auberge de jeunesse transformée en lycée – parmi elles se trouvait également la meilleure amie d'Ilse, Gisela Stephan. Johanna fut finalement inscrite à Hofgeismar, comme Lili l'avait souhaité, mais pas dans la même école qu'Ilse. Un lycée de garçons de Brême détruit sous les bombardements fut totalement transféré à Hofgeismar, et c'est dans cette école que Johanna fut finalement admise. Elle écrit le 24 novembre :

Maman chérie,

Comment vas-tu ? Oh, si seulement je pouvais être près de toi ou toi près de nous. Comme nous serions heureux et reconnaissants d'être tous réunis. Et tu me manqueras encore plus demain car il me faut aller pour la première fois à l'école des garçons.

Tante Rita a obtenu que nous soyons admises là, Heidi et moi. Nous avons classe de 2 à 6 heures. Je partirai d'ici à 1 heure et j'attendrai Heidi à Hofgeismar où elle arrivera à 1 h 30... Je me console à l'idée que je verrai aussi Ilse à Hofgeismar. Enfin, je suis quand même bien contente de pouvoir retourner à l'école. En guise de cartable, je prendrai une mallette que j'ai trouvée au cabinet. Il y avait de vieilles bouteilles (vides) et des boîtes (vides) dedans. J'ai donc trouvé un meilleur usage à cette mallette. Je suis curieuse de savoir combien de garçons il y aura dans ma classe. On n'aura évidemment plus de cours de travaux manuels. Voilà, c'est tout. Ma chère petite maman, nous devons prier le bon Dieu, il nous aidera sûrement.

10 000 000 000 000 000 000 de câlins et de bisous de ta Hannele bichette.

Dans l'intervalle, la date de la rencontre projetée à la gare de Malsfeld s'était considérablement rapprochée. Deux jours avant le rendez-vous prévu, soit le jeudi 25 novembre, Ilse écrivait à Lilli :

Mon excellente maman chérie,

Oh, le vent qu'il a fait aujourd'hui, une journée affreuse. J'espère que tu n'as pas eu trop froid ! ! ! Oh, je le souhaite du fond du cœur ! ! ! Nous avons enfin eu à rédiger la dissertation depuis si longtemps attendue. Le sujet pour les autres filles était : « La construction d'une tragédie selon le modèle proposé par Goethe dans Egmont. » Nous autres, les nouvelles venues, nous avions comme sujet : « Quelle importance attribues-tu aux diverses formes du savoir-vivre ? » Oh, le drôle de sujet. J'ai écrit quatre pages entières sur les usages tels que retirer son chapeau, faire marcher la dame à sa droite, respecter le grand âge et ainsi de suite... Espérons que j'aurai une note passable.

Malheureusement, il nous sera impossible de rendre visite à Gisela. J'ai reçu aujourd'hui une carte de Stephi, rien de neuf.

Les deux dernières phrases contenaient un nouveau message codé. Ilse décommandait tout bonnement le rendez-vous avec sa mère : Il était malheureusement impossible de « rendre visite à Gisela ». Et pour éviter toute méprise, elle nommait son amie Gisela Stephan par son sobriquet, Stephi. Ilse n'expliquait pas pourquoi la rencontre à Malsfeld ne pouvait avoir lieu. Vraisemblablement, Maria Lieberknecht avait jugé qu'une telle rencontre était terriblement risquée et recommandé à Ilse d'y renoncer purement et simplement. Mais voyons la suite de la lettre d'Ilse :

J'ai envoyé aujourd'hui à Breitenau, par lettre recommandée, 20 Reichsmark à ton intention. Pour l'adresse, j'ai mis « Landesarbeitsanstalt Breitenau ». J'espère que cela conviendra. A part cela, je me demande s'il n'y aurait pas moyen d'obtenir l'autorisation de te rendre visite sur place et je vais tout mettre en œuvre pour cela. J'ai bon espoir d'y parvenir. Tante Maria nous aide beaucoup.

Lundi, je retourne à Frankenstein. Cet après-midi, je suis descendue à la cave et j'ai ouvert de force la cantine, non sans mal. J'ai pris dedans une culotte blanche pour moi. C'est bien que nous ayons toutes ces choses.

N'as-tu pas trop froid ? C'est ce qui me fait le plus de souci. J'espère que tu recevras bientôt notre *colis. A la gare, ils manipulent les paquets sans aucune précaution. Je peux constater cela tous les jours. Oh, ce soir, tu recevras de nouveau un baiser de moi. Pour te souhaiter une bonne nuit. Maintenant, dors bien. Et reçois un gros câlin de ton Ilse souris qui pense sans cesse à toi.*

Ne sois pas si triste ! Après la pluie, le beau temps !

Lilli ne reçut pas à temps la lettre d'Ilse qui décommandait le rendez-vous clandestin. Aussi fut-elle terriblement déçue en ne voyant personne à la gare de Malsfeld. Cependant, une nouvelle possibilité se profilait à l'horizon : avec l'aide de Maria Lieberknecht, Ilse devait obtenir l'autorisation de lui rendre visite à Breitenau.

« UNE ROBE EN TOILE GROSSIÈRE ET DES GALOCHES DE BOIS »

La visite à la mère au camp de Breitenau

Toutes les victimes survivantes du bombardement devaient présenter aux autorités une liste précise des objets détruits ou perdus afin d'obtenir les bons d'achat correspondants. Cependant, un inventaire exhaustif du contenu de l'appartement incendié du n° 3 de la Motzstrasse ne pouvait être établi sans l'aide de Lilli – d'où la nécessité de lui rendre visite à Breitenau. Mais le droit de visite n'était pas prévu dans le règlement de Breitenau, et pour obtenir une telle autorisation, il était nécessaire de surmonter pour commencer toute une série de difficultés bureaucratiques. Ilse se montra donc très circonspecte au départ et n'évoqua ce nouveau projet de rencontre que lorsque l'autorisation officielle fut effectivement obtenue. Aussi ce projet est-il totalement passé sous silence dans ses lettres suivantes, à commencer par celle du 26 novembre :

Mon excellente petite maman chérie,

On vient d'avoir droit, une fois de plus, à une de ces copieuses et interminables canonnades. Oh, la peur qui me glace chaque fois que ça recommence ! Il semble que ce soit passé maintenant. Mais le signal de fin d'alerte n'a pas encore été donné et je ne cesse de dresser l'oreille. Dorle ne dort pas encore. Elle est couchée à côté de ma table et a de petites pommettes toutes roses. Elle joue avec ses doigts et va sûrement s'endormir d'un moment à l'autre. Quand la DCA se fait entendre, elle dit toujours : « On ne va pas de nouveau courir à travers le feu, n'est-ce pas, Ilse ? » Donc Dorle a bien noté tout ce qui s'est passé. Mais je suppose que cela ne t'étonnera pas.

Cet après-midi, je me suis rendue chez Resemarie pour lui demander des manuels scolaires. Malheureusement, elle n'en avait plus. Ensuite, je suis allée chez le pasteur. J'apprends déjà le futur : laudabo, bis, bit, bimus, etc. En latin, il faudrait que je travaille beaucoup. Malheureusement, je n'ai que peu de temps à consacrer aux études.

Aujourd'hui, nous avons eu deux heures d'histoire de l'art. Le Dr Faust est quelqu'un de formidable. Il nous a montré la Vierge au buisson de roses *de Stephan Lochner. Et aussi la* Vierge aux pois de senteur *et le* Retable d'Issenheim*. Et il a dit des choses que je ne pourrais pas du tout te répéter avec mes mots simples. Ce Dr Faust est le plus grand homme qu'il m'ait été donné de rencontrer à ce jour...*

Oh maman, c'est quand même trop triste de penser que tu ne seras sans doute pas de retour à la maison pour les fêtes de Noël. Mais nous devons le supporter. Nous ne devons pas désespérer. Si pénible que ce soit pour toi et moi, les deux amies. Mais tu peux compter sur moi. Je ferai mon possible pour que les petites soient « un tant soit peu » à la fête. Si j'ai du mal, je penserai très fort à toi...

A bientôt, maman chérie. Ton Ilse souris qui te serre très fort dans ses bras.

Au même moment, Johanna était également en train d'écrire à sa mère. Elle lui narrait ses premières expériences au lycée de Hofgeismar – la prise de contact tant redoutée avec une population scolaire essentiellement composée de garçons s'était manifestement bien passée :

Ma très chère et précieuse maman,

L'alerte vient d'être donnée, la canonnade bat son plein et il fait grand jour. Eva et moi venons de passer un moment à regarder par la fenêtre de la cage d'escalier. Ilse plane dans les hautes sphères. Mais je crois que nous n'y sommes pour rien.

Aujourd'hui, à l'école, ça a marché comme sur des roulettes. Les garçons sont très chouettes. Il suffit de participer à toutes leurs bêtises. Pendant la récréation, ils ont chipé à Heidi son vieux cahier de rédaction et nous leur avons couru après jusqu'à ce que nous ayons récupéré le cahier en 100 000 morceaux. Ils nous ont lancé ensuite des boulettes de papier que nous leur avons retournées illico. Bref, nous leur avons tenu tête.

En histoire, ils ont dû rédiger un devoir sur Henri le Lion. Comme nous n'en sommes pas encore arrivées là, nous avons dû lire pendant ce temps les pages correspondantes du manuel. Nous avons soufflé un certain nombre de choses importantes à ceux qui étaient assis juste devant nous. De cette manière-là, nous nous sommes fait tout de suite des amis. En mathématiques et en géographie, nous avons un tout jeune professeur sympathique mais sévère appelé Fatthauer. Mais les garçons lui ont déjà trouvé un sobriquet. Ils l'ont appelé Sextuple parce qu'il a donné une fois à la classe un devoir de géographie pour lequel il a octroyé 28 six et 2 cinq. En biologie et en religion, nous avons un professeur nommé Hengst[1]. Entre nous, nous ne l'appelons que « Hue dada ». Enfin, il y a notre professeur

1. Baudet. *(N.d.T.)*

principal, nommé Jachens, une véritable horreur. Nous l'avons en latin, histoire et anglais. Ouh, le latin, quelle affaire, j'ai beaucoup de choses à rattraper.

Est-ce que tu pourras rentrer bientôt ? Je crois que nous ne serons pas ensemble pour Noël. Si seulement on savait. Mais il faut garder courage et confiance. Mille baisers et tendresses de ta Hannele bichette.

Entre-temps, l'amie de Lilli, Lotte, était rentrée de Fribourg à Leipzig. Son fils, Peter, paraissait en bonnes mains chez Joséphine, leur ancienne bonne fribourgeoise. Lotte tombait à présent également sous le coup du travail obligatoire mais était autorisée à demeurer auprès de son mari. Le 26 novembre, elle écrivait à Breitenau :

Ma chère Lilli,

Je viens de rentrer et je t'envoie pour commencer un petit quelque chose à manger. Je voulais faire un gâteau mais le temps me manque car je dois commencer à travailler après-demain dans une tannerie.

J'ai encore énormément de choses à régler d'ici là, mais dès que j'y verrai plus clair, tu auras quelque chose de meilleur, d'accord ? Une gentille lettre d'Ilse m'attendait ici. J'espère qu'elle va nous rendre bientôt visite. Je travaille jusqu'à 2 ou 4 heures, il me restera donc du temps à lui consacrer.

A Fribourg, c'était merveilleux ! Je me suis reposée et j'ai mangé à satiété. J'ai fait deux promenades en montagne. Partout je t'ai emmenée avec moi.

Peter est en lieu sûr. Le service de santé lui a attribué des rations supplémentaires car il souffre de sous-alimentation. A présent qu'il me faut travailler, je suis doublement contente de le savoir à l'abri.

Je voudrais envoyer du linge et d'autres choses aux enfants dans les prochains jours. J'aurais voulu en parler d'abord avec Ilse. Espérons qu'elle viendra bientôt.

As-tu bien noté ma question concernant l'éventuel envoi d'une couverture chaude ? Réponds-moi sur ce point et n'hésite pas à me dire si tu as besoin d'autre chose.

Pardonne-moi cette lettre un peu décousue mais j'ai encore tant de choses à faire.

Ernst August me prie de te transmettre un amical salut et je t'embrasse très fort, bien à toi,

Lotte

Durant ces dernières semaines de l'automne 1943, c'est un véritable déluge de lettres qui se déversa sur Lilli. Ilse et Johanna lui écrivaient tous les jours. Elles lui envoyèrent aussi de nombreux paquets qui n'arrivaient pas toujours à destination. Il semble bien que la direction du camp de Breitenau ait confisqué de temps en temps l'un des colis adressés à Lilli.

Fin novembre 1943, Lilli réussit à expédier aux enfants une nouvelle lettre clandestine. Rédigée le 28 novembre, la lettre était écrite à l'encre rouge sur trois feuilles de papier d'emballage brun. Lilli y revenait de manière détaillée sur tous les points que les enfants et sa nièce Marilis, étudiante à Marburg, avaient soulevés dans leurs nombreuses missives tout au long des semaines passées :

Mes chers enfants bien-aimés,

C'est aujourd'hui le premier jour de l'avent et je souhaite ardemment que vous éprouviez, malgré la peine qui nous occupe, un tout petit peu de cette joie particulière qui est le signe avant-coureur de Noël. Je pense à vous depuis le début de cette journée avec toute la force de mon amour et beaucoup de nostalgie. Ilse, ma chérie, tu es si vaillante, tu dois le rester, et il ne faut surtout pas que tu penses que je suis continuellement et uniquement triste. En vérité, je ne le suis pas, et lorsque je reçois vos si gentilles et affectueuses lettres, je suis même très fière et contente et pleine de gratitude.

Et ici également, je reçois maints témoignages d'amitié, de sympathie, de bonté. Aujourd'hui même, on m'a fait cadeau d'une petite couronne d'avent, et lorsque nous serons de nouveau réunis, il me reviendra sûrement nombre de bons souvenirs d'ici. Si seulement cela pouvait être bientôt !

Hier, je n'ai pas cessé de lorgner dans toutes les directions à Malsfeld pour vous repérer et j'ai été évidemment très déçue de ne pas vous voir. Je suppose que vous n'avez pas été autorisées à monter dans le train ou qu'il y aura eu quelque autre empêchement, mais lequel ?

En revanche, j'ai reçu beaucoup, beaucoup de courrier de vous tous – de Gerhard, deux lettres et de Marilis, une lettre et une carte postale. Je suis toujours si heureuse d'avoir de vos nouvelles. Et j'ai aussi eu droit à deux colis cette semaine. En premier lieu le vôtre, avec le coton hydrophile, les épingles à cheveux, etc., et les excellents biscuits secs d'Ilse. J'y ai trouvé absolument tout ce que vous m'aviez énuméré dans votre lettre et je remercie tout spécialement Gerda pour les bonnes choses qui viennent d'elle. Comme c'est gentil de sa part. Et hier, encore un gros paquet de tante Lore avec deux pains, du fromage, du beurre, de la confiture, un gâteau, beaucoup de pommes, des médicaments et un jeu de mikado. Comment vous remercier pour toutes vos attentions ! Mais surtout, ne m'envoyez plus de beurre, surtout surtout plus, je ne pourrais pas le manger avec bonne conscience. Donc, mes chéris, soyez remerciés une fois encore du fond du cœur, grâce à vous, je vais pouvoir manger à satiété, et j'espère que les cachets feront également leur effet si je continue de les prendre régulièrement.

Par contre, je n'ai pas reçu le colis de pain qui devait arriver la semaine dernière, pas plus d'ailleurs que les différents paquets évoqués par vous et Marilis au cours des semaines passées. Mais il semble que les choses s'améliorent de ce côté-là. Nous n'allons pas nous attrister davantage à ce sujet, n'est-ce pas ? Dites-vous seulement que tout ce que vous m'envoyez me fait un immense plaisir. Et merci aussi pour le paquet de journaux avec les deux magazines.

Transmettez, je vous prie, mes très affectueuses pensées à Marilis et remerciez-la tout spécialement pour le joli recueil de poèmes de Mörike qui m'a fait chaud au cœur. Et à toi, mon garçon, grand merci pour tes lettres dominicales et les beaux ornements poétiques qu'elles contiennent et dont je me régale ! Hannele, comment cela s'est-il passé à Hümme ? Et comment se présente pour toi la question de l'école ? Je suis si contente que tu n'aies pas dû partir à Fulda. Et Eva se défend donc si bien en calcul ? Continue comme cela, ma chérie. Vous ne m'avez pas parlé de Dorle cette semaine. Que devient mon petit trésor ? ? Je suis très très contente que vous vous entendiez si bien avec tante Lore. Saluez-la de ma part, je me suis terriblement réjouie de ses affectueuses pensées.

Tes relations détaillées, Ilse mon amie, me sont d'un grand réconfort et me rassurent aussi. Je souffre seulement beaucoup de ne pouvoir m'occuper de vous. Faut-il vraiment que vous retourniez à Frankenstein ? Je préférerais presque que tante Lore s'occupe d'acheter les lits, etc., étant donné qu'elle s'y entend mieux, du moins à mon sens, en ce genre de choses, que tante Rita. Ne pourrais-tu pas faire tous ces achats avec elle à Leipzig ? Tante Lotte vous hébergerait et vous aiderait sûrement très volontiers. Mais si vous êtes d'un avis différent, ne vous laissez surtout pas influencer par moi. Si tu devais retourner chez tante Maria, salue-la très amicalement de ma part et remercie-la pour toutes les bontés dont elle fait preuve envers vous. Comme c'est gentil de sa part de t'offrir encore une robe, mon Ilse chérie. Saluez aussi tante Rita, le Dr Schupmann et, surtout, papa. Tu fais bien, Ilse, d'écrire à Munster pour les livres. Mes enfants, continuez à me parler de l'école et de tous vos faits et gestes. Est-ce que vous êtes tous ensemble aujourd'hui ? Et est-ce que je pourrais être avec vous à Noël ? ? ? Je vous salue tous les six mille fois et je vous embrasse très fort, tendrement ! Votre maman.

En marge de la dernière page, Lilli notait encore ceci :

Les lettres de Gerhard me font toujours très plaisir même si, faute de temps, je ne suis pas en mesure de lui répondre en particulier, n'est-ce pas, mon grand ? !

Les enfants de Lilli ne se lassaient pas d'écrire, mais derrière chacune de leurs phrases, derrière chaque épisode qu'ils étaient amenés à relater se dissimulait encore et toujours cet unique message : Maman, nous avons besoin de toi, quand reviendras-tu à la maison ?

Seule Johanna arrivait encore parfois à se libérer momentanément de la nostalgie en adoptant un ton délibérément léger. Ainsi en ce premier jour de l'avent où Lilli avait également écrit :

Ma chère, bonne, pauvre petite maman dorée,

Comment vas-tu ? Si la poste se remet à fonctionner régulièrement, il va y avoir un jour sans lettre de moi. En voilà la raison : j'ai eu très mal aux dents ces derniers jours, cela venait d'une molaire complètement pourrie mais qui tenait bon, en haut, à droite. Après que j'ai eu englouti tout un tube de veramon, tante Rita m'a traînée chez le Dr

Holland, tu sais, le vieux dentiste à présent âgé de plus de soixante-dix ans et qui est d'ailleurs totalement à bout de forces. N'empêche qu'il m'a collée sans hésiter dans son fauteuil de torture et m'a injecté un produit anesthésiant dans la gencive. Cela pouvait encore aller, mais après : au bout de cinq minutes, le voilà qui exhibe sa pince et se met à extraire de la gencive de petits morceaux de la dent à moitié effritée, ouille, que ça faisait mal. J'ai eu l'impression d'avoir la bouche lardée d'épingles. Après cela, il a sorti un autre instrument et il s'est mis à tirer sur la dent, et je te tire vers le haut et je te tire vers le bas, puis à gauche, à droite, encore et encore, et j'ai pu sentir alors que j'avais effectivement 32 dents. Je n'ai pas cessé de me cabrer dans le fauteuil et tante Rita a eu toutes les peines du monde à me maintenir en place. Enfin la moitié de la dent est sortie. Mais où était donc l'autre moitié ? Ouh-la-la, ai-je pensé pour autant que j'étais encore capable de penser. Et le vieux monstre de se repencher sur moi. Cette fois, il a rassemblé toutes ses forces et ho hisse, ho hisse, et hop, l'autre moitié était là.

« Cela n'a pas été tout seul », a dit la vieille branche. Et moi, je ne savais pas si je devais pleurer ou rire ou hurler de douleur. Ouille, ouille, ai-je seulement dit, et tante Rita a dit : allons, allons. Mais j'étais complètement déboussolée. Il ne m'a pas entendue dire au revoir, a seulement vu ma main tendue et mon dos qui s'éloignait. Et un mal de dents, un mal de dents, maman chérie, je ne te dis que ça... Puis un foulard autour de la tête et deux comprimés, un contre la douleur, l'autre pour dormir. Au lit, j'ai encore pleuré un moment. Puis mon cher, bon oncle, le Dr Schupmann, est entré pour me consoler et me raconter ses propres déboires dentaires. Tu te souviens du problème qu'il a eu chez nous avec une dent de sagesse. Ensuite la douleur s'est calmée et je me suis endormie en sa présence. J'aime le Dr Schupmann

comme un père, après toi, c'est la personne au monde que je préfère.

Voilà, c'était la page consacrée à la dent.

Sur une autre feuille, Johanna poursuivait :

Aujourd'hui, c'est donc le premier jour de l'avent. Et sans toi, maman chérie, oh oui, c'était bien mais – de loin, de loin ! ! ! ! ! – pas aussi bien que si tu avais été là. Avec toi, au moins, on a droit à la bonne ambiance de Noël, ce qui n'a pas été le cas. Eh oui, tante Rita nous a lu (ou plutôt ânonné) des passages de son missel catholique auxquels on n'a pas compris grand-chose.

Puis il y a eu une petite assiette avec des billets de tombola. Chacun devait tirer un billet et sur chaque billet il y avait un nom... Si tu avais tiré « Ilse », tu devais faire chaque jour quelque chose de bien pour Ilse, par exemple lui offrir quelque chose ou l'aider, nettoyer ses chaussures, lui recoudre les chaussettes, faire son lit ou je ne sais quoi. C'est sympathique mais ça ne ressemble pas du tout à tante Rita. On n'avait pas non plus le droit de dire quel nom on avait tiré. Mais lorsque tante Rita est sortie un moment de la pièce, chacun a montré aux autres ce qu'il avait tiré. Tu aimerais sûrement savoir qui a tiré qui. Tante Rita a évidemment tiré mon nom, et comme il y avait une personne de trop, elle a aussi tiré celui d'Eva. Tante Lore a tiré Dorle, ce qui est bien. Gerda est tombée sur Ilse, Ilse sur Gerda, cela va bien ensemble. Eva est tombée sur la petite Magda, Hannele sur tante Lore, et Dorle, oh horreur, sur tante Rita. Enfin Magda a tiré Eva. Les grands doivent aider les petits à s'acquitter de leurs devoirs envers ceux dont ils ont tiré les noms, Ilse doit aider Dorle et tante Rita, Magda.

J'ai fait aujourd'hui le ménage de notre chambre à la

place de tante Lore. J'ai mis des draps frais sur les lits, rangé la table et nettoyé le plancher. On a aussi eu une couronne d'avent. Ilse s'en va demain à Frankenstein. Voilà, c'était la page de l'avent.

1 000 000 000 000 000 000 000 de baisers à toi de ta Hannele.

De son côté, Gerhard écrivait à nouveau à sa mère une semaine plus tard, soit le deuxième dimanche de l'avent :

Ma chère, chère maman,

Pour ce deuxième dimanche de l'avent, je te souhaite beaucoup beaucoup de bonnes choses. Comment vas-tu ? Ici, tout marche comme sur des roulettes. Moi, je vais bien. Les filles aussi. Elles m'ont rendu visite tour à tour. Dimanche dernier, Ilse est venue me voir. Elle m'a apporté une paire de moufles tricotées à mon intention par Marilis. Cela m'a fait très plaisir. C'est que je n'en avais pas jusqu'alors et par le froid qu'il fait en ce moment, ce n'est pas drôle du tout.

Quand Ilse est repartie – il commençait déjà à faire sombre –, je me suis rendu à mon poste, à la batterie. J'y ai retrouvé Wolf, Ernst et Martin, trois gars de Marburg avec lesquels je m'entends bien, surtout avec Wolf, ils sont beaucoup plus sympas que les autres. Dans l'abri fortifié – là au moins on ne serait pas dérangé par les autres qui auraient sûrement trouvé cela ridicule – j'ai fêté avec eux le premier jour de l'avent. Nous avions une couronne d'avent, une bougie, quelques gâteaux et des cigarettes... Mercredi à midi, le 1.12.43, le chef de pièce nous a conféré, à nous autres auxiliaires confirmés de la Luftwaffe, le grade d'auxiliaire de première classe. L'insigne de notre grade consiste en un galon de sous-officier barrant les épaulettes à l'oblique, semblable au galon des aspirants sous-officiers.

... Dans la nuit de jeudi à vendredi, on a de nouveau tiré. Les tommies sont revenus de Berlin et nous leur avons donc « rôti le poil au passage », pour reprendre une expression chère à notre chef. Une bonne canonnade par semaine, cela « remonte le moral » et vous remet de bonne humeur. Même si cela nous fait pas mal de travail après : le principal, c'est d'avoir tiré.

Hier, j'ai encore été sur la brèche, cette fois en tant qu'auxiliaire de première classe et ce, jusqu'à aujourd'hui midi. J'ai donc très peu de repos. Hier soir, je me suis présenté à l'appel, comme l'exige le règlement, en tenue de sortie avec les insignes de mon grade. J'ai été félicité et on m'a souhaité beaucoup de chance dans ma vie militaire.

Cette nuit, une fois de plus, branle-bas de combat. Alerte aérienne de 2 heures à 6 heures 15. Un froid de chien. A part les pieds, j'étais bien équipé, mais au bout de quatre heures, j'avais les pieds comme des blocs de glace... Hannele est également passée en vitesse pour m'apporter mon linge. Après quatre semaines, je vais peut-être rentrer en permission demain. Mais seulement pour la journée car ma permission de courte durée a d'ores et déjà été raccourcie en permission de sortie. Mais la semaine prochaine, j'espère obtenir une permission de fin de semaine. Si ça marche demain, je serai content, surtout parce que Madame ne sera pas à la maison. Je me réjouis beaucoup parce qu'il y a longtemps que je ne suis pas rentré ! Je t'embrasse et je t'envoie mes meilleures pensées.

Bien à toi, Gerhard

Soucieux de montrer à sa mère qu'il n'avait nullement perdu le goût de la chose littéraire, il retranscrivit à nouveau un poème, cette fois d'Eichendorff, en guise de post-scriptum à cette lettre.

La carrière militaire de Gerhard impressionnait beaucoup ses sœurs, en particulier Johanna, âgée alors de treize ans, qui écrivait à ce sujet à sa mère le lendemain :

Gerda lui a encore vite fait un gâteau parce qu'il est passé auxiliaire de première classe. Il porte à présent un petit ruban argenté sur les épaulettes. Tu te réjouiras sûrement car ce n'est pas tout le monde qui a bénéficié de cette promotion.

Ilse s'était rendue une nouvelle fois à Frankenstein avec Rita afin de se procurer surtout du linge et des serviettes pour la maisonnée d'Immenhausen. Sa relation du 7 décembre :

Ma chère, bonne petite maman,

Je n'ai pas pu t'écrire durant tout ce temps. Me voici de retour à la maison. Nous avons derrière nous un voyage des plus désagréables. Au retour, l'express est parti à l'heure mais est arrivé à Cassel avec près de huit heures de retard. Le train était chauffé, ce qui rendait la chose à peu près supportable. A l'approche de Halle, le convoi s'est longuement immobilisé car la gare de Leipzig est complètement détruite, ce qui donne lieu à de nombreux retards. Après Halle, nouvel arrêt en rase campagne, beaucoup plus long que le premier, en raison du déraillement d'un train de marchandises.

Aussi ne sommes-nous arrivées à Cassel qu'à 1 heure du matin avec nos deux sacs à main, un cartable, trois lourdes valises et neuf couvertures. Nous avons transporté le tout à bord du tortillard qui a démarré à 4 h 25. Impossible de se rendre dans la salle d'attente, tout est détruit. Il faisait un froid glacial dans le tortillard. Durant les quatre heures d'attente dans ce train, j'ai attrapé un rhume carabiné et j'ai eu les pieds à moitié gelés. Quand nous sommes arrivées ici, le matin, on ne nous attendait pas du tout et il régnait un indescriptible désordre à la gare... Nous avons récupéré nos valises un peu plus tard et nous avons tout déballé et posé les nouvelles choses un peu partout dans la chambre, par-dessus les vieilleries qui traînaient parce que la chambre n'avait pas été rangée en notre absence. Ensuite on a pris le café en vitesse et, entre-temps, j'ai encore habillé Dorle. On a tout examiné pendant des heures. On a retiré les choses ici pour les mettre là.

Et quand tout a été passé en revue, tante Rita est arrivée et a voulu avoir ses affaires. Il a fallu que je recommence à fouiller dans ce bazar pour lui trouver ceci et cela, entre autres un paquet de lessive qui s'était ouvert et dont le contenu s'était à moitié répandu sur les draps. Il m'a fallu ensuite ranger le tout, ce qui m'a occupée de 10 heures à 1 heure sans que j'en vienne totalement à bout.

Ensuite, je suis allée à Cassel où je suis arrivée juste à temps pour franchir encore le barrage. Je me suis rendue à la Stapo[1] *pour y chercher le document m'autorisant à te rencontrer dimanche matin afin de parler de la liste des objets perdus dans le bombardement. Je me réjouis énormément à cette perspective. Je suis rentrée à 4 h 30. Tante Lore et Eva étaient déjà à la maison ; dans l'intervalle, tante Rita avait sorti un certain nombre de choses pour les faire admirer à tante Lore si bien qu'il va me falloir ranger une nouvelle fois.*

Puis tante Rita est partie rendre visite à papa. Dieu soit loué, nous sommes restées seules. J'ai tout montré à tante Lore qui s'est déclarée très satisfaite de nos achats, également des draps et des serviettes qui nous sont destinés. Nous avons

---

1. *Stapo*, abréviation de Gestapo. *(N.d.T.).*

aussi rapporté un certain nombre de choses pour tante Lore et Marilis sur présentation de leurs propres bons d'achat. Après le repas du soir, nous avons pris un bain, Dorle et moi. Avant, tante Lore m'avait encore aidée à finir de ranger.

Lorsque Dorle et Eva ont été endormies – Eva dort à présent aussi dans la chambre d'enfant –, j'ai encore rempli une pantoufle à chacune d'elles. Tante Rita n'y avait pas pensé. J'étais passée le matin chez Gustchen pour lui demander si elle n'avait pas un petit quelque chose pour Saint-Nicolas. Elle m'a donné deux cornets de bonbons. A Cassel, j'ai aussi pu acheter un peu de gâteau au miel. Eva et Dorle ont donc pu se réjouir ce matin de voir que Saint-Nicolas est quand même passé à la maison. Hier soir, j'ai soudain été si terriblement fatiguée que je n'ai vraiment plus pu écrire. Pas étonnant si l'on songe que j'étais restée debout, pratiquement sans dormir, durant soixante-cinq heures... Je ne suis pas allée à Leipzig car tante Rita voulait passer voir papa à Cassel, sur le chemin du retour, et j'aurais donc dû rentrer seule avec les valises. Mais finalement, c'est une bonne chose que je ne sois pas allée faire les achats à Leipzig car j'y aurais été au moment du raid aérien.

Oh, ma petite maman, comme c'est dommage que tu ne puisses être parmi nous pour Noël. J'ai peine à le croire. Mais je ferai mon possible pour que les petites aient une belle impression de Noël. Je penserai très fort à toi, maman, et je t'écrirai tout... Oh, ma petite maman chérie, c'est terrible comme tu me manques. Toutes mes pensées sont avec toi et cela rend triste jusqu'au fond du cœur. Je peux tout t'écrire, n'est-ce pas, de toute façon tu me connais trop bien pour penser que je ne suis jamais triste. C'est toujours une grande joie de t'écrire... Ton Ilse souris t'envoie un gros baiser et te serre très fort dans ses bras.

La lettre d'Ilse contenait encore une longue énumération des vêtements achetés à Frankenstein. A cause de ce voyage, Ilse avait encore manqué quelques jours à l'école. Mais dans son esprit, il y avait à ce moment-là toute sortes de choses plus importantes que l'école, entre autres la visite prévue à Breitenau. En témoigne sa lettre du 9 décembre :

Mon excellente et très chère maman,

Après plusieurs jours d'absence, je suis retournée à l'école aujourd'hui. Mercredi prochain, le 15, nous serons en vacances. J'en suis très contente car ainsi je pourrai m'occuper davantage des petites. Quand il y a école, je dois constamment courir pour arriver à faire le strict nécessaire. Les vacances durent quatre semaines, donc jusqu'au 18 janvier, ensuite tout reprendra comme avant. Pour ma rédaction sur les formes de politesse, je n'ai malheureusement obtenu qu'un 4. Mais j'espère que cela va s'arranger à l'école pour moi. Aujourd'hui, j'ai de nouveau eu latin. J'avance bien dans cette matière. Je suis en train d'apprendre le parfait et le plus-que-parfait, laudavis, laudaveritis, etc.

Aujourd'hui, plusieurs personnes ont été très gentilles et ont donné différentes choses à Eva pour toi. Et moi, j'ai parlé un bon moment avec tante Lore cet après-midi. Vivement dimanche ! ! ! ! Dire que lorsque tu recevras cette lettre, je t'aurai déjà vue. Mais elle te rappellera ma visite à ce moment-là... Oh, maman, comme je m'ennuie de toi, personne ne peut mesurer à quel point tu me manques. Comme je suis contente que tante Lore soit là. Avec elle, au moins, on peut parler de certaines choses qui posent questions. De « certaines » choses seulement, bien sûr, mais avec tante Rita, c'est impossible, on ne peut parler de rien. Le mieux avec elle, c'est de se taire.

Voilà, ma chère petite maman ! Dors bien ! Ne sois pas

trop triste et ne prends pas froid ! ! ! Et laisse-toi embrasser par ton Ilse souris qui ne pense qu'à toi.

Et à dimanche ! ! !

La petite Eva, âgée de dix ans, n'était pas peu fière de ce que les familles paysannes lui donnaient pour Lilli en récompense de ses services. Le 10 décembre, donc deux jours avant la visite d'Ilse à Breitenau, elle écrivait à sa mère :

Ma petite maman adorée,

Ce soir, je veux encore vite t'écrire une lettre. La première neige est tombée aujourd'hui, vendredi. Cet après-midi, j'ai fait beaucoup de luge. J'ai eu beaucoup de bonnes choses pour toi. On m'a donné un saucisson que j'ai fait fumer – pour toi, maman chérie.

J'espère que tu rentreras bientôt. Comment vas-tu ?

Nous allons bien.

Beaucoup de millions de baisers de ta fille Eva, la paysanne.

Dans sa lettre du 7 décembre, Ilse avait fait allusion au bombardement de Leipzig survenu le jour même où elle s'était rendue à Frankenstein. Ce n'est que quelques jours plus tard, par une carte postale datée du 10 décembre, que Lilli recevait enfin des nouvelles de son amie Lotte :

Chère Lilli,

Tu as sans doute eu vent du bombardement massif que nous avons subi à Leipzig. Nous sommes en vie et notre maison est encore debout, alors que tout autour de nous de nombreuses habitations ont été dévastées par le feu. Mais nous n'avons plus de fenêtres. Le gaz et l'électricité ne sont pas encore rétablis. L'entreprise d'Ernst August n'a pas été touchée. Mais la mienne a été totalement détruite et le patron est mort. On ne sait pas de quoi demain sera fait. Je t'enverrai un nécessaire de couture dès qu'il sera de nouveau possible d'expédier quelque chose. As-tu reçu au moins un paquet de moi ?

Je t'écrirai bientôt plus longuement, ma chérie !

Ernst August t'envoie ses amitiés.

Je t'embrasse, ta Lotte.

Le samedi 11 décembre, on s'affairait à Immenhausen en prévision de la visite qu'Ilse devait faire à Lilli le lendemain. Chacun des enfants devait trouver quelque chose à offrir à la maman et chacun lui écrivit encore un mot, Gerhard également :

Cette fois mon message te parviendra à temps pour le troisième dimanche de l'avent car Ilse doit te le remettre en main propre. Je crois que ce sera un jour très particulier pour toi et je regrette simplement de ne pas pouvoir venir te voir, moi aussi. Si j'avais su, j'aurais peut-être pu me faire établir une permission à destination de Breitenau. J'espère que tu vas aussi bien que possible. Nous en apprendrons sûrement davantage par Ilse.

Le lendemain matin, le grand jour était arrivé. Lilli n'avait pas vu ses enfants depuis plus de trois mois. Enfin sa fille aînée avait été autorisée à lui rendre visite. Aujourd'hui, près de soixante ans plus tard, Ilse se rappelle ce 12 décembre 1943 dans les termes qui suivent :

Je me fis aussi belle que possible. Par un matin pluvieux, je me tenais craintivement devant les vieux murs sévères et menaçants de la prison. J'attendis maman dans une petite pièce sombre. Elle entra, accompagnée d'une gardienne.

Comme maman avait changé, elle qui était d'ordinaire si soignée de sa personne. Elle portait une robe en toile grossière et des galoches de bois, elle n'avait pas de bas et il lui manquait une incisive. « Vous avez dix minutes », dit la gardienne qui resta dans la pièce. Je ne sais plus de quoi nous avons parlé. Nous nous sommes embrassées longuement. Mme Lieberknecht m'avait recommandé de lui souffler à l'oreille de ne surtout plus envoyer de lettres clandestines. Si l'on venait à le découvrir, cela risquait de lui coûter la vie. Je m'acquittai de cette mission. Et soudain je me retrouvai dehors devant le grand portail.

Ilse ne put retenir ses larmes tandis que le train la ramenait à Immenhausen. Elle raconta son entrevue aux autres enfants. Le soir même, Gerhard et Johanna écrivirent encore une brève missive à leur mère :

Ma chère maman,

Ilse vient de rentrer et je voudrais encore vite te dire que je t'aime beaucoup, beaucoup et que je pense très souvent à toi.

Ton Gerhard

Ma bonne petite maman bien-aimée,

Oh, comme je suis contente et triste de savoir comment tu vas et plein d'autres choses. Je te remercie infiniment pour la si jolie pochette. Tu ne peux pas savoir comme cela m'a fait plaisir. Ce sera mon plus beau cadeau de Noël, de cela je suis sûre. Oh, elle est ravissante ! Oh, je suis contente que tu ailles bien. Et peut-être pourras-tu bientôt revenir chez nous.

Hannele

« POURVU QUE TU NE PLEURES PAS TROP »

Le tournant de l'année 1943-1944

Hormis une lettre écrite par Lilli une semaine avant la rencontre à Breitenau, les enfants ne reçurent plus aucune nouvelle de leur mère durant plus d'un mois. Lilli avait pris au sérieux l'avertissement d'Ilse et renoncé, au moins provisoirement, à envoyer des lettres clandestines. Elle n'en espérait pas moins que des démarches étaient en cours pour obtenir sa libération. Et le fait est qu'au lendemain de la rencontre à Breitenau, Ilse avait rendu visite à son père, à l'hôpital militaire près de Cassel, pour l'adjurer d'entreprendre quelque chose en faveur de sa mère. Dans sa lettre du 13 décembre, elle ne put évoquer cette question que de manière allusive :

Ma bonne petite maman chérie,

Oh, comme j'ai été heureuse de pouvoir enfin te revoir. J'espère seulement que tu n'as pas été trop triste lorsqu'il m'a fallu repartir. Mon voyage de retour s'est déroulé sans problème.

Aujourd'hui même, j'ai rendu visite à papa. Au moment où je suis arrivée à la gare de Cassel, il y a eu une alerte aérienne. J'ai dû me réfugier dans le bunker de la gare. De loin, j'ai entendu les tirs de la DCA et j'ai eu une peur bleue. A l'intérieur du bunker, on avait l'impression que des bombes tombaient tout près. Mais en réalité, ce n'étaient que les portes du bunker qui battaient, aucune explosion ne s'était produite à proximité immédiate. Tu ne peux pas imaginer comme j'ai été soulagée lorsque l'alerte a été levée.

Quand enfin j'arrive chez papa au prix de multiples détours, je tombe sur tante Rita qui est arrivée samedi soir et n'est pas encore repartie. Par conséquent, pas moyen de prendre papa entre quatre yeux. Il n'a cessé de dire des choses comme : « Tout ce qui peut être fait le sera en temps opportun. » En somme, je n'ai rien entendu de vraiment positif. S'il n'agit pas sous huitaine, nous prendrons les choses en main, tante Lore et moi.

Pour Gerhard, j'ai trouvé une petite valise qui remplacera sa serviette qui a brûlé avec tout le reste. J'ai fait aussi une incursion aux éditions du Bärenreiter aujourd'hui. On y trouve encore pas mal de choses. J'ai pu avoir une carte d'art, « Edifices romans en France », ton cadeau de Noël, de nous tous.

Je devrais encore potasser mon latin, mais je n'en peux vraiment plus. Je me lèverai un peu plus tôt demain matin. De toi, encore aucune lettre et aucun signe non plus de tante Lotte... Voilà, mon petit cœur, dors bien et laisse ton Ilse souris te serrer très fort dans ses bras.

La dernière semaine d'école avant les vacances de Noël était commencée. Le mercredi 15 décembre, Johanna tenta une nouvelle fois d'égayer sa mère en lui narrant une mésaventure survenue à son amie Heidi au lycée de garçons de Hofgeismar :

Ma très précieuse maman chérie,

Comment vas-tu ? Nous allons bien. Tu n'as vraiment pas à te faire de souci pour nous. Aujourd'hui, on s'est de nouveau bien amusés à l'école. Heidi a été interrogée en mathématiques. Elle a été appelée au tableau par notre professeur de maths – il est très jeune, trente ans tout au plus. Lorsqu'elle a été devant, presque tous les boutons-pression de sa robe se sont ouverts d'un seul coup et on a pu voir sa combinaison. Alors Fatthauer – c'est ainsi qu'il s'appelle – a dit : « Eh bien, Heidi, tu nous fais voir ta chemisette ? » Et toute la classe de brailler à qui mieux mieux. Et Heidi, de rougir comme une tomate. Et l'un des garçons – c'en est un qui nous fait tout le temps du plat – était là à la regarder bouche bée, d'un air inspiré. Le prof a dit : « Hassogen, ne prends pas cet air enamouré. » De nouveau, toute la classe s'est mise à brailler. Alors le prof a dit : « Bon, assez de mathématiques. Heidi, va t'asseoir. On va chanter. » Et on a chanté à tue-tête une chanson après l'autre, par exemple : « Il est un moulin en Forêt-Noire » et « Marie-Hélène » et d'autres vieilles rengaines. Il y avait de l'ambiance ! Mais nous participons à tout, maman, et c'est épatant. Beaucoup beaucoup de baisers de ta petite Hannele.

De son côté, Ilse continuait à tâcher de convaincre son père d'engager une action en faveur de Lilli. Mais comme elle le notait le 16 décembre, il ne cessait de se défiler :

Aucune démarche n'a été entreprise à ce jour. Mais s'il ne s'est toujours rien passé d'ici lundi, lorsque tante Rita reviendra de chez papa, nous nous occuperons de cette question nous-mêmes, tante Lore, Marilis qui rentre aujourd'hui et moi. Dimanche après-midi, j'irai avec Marilis chez tante Maria qui sera rentrée de Bad Liebenstein, du moins je l'espère.

Marilis, qui faisait ses études à Marburg, était attendue à Immenhausen pour les vacances de Noël. Les enfants de Lilli se réjouissaient de la visite de leur cousine dont la présence avait d'ailleurs pour effet de mettre un frein aux querelles toujours renaissantes avec Rita. Gerhard songeait à lui rendre à son tour visite à Marburg. L'auxiliaire de la Luftwaffe, âgé à présent de seize ans et fraîchement promu au grade d'auxiliaire de première classe, devait obtenir en janvier sa première permission de longue durée.

Afin que leurs vœux de Noël parviennent à temps à Breitenau, les enfants postèrent leurs lettres et cartes dès la fin de la quatrième semaine de l'avent. Gerhard, cette fois, s'épancha un peu plus que d'habitude, se mettant pour ainsi dire à la place de sa mère et compatissant ouvertement à son sort. « Pourvu que tu ne pleures pas trop, lui disait-il dans sa lettre du 18 décembre, car pour moi aussi, tu sais, ce serait beaucoup plus difficile si je te sentais triste à mourir. »

Ilse écrivit sa lettre de Noël le lendemain :

Ma chère, bonne petite maman,

Aujourd'hui c'était dimanche. Il est déjà assez tard. Marilis est installée dans la baignoire et je l'entends qui barbote.

Samedi, c'était le dernier jour d'école. Pour commencer, on a encore eu une heure d'histoire. Puis on devait avoir maths mais le prof n'avait plus envie de travailler et nous avons dû chanter des chansons de Noël. On a passé toute l'heure de maths à chanter. Après, on avait cours avec notre professeur principal. Il a eu son anniversaire vendredi. Deux filles lui avaient fait un gâteau et nous lui avons offert un cyclamen. Nous avons décoré son pupitre avec des bougies et des branches de sapin et nous y avons installé nos présents accompagnés d'un poème. Lorsqu'il est entré dans la salle de classe, certaines ont commencé par jouer de la flûte puis nous avons chanté en chœur un canon d'anniversaire suivi d'une chanson populaire : « Je porte un anneau d'or... » Il était très ému et a dit qu'il ne savait pas comment nous payer de retour. Avec de bonnes notes, ce n'était pas possible. Ce serait de la corruption. Mais pour nous remercier de nos marques d'affection, il allait nous réciter un poème qu'il avait, pour reprendre son expression, lui-même « perpétré ». Le poème avait pour sujet une vieille femme qui pose les paumes de ses mains sur ses yeux. Il a dit qu'à travers ce texte, il se donnait à voir lui-même. Le poème était d'une beauté indescriptible. Ce professeur est vraiment un homme délicat et singulier. Ensuite, nous avons eu nos bulletins et nous avons pris congé.

Après la sonnerie, nous avons filé en quatrième vitesse pour ne pas manquer le train. Marilis m'a rejointe à Immenhausen et nous sommes allées ensemble chez tante Maria. Elle était rentrée de voyage depuis longtemps. Elle a commencé par nous offrir des sandwiches puis de la tarte aux fruits avec de la chicorée puis du cake et des petits fours avec du café en grains !

Tante Maria ne m'a dit, une fois de plus, que des choses positives. Elle m'a rendu espoir. Puis elle nous a donné les cadeaux de Noël pour tout le monde : une poupée pour Dorle et un paquet pour tous les autres, sauf pour Magda et tante Rita. Elle m'a dit de tout emporter. En fait, nous avions l'intention d'aller chez elle ensemble, un jour férié, avec Dorle. Mais cela me fait trop peur, je me sentirais responsable vis-à-vis de toi s'il devait y avoir une attaque aérienne. Les petites m'en veulent mais je ne peux pas faire autrement. Je suis sûre que tu me comprends.

Tante Maria a l'intention d'envoyer un de ces jours une lettre bien sentie à papa. Elle n'est pas non plus <u>très</u>

contente !... Dans la soirée, j'ai encore eu un différend dérisoire avec tante Rita au sujet du beurre, et à partir de demain, chacun aura sa portion de beurre sur une assiette. Comme cela, au moins, chacune des petites aura droit à sa part... Après dîner, le mari de Gerda est venu à la maison. Nous avons passé une bonne soirée. Entre-temps, le chauffage est tombé en panne. Nous nous sommes occupées de le rallumer, tante Lore, Marilis et moi. A part cela, je dois t'avouer quelque chose : j'ai fumé aujourd'hui ma première cigarette. Tu ne me gronderas pas, dis ? ! ? !

Samedi, nous avons reçu une lettre du deuxième dimanche de l'avent. Est-ce qu'on peut au moins encore t'envoyer une paire de gants et un foulard ? Ecris donc, s'il te plaît... Dorle est très gentille. Elle a écrit un billet au Père Noël : Elle voudrait une petite sœur pour Gretel (la poupée aux cheveux bouclés que tu lui as donnée s'appelle Gretel), un mistigri, une musique (un harmonica) et beaucoup de petits fours. Eva est aux anges à l'idée qu'elle va être en vacances. Hannele est occupée à des préparatifs de Noël. Mais moi, je me fais beaucoup de souci car je crains que tu n'aies très froid. Espérons que la température restera relativement clémente. Je te souhaite de bien dormir. Ne sois pas si terriblement triste. A cet égard, je fais mon possible de mon côté. Reçois mille câlins et bisous de ton Ilse souris.

Johanna écrivit le même soir ; en rapport avec la circonstance, elle envoya, cette fois encore, une carte représentant la Sainte Vierge :

Chère maman mon trésor,

Je t'envoie un petit signe pour Noël sous la forme de cette carte.

Peut-être qu'elle arrivera à temps pour Noël et qu'elle te dira que nous sommes tous très courageuses et que nous ne pleurons pas. Nous avons espoir et confiance dans le bon Dieu, si bien que nous gardons courage et ne sommes pas trop tristes. Dorle et Eva sont moins affectées mais Ilse et moi… Je peux dire qu'il n'y a pas une heure, pas une minute qui passe sans que nous pensions à toi. Mais ma petite maman, nous sommes courageuses et souhaitons seulement que tu ne sois pas trop triste. Oh maman, c'est très très dur pour nous tous. Je t'embrasse tendrement, ta Hannele bichette.

Pour la veillée de Noël 1943, Gerhard n'avait pas obtenu de permission ; il dut rester à Obervellmar avec ses camarades auxiliaires de la Luftwaffe affectés à la DCA – une soirée plutôt ennuyeuse. « Pour tuer le temps, on a passé des heures à jouer des ritournelles. Wolf au presse-purée, moi à la batterie », écrivit-il à sa mère le jour de Noël. Ses sœurs passèrent la soirée à Immenhausen avec leur père, Rita et Magda. La lettre d'Ilse datée du 25 décembre :

Ma bonne petite maman chérie,

Dieu soit loué, ça ne s'est pas trop mal passé ! Je vais tout te raconter dans l'ordre : le soir de Noël, il y a eu beaucoup de remue-ménage dans la maison avant la distribution des cadeaux, à huit heures moins le quart. Pour le dîner, il y a eu de la salade de pommes de terre et une saucisse grillée rapportée par Eva. Papa était terriblement nerveux. Et ma chère petite Dorle avait mal au ventre et n'était pas bien du tout. Elle n'a rien mangé, voulait seulement dormir et je me suis fait beaucoup de souci pour elle.

Quand le Père Noël a sonné en bas, nous sommes toutes descendues. Je n'étais franchement pas d'humeur festive. Je n'ai eu une impression de Noël qu'au moment où papa a lu l'histoire de la nativité. Ensuite nous devions chanter un chant de Noël. Eva a été envoyée à l'étage pour chercher l'harmonica de tante Rita mais elle ne l'a pas trouvé. (Papa est devenu plus nerveux.) Tante Rita est alors montée avec Magda. Quand elle a été en haut, Magda a fait dans sa culotte. (Papa est devenu encore plus nerveux.) Pendant cinq bonnes minutes, tout le monde est resté planté là à attendre. C'était affreux. Au bout de dix minutes environ, papa a dit qu'on n'avait qu'à commencer à regarder nos cadeaux. Si bien que nous n'avons toujours pas chanté de chant de Noël jusqu'à ce soir. Les petites n'étaient pas très tristes. Eva a bien pleuré un peu mais j'ai eu tôt fait de la consoler.

J'espère que tu n'as pas été trop triste. As-tu au moins eu à manger ? As-tu allumé ton petit arbre de Noël ?

Je me suis d'abord occupée de notre petite Dorle. Elle a reçu de Lene Hirde un ours en peluche jaune fait maison, de tante Maria une poupée, de toi – lui ai-je dit – une balle en toile cirée et un écureuil, de papa un grand livre d'images, de Marilis un mistigri noir cousu main, de tante Lore un petit tablier blanc... Tout lui a fait très plaisir.

*Moi, j'ai reçu de papa l'*Histoire de l'art *de Weigele. De tante Lore, un livre avec des gravures ainsi qu'un mouchoir et une pochette. De Lene Hirdes des petits fours et un mouchoir. De tante Rita un livre sur Caspar David Friedrich, une écharpe et des bottes. Voilà, tu sais tout maintenant.*

Cet après-midi, nous avons rendu visite à Gerhard. Il a été très content de la valise que j'ai trouvée pour lui et semble avoir fêté joyeusement Noël avec ses camarades. Et maintenant, ma chérie, au revoir jusqu'à demain soir. Ton Ilse souris te serre très fort dans ses bras et te donne un gros baiser.

De son côté, Johanna écrivait à sa mère le jour de Noël et lui énumérait les cadeaux qu'elle avait reçus : une poupée noire – « une petite négresse » –, un nécessaire de couture, une chemise de nuit, plusieurs livres d'aventures et, de son père, un livre d'art avec des dessins de Moritz von Schwind :

Ce fut une riche mais triste table de Noël. Mais ma petite maman, quand tu reviendras, tu auras droit à une belle table de Noël. J'ai déjà préparé presque tous tes cadeaux.

Ce n'est pas sans crainte que les petites voyaient se rapprocher la nouvelle année. Le 28 décembre, Johanna envoyait à Breitenau ses vœux pour la Saint-Sylvestre :

Chère maman mon trésor,

Pour le nouvel an, reçois mes meilleurs vœux de bonheur et de prospérité. Espérons que l'année à venir sera plus belle que 1943. L'an passé nous a apporté – à toi surtout – beaucoup de souci, de peur et de tristesse. Nous prions pour que la nouvelle année nous retrouve tous réunis, peut-être même dans un nouvel appartement. J'ai ici une jolie carte qui doit t'apporter, à toi aussi, un peu de joie. Je voudrais pouvoir t'envoyer et te raconter des choses beaucoup plus belles.

Encore 100 000 000 000 000 de vœux de bonheur pour 1944.

Ta Hannele

Ilse écrivit aussi brièvement à sa mère le 31 décembre :

Ma chère, bonne petite maman,

Aujourd'hui c'est la Saint-Sylvestre. La première fois sans toi. Tante Rita nous a tous invités en bas avec le Dr Schupmann. Dorle aussi est encore debout. On va voir ce que cela va donner. Ce matin, je me suis levée tard mais j'ai quand même fait mon travail habituel... Oh, si seulement tu pouvais être bientôt parmi nous. Tu me manques de nouveau terriblement aujourd'hui. Eh bien, maman chérie, porte-toi bien. Tu vas avoir bientôt le droit de nous écrire de nouveau, n'est-ce pas ? Je me réjouis déjà à l'idée de ta prochaine lettre. Espérons que l'année à venir nous apportera une bonne chose. Ton Ilse souris qui t'aime et te serre très fort dans ses bras.

Pour finir, des vœux de nouvel an arrivèrent à Breitenau le 3 janvier, en provenance de Leipzig. Lotte avait posté la carte fin décembre :

Beaucoup d'affectueuses pensées et de baisers !

As-tu reçu le nécessaire de couture, une carte et une lettre ?... Ilse m'a écrit qu'elle est allée te voir. Etait-ce très beau, était-ce très dur après ? Je pense à toi au seuil de cette nouvelle année – celle qui s'annonce doit être meilleure pour toi.

A bientôt, ma chérie ! Ta Lotte.

Ici, tout est encore très difficile.

« SI SEULEMENT TU POUVAIS ÊTRE DE RETOUR PARMI NOUS »

Les enfants attendent des nouvelles de Lilli

Le soir du 1er janvier 1944, Ilse relata à sa mère le déroulement de la veillée de Saint-Sylvestre :

Mon excellente maman chérie,

Oh, tu auras sûrement dormi à l'heure où nous fêtions le nouvel an. J'ai raccommodé toutes mes affaires mais je n'ai pas tricoté du tout. Gertrud a joué à « Ne te fâche pas » avec Eva. Lorsque j'ai eu fini de coudre, j'ai joué au rami avec tante Rita. Il y a eu du vin rouge, des pommes et des petits fours. Ce fut une bien triste soirée de Saint-Sylvestre. Lorsque minuit a sonné, nous avons trinqué et c'est tout. Ensuite, nous avons pris un bain, Hannele et moi. Le Dr Schupmann nous a encore fait un agréable brin de conversation en haut.

Le matin, nous nous nous sommes levées tard... Après déjeuner, tante Rita est allée à la gare pour rejoindre papa. Mais sa montre retardait. Son train était parti. Elle a donc pris le suivant, à 4 h 30, avec l'intention de rentrer à 8 h 30. Mais il est 9 h 30 et elle n'est toujours pas là. Donc, elle ne reviendra que demain matin. Parfait ! ! !...

Le Dr Schupmann a reçu une montagne de gâteaux qu'il a partagée avec nous à l'heure du café. Les Münch nous ont donné trois saucisses à griller. Nous en avons grillées deux ce soir et avons préparé discrètement une salade de pommes de terre. Nous avons invité le Dr Schupmann à dîner avec nous.

Après dîner, Hannele a aidé le Dr Schupmann à remettre de l'ordre dans le fichier. J'ai encore raccommodé des chaussettes. L'une des chaussettes de Gerhard avait un trou si grand que je pouvais y passer la main. J'ai donné un bain à Dorle et lavé la tête à Eva. Et maintenant, je vais aller me coucher. Donc, au revoir, à demain soir. Reçois mille baisers et tendres pensées de ton Ilse souris qui ne t'oublie jamais.

Les enfants étaient à présent de plus en plus souvent livrés à eux-mêmes. Ernst ne venait plus que rarement en permission, Lore restait absente durant des semaines, toujours en quête d'un nouveau lieu de vie, et sa fille Marilis poursuivait ses études à Marburg.

Deux adultes seulement vivaient en permanence dans la maison du médecin d'Immenhausen : Rita, que les enfants n'aimaient guère et qui ne s'occupait d'ailleurs d'eux que de manière tout à fait sporadique, et le Dr Schupmann. Ce dernier avait su gagner le cœur des fillettes. Il éprouvait de la compassion pour elles, mais c'était aussi un homme d'un heureux naturel, donc une présence et un soutien non négligeable pour les enfants.

Les quatre filles s'affranchirent alors largement du train domestique de Rita pour mener leur propre vie à l'étage mansardé. Une plaque chauffante y fut installée et Ernst mit à la disposition d'Ilse l'argent nécessaire à l'entretien de la petite famille d'enfants. Les filles réduisirent au minimum les contacts avec les étages inférieurs. Toutefois, le repas de midi continuait d'être pris en commun avec Rita. De son côté, Gerhard ne rentrait plus que rarement à la maison. Dans une lettre datée du 2 janvier 1944, il s'en expliquait à sa mère :

Ma chère maman,

Voilà déjà ma première lettre en cette nouvelle année. J'espère que je n'aurai plus à t'en écrire que très peu. Comment vas-tu ?

Mardi commence ma deuxième permission de longue durée. Je la passerai en grande partie chez Marilis, à Marburg. C'est mieux ainsi car à Immenhausen, à la longue, l'affrontement est inévitable. Certes, on me dit toujours que je suis le plus raisonnable, qu'on m'aime beaucoup et qu'on ferait tout et même davantage pour me rendre ma permisssion aussi agréable que possible. Mais en même temps, on me soutire dix cigarettes dans mon paquet de Noël. Je passerai évidemment quand même quelques jours à la maison, ne serait-ce que par souci de correction...

J'ai été de service dès lundi et j'ai eu fort à faire. Ces derniers temps, on joue de nouveau aux échecs. On y prend toujours grand plaisir. Hormis lire et écrire, on ne fait plus que jouer aux échecs.

Mardi et mercredi, le chef s'est vengé d'avoir été roulé dans la farine à Noël en nous faisant subir deux entraînements de fantassin totalement dingues. Nous avons appelé ces entraînements « représailles ». Autant te dire qu'à la Saint-Sylvestre, on ne s'est pas privés de lui tailler un costard sur mesure... Le soir de la Saint-Sylvestre, j'ai joué de la batterie comme remplaçant dans notre orchestre. J'ai dû beaucoup répéter avant. L'après-midi s'est passé à cela... Et le soir, il a fallu être à la hauteur. Nous autres musiciens, nous étions en pantalon, chemise d'aviateur et cravate. On nous a aussi maquillés, avec moustache et tout le tintouin.

Bien entendu, nous avons dû manger avant l'heure. Salade de pommes de terre et boulettes de viande. Extra, extra ! A 8 heures, la batterie a été livrée. On a démarré et on ne s'est plus arrêtés. Entre-temps, on a eu du café en grains et de la limonade... Bien entendu, l'interdiction de fumer et de picoler était maintenue pour les auxiliaires de la DCA. Mais les anciens nous ont volontiers abreuvés de leur vin aromatisé – avec la bénédiction de l'adjudant. Unique mot d'ordre : ne pas se faire prendre par le chef. A minuit, harangue de ce dernier. Douze coups de cymbale puis congratulations mutuelles généralisées. Du chef jusqu'aux auxiliaires. Le chef était déjà dans un état tel que j'ai pu lui présenter mes vœux avec la cigarette à la main. A 1 h 30, les auxiliaires ont été envoyés au lit. Mais pas ceux de l'orchestre. Il y a eu alors du vin blanc et j'ai eu ma part, moi aussi. Quand l'eau-de-vie a fait surface, plusieurs adjudants et sous-officiers sont arrivés sur les lieux et nous ont offert beaucoup trop à boire pendant qu'on jouait...

Eva est aussi passée me voir un petit moment. A présent, je suis dans ma chambre et j'écoute enfin un peu de bonne musique, des sonates pour violon et piano de Mozart et de Haendel.

Beaucoup de bonnes pensée et de bons vœux à toi.

Ton Gerhard

Tandis que Gerhard se tenait autant que possible à l'écart de la vie familiale, Ilse s'était coulée sans réserve dans son rôle de mère de substitution. Ernst avait fait plusieurs tentatives pour que la petite Dorle âgée de trois ans soit intégrée dans sa nouvelle famille, mais il était trop peu présent pour faire passer sa volonté et il n'avait pas pu obtenir satisfaction. La lettre d'Ilse en date du 3 janvier montre à quel point Dorle était entre-temps devenue sa propre fille :

Ma très chère, bonne petite maman,

Ma chérie, aujourd'hui j'ai beaucoup de choses à te raconter. C'est que la journée a été chargée. A 4 h 30 ce matin, la DCA s'est mise à tonner furieusement, Eva a fondu en larmes, Dorle a appelé « Ilse, Ilse ». J'ai relevé le rideau d'aveuglement et j'ai pu voir la canonnade dans le ciel de Cassel. J'en ai eu le souffle coupé. Les petites ont sauté de leur lit. Lorsque l'attaque a été terminée, nous sommes retournées nous coucher.

Je me suis levée tôt. J'ai brossé et rangé les habits du dimanche et pris le café après avoir habillé Dorle. Après le café, j'ai aidé Dorle à enfiler son survêtement et nous sommes allées chez Armbrust pour chercher du beurre. Nous avons trouvé le magasin d'Armbrust plein de monde, des gens bombardés. Il y avait de la vaisselle. Moi, vite rentrée à la maison et retournée au magasin pour faire la queue avec mon panier. Gustchen et M. Armbrust ont été très gentils. J'ai pu avoir 12 gobelets, 9 blancs et 3 multicolores. Un service : 6 assiettes creuses, 1 soupière, 1 saucier, 1 petit plat à viande, 2 casseroles... Un service à café : 1 cafetière, 1 pot à lait, 1 sucrier, 6 assiettes, 6 tasses avec soucoupes – couleur crème avec un décor de petites fleurs rouges, vraiment mignon. Enfin une cocotte en faïence blanche. La vaisselle te plaira sûrement aussi.

A la maison, Eva m'a aidée à déballer le tout puis j'ai encore changé les draps de nos lits. A midi, on a eu des pommes de terre sautées et du chou rouge. Après manger, j'ai mis Dorle au lit et je suis allée chez Toni pour me faire faire une permanente. Si tu voyais ma coiffure ? ? ? Un rouleau. Mais ça me va bien. J'espère que ça te plaira aussi...

Avant le dîner, j'ai appelé Hilde Rüdiger et je suis tombée sur M. Rüdiger. Je voulais seulement dire à Hilde que l'école ne reprenait que le 5. M. Rüdiger m'a alors demandé si je ne voulais pas donner quelques leçons de rattrapage à sa fille qui a du mal à suivre en anglais. Je ne suis pas peu fière de la mission qui m'a été confiée. Mais je crois être à la hauteur pour aider quelqu'un qui n'en est qu'à sa deuxième année d'anglais. Tu ne le penses pas aussi ?

J'ai relu tout à l'heure ta dernière lettre, oh comme cela me fait toujours plaisir. Et maintenant, mon cœur, dors bien et ne sois pas si triste. Espérons que nous serons bientôt réunis. Reçois mille baisers de ton Ilse souris qui ne pense qu'à toi.

Les vacances de Noël s'achevèrent le 5 janvier. Les deux grandes filles durent retourner tous les jours à l'école de Hofgeismar. Les résultats scolaires d'Ilse et de Johanna avaient sensiblement baissé au cours des derniers mois – compte tenu des circonstances, le contraire eût été surprenant. Johanna surtout supportait mal la pression de l'école :

L'école a repris aujourd'hui. Oh, maman chérie, comme j'ai peur de ne pas pouvoir suivre. C'est qu'au lycée de garçons, on exige beaucoup plus des élèves que dans notre ancien bahut. Et tu sais comme mon horizon est limité, surtout en maths. Et puis, des choses qu'on mettait cinq heures à apprendre avant, il faut les savoir maintenant au bout d'une heure. En latin, ça va couci-couça.

Ernst ne s'intéressait guère aux difficultés scolaires de ses filles ; il était davantage tourmenté par des scrupules de conscience liés à son divorce – scrupules d'autant plus harcelants que la vie commune avec Rita était tout sauf harmonieuse. Et c'est ainsi qu'il se trouva à écrire à sa fille aînée afin de tenter de justifier sa conduite envers Lilli. A ce sujet, Ilse écrivait à sa mère le 7 janvier :

Papa m'a écrit une très longue lettre. Si je lui réponds ce que je pense, cela lui fera mal à coup sûr. Et je ne veux pas lui faire mal. Je ne lui répondrai donc pas.

Mais Ernst ne lâcha pas prise. Deux jours plus tard il écrivait une nouvelle fois à Ilse :

Hier, j'ai encore reçu une lettre de huit pages de papa. C'est affreux. Ah, ma chérie, si seulement tu étais de nouveau auprès de moi. Jamais, jamais plus je ne pourrai me réjouir vraiment.

Les tensions dans la maison étaient telles que les enfants ne s'y retrouvaient plus. « Si seulement tu étais de nouveau auprès de nous cinq, se lamentait Eva dans une lettre à Lilli datée du 11 janvier. C'est effroyable quand tu n'es pas avec nous. »

Le lendemain, Ilse écrivait à nouveau à sa mère :

Mon excellente petite maman,

J'ai été sous pression toute la matinée. Je me suis levée à 6 heures, ai traduit de l'anglais et noté du vocabulaire. Lorsque j'ai levé la tête, il était déjà 7 h 10. Je ne m'étais pas encore coiffée, n'avais pas nettoyé mes chaussures ni pris le petit déjeuner. Trois minutes après la demie seulement, j'ai filé à la gare et j'ai eu mon train d'extrême justesse.

Mais je n'avais pas eu le temps d'apprendre mon histoire. La leçon portait sur toute la guerre de Trente Ans. Je ne connaissais que les batailles et les guerres jusqu'en 1635, la fin de la guerre de Suède. Le reste, je l'ai appris à l'école.

Durant la première heure, on a eu allemand avec notre très cher et respecté Dr Muller. Durant la deuxième heure, on a eu maths avec notre affreux Keller. C'est un homme très laid, presque totalement chauve. Avec des bajoues, une grosse lèvre inférieure et une barbe. Mais il y a encore des signes et des miracles : pour une fois, j'ai compris quelque chose en maths ! Durant la troisième heure on a eu physique avec Cellarium, en même temps qu'une autre classe. Ce fut très ennuyeux. Durant la quatrième et dernière heure, on a eu histoire avec « Mohammed ». Dieu merci, je n'ai pas été interrogée.

Après la classe, une fille qui est en B à Fulda nous a rendu visite. Elle nous a raconté, à nous six qui venons de Cassel, comment ça se passe là-bas. Il est possible de rendre visite aux filles qui sont scolarisées à Fulda. Je vais donc tâcher d'aller voir Gisela samedi/dimanche.

Hier après-midi, j'ai donné ma première leçon d'anglais. Je crois que la petite Hilde a appris quelque chose grâce à moi. Vendredi, je dois aller chez tante Maria pour chercher mon gâteau d'anniversaire. C'est sympathique, non ?

J'espère que tu as reçu les photos, les paquets. La lettre que tu as écrite le 3, si mes calculs sont bons, n'est pas encore arrivée. N'as-tu pas trop faim ? N'as-tu pas trop froid ? Oh, si seulement je pouvais en être sûre. Jour et nuit mes pensées sont auprès de toi. Voilà déjà dix-huit semaines et demie que nous sommes séparées. Espérons que le plus long est passé. Les jours se succèdent, solitaires... sans toi ! Oh, maman, pourvu que tu sois bientôt libérée ! !

Tante Lore est partie à Tübingen et en Forêt-Noire et nous nous retrouvons seules. Mais nous devons tenir bon et nous tiendrons bon jusqu'au bout...

Reçois mille baisers et affectueuses pensées de ton Ilse souris qui ne t'oublie jamais.

De nouveau, les enfants étaient en grand souci. Cela faisait déjà un mois – depuis la visite d'Ilse à Breitenau – qu'ils n'avaient reçu le moindre signe de vie de leur mère. Pourtant, Lilli devait avoir eu normalement le droit de leur écrire au plus tard pour le nouvel an. « Que devient ton courrier, il y a longtemps que nous devrions avoir des nouvelles de toi », demandait Johanna le 12 janvier. Et le lendemain, c'était Ilse qui se plaignait : « Il y a si longtemps que tu ne nous as écrit que je m'inquiète déjà terriblement. »

En désespoir de cause, elle finit par suivre très exactement le plan qui avait été élaboré par Lilli en novembre : Ilse s'arrangea pour monter un matin dans le même train que les détenues de Breitenau. De loin, elle reconnut sa mère mais prit soin de ne pas être vue par elle afin de ne pas la mettre en danger.

Gerhard ne partageait pas à ce moment-là les inquiétudes de ses sœurs. Il était en permission de longue durée et séjournait chez sa cousine Marilis, à Marburg. Le 16 janvier, il envoya à sa mère une relation détaillée de son programme de vacances :

Ma chère maman,

Cette fois, ma lettre dominicale vient de Marburg. Je suis là depuis une semaine déjà et je m'y plais beaucoup. Marilis est allée à l'église avec son amie Ilse et je suis donc vraiment tranquille pour t'écrire. Comment vas-tu ? Je pense beaucoup à toi, plus encore depuis que je suis en vacances.

Dimanche dernier, nous avons quitté Immenhausen à 7 heures, Marilis et moi. Nous sommes arrivés à Marburg à 11 h 30 et nous avons commencé par déjeuner dans un très joli restaurant, le « Ritter », où j'ai d'ailleurs mangé toute la semaine alors que Marilis prenait ses repas au restaurant universitaire.

Après déjeuner, Marilis m'a emmené chez elle. Nous avons rencontré là des gars très sympas qui se sont débrouillés pour me libérer une couchette, si bien que j'ai pu dormir sur place dès la première nuit et pour toute la durée de mon séjour. Puis Marilis m'a fait visiter Marburg. Dans l'après-midi, nous sommes allés au café, le soir, au restaurant puis au cinéma, L'amour couronné, *un film italien, très amusant mais sans plus. Plus tard, nous avons passé un moment dans la chambre de Marilis où nous avons discuté et lu un peu.*

Lundi matin, j'ai assisté à mon premier cours : professeur Mommsen, un petit-fils du grand Mommsen, sur la période entre 1890 et 1914. Très intéressant. J'étais en civil, si bien que j'ai pu me mêler aux étudiants sans me faire remarquer. Ensuite, un cours sur le conte allemand, terriblement ennuyeux. L'après-midi, on est allés à la bibliothèque...

Mardi, nous avons suivi, pour commencer, un cours sur l'histoire médiévale, mortellement ennuyeux. Marilis et Ilse n'y assistent d'ailleurs que rarement. Ensuite, nous avons suivi un cours de droit normalement réservé aux étudiants en économie. Absolument brindezingue. Pratiquement, ces gars-là se bornent à apprendre par cœur le code civil de A à Z. Ensuite, un autre cours de Mommsen sur l'« après Bismarck », excellent. Puis un cours du professeur Kommerell sur les romanciers du XIXe *siècle. Très intéressant. Mais j'ai remarqué que j'ai du mal à rester attentif. Si intéressant que soit le cours, je me sens tout à coup très fatigué et je m'aperçois que je n'écoute plus vraiment. Et après, j'ai toujours terriblement mal à la tête. A l'armée, on perd l'habitude d'étudier.*

Mais ces derniers jours, cela allait déjà mieux. Aujourd'hui, nous avons passé l'après-midi à la bibliothèque universitaire puis nous sommes allés chez Marilis. Ce soir, elles avaient toutes les deux sport et je suis resté là à lire. Sur le conseil de papa, je lis actuellement Le Stechlin *de Fontane, et cela me plaît beaucoup. Mercredi, je me suis fait faire des photos d'identité. Ensuite, je suis allé visiter l'église Sainte-Elisabeth ; elle est très belle mais les objets d'importance ont été emmurés ou mis en lieu sûr...*

Vendredi, j'étais de nouveau chez Mommsen et Kommerell. L'après-midi, nous avons visité le château. Mais là aussi, presque tout a été enlevé et mis en sûreté. Le soir, on est allé au cinéma, Mon amie Joséphine. *Bouleversant. Malheureusement, il y a eu une alerte aérienne et je n'ai donc pas pu voir le film jusqu'à la fin. Plus tard, on a encore passé un bon moment à bavarder chez Marilis.*

Samedi matin, nous avons fait un grand tour de lèche-vitrines à Marburg. L'après-midi, j'ai revu en entier le film interrompu la veille et je suis même retourné au cinéma avec les deux dames, Un ami de passage – *rien de spécial mais on a bien ri tout de même.*

Chez Marilis, on a encore fait un excellent pudding et discuté longuement. C'est drôlement chouette ici, et je suis bien content d'être venu. Au moins, je suis en bonne compagnie. C'est ce qui manque le plus à Immenhausen.

Beaucoup de cordiales pensées et une grosse bise de ton Gerhard.

Enfin la lettre tant attendue de Lilli arriva à Immenhausen. Ilse, qui avait eu quinze ans la veille, confirma le 16 janvier la réception de cette missive non conservée.

Ma très chère et excellente petite maman,

Hier, c'était donc mon anniversaire. Grande journée. Le matin, peu avant que je m'en aille à la gare, tante Rita est montée pour me présenter ses bons vœux et me donner mes cadeaux. De la part d'oncle Josef : De la Grande Guerre en Allemagne, *de Ricarda Huch ; deux petits ouvrages de la collection Hammer* (La basilique Saint-Etienne à Vienne, Trois basiliques impériales) *; une coupe de verre multicolore, un album dans lequel je peux coller des photos et écrire des choses... ; un cornet de biscuits secs que je t'offre, deux fromages et une tourte au chocolat. Personne ne m'a écrit, il n'y a que ta lettre qui est arrivée ce matin...*

Le soir, on a passé un moment en bas. Papa est aussi venu dans l'après-midi. Ensuite, nous avons pris un bain, Hannele, Eva et moi. Nous sommes montées dans la chambre du Dr Schupmann où nous avons fait un sort à la tourte au chocolat. Un vrai délice. Le Dr Schupmann avait rapporté de la tarte aux pommes et du streusel en grande quantité. Nous n'avons pu manger que deux portions de tourte chacune, après nous étions repues. A peine avions-nous passé une demi-heure en haut que papa est arrivé en grondant, il était déjà tard, a-t-il dit, dans trois minutes, il voulait nous voir au lit. Pourtant, il n'était que 10 h 20. Mais que pouvions-nous faire ? Nous avons caché le reste de tourte et nous nous sommes couchées. Ce matin tôt, nous avons fini de manger la tourte, Hannele et moi...

Papa a introduit une requête en ta faveur. Il veut faire aussi une demande de réparation. Tu n'as pas à te faire de souci, pour moi non plus... Ta lettre, écrite le 1er, n'a été tamponnée que le 13. Je pouvais toujours attendre. Voilà maman chérie. Je suis bien contente que tu aies passé un bon Noël. Je te serre très fort dans mes bras et je t'envoie mille baisers et tendres pensées, ton Ilse souris.

Cette lettre contenait deux informations qui devaient intéresser Lilli au premier chef : d'une part, les objets ayant appartenu à son oncle Josef, à Halle, semblaient devoir être répartis peu à peu entre ses enfants ; ainsi Ilse en avait-elle d'ores et déjà reçu un certain nombre pour son anniversaire. D'autre part, et c'était de loin l'information la plus importante : Ernst – comme Ilse le lui signalait succinctement mais clairement – avait adressé une « requête » à la Gestapo en vue d'obtenir sa libération. Ainsi donc Ernst avait fini par se décider quand même à tenter quelque chose pour lui venir en aide. Sans nul doute, cette nouvelle représenta-t-elle une lueur d'espoir pour Lilli.

A Immenhausen, on ne se faisait pas faute de profiter des rares divertissements qui pouvaient encore s'offrir à ce stade de la guerre. C'est ainsi que des soldats allemands, rentrés de captivité en vertu d'un échange avec des prisonniers de guerre alliés, vinrent parler à l'auberge Pfleging de leurs aventures en Afrique du Nord. Johanna – ainsi qu'en témoigne sa lettre du 18 janvier – fut très impressionnée par cette petite manifestation :

Nous étions là, le Dr Schupmann, Gerda, Ilse et moi, et ça nous a beaucoup plu. Ils ont exécuté des danses du ventre africaines et il y a eu aussi de la belle musique pour piano, violon, violoncelle et chant. De la musique de Beethoven et de Mozart. Après le spectacle, il y a eu du café et du gâteau pour les soldats. Mais il en est resté tellement que le Dr Schupmann a pu rapporter à la maison une grande assiette pleine de streusel et de tarte aux groseilles. Nous avons tout mangé en cachette à l'anniversaire d'Ilse. Le Dr Schupmann est un type en or – quoi qu'on fasse, il est toujours de la partie.

Johanna savait profiter de ces petits moments de bonheur bien qu'elle fût très affectée, elle aussi, par l'atmosphère de plus en plus oppressante qui régnait dans la maison d'Immenhausen ainsi qu'il ressort d'une lettre écrite par elle quatre jours plus tard :

Tante Lore nous a écrit qu'elle n'a pas trouvé de logement à Tübingen. Il y aurait de meilleures perspectives en Forêt-Noire. Espérons que ça va marcher car encore longtemps sans toi ici, ce n'est pas pensable. Mais je t'en prie, maman, ne te fais pas de souci, tout finira par s'arranger. Je suis pleine de courage.

Sa permission achevée, Gerhard avait entre-temps rejoint son poste à Obervellmar. Dès le premier jour, ainsi qu'il l'écrit à sa mère le 22 janvier, il s'était retrouvé plongé dans son quotidien d'auxiliaire dans la DCA :

Le soir même cinq heures d'alerte, de 8 heures à 1 heure. Aussi tiré un peu. Peut-être même un coup au but. Donc, un bon début.

Le fils de Lilli conclut sa lettre par une longue citation de Rilke et y ajouta une photo, vraisemblablement une des photos d'identité qu'il avait fait faire à Marburg. Une semaine plus tard, Gerhard passait devant le conseil de révision en même temps que les autres auxiliaires de la Luftwaffe nés en 1927. A l'issue de cet examen, il écrivait fièrement à sa mère :

Je suis évidemment bon pour le service armé, réserve I, troupes rapides. Bien entendu, j'ai aussi été déclaré apte au service du travail.

De son côté, Ilse avait pu quitter Immenhausen pour quelques jours. Comme elle l'avait annoncé à sa mère, elle était allée voir son amie Gisela Stephan, évacuée à la suite du bombardement de Cassel et scolarisée à Fulda. Le 24 janvier, elle relatait à Lilli les péripéties de ce petit voyage :

Ma très chère et excellente petite maman,

Me voici de retour à la maison. C'était très beau. Lorsque je suis arrivée à Fulda, le samedi matin, j'ai eu à faire une longue marche. L'auberge de jeunesse est située très à l'écart, sur la colline. Arrivée là-haut, je demande où est la chambre de Gisela. Je n'ai pas eu le temps de rejoindre sa chambre que je tombe sur Gisela qui était affairée dans la buanderie. Nous nous sommes réjouies comme des folles de nous retrouver soudain là, ensemble. J'ai commencé par faire connaissance avec ses camarades de classe, toutes très gentilles. Gisela partage une chambre avec trois autres filles.

L'après-midi, je suis descendue en ville pour m'acheter quelque chose à manger. Dieu merci, la vieille, je veux dire la directrice n'était pas là, car : 1. je n'aurais pas pu rester dormir à l'auberge de jeunesse ; 2. Gisela n'aurait pas pu se libérer...

Après le repas du soir, nous nous sommes couchées toutes les deux dans le lit de Gisela et nous nous sommes raconté des tas de choses durant des heures. Le lendemain matin, Gisela et quelques autres filles de sa classe avaient un cours d'escrime. Je les ai accompagnées pour les regarder. Après le déjeuner, nous sommes allées en ville, Gisela et moi. J'ai commencé par acheter mon billet de retour puis nous sommes allées au NSV[1] *où nous avons demandé si je pouvais passer une nuit là. Nous avons été reçues très aimablement et on nous a dit que je pouvais dormir là.*

Gisela devait être rentrée à 5 h 30. Je l'ai accompagnée un bout de chemin puis j'ai encore acheté quelque chose à manger et je suis allée au NSV. J'y ai dormi dans une chambre dont la fenêtre était restée ouverte toute la journée

---

1. NSV, abréviation de Nationalsozialistische Volksfürsorge, Secours populaire national-socialiste. *(N.d.T.)*

et que j'ai partagée avec deux femmes et un homme venus de Dusseldorf. Autant te dire que j'ai eu très froid.

Ce matin, en arrivant à Cassel, alerte aérienne. J'ai eu une peur bleue. Fort heureusement, il ne s'est rien passé. Je n'irai plus de sitôt à Cassel le matin. Plutôt l'après-midi. Après manger, je me suis couchée et j'ai passé un moment à dormir avec Dorle, notre souricette. Plus tard, j'ai encore rangé mes affaires de voyage, cousu et appris mes leçons.

Je viens tout juste d'entendre la Petite musique de nuit *à la radio. Cela m'a fait penser à toi encore plus fort. Si seulement tu pouvais être de retour parmi nous ! ! ! Quand on s'en va, personne ne s'occupe de vous. Quand on revient, il n'y a personne pour s'intéresser à ce que vous avez vu ou vécu. Combien de temps cela va-t-il encore durer ? Il faudra bien que ça change un jour. Voilà, mon cœur, laisse-moi te serrer dans mes bras et reçois mille tendres pensées et mille baisers de ton Ilse souris qui ne pense qu'à toi.*

En l'absence d'Ilse partie à Fulda, Johanna s'occupa de la petite Dorothea. Cela se passait le plus naturellement du monde : « Quand Ilse n'est pas là, je dois la remplacer », avait déjà écrit Johanna en octobre 1943, lorsque sa grande sœur s'était rendue à Frankenstein.

Mais à peine Ilse était-elle de retour que Johanna renonçait à ses devoirs de mère et se consacrait de nouveau au travail scolaire. Sa lettre du 27 janvier :

Ma chère, bonne petite maman,

Nous venons d'avoir une alerte aérienne – la lumière s'est éteinte et nous sommes restées assises dans le noir. Il fait un temps épouvantable ici, bourrasques, pluie. Ce n'est pas un plaisir de circuler dehors.

A l'école, c'était intéressant aujourd'hui. Les Hofgeismariens et les Brémois sont comme chien et chat. A 6 heures, quand l'école est finie, ceux de Hofgeismar se tiennent par groupe de 5-6 à chaque coin. Quand les Brémois passent, ils leur tombent dessus à bras raccourcis. Le dirlo en a eu vent et a pris des mesures pour éviter le pire. Au lieu de sortir à 6 heures, on sort à 6 heures moins cinq. Avant déjà, quelques élèves de seconde sont envoyés en éclaireurs. Ils sont suivis par la moitié de la classe de troisième et de quatrième (sans filles), et ainsi de suite : rien que des groupes réduits de différentes classes, et pour finir, encore des grands... Mais imagine un peu : sur un coup de sifflet, ceux de Hofgeismar surgissent soudain de tous les coins. Quelle affaire. Maman, en un clin d'œil, nous étions loin. Car c'était une véritable foire d'empoigne – une mêlée confuse de sacs, vestes, casquettes, bâtons, bandoulières. Nous ne savons pas encore qui a gagné.

A l'école, nous nous exerçons à présent à construire des plans de dissertation, nous apprenons énormément dans ce bahut. On n'arrête jamais de bûcher, c'est vraiment effrayant. Et quand on ne comprend pas tout, ça ne fait pas plaisir. Enfin, j'y arriverai bien.

A présent, il faut que je ravaude encore des chaussettes, donc bonne nuit ma petite maman. Le bon Dieu doit nous aider, j'ai confiance.

Je t'embrasse très fort, ta Hannele bichette.

La dissolution de la communauté domestique avec Rita se manifestait jusque dans les moindres détails. Ainsi ne réveillait-on plus les quatre filles qui logeaient à l'étage mansardé. Ilse devait à présent s'occuper de cela elle-même. A cet effet, elle se munit d'un vieux réveil qui appartenait à Lilli et en conçut une certaine mauvaise conscience, cette appropriation revêtant sans doute à ses yeux une portée quasi symbolique : n'était-ce pas une manière d'inscrire un peu plus dans les faits l'absence de la mère ? Un extrait de la lettre d'Ilse datée du 29 janvier 1944 :

Hier, j'ai totalement oublié de te dire que j'ai pris ton réveil rouge. J'espère que tu ne m'en voudras pas ? Ou bien, si ? Ma petite maman, je n'ai pas pu faire autrement. Le matin, nous ne savions plus quelle heure il était. Ce matin, il a sonné gentiment et je me suis levée.

Le lendemain, un dimanche, Ilse écrivait à nouveau :

Ma très chère, bonne petite maman,

Aujourd'hui, j'ai eu mon content de sommeil. J'ai dormi jusqu'à 8 h 30. Quand le réveil a sonné, je me suis levée, j'ai habillé la petite Dorle puis je me suis préparée. Suis allée à l'église avec Hannele aussitôt après le petit déjeuner. Lorsque nous sommes rentrées à la maison, nous avons fait le ménage, Dorle et moi. Retiré toutes les affaires de sous les lits et la commode, stocké dans un coin et balayé. Ensuite, encore épousseté et rangé. Maintenant tout est impeccable. Et je me sens vraiment bien dans mon petit royaume. Il est tout petit mais quand même très beau. Le soir, j'apprends et j'écris, assise sur le bord de mon lit. Il y a bien une table et une chaise d'enfant dans la pièce mais je n'y suis pas à l'aise.

Et quand je suis assise comme cela sur mon lit, je pense souvent, si souvent à notre joli appartement de Cassel, à toutes nos belles choses et à la maison ici, où nous avons vécu ensemble, et à ce qu'il en est advenu ! A qui est-elle maintenant ? Et comme tout a changé ! ! ! Et je pense surtout à toi. Mais quand je suis encore réveillée à

10 heures, à 11 heures, à minuit, tu es sûrement déjà endormie.

J'ai très bien arrangé ma chambrette. Là où se trouvait avant le lit de Hannele, il y a maintenant le mien. Là où se trouvait avant mon lit, il y a celui de Dorle ainsi que la petite armoire à jouets, devenue armoire à linge. La commode se trouve de nouveau là où elle était il y a longtemps, très longtemps. Entre mon lit et le chauffage se trouve le lit d'Eva. A côté du lit d'Eva, le lit de poupée de Dorle avec ta vieille poupée, maintenant la Gretel de Dorle. Sur la commode il y a mon nécessaire de toilette ainsi qu'une petite assiette en bois et un napperon de dentelle de papa. Il y a aussi une petite commode de tante Rita. A côté de la commode, un lit de poupée, dans le lit un petit monsieur et une petite madame. Sur le lit, il est écrit : « Bonheur paisible »...

L'alerte vient d'être levée, pourtant les projecteurs continuent de balayer le ciel et l'on entend toujours la DCA canonner au loin. Soir après soir, jour après jour, il y a ces maudits avions qui survolent l'Allemagne...

Après déjeuner, je suis allée voir Gerhard. A peine arrivée à Obervellmar, je vois Gerhard de l'autre côté de la passerelle, qui me fait signe et qui m'appelle. Et Gerhard de grimper les marches et de redescendre de l'autre côté pour monter dans le train d'Immenhausen – comme sur des roulettes. A la maison, j'ai commencé par donner à manger à Gerhard. Plus tard, dans la chambre de Gertrud, nous avons fumé et discuté encore un moment tous trois, Gertrud, Gerhard et moi...

Avec le café, il y a eu le même gâteau que celui que tu as reçu. Il était très sec. A part cela, pas trop mal. Mieux que rien. Aucune idée de ce que je vais pouvoir mettre dans le paquet que je dois t'envoyer la semaine prochaine ! !... Il faut que j'écrive encore à tante Lore et que je couse un brassard au manteau de Gerhard. Je suis si fatiguée aujourd'hui. Je ne sais pas pourquoi. Demain matin, de nouveau cours de latin. J'ai trouvé dans le coffre deux choses qui me seront utiles : un pyjama vert et des gants de cuir bleus. La canonnade de la DCA se rapproche de plus en plus.

Voilà ma chérie ! Est-ce qu'il nous sera donné de nous revoir très bientôt ?

Avec beaucoup de baisers et de tendres pensées de ton Ilse souris qui ne t'oublie jamais.

Lilli était à présent internée depuis cinq mois déjà et, pourtant, il y avait encore des gens de connaissance qui ignoraient le sort qui lui était réservé. C'était notamment le cas de « Mlle Frieda », l'ancienne bonne de la grand-mère Paula à Cologne, qui était restée liée à la famille Jahn. Frieda avait donné signe de vie après un très long silence et Ilse en informa sa mère le 31 janvier :

Mlle Frieda a envoyé récemment une lettre recommandée à ton nom. Nous l'avons ouverte, Gerhard et moi. Frieda se faisait du souci pour nous parce qu'elle ne recevait pas de réponse. Nous lui avons donc écrit que nous étions seuls et que tu n'étais momentanément pas en mesure de lui répondre personnellement. A présent, je dois lui écrire de manière plus détaillée, si possible rapidement. Il va falloir que je réfléchisse posément à ce que je vais lui raconter.

Ilse ne pouvait en effet pas écrire tout simplement la vérité, une telle lettre n'aurait pas passé la censure, en outre elle aurait éventuellement pu mettre les enfants dans une situation difficile.

Une certaine perplexité se faisait jour chez eux durant ces premières semaines de la nouvelle année. Les filles de Lilli voyaient bien que les espoirs qu'elles nourrissaient d'une prochaine libération de leur mère étaient encore et encore déçus. Que devaient-elles faire ? Que pouvaient-elles faire ?

Elles continuèrent d'écrire presque chaque jour afin d'être au moins en pensée avec leur mère, mais leurs lettres devenaient plus courtes, plus routinières. En outre, le quotidien monotone de la guerre n'offrait que peu d'aliments susceptibles de nourrir les échanges épistolaires. Le contact nécessaire à la vie se transformait en rituel. Le 1er février 1944, Ilse écrivait :

Mon excellente maman chérie,

Ce matin tôt, c'était de nouveau la course contre la montre. Je devais encore chercher un permis de circulation. Finalement, j'ai pu tout faire à temps. A l'école, on a de nouveau eu une journée chargée. En cours d'allemand : « La tragédie est là pour bouleverser notre âme. » Ou : « Elle a pouvoir sur nos passions. » La première proposition est du Dr Müller ; la deuxième est tirée de la Dramaturgie de Hambourg, *de Lessing. Je trouve que cela a été très bien dit par notre « Müller ». Ton Ilse a changé du tout au tout. Elle tourne beaucoup de choses nouvelles dans sa tête. On peut réfléchir à ces choses pendant que l'on effectue les travaux de couture. Mais si tu me donnais bientôt de tes nouvelles ? Cet après-midi, j'ai fait des devoirs et suivi une leçon de latin. J'ai été en dessous de tout. Mais c'est une humiliation à laquelle il sera bientôt remédié.*

Et maintenant, bonne nuit ! Papa est là. Laisse-moi te serrer très fort dans mes bras et reçois mille baisers de ton Ilse souris qui pense toujours à toi.

Lorsque le père était là, la situation des filles de Lilli devenait un peu plus supportable. Au moins pouvaient-elles se plaindre à l'occasion du comportement de Rita. En règle générale, Ernst tâchait d'éviter tout conflit. L'une ou l'autre fois, pourtant – ainsi qu'il ressort d'une lettre de Johanna datée du lendemain – il intervenait :

Papa était là hier soir, il a fait un peu la leçon à la vieille – mais est-ce que cela changera quelque chose ?

Les relations entre Rita et les enfants ne cessaient de se dégrader. Au fond, Rita n'avait manifesté qu'aux tout premiers temps de leur installation à Immenhausen quelque chose comme de la sympathie pour les filles de Lilli. Au bout du compte, il n'est guère possible de déterminer aujourd'hui avec exactitude dans quelle mesure cette dégradation irréversible doit être imputée à la dureté de cœur et à l'intolérance de Rita ou au rejet dont elle fut l'objet de la part des filles qui ne virent finalement plus en elle que la rivale de Lilli. Il est clair, en tout cas, que les enfants ne pouvaient guère s'attendre de sa part à de la compassion, encore moins à de l'amour.

Une nouvelle lettre de Lilli – aujourd'hui également perdue – arriva à Immenhausen dans la matinée du 4 février. Ilse y répondit le soir même :

Oh, mon cher petit cœur, comme je suis heureuse d'apprendre que tu n'es pas trop découragée, que tu manges encore à ta faim et que tu prends toujours plaisir à recevoir nos lettres. Pour moi ausi, le plus beau moment de la journée est celui où je parle (en pensée) avec toi.

« FAITES VOTRE POSSIBLE AFIN QUE JE SOIS BIENTÔT DÉLIVRÉE ! »

Ernst a-t-il adressé une requête à la Gestapo ?

Quelques jours plus tard, les enfants recevaient une autre missive de Lilli. Datée du 6 février, elle était écrite au crayon sur un feuillet où figuraient en tête les lettres P et Q imprimées en caractères gras – donc vraisemblablement une page provenant d'un carnet d'adresses. Au dos du pli posté à Malsfeld avait été porté, pour des raisons de sécurité, le nom d'une expéditrice inconnue des enfants : « Eva Beisse, Gera, Grande Rue de l'Eglise, 19. »

Tenant rigoureusement compte de la mise en garde d'Ilse, Lilli s'était abstenue depuis deux mois de correspondre avec ses enfants par des moyens clandestins. Mais la nostalgie avait fini par l'emporter sur la crainte.

Mes enfants chéris,

Je vous ai officiellement écrit la semaine dernière mais qui sait quand vous recevrez cette lettre. Et j'éprouve aujourd'hui une si grande nostalgie en pensant à vous, et je me sens si oppressée à l'idée qu'il y a déjà 6 mois que je vous ai quittés – il faut que je vide un peu mon cœur en vous écrivant. Mais ne pensez surtout pas que votre maman est toujours et seulement triste – le travail à l'usine ne m'en laisse pas le temps, sans compter qu'à part cela, il arrive toujours quelque chose qui apporte un peu de bonheur.

En tout premier lieu, il y a vos si gentilles et si belles lettres qui me font toujours infiniment plaisir et dont je vous remercie encore et encore de tout cœur. Cette semaine, je me suis tout particulièrement réjouie de recevoir ta photo, mon garçon. J'ai été si heureuse de revoir enfin ton visage et je te sais infiniment gré aussi de ta gentille et longue lettre avec les belles paroles de Rilke en guise de conclusion !

Les belles cartes de Hannele, d'Ilse et de Marilis m'ont aussi fait grand plaisir – c'est si bon et si réconfortant de se voir rappeler l'existence de la beauté, de la bonté, de ce qui a vraiment de la valeur. Mais au fait, Marilis est-elle tout à fait guérie et que devient donc ma chère petite Dorle chérie ? ?

Ah, les enfants, quand pourrons-nous être à nouveau réunis ? ? ? Je n'en peux plus d'attendre et mon impatience grandit de jour en jour. Que papa aille donc une autre fois à la Gestapo et qu'il insiste pour qu'on me libère enfin. Et qu'il y aille très bientôt ! S'il vous plaît, s'il vous plaît ! J'ai souvent si mal au cœur à la pensée que l'on s'occupe si peu de vous et que vous êtes à ce point livrés à vous-mêmes. Les beaux jours que nous avons connus ne reviendront pas, mais comme nous serons heureux de pouvoir vivre ensemble le plus modestement du monde, n'est-il pas vrai ? ? Serai-je seulement auprès de vous pour mon anniversaire ? Combien de temps tante Lore pense-t-elle rester absente et où est-elle donc en ce moment ?

Vos colis, vos bons et riches colis si joliment empaquetés, je les ai tous reçus, et vous ne pouvez pas savoir de quelle aide précieuse ils m'ont été. Je n'ai plus jamais eu faim à l'heure de me coucher et ma contremaîtresse, à l'usine, avec laquelle je m'entends bien et qui vient de passer quatre semaines à Berlin, s'est réjouie de me voir si bonne mine à son retour. Cela, je vous le dois !

Eva, ma chérie, transmets, je te prie, tous mes vœux aux

Rösch pour la naissance de la petite fille. Mais que devient donc Wilhelm Hirdes ? Et comment va le doigt blessé de Hannele, et qu'en est-il du dessin que je dois recevoir de ce cher Dr Schupmann ? Ilse, mon amie, tes anecdotes scolaires me font toujours particulièrement plaisir. Mais tu ne devrais pas te coucher si tard. Toi qui as tellement besoin de sommeil. Tu peux évidemment te servir du réveil, cela ne peut que me faire plaisir. Hannele, ma bichette, dis-moi comment s'est achevée la « bataille de Hofgeismar » ? Chers, chers bons enfants, portez-vous bien et faites votre possible afin que je sois bientôt délivrée. Je me languis tellement de vous, je vous embrasse 1 000 fois en pensée et je vous serre très fort contre moi.

Votre maman qui vous aime infiniment ! !

Ilse avait écrit à sa mère qu'Ernst était intervenu en sa faveur auprès de la Gestapo – intervention demeurée sans effet ainsi que Lilli pouvait le constater. Aussi faisait-elle à nouveau appel à lui : « Que papa aille donc une autre fois à la Gestapo. »

Mais dans la logique meurtrière de la Gestapo, il eût été totalement aberrant de libérer Lilli, car où aurait-elle pu trouver refuge dans ce cas ? On l'avait en effet contrainte à quitter Immenhausen et assignée à résidence à Cassel. Là, tout avait été détruit. Et il était évidemment hors de question de la laisser retourner dans la maison de son ex-mari.

Aussi les efforts que Lore déployait depuis des mois pour trouver un nouvel appartement où elle eût pu vivre avec Marilis, Lilli et ses enfants étaient-ils d'une importance cruciale. Faute d'un toit, toute requête en vue d'obtenir la libération de Lilli était de toute façon vouée à l'échec. Or, pour quelque raison que ce soit, ces efforts n'avaient jusqu'alors pas abouti.

Ilse avait passé le week-end à Marburg, chez la fille de Lore, Marilis, et Johanna se trouva donc chargée, une fois de plus, de prendre soin des petites, Eva et Dorothea. Le lundi 7 février, elle rendait compte à sa mère du déroulement de ce week-end et des pensées qui lui étaient venues à cette occasion :

Ma chère maman,

Comment vas-tu ? Es-tu en bonne santé ? Nous allons toutes bien, sauf le rhume qui circule. Et la lumière qui vient de s'éteindre. Ilse, Eva et moi avons mangé de la tarte à la lumière des bougies (vestiges de l'arbre de Noël)... Ilse s'est bien plu chez Marilis. Je suis de nouveau démise de mes fonctions de vice-maman. Tu sais, ma petite maman, je me sens de plus en plus faite pour m'occuper d'enfants. Qu'ils soient sales ou propres, ils me plaisent tout autant. Si je dois exercer un jour une profession, je voudrais en tout cas qu'elle soit en rapport avec des enfants. Il faudrait que j'aie une grande maison où je pourrais accueillir des enfants malades, pauvres ou même orphelins. Mais pour cela, il faut de l'argent. Et il me faudrait sûrement avoir encore un métier à côté. Tu me diras que j'ai encore le temps de réfléchir à la question. Mais est-ce que mon projet te plaît ? J'aimerais bien en parler avec toi. Espérons que ce sera possible très bientôt.

En attendant, je te salue et t'embrasse très affectueusement.

Hannele

Le lendemain soir, Ilse prenait à son tour la plume pour raconter à sa mère comment s'était passé son séjour à Marburg :

Ma très chère et excellente petite maman,

A présent, tu vas enfin recevoir quelques nouvelles fraîches de moi.

Il est déjà tard. Mais pas question de remettre encore à plus tard le soin de t'écrire. Il y a des petits gâteaux au four pour toi. Je dois aller voir comment ça se présente. Bien, la première fournée est réussie et la seconde est en route. Cela sent vraiment bon.

C'était très bien chez Marilis. Marburg est une jolie ville. Le premier soir, nous sommes allées au cinéma, Un rêve blanc. *Un film complètement loufoque. Le lendemain, nous nous sommes levées tard. Samedi, nous nous sommes rendues à Giessen, au théâtre, on y donnait* Le comte de Luxembourg, *de Lehar. Très chouette. Avant le spectacle, nous avons eu bien du mal à trouver un endroit où nous abriter : pas moyen de trouver une place dans un café tellement il y avait de monde. Finalement, alors que nous étions déjà bleuies par le froid glacial, nous avons quand même trouvé un petit café où nous avons pu passer un moment, en attendant l'heure du spectacle. Giessen est une ville mortellement ennuyeuse. Oh, mince ! Je viens d'aller contrôler ma seconde fournée, les gâteaux sont un peu brûlés. J'espère qu'ils te plairont quand même...*

J'ai acheté un tas de choses. Du beurre, du fromage, de la confiture, etc. Je t'enverrai un colis demain. Aujourd'hui, il n'y avait plus de pain. J'espère que tu as de quoi manger à ta faim... Je viens d'écrire à Gerhard, je lui envoie également deux colis par semaine. Je ne veux pas qu'il manque de quoi que ce soit. Dorle est en bonne santé et très gaie. Elle parle souvent de notre logement à Cassel. Comme c'était agréable. Eva et Hannele sont également dans une forme éblouissante.

Voilà pour aujourd'hui. Je t'envoie mille baisers

Ton Ilse souris qui pense si souvent à toi.

Ilse savait à quel point Lilli comptait sur l'aide de Lore et la tenait donc informée des déplacements effectuées par cette dernière pour trouver enfin un appartement. Mais cette fois encore, les nouvelles à cet égard étaient mauvaises : « Tante Lore revient de Waldkirch le 20. Question appartement, elle n'a rien trouvé jusqu'à présent », écrivait Ilse le 9 février. Et dans une lettre datée du lendemain, Johanna faisait à ce sujet le commentaire suivant : « Que pouvons-nous faire d'autre qu'attendre ? »

Ma très chère, bonne petite maman dorée,

Nous revoilà en hiver. Y a-t-il aussi tellement de neige chez toi ? Ici, c'est glissant, plutôt désagréable.

Sais-tu où habitent les plus belles femmes du monde ? Je ne le savais pas non plus mais il paraît que c'est à Java. Ce genre de questions stupides est signé Fatthauer. Il voulait nous poser une colle, à nous les filles.

Aujourd'hui, à Hofgeismar, une femme a laissé tomber par mégarde sous le train son sac contenant des pinces à linge, des bretelles et une cuiller en bois. Nous nous sommes alors glissées sous le train, Heidi et moi, et nous avons tout ramassé, sauf quatre pinces à linge car le train s'est ébranlé... Quelle aventure ! demain matin, je vais à Hümme pour ma leçon de latin. Je m'en réjouis d'avance.

Tante Lore a écrit de Waldkirch. Pour ce qui est du logement, il n'y a encore rien en vue. Que pouvons-nous faire d'autre qu'attendre et nous en remettre au bon Dieu ? Voilà pour aujourd'hui. Je te salue et je t'embrasse très affectueusement, Hannele.

Le même soir, Ilse écrivait à nouveau :

Ma très chère et excellente petite maman,

Il fait de nouveau si froid, et quand je me rends à la gare, le matin, je ne peux m'empêcher de penser à toi. Tu dois sûrement être frigorifiée. Mais combien de temps cela durera-t-il encore ! ? ? Je viens de relire ta dernière lettre. C'est toujours à ces moments-là que je prends vraiment conscience de la situation.

Quand je rentrais à la maison, naguère, je me réjouissais de pouvoir raconter toutes les choses qui m'étaient venues en tête. Maintenant, il n'y a personne à qui je puisse raconter tout cela. Mais je veux bien supporter encore ceci et cela, je veux bien prendre encore longtemps sur moi si cela pouvait t'aider. J'ai écrit à papa. Oh, papa ! ! ! ! Pauvre maman ! ! ! Mais enfin, les voies du Seigneur sont miraculeuses, cette conviction est bien la seule chose qui continue de m'aider...

Reçois mille affectueuses pensées et baisers de ton Ilse souris qui pense toujours à toi.

Ilse ne cessait de presser son père afin qu'il fasse une nouvelle démarche auprès de la Gestapo. Entre-temps, le doute s'était insinué en elle quant à la réalité de la première démarche que celui-ci était censé avoir effectuée en vue d'obtenir la libération de Lilli. Dans sa lettre du 16 janvier, elle avait certifié à sa mère qu'Ernst avait introduit une requête en sa faveur, à présent, elle n'en était plus aussi sûre. Et s'il est vraisemblable que pareille requête eût de toute manière été rejetée, il n'en restait pas moins que les faux-fuyants d'Ernst suscitaient un certain malaise chez ses filles. La journée durant, Ilse était largement occupée par les tâches qui lui incombaient en l'absence de sa mère, mais la nuit venue, elle était à présent de plus en plus angoissée par la situation dans laquelle cette dernière se trouvait et qui paraissait décidément sans issue prévisible. Ainsi écrivait-elle le 12 février :

Enfin, c'est le grand calme. Les trois petites dorment. Je ne vais pas tarder à aller me coucher à mon tour. Mais avant je passe encore un moment à la fenêtre à regarder dans la direction de Breitenau. Quand viendra le jour où tu sortiras de là ? Comment vas-tu ? Et cent autres questions et pensées à ton sujet. La nuit, quand je ne peux pas m'endormir, je pense à toi. Tous les cinq, Dorle également, nous ne t'oublions jamais... Au revoir jusqu'à demain soir.

Et le lendemain soir :

J'étais à l'église avec Hannele. J'ai de plus en plus l'impression que je pourrais trouver là le réconfort dont j'ai besoin pour tenir bon. Espérons que cela portera ses fruits. Ce soir, je me plongerai encore un peu dans la Bible.

Dans cette lettre, Ilse évoquait au passage la personne de Julie. La bonne belge avait disparu sans laisser de trace après le bombardement du 22 octobre 1943. Et voilà qu'elles s'étaient retrouvées soudain nez à nez avec elle, à Immenhausen :

En arrivant à la gare, nous tombons sur notre Julie ! ! ! Dans un état de saleté indescriptible et complètement décharnée ! ! ! Dorle était folle de joie.

Julie ne put ou ne voulut pas dire aux filles ce qu'elle faisait à présent. Vraisemblablement cherchait-elle simplement à se soustraire à de nouvelles affectations comme travailleuse réquisitionnée. Au terme de près de quatre années de guerre, l'administration nationale-socialiste commençait à accuser des signes tangibles de déliquescence. Quelques jours plus tard, Ilse faisait allusion à un groupe important de travailleurs réquisitionnés russes manifestement en rupture de ban. Pour des raisons de sécurité, il était interdit aux enfants de quitter Immenhausen. Quant à Julie, ils ne devaient jamais la revoir.

En dépit de tous ces problèmes, la situation de la population demeurait infiniment meilleure que celle des millions de prisonniers et de travailleurs forcés. « Nous allons bien. Je n'ai même plus d'asthme et je grossis comme une pâte qui lève », plaisantait Johanna dans une lettre du 15 février.

De son côté, Lotte, l'amie de Lilli, demeurait assujettie au travail obligatoire bien qu'elle fût totalement épuisée et ne cessât de tomber malade. Le 17 février, elle écrivit de Leipzig :

Ma chère Lilli,

J'ai été si contente de recevoir de tes nouvelles que je dois à tout prix t'écrire tout de suite. Une lettre aux enfants partira aujourd'hui encore.

Je suis si malheureuse de ne pas pouvoir t'écrire plus souvent et, surtout, de ne pas pouvoir faire plus pour toi d'une manière générale. Depuis un certain temps, je dois de nouveau travailler – il s'agit à présent de déblayer les gravats dans l'usine totalement dévastée par le feu, plus de portes, plus de fenêtres, plus de cloisons, rien que de grandes salles éventrées pleines de décombres, de cendres, de saleté, d'eau ou de neige, suivant le temps qu'il fait. Inutile de te dire qu'il y fait terriblement froid. Nous nous faisons toujours un petit feu avec des morceaux de bois qui sont mêlés aux gravats mais cela n'y change pas grand-chose : nous sommes quand même frigorifiées toutes les trois, car je travaille avec deux autres femmes.

L'après-midi, lorsque j'ai fait un peu de ménage – à la maison le gaz n'est d'ailleurs toujours pas rétabli –, après les courses, le repassage, quelques travaux de couture, etc., je suis si épuisée que je ne peux tout simplement plus écrire. Je sais que tu comprends, mais cela me tourmente malgré tout de ne pas pouvoir faire tout ce que je voudrais.

N'as-tu donc aucun souhait ? Tu ne me demandes jamais rien. Fais-moi savoir par les enfants ce qui te manque. Malheureusement, je ne peux pas t'envoyer de nourriture, je ne peux plus rien mettre de côté et j'ai moi-même toujours faim !

Mais je ne vais quand même pas me plaindre quand je pense aux épreuves que tu as traversées ! Et à cet internement qui n'en finit pas, à l'espoir toujours déçu d'être enfin libérée.

Ernst nous a appris qu'une requête avait été introduite en ta faveur. Ilse m'a écrit qu'elle avait des doutes à ce sujet mais, pour ma part, je pense que le nécessaire a sûrement été fait. Est-ce que l'on peut tenter autre chose, je ne puis évidemment en juger de la place où je suis. Ernst a écrit que rien de ce qu'il est possible de faire ne sera omis. Je suis convaincue que, dans ton cas, on doit nécessairement pouvoir obtenir un résultat pour peu que l'on fasse les démarches qui s'imposent. Il faudra bien que cela finisse un jour ! Oh, ma chérie, si seulement mes pensées et mes vœux pouvaient servir à quelque chose !

Je suis contente que tu sois traitée humainement. Cela rend tout de même les choses beaucoup moins pénibles. Et je suis convaincue que tu vas tenir bon jusqu'au bout. Ne te laisse surtout pas dévorer par l'impatience de l'attente – cela vous ronge et vous affaiblit souvent davantage que les difficultés proprement dites. Et conserve ton beau courage, tu as si remarquablement traversé jusqu'ici toutes les épreuves, tu ne dois surtout pas renoncer maintenant.

Peter se porte bien. Mais comme je m'ennuie de lui ! Ernst August relève d'une méchante grippe accompagnée d'une inflammation de la plèvre. Il est aux trois quarts rétabli mais a encore très mauvaise mine. Je sais qu'il te transmet ses chaleureuses pensées – il n'est pas encore rentré et je poste cette lettre sans délai.

Je t'embrasse !

Ta Lotte

Lorsque Ernst écrit à Lotte que « rien de ce qu'il est possible de faire ne sera omis », la formule est suffisamment sibylline pour vouloir dire à la fois tout et le contraire. Qu'est-ce qui avait donc été ou serait fait ? Et qu'est-ce qui n'avait pas été ou ne serait pas omis ? On se perd en conjectures à ce sujet. Ilse, en tout cas, reçut à ce moment-là une autre de ces « lettres bizarres » que son père avait pris l'habitude de lui écrire. « J'en ai vraiment assez », écrivait-elle à sa mère le 18 janvier. « Ce sont des lettres auxquelles je ne réponds jamais. » Ernst tentait encore et encore de faire appel à la compréhension de ses filles, mais celles-ci ne pouvaient tout simplement pas le comprendre.

Parmi les lettres envoyées à Lilli par ses enfants, celle d'Ilse, datée du 20 février, est la dernière conservée :

Ma chère et excellente petite maman,

Ce sont encore deux journées qui viennent de s'écouler. De jour en jour, je me languis davantage de toi. Parfois je pense que je ne le supporterai pas plus longtemps. Mais je trouve toujours à puiser de nouvelles forces.

Gerhard est venu en permission. C'est toujours bien de se retrouver là, ensemble. A l'école, c'était très chouette hier. Un garçon a donné une réponse si drôle pendant la leçon d'allemand que nous avons ri durant presque toute l'heure.

L'après-midi, notre train a eu une heure de retard. Sûrement que les trains que tu prends ont également du retard. Et sûrement, chère petite maman, que tu dois avoir très froid maintenant le matin ! Ma bonne petite maman chérie ! Combien de temps devras-tu encore supporter cela ? Pourvu que tu sois bientôt libérée !

Nous sommes de nouveau allées à l'église ce matin. Je ne suis pas contente de notre pasteur. J'attends encore de lui un sermon digne de ce nom.

Cet après-midi, j'ai fait quelques gâteaux à l'avoine. Hannele, Eva et Gertrud sont allées à l'hôpital pour rendre visite à Gerda. Nous sommes restés seuls à la maison, Gerhard, Dorle, Magda et moi. Nous avons pris le café avec le Dr Schupmann et sa femme. Après le café, j'ai fait un peu de couture et réparé aussi le pull bleu de Gerhard. Nous avons écouté la Cinquième de Beethoven. Mais nous n'en avons profité qu'à moitié parce que les petites étaient là.

Hier et aujourd'hui, j'ai reçu un tas de courrier : de Gisela, tante Lotte, tante Lore et papa. Tante Lore reste encore un moment en Forêt-Noire. Tante Lotte doit de nouveau travailler à mi-temps, déblayer des gravats à la pelle.

Cette nuit, il y a eu un nouveau raid aérien sur Leipzig.

Et maintenant, bonne nuit, mille affectueuses pensées et baisers de ton Ilse souris.

Lilli s'inquiéta énormément en apprenant que Leipzig avait à nouveau été bombardée – c'est ce que montre sa dernière lettre de Breitenau écrite dimanche 27 février sur le papier à lettres envoyé par Lotte. En haut à droite, la lettre porte une mention manuscrite de la censure : « 29/2. 44 St. » Elle ne fut tamponnée à la poste que le 2 mars 1944 :

Mes très chers et bons enfants, tous les 6,

Encore un dimanche ici, à Breitenau, mais au moins un dimanche où j'ai le droit d'écrire, et même si vous savez parfaitement que je vous entoure à chaque instant, en pensée, des marques de ma tendre sollicitude, c'est quand même un plaisir toujours renouvelé de pouvoir bavarder un peu avec vous. Comme d'habitude, je veux vous remercier tout d'abord de vos si gentilles lettres. Il y a cependant déjà huit jours que je n'ai pas reçu de nouvelles de vous et je suppose que les nombreuses alertes perturbent à nouveau l'acheminement du courrier.

Et 1 000 fois merci pour les merveilleux colis. Les gâteaux à l'avoine étaient absolument délicieux et vous m'avez envoyé tellement de beurre – j'ai mauvaise conscience à l'idée que vous vous privez pour moi. Le gâteau d'il y a huit jours était un vrai régal ; décidément, mon Ilse souris est devenue entre-temps une petite ménagère accomplie. Et la saucisse de foie était excellente. Les enfants, les enfants, comment faites-vous pour me gâter à ce point ! Le savon aussi était bienvenu, et j'ai été très contente de l'étui pour la brosse à dents.

Et pourtant, j'ai de nouveau besoin de différentes choses et à qui pourrais-je m'adresser pour les obtenir si ce n'est à vous ? Il me faudrait du dentifrice, de la crème pour la peau et du cirage noir.

Mais vos lettres sont et restent ma plus grande joie. Il y a longtemps, chère Marilis, que tu ne m'as donné signe de vie. Il est vrai que tu dois avoir beaucoup de travail à l'approche des examens. Pourvu seulement que tu n'aies pas eu à souffrir de l'attaque aérienne de la semaine passée. C'est avec quelque anxiété que j'attends des nouvelles de toi. Resteras-tu à Marburg durant le semestre d'été ? As-tu de bonnes nouvelles de ta maman ?

J'ai pensé tout particulièrement à toi, mon grand. Pauvres garçons, ma parole, vous n'avez même plus le temps de vous reposer avec ces alertes qui n'en finissent pas. Après la semaine que tu viens de passer, tu dois être mort de fatigue. Pas étonnant, dans ces conditions, que les résultats scolaires soient en baisse. N'est-ce pas que les livres de Binding sont très, très attachants, j'ai pris moi-même beaucoup de plaisir à les lire. Et comme c'est bien que tu aies assisté à Fidelio *! Je suis si heureuse et reconnaissante que vous soyez tous épris de musique, d'art et de poésie ! Croyez-moi, la disposition intérieure à ces choses, le seul fait de savoir qu'elles existent m'ont bien souvent aidée durant ces mois difficiles à surmonter tout ce qui est laid et déprimant.*

Il y a déjà une demi-année que nous sommes séparés et l'impatience finit par me ronger. J'avais tellement espéré que cela ne durerait pas plus longtemps. Dire que pour mon anniversaire, dans huit jours, je serai encore ici – mais je vous en prie, les enfants, ne soyez pas trop tristes, je ne le serai pas non plus, et nous nous rattraperons plus tard. Mais pour ta confirmation, Hannele bichette, j'aimerais beaucoup, beaucoup être près de toi. Demande donc à papa de retourner à la Gestapo. Il n'y a personne pour s'occuper du nécessaire, d'autant que tante Lore n'est jamais là. En bas, dans l'armoire, près des habits noirs, il y a encore, si je ne m'abuse, un ensemble noir de coupe plutôt sportive et fait de deux tissus différents. Demande donc à Mme Wittich de s'en servir pour te faire une robe. A part cela, ma chérie, je suis bien contente d'apprendre que tu n'as plus d'asthme !

Tes achats, ma bonne petite Ilse, sont tout à fait à mon goût. Tu as déjà rassemblé tant de choses pour notre nouveau ménage et tu t'occupes si gentiment de tout ! Va à l'église aussi souvent que possible. Je me réjouis aujourd'hui déjà à l'idée que nous pourrons parler de tout ce qui te préoccupe. Si seulement cela pouvait être bientôt !

Que deviennent ma petite Eva et Dorle, ma souricette ?

Et maintenant, soulagez-moi d'un grand poids, écrivez tout de suite à tante Lotte et donnez-moi rapidement des nouvelles d'elle et d'oncle Ernst August – j'espère qu'il ne leur est rien arrivé et j'ai hâte d'être rassurée sur ce point. Et remerciez-la vivement pour sa si chaleureuse et réconfortante lettre du 18 février. J'ai pu me servir aujourd'hui du papier à lettres qu'elle avait joint à son envoi. Transmettez-lui mes affectueuses pensées et tous mes bons vœux. Et à vous tous également 1 000 pensées et tendres baisers de votre maman.

Dans la marge de la première page, Lilli nota encore :

Avec beaucoup d'affectueuses pensées pour papa, tante Lore et tante Maria.

Courant mars 1944, Ilse se rendit une autre fois en train jusqu'à Malsfeld afin de s'assurer que sa mère était toujours au camp de Breitenau. Elle aperçut une dernière fois Lilli dans le cercle de ses compagnes codétenues. Et cette fois encore, Ilse prit soin de ne pas être vue de Lilli afin de ne pas la compromettre.

LA MORT A AUSCHWITZ

« JE CONTINUERAI À ÊTRE COURAGEUSE »

La déportation vers l'Est

Si les nationaux-socialistes avaient appliqué de manière un tant soit peu systématique les règles de leur politique de répression brutale, Lilli aurait été libérée quatre semaines après son arrestation. Une simple infraction à l'ordonnance de police du 17 août 1938 ne justifiait en aucun cas une détention de longue durée. Mais au fur et à mesure que la guerre se prolongeait, le système nazi de terreur perdit jusqu'à l'apparence de la légalité – ne demeurait reconnaissable que cet unique grand dessein : l'anéantissement des Juifs. Lilli était finalement restée internée à Breitenau durant près de sept mois sans aucun motif déclaré.

Au printemps 1944, on estima le moment venu de mettre fin à cette situation. La Gestapo décida d'expédier Lilli dans le camp d'extermination d'Auschwitz et non – comme beaucoup d'autres personnes internées au camp d'« éducation par le travail » de Breitenau – à Ravensbrück, Sachsenhausen ou Buchenwald. Les mesures habituelles précédant l'application de cette sorte de décision furent arrêtées. Un médecin établit le certificat attestant que la santé de l'intéressée ne s'opposait pas à son transport, la direction de la Sûreté du Reich (Reichssicherheitshauptamt) à Berlin, instance compétente en matière de déportations fut informée, ainsi d'ailleurs que le Landrat de

Melsungen. Pour finir, vêtements civils et objets personnels furent rendus à l'intéressée.

Avant son départ pour Auschwitz, Lilli confia la plupart des lettres qu'elle avait reçues à Breitenau à une codétenue ou à une surveillante qui fit parvenir les documents aux enfants, à Immenhausen. Des lettres que les enfants envoyèrent à Lilli durant les quatre dernières semaines de son internement à Breitenau, aucune n'a été conservée. Il est vraisemblable que Lilli les emporta en souvenir à Auschwitz.

La direction du camp d'éducation par le travail ne renvoya à Immenhausen que très peu de choses ayant appartenu à Lilli. Parmi elles, quelques livres dont *L'été de la Saint-Martin*, d'Adalbert Stifter, que Lilli avait dédicacé à l'aînée de ses filles : « A ma chère petite Ilse souris qui s'est souciée de moi de si touchante manière, avec tout l'amour et la gratitude de sa maman. Breitenau, mars 1944. » Johanna, Eva, Dorothea et Gerhard reçurent également des livres dédicacés. « A mon grand garçon, pour son plaisir et la stimulation de son esprit, avec une pensée émue de sa maman, mars 1944 », écrivit Lilli dans un ouvrage intitulé *A la rencontre du génie*, un recueil d'essais du critique de théâtre Rudolf K. Goldschmit-Jentner.

Le 17 mars 1944, toutes les dispositions étaient prises. Sur ordre de la Gestapo de Cassel, dont le quartier général avait été transféré à Breitenau après le bombardement massif de Cassel, Lilli fut affectée à un transport groupé à destination d'Auschwitz et conduite à la gare. De Dresde où le convoi fit étape, elle envoya à Immenhausen une carte postale qui n'a pas été conservée, suivie d'une lettre en date du 21 mars :

Mes enfants chéris,

C'est un long et ennuyeux voyage. Le 1er jour, nous avons rejoint Leipzig via Halle ! ! Comme j'aurais aimé revoir une dernière fois tante Lotte ! Mon Ilse souris, Leipzig est dans un état lamentable ; le quartier de la gare, la Augustus-Platz et tout le cœur de ville totalement dévastés. Le 2e jour, nous sommes arrivés à Dresde. De Dresde, où nous avons passé trois jours, je vous ai déjà envoyé une carte qui, je l'espère, vous parviendra bientôt, et j'espère aussi que vous recevrez ces lignes, cela me ferait tellement plaisir.

Nous sommes à présent là, à la gare de Dresde, depuis 3 heures, et nous venons d'apprendre que le train ne partira que ce soir à 10 heures. Demain soir, nous serons à Auschwitz. Les informations sur la manière dont les choses se passent là-bas sont très contradictoires. Il est possible que je ne sois autorisée à vous écrire qu'au bout de quatre, voire de huit semaines, ne vous faites donc pas trop de souci, je vous en prie, si vous ne recevez pas de nouvelles de moi durant un certain temps. Et si cela doit durer longtemps, n'hésitez pas à m'écrire en premier, peut-être vos lettres me parviendront-elles quand même. Il faut attendre et voir venir. Je continuerai à être courageuse, à serrer les dents et à penser à vous, et à tenir bon en toutes circonstances.

Si vous deviez être autorisées à m'envoyer des colis, pensez surtout au dentifrice, aux épingles à cheveux et à la poudre pour les soins corporels. Et s'il vous plaît, mes enfants, ne soyez pas trop tristes. Je suis si rassurée de savoir que votre vie est réglée et que votre entretien est assuré, et que vous avez votre papa qui prend soin de vous et qui vous aime beaucoup. N'oubliez pas cela, même si aujourd'hui vous ne pouvez comprendre sa conduite. Papa sera toujours là pour vous montrer les chemins qui mènent à tout ce qui est beau et bon et élevé – car l'homme ne vit pas seulement de pain.

Je regrette beaucoup que tante Lore ne s'occupe pas de vous comme je m'y étais attendue. Et tante Rita s'est plainte d'avoir beaucoup de difficultés avec vous. Pour l'amour de votre papa, soyez gentils et obéissants, et tout ira mieux.

Ces jours derniers, j'ai envié les familles qui ont pu partir ensemble à l'époque. Mais quand j'y pense maintenant, je suis très soulagée, bien que vous me manquiez et que je souffre terriblement d'être séparée de vous, de vous savoir bien entourés, vivant dans des conditions correctes, loin de tout ce qui est repoussant et laid. Je ne souhaite ardemment qu'une chose, c'est de vous revoir tous en bonne santé. Encore bien des choses à papa et dites-lui ceci : qu'il tente encore une fois – lui et personne d'autre – tout ce qu'il est possible de tenter, et qu'il s'adresse au besoin aux plus hautes instances à Berlin.

Au cours de ce voyage, j'ai rencontré un avocat de Fribourg, ancien procureur qui a bien connu oncle Max mais aussi oncle Ernst August et tante Lotte. Il a également fait un mariage mixte et son fils est prisonnier de guerre en Angleterre. Ce monsieur m'a affirmé que toutes les personnes juives ayant contracté un mariage mixte et restées seules par suite d'un divorce ou du décès de l'autre partie sont systématiquement déportées, mais seulement lorsque les enfants sont âgés de plus de 18 ans. Il a été très surpris quand j'ai parlé de vous et il n'arrive pas à le comprendre. D'après lui, c'est quelque chose qui ne s'est encore jamais produit et qui ne devrait pas se produire. Que papa contrôle la véracité de ces propos et qu'il en tire argument pour introduire une nouvelle requête. Qu'il exige que je sois libérée et souligne son appartenance à la Wehrmacht.

Pourvu, pourvu que vous receviez cette lettre ! Avez-vous reçu le paquet avec les lettres, la cuiller pour ma Dorle et les autres petites choses ? Et le paquet avec les livres ? Sinon, demandez à l'administration de Breitenau de faire le nécessaire (pour les livres ! Les lettres ont été envoyées par la voie clandestine !).

Et maintenant, soyez heureux tous ensemble – Gerhard mon grand, Ilse souris, Hannele, Eva et Dorle mon trésor ! Dieu vous garde ! Nous restons indissociablement unis. Je pense à vous et vous embrasse tendrement.

Votre fidèle Maman

Dans la marge, Lilli nota encore ceci :

A tante Lotte et à oncle Ernst August, encore beaucoup d'affectueuses pensées, également de la part de M. Homburger.

Les assertions de l'avocat Homburger correspondent très exactement aux informations qui avaient été données à Ernst au moment où il s'était séparé de Lilli. A l'époque, en 1942, les mères juives d'enfants « demi-juifs » étaient en effet encore protégées après un divorce – plus tard, vers la fin de la guerre, ce n'était plus du tout le cas. Quand bien même Ernst serait intervenu en mars 1944 auprès du Reichssicherheitshauptamt à Berlin, sa démarche n'aurait pas eu la moindre chance d'aboutir.

Quant à Lilli, elle se doutait de toute évidence de ce qui l'attendait à Auschwitz. Sa remarque au sujet de la tante Lotte qu'elle aurait « aimé revoir une dernière fois » en dit plus long à cet égard que ce qu'elle laisse paraître aux enfants.

De même, elle dédramatise délibérément les rumeurs et supputations qui courent à bord des convois, durant les transports, en écrivant qu'il circule sur les conditions de vie à Auschwitz des informations « très contradictoires ». Lilli devait supposer que les enfants savaient qu'il y avait un camp de concentration à Auschwitz car elle ne fait aucun commentaire au sujet du nom de cette localité. Mais elle ne put ou ne voulut pas révéler aux enfants ce qu'Auschwitz signifiait réellement.

« MES PENSÉES SONT TOUJOURS AUPRÈS DE VOUS »

Les derniers mois dans le camp de concentration

Un train chargé de nouveaux détenus arriva à Auschwitz le 22 mars. Malades, faibles et inaptes au travail furent comme d'habitude « triés » sur-le-champ et tués dans les chambres à gaz, les autres se virent attribuer un numéro d'identification et une place dans un baraquement.

Sans que nous en ayons la certitude absolue, il y a cependant un indice qui tend à prouver que Lilli arriva bien à Auschwitz avec ce convoi. Elle fut en effet enregistrée au camp sous le matricule 76043 ; la veille, donc le 21 mars, une femme s'était vu attribuer le matricule 76037 ; et le 25 mars arrivait à Auschwitz un autre convoi de détenus dont les matricules vont de 76076 à 76131.

Les convois qui arrivaient à Auschwitz à ce moment-là étaient formés de groupes relativement peu importants en provenance du Reich et des zones occupées d'Europe de l'Ouest, en particulier des Pays-bas. L'extermination des Juifs polonais et russes avait été pratiquement menée à terme, la plupart des usines de mort étaient à l'arrêt. Mais à Auschwitz on continuait à tuer massivement : une dernière grande action, à savoir l'extermination des Juifs hongrois, commença au cours de ce printemps 1944.

Des semaines s'écoulèrent au cours desquelles les enfants ne reçurent aucune nouvelle de leur mère. Ne sachant à quelle adresse envoyer leurs lettres, ils cessèrent d'écrire. En proie à une angoisse croissante, ils attendirent un signe de vie de Lilli. En juin 1944 arriva enfin à Immenhausen un pli en provenance d'Auschwitz-Birkenau, donc du camp central d'extermination que les nazis avaient édifié non loin du camp dit de base. Le pli était adressé à la belle-sœur de Lilli, Lore ; dedans se trouvait un formulaire mentionnant le nom, le matricule et l'adresse de l'expéditrice : « Jahn Lili Sara, nº 76043, Block 24, Frauenlager, Auschwitz, Postamt 2 ».

Outre ces indications, le formulaire délivrait les « instructions » concernant les « échanges épistolaires avec les détenus ». Au point nº 1, il est dit ceci : « Chaque détenu est autorisé à recevoir de sa famille et à lui envoyer deux cartes ou deux lettres par mois » ; au point nº 5 : « Aucune suite ne sera donnée aux requêtes qui seraient adressées à la direction du camp en vue d'obtenir la libération d'un détenu », et au point nº 6 : « Les visites aux détenus sont formellement interdites. Le commandant du camp. » Le recto et le verso de la lettre portent le tampon du service de censure du camp : « Postzensurstelle KL Auschwitz ».

Ecrite au crayon, la lettre proprement dite, datée du 5 juin 1944, fut probablement dictée par Lilli. Seule la signature, « Lilli ou maman », quoique maladroite et tremblée, paraît effectivement être de la main de Lilli. Le texte lui-même a dû être écrit par une codétenue ne possédant, ainsi qu'en témoignent les fautes dont il est parsemé (et qu'à dessein nous n'avons pas corrigées), qu'une connaissance imparfaite de l'allemand. Lilli était sans doute déjà trop affaiblie pour écrire elle-même. Même le choix des mots révèle une certaine gaucherie ; il faut dire que de telles lettres ne contenaient de toute façon que des banalités et des formules creuses. Il est vraisemblable que la personne qui écrivit la lettre ne fit que reproduire approximativement ce que Lilli lui dictait.

Ma chère Lore,

Je suis si heureuse de pouvoir t'écrire. Je vais bien, je travaille dans ma profession et c'est très agréable. J'attends avec impatience des nouvelles de toi et les enfants. Que font-ils tous ? Gerhard est-il déjà au service du travail ? Est-ce que Ilse et Hanele vont toujours à l'école à Hofgeismar ? Que devient ma petite Ewa ? Et que fait ma toute petite ? Et comment va-tu toi-même et Marielise ? J'attends maintenant régulièrement des nouvelles de vous. Je vous remercie cordialement de m'envoyer régulièrement de l'argent. Je vous remercie pour le dernier colis que vous m'avez envoyé à Breithenau. J'aimerais que les enfants m'écrivent. Mes pensées sont toujours auprès de vous. Pourvu que vous êtes tous en bonne santé. Je vous embrasse chacun mille fois. Je vous aime tendrement comme mère et belle-sœur. Lilli ou maman.

Les filles de Lilli ne se rappellent pas avoir jamais envoyé de l'argent à Auschwitz. Il est tout à fait plausible, en revanche, que Lilli ait commencé par travailler comme médecin dans ce camp. Les détenus possédant la formation requise étaient fréquemment affectés dans les services de santé.

Mais sans doute Lilli était-elle déjà elle-même malade au moment où cette lettre fut dictée. Les conditions de vie à Auschwitz étaient génératrices de maladies et d'épidémies ; les installations sanitaires étaient dans un état catastrophique. Dans les baraquements surpeuplés où ils étaient entassés par centaines, les détenus dormaient sans couverture sur des paillasses à même le sol ou sur des bâtis de bois à plusieurs étages. Au début, chaque étage de planches était partagé par cinq personnes, plus tard ce nombre grimpa jusqu'à quinze. Quiconque tombait malade et ne pouvait plus travailler devait s'attendre à être « sélectionné » par les médecins du camp et envoyé à la chambre à gaz.

Au début du mois d'avril 1944, donc peu après l'arrivée de Lilli, le camp d'Auschwitz comptait environ soixante-sept mille détenus. Encadrés par quelque trois mille hommes appartenant principalement à la SS, les détenus étaient contraints à travailler dans des conditions extrêmement éprouvantes au camp même ou dans les usines des alentours.

Lilli avait déjà connu la faim à Breitenau. Cependant, les colis en provenance de Cassel puis d'Immenhausen lui avaient permis par moments de se nourrir à peu près convenablement. La situation à Auschwitz était infiniment plus défavorable. Durant la journée, les détenus juifs devaient se contenter en règle générale d'une soupe de rave ; le soir, il y avait un repas misérable consistant en un morceau de pain mêlé de sciure de bois et accompagné d'un peu de margarine, parfois de confiture ou de saucisse souvent avariées.

Tout le système fonctionnait en vue de l'annihilation des détenus, en majorité juifs. Ceux qui ne finissaient pas dans la chambre à gaz mouraient de faim, de maladie ou d'épuisement. Il y avait aussi ceux, nombreux, qui étaient victimes des excès sadiques des gardiens. Au total, plus d'un million de personnes périrent de la sorte dans le seul camp d'Auschwitz.

La lettre de Lilli envoyée de Birkenau n'était arrivée à Immenhausen que depuis quelques jours lorsque la Gestapo appela à la maison d'Ernst Jahn. Rita décrocha le téléphone et fut informée succinctement de la mort de

Lilli. Le motif de son décès ne lui fut pas communiqué. Sans manifester la moindre émotion, comme se le rappellent aujourd'hui encore les filles de Lilli, Rita leur répéta les termes de la communication téléphonique qu'elle venait de recevoir, seul le Dr Schupmann s'évertua à consoler les filles. Le fait que la famille avait été informée par l'administration d'Auschwitz était tout à fait inhabituel. Cependant, les enfants ne voulurent pas croire à la véracité du message qui leur était transmis. Ils n'avaient d'ailleurs qu'une idée très vague de ce que pouvait être un camp de concentration. Quant aux pratiques barbares qui sévissaient à Auschwitz, ils les ignoraient totalement. Ilse écrivit à plusieurs reprises à la direction du camp afin d'obtenir des éclaircissements sur le sort de sa mère. Aucune réponse ne lui parvint durant des mois.

Au lieu de cela, les enfants subirent, de leur côté, de nouvelles mesures discriminatoires. En juin 1944, Ilse et Johanna durent quitter l'école de Hofgeismar. Les métis juifs n'étaient plus admis dans les collèges et lycées. Le 11 septembre, Gerhard fut congédié de son poste d'auxiliaire dans la Luftwaffe, une semaine plus tard, il était enrôlé dans le service du travail. Le père, Ernst Jahn, dut renoncer à son poste à l'hôpital militaire près de Cassel et fut envoyé comme médecin sur le front de la Baltique.

Et la guerre, une fois encore, fit irruption en force à proximité immédiate d'Immenhausen. Le 2 octobre, un tapis de bombes de quelque cent quarante bombes explosives et plusieurs milliers de bombes incendiaires fut largué en bordure de la petite ville – une attaque aérienne qui visait en fait les usines d'armement Henschel à Cassel. De même que les autres habitants d'Immenhausen, les enfants de Lilli en furent quittes pour la peur.

C'est approximativement à cette date également que les enfants furent officiellement informés de la mort de leur mère. Ils reçurent par la poste un certificat de décès en date du 28 septembre 1944, émis par le bureau de l'état civil II d'Auschwitz, portant le n° LXXXX 26/44 et calligraphié avec un soin remarquable :

Lilli Sara Jahn, née Schlüchterer, médecin, sans religion, demeurant à Cassel, Motzstrasse n° 3, est décédée le 19 juin 1944 à 11 heures 25 minutes, à Auschwitz, Kasernenstrasse.

La défunte était née le 5 mars 1900 à Cologne (état civil... n° ...)

Père : Josef Schlüchterer ;

Mère : Paula Sara Schlüchterer, née Schloss, demeurant à Birmingham.

La défunte était divorcée.

La ville d'Immenhausen reçut également un courrier du camp de concentration. Sous le n° IVa3/66d (14KL7) F/10.44-76043 en date du 16 octobre 1944, l'« administration du KL Auschwitz » renvoya à la municipalité la carte d'identité de Lilli, accompagnée – afin que tout fût accompli dans le strict respect des règles bureaucratiques – de la « recommandation » suivante :

Au bourgmestre d'Immenhausen – représentant l'autorité de police.

Ci-joint, carte d'identité n° A 00002 de la dénommée Jahn Lilli Sara, née le 5.3.00, décédée ici même le 17.6.44, pour servir et valoir ce que de droit.

Pièce jointe : 1.

Le directeur de l'administration du camp de concentration d'Auschwitz

p.o. SS-Obersturmführer

Mais l'ordre bureaucratique n'était que faux-semblant. La date de décès mentionnée dans ce courrier ne correspondait même pas à celle du certificat précédemment envoyé aux enfants. Lilli était-elle morte le 17 ou le 19 juin 1944 ? Et toujours aucune information sur le motif du décès.

Les filles de Lilli ne sauront donc jamais comment ou de quoi leur mère est morte : d'épuisement lié à une maladie ou dans la chambre à gaz ?

EPILOGUE

Vers la fin de la guerre, les enfants de Lilli se trouvèrent à leur tour directement menacés ; il leur fut interdit de quitter Immenhausen et ils pouvaient s'attendre à être déportés d'un jour à l'autre. Le 13 novembre 1944, Gerhard fut renvoyé du service du travail. Déclaré « indigne de servir sous les armes », il ne fut pas enrôlé dans la Wehrmacht. Seuls les incessants raids aériens et le chaos des derniers jours de guerre auraient empêché, selon lui – ainsi qu'il devait le noter plus tard –, son arrestation alors déjà programmée par la Gestapo.

L'amie de Lilli, Lotte, n'échappa au pire que d'extrême justesse. Elle tomba malade, se trouva dans l'incapacité de remplir les tâches auxquelles elle était assujettie dans le cadre du travail obligatoire et sa déportation était donc imminente. Avec l'aide d'une femme médecin non juive, elle put se réfugier chez des amis à Fribourg. Elle survécut au bombardement de l'hôpital où elle avait été admise grâce à ses amis et passa les derniers jours de la terreur nazie cachée dans un couvent près de Fribourg.

Le 5 avril 1945, vers 15 heures, les premières troupes américaines entraient à Immenhausen. Le même jour, le bourgmestre Gross, persécuteur de Lilli, était relevé de sa charge et arrêté.

Peu avant, les nazis avaient pris soin de faire disparaître un certain nombre de documents compromettants pour eux. Mais Gerhard, qui se vit confier le 1er juin 1945 la direction des archives du bourgmestre d'Immenhausen, réussit à mettre la main sur les lettres que Gross avait rédigées pour obtenir que Lilli fût chassée d'Immenhausen. Estimant qu'elle portait une part de responsabilité dans la mort de sa mère, Gerhard voulut même traîner Rita en justice. Ilse le conjura d'abandonner ce projet pour ne pas envenimer les choses.

Car les enfants de Lilli continuaient de vivre avec Rita dans la maison paternelle. Ce n'est qu'au cours de l'été 1946 que Gerhard déménagea chez les Lieberknecht, à Cassel, où il suivit un cours préparatoire au baccalauréat qu'il devait passer neuf mois plus tard ; en 1947, il entreprit des études de droit à Marburg.

Ilse et Johanna retournèrent à l'école de Hofgeismar ; Eva commença par fréquenter une école Waldorf[1] à Cassel avant d'être, elle aussi, scolarisée à Hofgeismar.

Au cours de l'été 1946, Ernst rentra de Russie où il avait été retenu comme prisonnier de guerre. Mais son retour à Immenhausen ne changea pas grand-chose aux relations qui demeuraient conflictuelles entre Rita et les enfants de Lilli. Finalement, les filles furent invitées par leur grand-mère Paula et leur tante Elsa à venir vivre avec elles à Birmingham : Johanna et Eva émigrèrent en Angleterre en février 1948 ; Ilse et Dorothea les y rejoignirent quelques mois plus tard – après qu'Ilse eut passé son baccalauréat. Cependant, Ernst obtint que Dorothea qui n'avait alors que huit ans fût renvoyée à Immenhausen quelques mois plus tard. Le père brigua jusqu'au bout l'amour et la

1. Ecoles reposant sur les théories éducatives d'inspiration anthroposophiques (cf. Rudolf Steiner). *(N.d.T.)*

compréhension de ses enfants ; il était aux anges chaque fois que l'un ou l'autre lui rendait visite, et les marques de leur affection lui étaient d'autant plus chères que la plupart des amis d'autrefois s'étaient détournés de lui et de Rita, en particulier les Barth de Mannheim et les Paepcke qui s'étaient entre-temps établis à Karlsruhe. Ernst mourut en 1960 des suites d'une crise cardiaque.

Ilse et Johanna reçurent en Angleterre une formation d'infirmière, Eva devint kinésithérapeute. Les filles de Lilli envisagèrent un moment d'émigrer en Israël. Mais au début des années cinquante, Ilse et Johanna firent la connaissance d'étudiants allemands ; elles se marièrent et retournèrent en Allemagne, l'une en 1953, l'autre en 1954. Quelques mois après la mort du père, Dorothea quitta à son tour Immenhausen pour rejoindre son frère à Marburg ; plus tard, elle fonda également une famille.

Eva resta auprès de la mère de Lilli en Angleterre. Elle dirigea jusqu'à l'âge de la retraite une école de kinésithérapie à Birmingham. Paula ne retourna jamais en Allemagne et mourut en exil, en 1972, à l'âge de quatre-vingt-dix-sept ans.

Devenu avocat, Gerhard fit carrière au sein du SPD. En 1957, il devint député au Bundestag, plus tard secrétaire d'Etat puis ministre. Il fut nommé citoyen d'honneur de la ville de Marburg en 1977 et succomba à un cancer en 1998.

Le 25 septembre 1962, pour le vingt-deuxième anniversaire de Dorothea, il planta deux arbres en souvenir de Lilli dans le bois des martyrs du mémorial Yad Vashem, à Jérusalem. En 1992, soit trente ans après son inauguration, le mémorial édifié dans l'enceinte de ce qui avait été le camp d'éducation par le travail de Breitenau s'enrichit d'une vitrine contenant des photographies et des lettres de Lilli. Pour finir, les habitants d'Immenhausen se souvinrent également de Lilli Jahn. En 1995, son nom fut donné à une rue dans un quartier neuf de la petite ville hessoise, et en 1999, l'école primaire municipale fut baptisée école-Lilli-Jahn.

Depuis l'été 1998, le nom de Lilli figure aussi sur la pierre tombale de son père, Josef Schlüchterer, au cimetière juif de Cologne-Bocklemünd. Les enfants eux-mêmes décidèrent à l'époque, d'un commun accord, de faire graver cette épitaphe au nom de leur mère sur la tombe de leur grand-père maternel afin de créer en quelque sorte le lieu de mémoire concret qui continuait de faire défaut.

A la fin de son recueil de souvenirs, *Sous une étoile étrange*, l'amie de Lilli, Lotte Paepcke, déclare que son rapport aux Allemands non juifs ne s'est plus jamais normalisé ; l'effondrement du national-socialisme n'a pas suffi à réparer le mal qui a été fait. « Il n'y a pas eu de réconciliation », écrivait-elle en 1952, et elle en resta à cette amère constatation jusqu'à sa mort en août 2000.

La réconciliation n'est possible que pour les descendants. En Allemagne, en Angleterre et en Israël vivent aujourd'hui treize petits-enfants et vingt-trois arrière-petits-enfants de Lilli. La fille d'Ilse, Beate – elle émigra en Israël en 1978 et professe depuis lors la foi juive –, appela sa deuxième fille Sarah Lilly. Parmi les arrière-petits-enfants de Lilli, il en est qui ont été baptisés protestants, d'autres catholiques, d'autres encore sont juifs. Mais tous sont unis dans le souvenir de Lilli et de son « cœur blessé ».

APPENDICES

Repères biographiques

5 mars 1900	Naissance à Cologne de Lilli Schlüchterer, fille de Josef Schlüchterer, négociant, et de sa femme Paula, née Schloss.
2 juin 1901	Naissance de sa sœur, Elsa.
1906-1913	Lilli fréquente le lycée privé de filles dirigé par Mlle Merlo, à Cologne, puis le lycée Kaiserin-Augusta où elle passe son baccalauréat à Pâques 1919.
Automne 1919	Entreprend des études de médecine – deux semestres à Würzburg, trois semestres à Halle. Physikum à Halle en novembre 1921, puis un semestre à Fribourg et quatre semestres à Cologne.
1924	Examen d'Etat et doctorat à Cologne.
1924-1926	Travaille comme médecin remplaçante dans différents cabinets ainsi qu'à l'Asile israélite pour malades et personnes âgées dépendantes à Cologne-Ehrenfeld.
12 août 1926	Mariage avec Ernst Jahn à Cologne.
10 septembre 1927	Naissance de Gerhard.
Hiver 1928-1929	Installation dans la maison que Lilli et Ernst ont fait construire à Immenhausen.
15 janvier 1929	Naissance d'Ilse.
26 juillet 1930	Naissance de Johanna.

12 janvier 1932	Décès du père, Josef Schlüchterer.
1933	Lilli renonce à exercer la médecine.
10 avril 1933	Naissance d'Eva.
1933	La sœur de Lilli, Elsa, émigre en Angleterre.
Mai 1939	La mère de Lilli, Paula, rejoint sa fille à Birmingham.
25 septembre 1940	Naissance de Dorothea.
8 octobre 1942	Lilli et Ernst Jahn divorcent.
Février 1943	Le fils de Lilli, Gerhard, devient auxiliaire dans la Luftwaffe (DCA) à Obervellmar.
Eté 1943	Ernst Jahn est enrôlé comme médecin dans la Wehrmacht.
21 juillet 1943	Lilli s'installe avec les enfants dans un appartement à Cassel.
Env. 30 août 1943	Arrestation de Lilli par la Gestapo et internement à la préfecture de police de Cassel pour infraction à l'ordonnance de police du 17 août 1938.
3 septembre 1943	Internement au camp d'éducation par le travail de Breitenau.
22 octobre 1943	L'appartement de Cassel est détruit lors d'un bombardement ; les enfants de Lilli retournent à Immenhausen.
17 mars 1944	Lilli est déportée de Breitenau à Auschwitz.
17 ou 19 juin 1944	Mort de Lilli au camp de concentration d'Auschwitz-Birkenau.

Notice éditoriale

La présente biographie s'appuie sur plus de 570 lettres ainsi que sur de nombreux documents officiels et privés couvrant les années 1882 à 1962.

Le fils de Lilli, Gerhard, avait conservé les lettres envoyées par lui-même et par ses sœurs à leur mère internée à Breitenau entre 1943 et 1944. A cet ensemble de quelque 250 lettres s'ajoutait 45 lettres adressées à Lilli durant son internement à Breitenau par sa belle-sœur Lore, sa nièce Marilis et son amie Lotte Paepcke.

Après le décès de Gerhard Jahn, en octobre 1998, les lettres des enfants furent rendues à ses sœurs Ilse, Johanna et Eva. Au cours de l'année 2000 et à la demande de l'auteur, les filles de Lilli recopièrent à la machine la quasi-totalité de leurs lettres. Sur la base de ces copies, l'auteur sélectionna celles qui pouvaient être prises en compte pour une publication. Ces lettres furent relues par les sœurs afin de supprimer les éventuelles fautes de transcription. Les lettres de Gerhard furent choisies et transcrites par l'auteur lui-même.

Parmi les documents qui constituaient la succession de Gerhard se trouvaient également la dernière lettre de Lilli, écrite à Auschwitz en juin 1944, ainsi que les copies certifiées conformes des deux missives concernant Lilli écrites en 1942 par le bourgmestre Gross et divers documents familiaux couvrant les années 1939 à 1962.

Parmi les lettres que Lilli envoya entre 1943 et 1944 de Breitenau et de Dresde (durant le transport à Auschwitz), il nous reste aujourd'hui dix lettres manuscrites originales ; trois d'entre elles furent sauvées du feu en même temps que les effets de première nécessité contenus dans la valise avec laquelle on quitta la maison de la Motzstrasse ravagée par une bombe incendiaire. Quelque cinq lettres datant de l'hiver 1943-1944 sont sans doute définitivement perdues.

Les lettres de Lilli, aujourd'hui en possession de sa fille aînée Ilse, avaient été transcrites dès 1988 par Dietfrid Krause-Vilmar et l'ensemble tiré à plusieurs exemplaires, qui furent remis à des membres de la famille et à différents organismes de recherches de la région de Cassel. Cependant, la présente biographie repose sur les sources originales ; la nouvelle transcription diverge en effet sur certains points de détails – datation et orthographe des noms – de la version établie précédemment.

Environ 200 lettres adressées par Lilli à son ami et futur époux Ernst Jahn entre 1923 et 1926 puis en 1930 ont été conservées de son vivant par Ernst lui-même et ne sont deve nues la propriété d'Ilse que dans les années quatre-vingt-dix, par voie de succession. Ilse détient en outre trois lettres qui furent écrites en 1926 par le père de Lilli, Josef Schlüchterer, à son futur gendre Ernst.

Une soixantaine d'autres lettres adressées par Lilli et Ernst entre 1929 et 1943 à leurs amis de Mannheim, Hanne et Leo Barth, appartiennent à la fille de Lilli, Dorothea ; 48 d'entre elles lui furent confiées par les époux Barth, 12 lui sont revenues en automne 2002 par voie de succession.

Une copie tapée à la machine de la lettre adressée durant l'année 1935 par la sœur de Lilli, Elsa, à la demi-sœur d'Ernst, Grete Jahn de Rodriguez Mateo, a été retrouvée dans les papiers d'Elsa ; ce document est aujourd'hui entre les mains de la fille de Lilli, Johanna. Cette dernière possède aussi une photocopie de la lettre adressée par Lilli, en 1942, à une « tante Paula » vivant à Genève. Il existe dans le cercle de famille plusieurs copies de la lettre adressée par Max Mayer à son petit-fils Peter ;

l'original se trouve chez la veuve de Peter, Helga Paepcke, et a été publié pour la première fois en annexe à une réédition du livre de Lotte Paepcke, *Ein kleiner Händler, der mein Vater war* (Un petit commerçant qui fut mon père) paru en 2002 aux éditions Herder.

Les documents et photographies des années 1882 à 1930 proviennent de la mère de Lilli, Paula, et sont aujourd'hui en majorité la propriété de Johanna. Cette dernière détient également l'album de photos de la famille Jahn vraisemblablement constitué par Lilli en 1941.

Hormis les lettres d'enfants, la totalité des lettres et documents familiaux a été transcrite par l'auteur lui-même. Pour ce qui est des lettres proprement dites, des coupures se sont imposées dans nombre de cas ; parfois, seuls de brefs extraits ont été retenus, parfois aussi, les lettres sont simplement citées ; enfin, il est des lettres dont il n'a pas été fait usage. Tous les documents retenus pour la publication ont été unifiés au point de vue de l'orthographe, de la ponctuation et de la grammaire. Les abréviations ont été conservées à quelques rares exceptions près. Dans le cas de deux personnes apparaissant dans ce livre, des pseudonymes ont été employés eu égard à des témoins encore vivants.

Enfin, les textes explicatifs et de liaison s'appuient sur d'autres archives, sur les acquis de la recherche historique et, surtout, sur les souvenirs des filles de Lilli.

Remerciements

Une lourde charge a été assumée par les filles de Lilli – la plus lourde par l'aînée, Ilse : ma mère aura participé durant trois années à l'élaboration de ce livre. Sa connaissance des événements en tant que témoin très étroitement concerné, ses observations et ses questions, sa patience surtout m'auront été d'une aide capitale. Le rappel de son propre passé l'a bien souvent mise à la torture. Elle voulait que ce livre paraisse et, pourtant, il lui a été parfois presque intolérable de devoir revenir encore et encore à l'histoire de sa mère, Lilli Jahn.

Les filles de Lilli, Ilse, Johanna et Eva ont mis à notre disposition leurs lettres à leur mère internée au camp d'éducation par le travail de Breitenau. Elles n'ont pas ménagé leur peine – et à cela leur sœur Dorothea a grandement contribué également – pour nous permettre de réunir le plus grand nombre possible de pièces à conviction, photographies de leurs parents et autres documents. Leurs notes autobiographiques ainsi que nos nombreuses conversations portant sur leurs années d'enfance dans l'Allemagne nationale-socialiste nous ont également été de la plus grande utilité.

Mais ce livre doit aussi son existence aux observations et aux travaux de nombreux collègues et amis. Parmi ces derniers, il nous faut citer en particulier Dietfrid Krause-Vilmar, de l'université de Cassel, qui a publié depuis les années quatre-vingt plusieurs ouvrages et articles sur le camp d'éducation par le travail de Breitenau. Très importantes pour la reconstitution des mois de détention à Breitenau ont été, en outre, les informations que nous ont délivrées Gunnar Richter, responsable du mémorial de Breitenau, et Ludwig G. Braun, industriel à Melsungen. Nombre d'informations sur les années passées par Lilli Jahn à Cologne nous ont été aimablement fournies par Barbara Becker-Jákli, du Centre de documentation nationale-socialiste de Cologne. Thorsten Wiederhold, de Cassel, a exploité les documents Immenhausen au musée régional « Judaica » de Hofgeismar et le fonds Immenhausen aux archives d'Etat de Marburg. D'autres documents ont été mis à notre disposition par les archives municipales de Cassel et de Marburg.

Nous sommes également redevables de nombreuses indications bibliographiques et autres à Volker Hage (Hambourg), Ursula Jahn (Marburg), Helga Paepcke (Karlsruhe), Resemarie Petersen (Immenhausen), Heinz Recken (Cologne), Monika Rudolf (Immenhausen), Sybille Steinbacher (Bochum).

Mes amis Erwin Brunner, Thomas Kühne et Cornelia Rauh-Kühne ainsi que les lecteurs des éditions DVA à Munich, Julia Hoffmann et Michael Neher, ont relu le manuscrit et contribué à y apporter nombre d'améliorations. Mon père, Jürgen Dœrry, mon épouse Inge et ma fille Katja n'ont eu de cesse de m'assister de leurs précieux conseils.

Qu'ils soient tous chaleureusement remerciés ici même.

Table

Introduction 7

UNE FAMILLE JUIVE À COLOGNE

« Un signe de notre exubérance »
La maison des parents, enfance et jeunesse de Lilli 19

« Que va-t-il advenir de nous, Amadé ? »
Plaisir d'amour et chagrin d'amour 27

« Comprends qui je suis ! »
A la fois médecin, épouse et mère ? 40

« Si profondes que soient les eaux ! »
Les parents tentent d'empêcher le mariage de Lilli avec Ernst 56

« Une impatience presque fébrile »
Mariage avec la bénédiction du rabbin 68

ANNÉES DE PERSÉCUTIONS
À IMMENHAUSEN

« Tes touchantes attentions pour moi »
La jeune famille 79

« Nous avons été mis à rude épreuve »
Les nationaux-socialistes prennent le pouvoir 86

« Les brimades qui nous ont été infligées »
Lilli et sa famille sont isolées 95

« La grand-mère juive »
Un hommage à Olga, la cousine de Lilli 114

« L'amour n'a pas de fin »
Le mariage de Lilli et d'Ernst bat de l'aile 125

« Infiniment seule et délaissée »
Sous un même toit mais séparés 146

LE BANNISSEMENT À CASSEL

« Je suis partie la mort dans l'âme »
Lilli est chassée d'Immenhausen avec ses enfants 157

« Dans un autre chaudron de sorcières »
L'arrestation par la Gestapo 162

AU CAMP DE BREITENAU

« Un morceau de pain, un peu de sel »
Faim et froid dans l'« institution » 171

« Vous me manquez terriblement »
Les lettres clandestines de Lilli aux enfants 187

« Hänschen a peur »
La guerre aérienne se rapproche 213

« Une course pour la vie »
Le bombardement du 22 octobre 1943 221

« Maman chérie, c'est souvent difficile »
Les enfants cherchent à fonder leur propre foyer 235

« Vous devrez être très prudentes ! »
Lilli veut organiser une rencontre clandestine 248

« Une robe en toile grossière et des galoches de bois »
La visite à la mère au camp de Breitenau 262

« Pourvu que tu ne pleures pas trop »
Le tournant de l'année 1943-1944 281

« Si seulement tu pouvais être de retour parmi nous »
Les enfants attendent des nouvelles de Lilli 291

« Faites votre possible afin que je sois bientôt délivrée ! »
Ernst a-t-il adressé une requête à la Gestapo ? 313

LA MORT À AUSCHWITZ

« Je continuerai à être courageuse »
La déportation vers l'Est 331

« Mes pensées sont toujours auprès de vous »
Les derniers mois dans le camp de concentration 337

Epilogue 345

APPENDICES

Repères biographiques 351
Notice éditoriale 353

Composition Nord Compo
et impression Bussière Camedan Imprimeries
en janvier 2004.

N° d'édition : 22207. – N° d'impression : 040114/4.
Dépôt légal : février 2004.
Imprimé en France.